KB267783

인생에서 가장 소중한 청소년 시기에
나를 깨우쳐 준 한 권의 책

지은이 · 안정한

펴낸이 · 오광수, 진성옥 | **펴낸곳** · 새론북스

편집 · 김창숙, 박희진 | **마케팅** · 최대현, 김진용

주소 · 서울시 용산구 갈월동 101-49 고려에이트리움 713호

TEL · (02) 3275-1339 | **FAX** · (02) 3275-1340

http://www.dreamnhope.com | jinsungok@empal.com

초판 1쇄 인쇄일 · 2013년 1월 7일 | **초판 1쇄 발행일** · 2013년 1월 10일

ⓒ 새론북스
ISBN 978—89—93536—35—5 (03810)

*책값은 뒤표지에 있습니다. 잘못된 책은 바꾸어 드립니다.

인생에서 가장 소중한 청소년 시기에

나를 깨우쳐 준 한 권의 책

안정한 지음

새론북스

책을 10년이 넘게 읽고 정리하고 소개를 해왔다. 그래서 어느 날인가 내가 아는 것이 많아진 것 같아서 책을 써서 사람들에게 보여주었다. 그런데 내가 아는 지식은 너무나도 보잘 것이 없는 것이어서 사람들은 읽어주지 않았다. 나는 내가 아는 것들과 독서에 대해서 굉장히 실망을 하게 되었다. 어느 날인가 방송이 전부 끊긴 초유의 사태가 벌어졌다. 나는 혼란스러웠다. 그동안 책을 읽고 소개를 하던 습관을 끊을 수가 없었기 때문이었다. 그래서 그동안 쓴 책을 정리해서 두 번째 책을 썼다. 그런데 쓰면서 이렇게 많은 종류의 책을 읽었다는데 놀라움을 금할 수 없었다. 게다가 그 책들의 내용이 보는 순간 다시 머릿속에 들어오는 게 아닌가? 그 순간 깨닫게 되었다. 책 속에는 길이 있는 것이 아니라 책을 쓸 때 길이 보이는 것이라는 사실을 알게 되었다.

그래서 이번에 세 번째 책을 내놓는다. 첫 번째 책은 내가 생각을 전달하기 위해서 많은 생각을 짜서 넣은 책이었다. 그래서 지금 읽어보아도 많은 고뇌를 한 흔적을 읽어볼 수가 있다. 두 번째 책 같은 경우에는 내가 방송에 소개한 것들을 모아서 출판사에서 잘 다듬어서 책을 만들어 주셨다. 그래서 무언가 책의 내용은 좋은 것이 많지만 뭔가 방향이 부족하지 않았나 하는 생각이 들었다. 그래도 이렇게 책을 쓰게 해주신 출판사 사장님들께 감사의 말씀을 전한다. 세 번째 책은 내 생각과 소개를 잘 분류해서 정리를 해보았다. 많은 분들이 읽어보고 즐거웠으면 좋겠다.

책을 읽고 원고를 써서 방송을 하다 보면 깨닫는 것들이 정말로 많다. 그런데 그 순간뿐이라는 사실이 나를 슬프게 한다. 분명히 이것에 대해서 완전하게 알게 되었고 세상의 이치를 깨달았다고 생각했지만 일주일만 지나면 다시 잊어버리고 만다. 그런데 뇌에 대한 책을 읽고 보니 원래 그런 게 정상이라고 한다. 원래 망각이란 기억만큼이나 중요한 기능이어서 필요한 것만을 기억해서 그렇다고 나와 있다. 내가 깨달은 이야기들은 그냥 잊어버리기에는 너무나도 안타깝고 많은 분들에게 알리고자 방송을 하고 유튜브에 올리고 책으로 쓰고 있다. 여러분들도 자신만이 깨달은 이야기를 적어서 언젠가 책으로 한번 써서 남기고 알리는 인생을 사셨으면 좋겠다.

이 책을 읽을 독자를 위한 포인트는 두 가지다. 첫 번째 독자는 책을 아무 페이지나 펼쳤을 때 읽을 만한 내용이 나오는 책소개가 나오는 것이다. 두 번째는 첫 장부터 목차부터 읽어서 내려오는 독자들을 위한 것이다. 즉 테마별로 글을 묶어서 내 생각을 적고 그에 관련된 책들을 소개해 보았다.

부디 재미있게 읽어주시기를 부탁드린다.

차례

책 속에서 깨달은 것들

책을 읽으면서 정말 많은 것에 대해서 배우게 된다. 경제, 건강, 공부, 처세, 글쓰기, 대화, 예술에 이르기까지 방대한 지식의 세계에 접할 수 있었다. 정말로 책속에는 이 세상의 모든 지식이 들어가 있었다. 그리고 또한 단순한 인터넷 지식검색이 아닌 어떤 사람이 자신의 의지를 가지고 한 가지 형태로 모아서 쓴 것이기에 읽으면서 많은 깨달음을 얻을 수 있었다. 그런데 단순히 그런 깨달음을 혼자만 알고 있으면 잊혀져 버리고 말기에 라디오에서, TV에서, 신문과 인터넷 등에 내가 읽은 책을 소개하고 깨달음을 알렸다. 그리고 이전 책 '나를 바꾼 한권에 책'에 모아서 세상에 내 놓았었다. 그런데 아쉽게도 전체적인 방향이나 깨달음의 이야기가 아닌 짧은 글의 형태여서 이번에는 내가 깨달았던 이야기를 적고 그 깨달음을 준 책들을 소개해 본다.

독서에 관해서

독서의 위험성이란 마치 무협지에서 나온 고수가 무공을 잘못 익히면 주화입마에 빠지듯이 독서를 자신이 원하는 정보만을 보다 보면 결국 이상한 이론으로
무장을 해서 현실세계에서 완전히 벗어나는 경우가 생겨날 수가 있다. 아무리 좋은 책이라도 저자의 사견이 들어갈 수밖에 없으며, 또한 읽는 독자의 사견이
들어갈 수밖에 없다. 그러한 것들을 간과하고 읽다 보면 세상을 자신만의 관점으로 보게 되어서 돌이킬 수 없는 상황을 만들 수도 있다.

독서를 하면서 깨달은 이야기에서 독서에 관한 이야기가 빠진다면 내용 없는 책이 되지 않을까 싶다. 나는 독서는 왜 하는지에 관한 많은 이론들에 대해서 생각을 해보았다. 사람들은 왜 독서를 할까? TV나 영화를 보면 되는데 왜 책을 읽을까? 그것도 돈을 내고 사서 집에 놓을 자리도 없는 것을 서재라는 것을 만들면서까지 읽고 아이들에게 읽히고 싶어 할까? 솔직히 나는 잘 모르겠다. 왜냐하면 아버지께서 내가 태어났을 때부터 서점을 하고 계셨기 때문에 나에게 책이란 읽어야 할 상대라기보다는 팔아야만 하는 물건으로 인식을 많이 해왔다. 그래서 어렸을 때부터 책을 조심스럽게 읽고 다시 갖다가 파는 게 습관이 되어 있어서 지금도 책을 험하게 읽지를 못한다. 그러다 보니 딸도 책을 함부로 읽지 못하게 가르치고 있다. 그런데 책을 한 10년 정도 소개하면서 사람들이 책을 왜 사서 읽는지 몇가지 생각을 하게 되었다.

첫 번째, 지식을 소유하고 싶어하기 때문이다. 사실 지식이라는 것은 한번 복제가 되고 나면 의미가 없는 것이다. 이미 내 것이 되어 있기 때문에 책을 가지고 있다는 사실 자체는 별로 중요하지가 않다. 그럼에도 불구하고 사람들은 책을 사서 집안에 꽂아놓는다. 책 특히 종이책이라는 것은 지식이라는 추상적인 물건을 구체적인 한가지의 현실의 사물로 만들어 놓은 것이기 때문이다. 영화에서 나온 슈퍼히어로들과 로봇 등을 장난감으로 만들어서 집안에 놓는 것처럼 사람들은 그 지식이 나만의 것임을 확인하여 만들어서 놓고 싶은 것이다. 그럼으로써 '내가 원하는 지식을 가졌다' 라는 어떤 만족을 가지게 되는 것이다. '전자책의 충격' 이라는 책에서 아마도 10년 안에 대부분의 책이 전자의 형태로 바뀌고 지금의 종이책은 아주 중요한 내용만을 기록하게 될 것이라고 이야기하지만 나는 별로 수긍하고 싶지 않다. 우리나라의 저작권이 확실하게 확립이 되고나서 지식을 소유하고 싶어지지 않을 때 그때서야 전자책이 활성화될 것이다. 그런데 이미 미국은 전자책이 많아지고 있다고 하니 서점을 운영하는 입장에서 걱정이 많다.

두 번째, 독서 자체는 일종의 두뇌의 암호라는 사실이다. 우리가 읽고 있는 글과 그림 등이 객관적으로 모든 사람에게 같은 형태로 전달되는 것이 절대로 아니다. 우리의 눈과 뇌는 원하는 정보만 받아들이고 원치 않는 정보는 저절로 차단하는 스위치가 있어서 영화나 TV뉴스를 보는 것과는 전혀 다른 형태의 정보처리를 하는 것이 바로 독서다. 물론 내용을 정확하게 파악해서 객관적으로 받아들이는 사람이 존재하기는 할 것이다. 그러나 그런 경우는 과학적인 정보를 다루는 사람들에 한에 있는 것뿐이고 대부분의 경우에는 자신의 원하는 형태로 정보를 가공해서 읽는 게 바로 사람 뇌의 특징이다. 남의 떡이 더 커보인다는 속담처럼 책을 읽을 때 내가 생각하고 원하는 부분은 크게 보이고 잘 모르고 수긍이 안가는 부분은 읽어도 기억이 나지 않는 이유가 바로 여기에 있다. 그런데 여기에서 독서의 위험성이 같이 존재한다.

독서의 위험성이란 마치 무협지에서 나온 고수가 무공을 잘못 익히면 주화입마에 빠지듯이 독서를 자신이 원하는 정보만을 보다 보면 결국 이상한 이론으로 무장을 해서 현실세계에서 완전히 벗어나는 경우가 생겨날 수가 있다. 음모론에 너무 심취하면 모든 사람들이 나를 노리는 이상한 사기꾼이나 외계인의 수하처럼 보이듯이 책속에 너무 빠져들면 현실에서 벗어나 자신의 신분을 망각하고 이상한 소리를 하고 다닐 수도 있기 때문이다. 아무리 좋은 책이라도 저자의 사견이 들어갈 수밖에 없으며, 또한 읽는 독자의 사견이 들어갈 수밖에 없다. 그러한 것들을 간과하고 읽다 보면 세상을 자신만의 관점으로 보게 되어서 돌이킬 수 없는 상황을 만들 수도 있다. 예를 들면 사이비종교에 심취한 사람들이나 다단계에 빠진 사람들, 혹은 자신만의 세계에서 사는 이상주의자들처럼 말이다. 그들 역시 원래는 현실적인 사람들이었으나 현실이 마음에 들지 않자 자신이 원하는 이론과 책만 읽어서 자신들만의 세계 속으로 빠져서 현실을 바꾸려들게 된다. 그래서 독서는 폭넓게 많은 사람들이 읽는 책들을 읽으면서 독서세계를 구축하는 것이 중요하다.

세 번째로, 그럼 독서는 어떻게 하는 것이 좋을까? 우선 어떤 책을 읽을 것인가 고민을 해보아야만 한다. 가장 좋은 책은 바로 내 수준에 맞는 책을 고르는 것이다. 베스트셀러, 추천도서 등을 읽는 것도 나쁘지는 않다. 그런데 문제는 내가 공감하지 못하는데 단순히 글자를 읽는 것만 기억이 나고, 읽으면서 무슨 말인지 전혀 모르겠어서 토할 것 같은데 억지로 읽는다면 그것은 절대로 좋은 독서라고 할 수가 없다. 내 수준에 맞는 책은 우선 서점이나 도서관에 가서 책을 종류별로 읽어 보되 다 읽지 않고 여기저기 읽어보다 편하고 잘 읽히는 책을 찾아서 끝까지 읽는 것이 가장 좋다. 아마도 누구나 할 수 있는 이야기 아니냐고 말할 수도 있을 것이다. 그런데 책을 권하면서 깨닫게 된 사실은 사람들은 권하는 책을 잘 안 사간다는 사실이다. 왜냐하면 독서란 굉장히 주관적인 것이어서 자신만이 자신에게 맞는 책을 찾을 수 있기 때문이다. 결국 닥치는 대로 쉬운 책부터 종류별로 읽어보는 것이 좋다. 그중에서 힘든 책들, 자본론이나 군주론 같은 책들은 쉽게 풀어쓴 만화부터 시작하는 것이 좋다.

둘째로 책을 끝까지 읽는다는 생각을 버리는 것이 좋다. 정말로 재미있는 책은 수십 권짜리 무협지를 며칠 밤을 새서 보는 것처럼 읽는다. 그러나 대부분의 책은 그다지 재미있지 않다. 결국 끊어서 보는데 그동안 다른 책을 또 보면서 여러 가지 책을 자연스럽게 보고 싶은 곳을 찾아서 보는 것은 좋은 독서법이다. 공부를 하듯이 열심히 책을 보면 좋을 것 같지만 소설을 제외한 다른 책들은 지식의 전달이 우선이기에 내가 원하는 정보를 찾기 위해서 읽는 기술을 찾는 것이 더 우선이다.

셋째로는 독서노트를 정리해야만 한다. 나는 10년 동안 책을 소개하면서 10,000권 가까이 소개를 했다. 그중에선 내가 소개한 것인지도 기억이 안 나는 책들이 많이 있다. 그러나 독서노트나 당시 방송한 자료화면을 보면 기억이 새록새록 난다. 그런데 책을 소개하지 않거나 독서노트를 정리하지 않은 책의 경우에는 당시에는 충격적인 내용이라서 기억을 했지만 현재는 제목조차 기억이 나지 않는 경우가 허다했다. 결국 기록이 기억을 지배하기 때문에 독서노트를 정리해야만 하는데 여기서 중요한 것은 학교에서처럼 목차를 베껴서 정리를 해선 절대로 안 된다는 것이다. 내가 기억나는 순으로 내가 중요하다고 생각하는 순으로 정리를 해 놓아야만 그 책에 대한 내 감정과 생각, 그리고 느낌까지 남기 때문에 나중에 읽어도 전혀 다른 느낌을 받을 수 있다. 그런데 여기서도 한 가지 더 생각할 수 있는 것이 있는데 그것은 독서노트를 발표하면 한 단계 더 발전한 독서를 할 수가 있다. 그 이유는 내가 읽은 책을 남들에게 알아들을 수 있도록 쓰다 보면 극도로 단순하고 명료하게 정리를 해야만 하고 그 과정에서 내가 이해력이 최대한 발휘하게 되기 때문이다. 게다가 실제 발표를 하고 나면 머릿속에 남는 내용은 그냥 책을 읽었을 때와 또 독서노트만을 썼을 때와는 비교가 되지 않는다. 이것은 내가 오랫동안 책을 소개하면서 직접 체험한 사실이다.

독서에 관해서 이야기를 세 가지 정도로 정리를 했다. 그런데 책을 쓰면서 독서에 관해서 새롭게 깨달은 것이 한 가지 있다. 그것은 바로 자신의 신분을 바꿀 수 있는 방법이라는 사실이다. 나는 결혼과 장사, 공부 이 세 가지만이 출세를 할 수 있는 방법이라고 생각했다. 그러나 아주 작은 확률로 독서도 한 가지 방법이 될 수 있다는 사실을 알게 되었다. 그 이유는 바로 사람의 뇌는 읽으면 읽을수록 성장하기 때문이다. 따라서 나이가 들어서도 자신의 길에서 새로운 방법을 찾을 수 있기 때문이다. 지금 무슨 일을 하든지 독서하는 사람은 자신의 지식을 계속해서 확장시켜 나가기 때문에 경쟁에서 앞서 갈 수 있다는 것이다. 그래서 독서에 관한 책들을 소개할까 한다. 이 책들을 읽고 독서를 많이 해서 성공하는 인생을 만들길 기원한다.

독서 천재가 된 홍대리

이지성, 정회일 다산라이프

이 책의 내용을 간단하게 소개하면 집은 아버지의 사업이 부도가 나서 반지하방으로 이사가고 회사에서는 무능력자로 낙인이 찍힌 홍대리가 인생을 변화시키기 위해서 독서고수에게서 독서법을 배우고 자신의 인생을 변화시켜 성공하는 인생을 만들어 간다는 내용이다.

까막눈도 아닌데 독서하는 법을 배운다? 사실 우리나라 사람들이 독서를 안 하기는 안 한다. 그럼 어떻게 독서하는 법을 배울 수 있을까? 우선 독서고수는 홍대리에게 100일 동안 33권의 책을 읽으라고 한다. 이렇게 하는 이유는 우선 독서의 습관을 잡기 위해서다. 책의 종류는 자신이 마음에 드는 책 아무거나 33권을 사서 읽기 시작한다. 처음에는 힘들었지만 점점 재미를 느끼다가 한 달 만쯤 되니까 지치면서 슬럼프가 오는데 그 순간 독서고수는 슬럼프 탈출법을 알려준다.

독서슬럼프에 빠지는 가장 큰 이유는 바로 목적의 상실 때문이다. 따라서 주변에 멘토들의 도움을 얻거나 동지를 만나서 이야기를 하거나 도서관에 찾아가서 많은 종류의 책을 읽는 것이 도움이 된다고 한다. 그리고 그 단계가 끝나면 1년 동안 자신의 업무 관련 서적 100권을 읽는 단계로 들어간다고 한다. 홍대리가 마케팅에 관련된 업무에 있어서 마케팅책을 주로 보는데, 이때 홍대리 회사에 신임사장이 독서경영을 들고 나와서 홍대리는 독서기술을 바탕으로 사내에서 독서스터디 그룹의 스타로 떠오르고 업무와 독서능력에서 인정을 받기 시작한다.

그런데 홍대리는 여기서 만족하지 못하고 다음단계의 독서를 하려고 한다. 독서고수를 찾아가서 물어보았더니 독서의 마지막 단계의 미션은 바로 성공한 CEO 10명을 만나고 오라는 것이었다. 이것은 그 사람이 쓴 책을 언어로만 이해하지 말고 실제적인 느낌을 알아야 한다는 것을 깨닫기 위해서 한 것이다. 그리고 한 권의 책이 얼마나 힘들게 써진 소중한 정보라는 사실을 홍대리는 알게 된다.

방송을 위해서 책을 열심히 읽었을 때의 감정이 그대로 들어가 있었다. 사실 나도 방송을 하니까 책을 열심히 읽고 정리하고 원고를 외우고 발표를 했지 아무도 내 말에 귀를 기울이지 않았다면 하지 못했을 것이다. 일단 독서는 어느 정도 강제적으로 훈련이 되어야만 많은 양의 책을 읽을 수 있다. 또한 읽기만 해서는 절대로 안 된다. 독서가 끝난 뒤에는 자신만의 독서노트를 만들어서 사람들에게 이야기를 해야 자신의 것이 될 수 있다는 사실을 실체적으로 알려준 책이었다.

책의 내용보다 기억에 남는 것은 리플이었다. '책 속에 길이 있다는 말만 믿고 책만 읽었는데 책에선 길이 없었다.' 라는 글이었다. 나 역시 인생의 고비마다 책에서 길을 찾으려고 필사적으로 책을 읽은 적이 있었다. 그러나 그때마다 책은 크게 도움이 되지 않았다. 그런데 참 재미있게도 나이가 들어서 보니 그때 필사적으로 읽었던 책들이 지금에 와서야 도움이 되고 내 인생의 길을 보여주고 있다. 책 속에는 길이 있는 것이 아니라 책의 내용을 실천할 때 길이 된다는 사실을 알려주고 있다.

하루 15분 책 읽어주기의 힘

짐 트렐리즈 북라인

엄마나 아빠가 뱃속에 있는 아기 때부터 14살까지 꾸준히 하루에 15분씩만 책을 읽어주면 아이의 천재성이 빛을 발한다는 내용이다. 이 책은 아이에게 왜 책을 꾸준히 읽어주어야 하는지, 언제부터 언제까지 읽어주어야 하는지, 어떤 순서로 읽어주어야 하는지, 혼자 읽기는 어떻게 지도해야 하는지, 그리고 이 과정에서 무엇을 하고 무엇을 하면 안 되는지를, 저자 자신과 다른 많은 부모의 살아 있는 경험을 토대로 찬찬히 설명하므로써 아이를 책을 좋아하는 사람으로 키우는 방법을 전하고 있다.

아이들에게 부모가 책을 읽어주므로써 아이들의 듣기 능력을 향상시키고, 어휘력이 풍부해지면서 이해력과 독해력에 도움이 되고, 모든 학습능력에 영향을 미친다고 주장하고 있다. 평소에 책읽기를 즐겨하고 부모들이 책에 대한 관심을 가지고 책을 열심히 읽어주는 부모를 둔 자녀들을 보면 아이들이 말도 잘하고 공부도 잘하는 경우가 많다. 특히 책을 많이 읽은 아이나 어른들을 보면 어휘력이 풍부한 것을 알 수 있는데, 어휘력이 풍부하다는 것은 그만큼의 이해력과 독해력의 확장을 의미해서 또래보다 높은 수준의 학습도 가능하다는 것을 의미하는 것이다.

어린 시절 아버지가 책을 읽어 주던 때의 행복한 느낌을 잊지 못했던 트렐리즈는 자신의 두 아이에게도 매일 밤 책을 읽어주었다고 한다. 그리고 30년 전 매사추세츠의 스프링필드 신문사에서 삽화가 겸 기고가로 일하던 당시 매주 한 번씩 학부모 자원봉사자로 여러 교실을 방문하면서 많은 아이가 책을 멀리한다는 사실을 알게 되었고, 그 이유가 부모와 교사에게 있음을 깨달았다. 1979년, 트렐리즈는 여름 휴가비를 털어 이 책을 자비로 출판했다. 3년 후 펭귄출판사에서 정식 출간된 이 책은 부모와 교사들의 입소문을 타고 그 이듬해 뉴욕타임스 선정 베스트셀러에 17주간 연속해서 올랐고, 2006년에는 그 여섯 번째 개정판이 발간되었다. 이 스테디셀러는 이제 누적 판매부수 200만 부를 넘어섰다고 한다.

갓난아기는 줄거리보다 언어의 운율을 즐긴다. 따라서 읽을 때 박자를 주어서 읽는 것이 좋다.

유아기의 책은 아이에게 온갖 모욕을 당할 수밖에 없다. 그냥 아이와 놀아주면서 읽어주고 아이는 같은 책을 읽고 또 읽어달라고 한다. 아이는 자신이 친숙한 것만 반복하기를 원하기 때문이다.

설명을 곁들인 읽어주기 방식이 효과적이라서 그냥 읽지 말고 질문에 답변을 해주는 게 좋다.

책을 읽어줄 때 해야 할 것과 하지 말아야 할 것은 어떤 것이 있는지 살펴보자.

〈해야 할 일〉

• 매일 일정한 시간을 정해 책을 읽어 주자.
• 아이와 함께하는 시간 틈틈이 읽어 주자.

듣는 능력은 습득되는 것이다. 꾸준히 가르치면 조금씩 나아지는 것이지 결코 하룻밤에 이루어지지 않기 때문이다.

〈해서는 안 되는 일〉

'책을 선택할 때 부모들이 좋아하지 않는 내용은 읽어주지 마라' 인데, 내가 좋아하지 않는 내용인데도 언론이나 출판사에서 좋은 책, 필독서라는 이유만으로 아이들에게 참고 읽어주면 아이들에게 좋은 내용으로 읽혀지지 않아서 좋지 않다고 한다.

이 책을 소개하면서 많이 찔리는 내용이었다. 사실 나도 아이에게 별로 책을 읽어주지 않았기 때문이다. 대신에 아이에게 책을 읽는 모습을 많이 보여주었다. 그리고 아이에게 책을 읽어주기 전에 그림을 보여주면서 어떤 이야기냐고 물어보면서 같이 놀아주었던 기억이 난다. 아이에게 공감을 하면서 읽어주는 것도 또하나의 책읽기 방법이 아닐까 하는 생각을 해본다.

책 읽는 엄마 책 먹는 아이

한복희 여성신문사

이 책은 독서 지도사 한복희 선생님의 15년 간의 독서지도 경험을 통하여 체득한 아이들의 독서지도 요령을 담고 있다. 단순히 독서요령을 알려주는 것 뿐만 아니라 자신이 직접 경험한 일들을 적어서 재미있는 이야기 책처럼 되어 있다.

이 책의 크게 3개의 장으로 나누어져 있는데, 제 1장에는 우리 엄마가 책을 읽어요!, 제 2장 우리 아이가 책을 읽어요!, 제 3장 독서지도 방법 등으로 이루어져 있다.

제1장, 우리 엄마가 책을 읽어요의 내용은 아이에게 책을 읽히려면 엄마가 책을 읽어야 한다는 것이다. 많은 엄마들이 아이들의 발달에 독서가 좋다는 것을 알고 있다. 그래서 하는 것이 주로 전집을 사주어서 집에 책꽂이를 만들어서 책을 잘 읽을 수 있는 환경을 만들어 준다는 것이다. 문제는 책장은 아이 방에 있고 아이에게는 책을 읽으라고 하면서 자신은 거실에 나가서 TV를 보고 있다는 점이다. 아무리 책이 많아도 엄마가 읽지 않는다면 아이들에게는 그 책들은 단순한 인테리어에 불과하다는 것을 이야기하고 있다. 책이 집에 있다는 사실은 언제나 읽을 수 있기에 아이들은 도리어 더 읽지 않게 된다. 그런데 반

대로 집안에 책이 적더라도 엄마가 한 권씩 읽는 모습을 보게 된다면 아이들은 따라서 책을 읽게 된다. 이 장에서는 두 가지를 강조한다. 독서하는 분위기를 조성하고, 부모가 같이 읽는 분위기가 먼저라고 강조 하고 있다.

제2장, 우리아이가 책을 읽어요!에서는 독서훈련을 통해서 집중력을 회복하고 미래에 대한 설계를 한 아이들의 이야기가 나오는데, 한 예로 한 아이는 자신이 미래에 무엇이 되고 싶은지 전혀 생각해 본 적도 없다고 한다. 그런데 많은 고전과 책들을 읽으면서 자신이 가고 싶은 학과와 직업관을 가지게 된다. 두 번째 예는 많은 아이들이 영상매체에만 노출되다 보니 감성이 메말라 가는 것을 알게 된다. 영화는 본다고 말을 하지만 책은 읽는다고 말을 한다. 이 뜻은 책은 단순히 읽는 것이 아니라 작가가 인간만이 알 수 있는 언어라는 암호를 독자가 해석을 하는 과정이라고 할 수 있다. 그래서 우리는 영화에서 볼 수 없는 것들을 책을 통해서 볼 수도, 만질 수도, 느낄 수도, 맡을 수도 있는 것이다. 책에선 아이들의 고전을 읽는 훈련을 통해서 감성을 개발하는 과정이 들어가 있다.

마지막 제3장 독서지도 방법은 실제로 활용이 가능한 독서지도의 방법을 기술하고 있는데, 대부분의 독서교육은 단순히 책을 읽고 학습지 수준으로 단문을 읽고 그때 그때 독후감을 쓴다. 그러나 진정한 독서지도를 하기 위해선 고전문학작품을 통해 역사를 이해하고, 도덕을 가르치며, 책을 통해 미술을 공부하고 '자기만의 책 한 권' 을 선정해 수시로 읽어보고 생각하면서 점점 글 속 인물들의 삶과 철학을 자기화해 나갈 수 있게 해야만 한다. 그런데 책 속의 지식을 전부로만 생각해서는 안 된다. 책 속의 지식은 어디까지나 간접경험이고 아이들에게 전혀 다른 개념으로 받아들일 수가 있기 때문에 독서를 한 책과 연계한 체험학습을 병행하는 것이 가장 좋은 독서지도 방법이라고 강조하고 있다. 예를 들어 요즘 아이들은 과거 소나기에 나오는 농촌현장에 대한 경험이 전무한 경우가 많다. 그런 아이들에게 소나기를 읽고 독후감을 쓰라고 하면 기대

이하의 글이 나온다. 그러나 농촌체험을 하고 나서 아이들에게 다시 읽히게 한 후 글을 쓰라고 하면 훨씬 더 나아지는 것을 알 수가 있다.

사실 이 책은 소개한 후에 나도 이런 식의 책을 쓸 수 있을 것 같다는 생각을 하게 되었다. 특히 책을 소개하는 방법을 익히면 책을 보다 쉽고 정확하게 읽고 원고를 작성해서 발표까지 할 수 있기 때문이다. 이 일을 10년 넘게 하다 보니 아이들에게 이런 식의 독서법을 알려보는 것은 어떨까 하는 생각을 하게 되었다. 그래서 다음에 책을 쓰게 되면 소개하는 독서법을 써볼까 한다.

책 먹는 여우

프란치스카 비어만 주니어김영사

책을 지극히도 좋아하는 여우 아저씨는 책을 다 읽은 후엔 소금과 후추를 뿌려 먹어치움으로써 교양에 대한 욕구뿐만 아니라 식욕도 해결했다. 하지만 책값이 좀 비싼가? 그래서 결국 전당포에 집안의 물건을 몽땅 맡기고 책을 사서 읽고 먹어버리고 만다. 동네 서점을 서성거리던 여우 아저씨는 기가 막힌 종이 향기가 나는 도서관을 발견하게 되고, 이 천국 같은 곳에서 신나게 양껏 책을 읽게(먹게?) 된다. 그러나 꼬리가 길면 잡히는 법, 사서에게 들킨 뒤 여우 아저씨는 도서관 출입 금지를 당하게 된다.

광고지나 싸구려 신문지 때로는 폐지 수집함을 뒤지면서 연명을 하게 된 가련한 여우 아저씨는 급기야 영양실조로 그 윤기 나던 털가죽은 빛이 바래고 소화불량을 겪게 되는데, 도서관에서 저지른.일 말고는 늘 점잖은 시민이었던 여우 아저씨는 견디다 못해 동네 서점을 털게 된다. 일명 서점털이 강도! 강도짓을 한 게 들통나 감옥에 간 여우 아저씨는 '독서금지' 라는 가혹한 처벌을 받게 된다.

절망의 나날을 보내던 그에게 떠오른 기발한 생각은 자기가 직접 글을 쓰는 것! 피와 살이 되었던 엄청난 독서량을 바탕으로 쓴 여우의 글은 감방을 지키던 교도관을 감동시키게 되고, 교도관은 출판사를 차려 여우를 소설가로 성공시키게 된다. 여우 아저씨의 뛰어난 작품은 온 세상의 주목을 받고 수많은 평론가의 연구 대상이 된다. 백만장자가 된 여우 아저씨는 과연 원없이 책을 사 읽게(사 먹게) 되었을까? 아니다. 이젠 사정이 달라지는데, 여우가 가장 좋아하는 식사는 바로 자기 자신이 쓴 책이었으니까.

이 세상에는 무수히 많은 방대한 책들이 존재한다. 똑같은 책이라도 읽는 사람마다 느끼고 깨닫는 점들은 각각 다르다. 소금과 후추를 쳐서 책을 먹었던 여우 아저씨처럼 자신만의 양념, 즉 자신만의 방식이 필요하다는 것이다. 그리고 여우 아저씨가 나쁜 책들－중독성 심한 만화책, 혹은 음란물 등－을 읽고 나서 털이 윤기 없어지고 소화불량 되었다는 점에서 우리는 좋은 책들을 선별해서 읽을 필요가 있다는 점을 가르쳐준다. 독서를 많이 해둔 것이 결국은 감옥에 있었던 여우 아저씨를 성공의 요인으로까지 이끌었던 것은 동화적인 과장이 들어가기는 하지만 결국 책은 읽은 만큼의 대가를 돌려준다는 것을 알려주는 것이다.

어쩌면 독서의 완성은 글을 쓰고 더 나아가 책을 쓰는 것이 아닌가 싶다. 자신이 읽는 책만 가지고선 아무도 만족할 만한 글을 계속 읽을 수는 없다. 그러나 자신이 자신의 책을 쓴다면 자신의 지식을 완성해 갈 수가 있기 때문에 만족감을 느낄 수 있다.

이 책을 소개한 이유는 바로 영어의 완성이 말하기와 쓰기이듯이, 독서의 완성은 읽는 것으로 끝나는 것이 아니라 자신의 책을 완성하는 것이기 때문이다. 책을 읽다 보면 생각이 많아지고 생각이 많아지다 보면 말로 혹은 글로서 자신의 생각이 터져서 나오게 된다. 그런데 그 내용이 얼마나 충실하냐에 따라서 남들이 인정해 주는 책이 되느냐 마느냐가 결정이 되는 것이다. 책을 정말로 많이 읽는 사람이라면 진짜로 책을 쓰는데 도전을 해보라고 충고해 주고 싶다. 그리고 세상에서 진짜로 제일 좋은 책은 지금 내가 쓰고 있는 책이라는 사실도 같이 알려주고 싶다.

  기업이 커가면서 망하는 가장 큰 이유는 처음에 들어온 직원들이 커져가는 기업에 맞지 않기 때문이다. 그렇다고 처음에 들어온 직원들을 모두 다 내보내기에는 문제가 많다. 그래서 많은 기업들이 돈을 들여서 직원들을 교육을 시키고 있다. 그러나 작은 중소기업이나 이제 막 커가는 벤처기업 같은 경우에는 얼마 안 되는 직원들을 돈을 엄청나게 들여서 직원들을 교육시킬 수는 없다. 그렇다고 대기업도 이사진이나 부장급 되는 사람들은 계속해서 교육을 시킬 수도 없다. 그래서 나온 대안이 바로 독서경영이다. 독서경영이란 직원들에게 일정한 책을 읽고 독후감을 제출하고 토론을 통해서 생각의 변환을 가져와서 직원들의 지식과 능력을 향상시켜 경영에 활용한다는 것이다.

  그럼 독서경영을 하고 있는 회사들은 어떤 곳들이 있을까? 안철수연구소, 우림건설, 교보문고, 삼성SDS, 이랜드, 동양기전, 금호아시아나, 동양생명 등 익히 우리가 들어볼 만한 기업들에서 활용하고 있다.

  그럼 독서경영을 어떤 방식으로 하고 있을까? 크게 두 가지 방식이 있다. 우선 CEO부터 말단사원까지 같은 책을 읽고 자신들의 독후감을 제출하고 단체토론을 하는 방식이 있고, 두 번째는 직급에 맞게 책을 보고 그 책에 대한 내용을 간단하게 추려서 쓰고 나중에 사장이나 사원들 앞에서 발표하는 방식으로 되어 있다. 두 가지 방식 다 독후감을 제출하거나 토론 발표를 할 때 점수를 매겨서 나중에 승진의 고과점수에 활용한다고 한다. 더 나아가서는 자신이 읽은 책을 바탕으로 회사의 변화를 주도 했을 때는 추가 보너스까지 주는 시스템으로 되어 있다고 한다.

그런데 독서경영이 정말로 효과가 있을까?

독서경영의 효과를 구체적으로 설명하면 다음과 같다.

첫째, 조직 구성원들이 알고 있는 공통의 문제점을 자극하여 이를 구체적으로 표현할 수 있도록 도와준다. ─ 같은 책을 읽으면 조직의 공통의 문제점을 찾을 수 있기 때문이다.

둘째, 공동의 주제(책)를 매개체로 한 서평을 공유하고, 이에 대한 토론과 협의는 조직원들 간의 공동체 의식을 강화시켜줄 수 있다. ─ 같은 책을 읽었다는 것만으로도 우리라는 테두리 안에 들어갈 수 있다.

셋째, 지식 공유에 대한 조직 구성원들의 의식, 자신의 지식을 어쩔 수 없이 공개한다는 생각에서 책에서 배운 지식을 보여 준다는 개념으로 바꿔 줄 수 있다. ─ 자신의 의견을 직접 공개하는 것보다 책을 빌리면 효과적이다.

그럼 독서경영을 하면서 주의해야 할 점은 어떤 것들이 있을까?

첫째, 우선 회사의 최고의 위치에 있는 CEO와 이사진들이 꼭 책을 읽고 참여를 해야만 한다.

둘째, 독서경영의 효과를 얻기 위해서는, 해당 기업에 적합한 책을 선정해야 한다. 이런 책은 기업의 핵심가치를 강화할 수 있는 책, 특정 기업의 현실상황을 반영한 책, 유명한 경영ㆍ경제서적이나 남들이 좋다고 한 책이 특정 기업에도 적합한 책이라고 볼 수는 없다.

셋째, 독서경영은 '독서' 자체로만 끝나서는 안 된다. 경영에 도움이 될 수 있는 방법을 상황에 따라서 연구해야만 한다. 책을 왜 읽어야 하는지, 책을 통해 무엇을 얻을 수 있는지, 그것이 조직원 개개인의 지적·정신적 발전에 어떤 도움을 줄 수 있는지를 그들 스스로가 이해하지 못한다면, 이것 자체가 조직원들에게 또 하나의 짐이 될 수 있다는 점을 염두에 두어야 할 것이다.

나를 바꾼 한권의 책

안정한 꿈과희망

이 책에선 독서기술에 대해서 세 가지를 이야기하고 있다.

첫 번째, 독서에 대한 책을 선정하는 기준은 자유다. 자신이 가지고 있는 책에 대한 편견을 깨고 이것저것 읽어보는 것이 좋다. 독서를 너무 안한다고 생각하는 사람은 만화책부터 읽는 것이 좋다. 책을 일단 재미를 붙여야지만 읽게 되고 읽다 보면 또 재미가 붙어서 다른 책도 읽어보기 때문이다. 그리고 사람의 머릿속은 여러 가지 책을 한꺼번에 보아도 저절로 정리가 되기 때문에 걱정은 하지 않아도 된다.

두 번째, 책을 읽는 방법에는 여러 가지가 있겠지만 꾸준히 앉아서 끝까지 읽는 것은 별로 권하고 싶지 않다. 책을 보다가 재미가 없으면 덮고 다른 책을 읽다가 다시 궁금해지는 방법이 훨씬 더 좋다. 사실 집중력이 좋은 사람은 끝까지 읽을 수 있지만 대부분의 사람의 경우 아주 재미있지 않고선 그렇게 읽는 것이 불가능하다. 소설이야 앞부분과 뒷부분이 연결되어야 하겠지만 그렇지 않은 실용서의 경우에는 사전처럼 자신이 원하는 이야기를 보는 것이 좋다.

세 번째, 독서노트 정리법을 활용하라. 독서노트 또는 독서메모를 하다 보면 책을 전혀 다른 방향에서 읽을 수 있는 능력과 책을 나름대로 분석해서 정리하는 습관이 생기게 된다. 무엇보다도 중요한 것은 책은 읽고 나서 적지 않으면 머릿속에 하나도 남지 않는다. 도리어 내 마음대로 각색이 되어서 기억이 떠오를 수도 있다. 따라서 책을 읽었으면 기록으로 남겨야지만 내가 정확하게 기억할 수 있는 근거를 만들 수 있는 것이다.

이 책은 내가 쓴 두 번째 책이다. 사실 내가 쓴 책이라기보다는 내가 쓴 원고를 출판사에서 책으로 엮어준 것이다. 10년 동안 여기저기 방송국을 다니면서 소개했던 원고 중에서 좋은 원고를 출판사에 주었고, 출판사에서 예쁘게 편집을 해서 만들어 준 것이다. 그래서 달린 리플 중에는 왜 제목이 청소년을 위한 나를 바꾼 한권의 책이냐고 물어보는 리플도 있었다. 원래는 그런 의도가 아닌 '내가 소개한 책들'이라는 제목으로 만들려고 했었는데 출판사 사장님께서 청소년들이 볼 만한 책들이 많이 소개되어 있어서 제목에 그런 소제목을 넣은 것이다.

그중에서 기억에 남는 책은 '10미터만 뛰어봐라' 라는 책이 있는데, 이 책은 "남자한테 참 좋은데."라고 선전을 해서 대박을 친 천호식품의 김영식사장의 책이다. 내용은 자신의 실패와 성공에 대해서 이야기를 하고 있는데, 이 책이 기억에 남는 이유는 이 책을 소개하는 날 새벽에 건물 3층에서 수도가 터져서 그것 처리를 하느라고 밤을 새고 나서 방송에 책을 소개하느라 피곤한 얼굴이 그대로 드러난 표정으로 방송이 됐다. 그리고 두 번째 책은 '생각의 눈을 떠봐 발명품이 보여' 라는 발명으로 부자가 된 사람들의 이야기가 담겨져 있는 아동 도서였는데, 이 책의 경우 여러 가지 방송을 하다 보니 우선 MBC에서 소개를 하고 한 달 뒤에 같은 내용으로 TBN에서 소개를 한 적이 있다. 그랬더니 방송사에 전화가 걸려 와서 재방송이냐는 말을 들었다고 PD와 작가한테 한 소리를 들은 적이 있다. 그래서 다시는 같은 내용을 똑같이 방송을 하지 않게 되었다. 그리고 이 책의 앞부분에는 QR코드가 있어서 스마트 폰으로 찍으면 내가 소개한 책 영상이 바로 뜨게 되어 있다. 궁금하신 분들은 한번 시도해보기 바란다.

사실 이 책의 제목은 내가 책을 읽으면 세상이 보인다. 라는 제목으로 시작을 했는데 출판사에서 학생들에게 읽으면 좋은 책이 많다고 해서 제목을 붙인 책이다. 어쨌든 1쇄가 다 나가고 2쇄까지 찍은 현재도 내어놓으면 많은 분들이 사가는 그런 스테디셀러가 되고 있다. 그래서 이 책으로 글을 쓰는데 많이 용기를 얻어서 다음번 책을 쓸 생각도 하게 되었다.

소설에 관해서 깨달은 것들

　나는 소설을 별로 좋아하지 않는 편이다. 상상력을 바탕으로 재미있는 이야기를 쓰는 것은 좋지만 재미있게 읽다가 어느 순간 비현실적인 면이 나오기 시작하면서부터 끈 떨어진 연처럼 재미가 급 추락하는 경우가 많기 때문이다. 게다가 논픽션적인 이야기들을 공부하다가 픽션적인 이야기를 듣다 보면 왠지 유치하다고 생각될 때가 많았기 때문이다. 그래서 공상에 관한 이야기는 주로 영화에 대해서 보고 즐겼다. 그래서 책을 소개하면서 소설에 대해선 잘 소개를 하지 않았었다. 내가 방송에서 소설을 잘 소개하지 않게 된 계기는 바로 시간 때문이었다. 소설을 시간 안에 소개하려다 보면 시간상 다 이야기를 할 수도 없고 소개를 다해버리면 소설의 결말이 나와 버려서 책을 판매할 수가 없다 보니 딜레마에 빠져서 못한 것이 가장 큰 것 같다. 나중에는 요령이 생겨서 중간까지만 이야기를 하고 결말에 대해선 독자들에게 맡긴다는 형식으로 해보았었다.

　그중에서 내가 재미있게 읽었던 책들을 보면 무언가 소재가 아주 참신하거나 아니면 관점이나 구성이 새로운 것들이었다. 그런 책들을 읽으면서 깨달은 소설은 크게 세 가지로 구성이 된다.

　1. 사실에 근거한다. 일단 아주 허구의 이야기를 마구 만들어서 이야기를 하

면 사람들은 일단 보려고 하지 않기 때문이다. 어떤 형태로든 현실에 뿌리를 두어야만 한다. 예를 들어 스타워즈는 우리하고 전혀 상관없는 먼 은하계의 이야기지만 거기서 나오는 사람들의 이야기는 우리하고 똑같이 생긴 인간들이 중심에서 이야기를 꾸려나가고 있다.

2. 관점을 분해한다. 소설에서 가장 중요한 부분은 역시 관점이다. 왜냐하면 똑같은 사건이라도 누구의 관점에 의해서 보느냐에 따라 전혀 다른 이야기가 될 수 있기 때문이다. 예를 들어 아빠 고르기라는 소설에서 보면 태어나기 전에 아이들의 관점으로 자신들의 부모를 본다. 따라서 아빠의 인생에 대해서 보다 객관적으로 볼 수 있는 것이다. 이처럼 관점을 분해함으로써 이야기를 전혀 다르게 해석할 수 있게 된다.

3. 상상으로 재구성한다. 일단 실제로 존재했던 이야기를 가지고 각자의 관점으로 볼 때 그렇게만 이야기가 구성이 된다면 아마 다큐멘터리가 될 것이다. 소설이 소설일 수 있는 이유는 있을 법한 이야기를 만들어서 왜 그렇게 됐는지 또 어떻게 될 것인지를 상상으로 재구성하는데 그 묘미가 있는 것 같다.

소설은 이렇게 단순하게 분석한 것이 너무 무식한 방법일지는 모르지만 소설을 해석하기 쉽게 하기 위해선 이렇게 생각하면서 읽는 것이 편한 것 같다. 앞으로 소개해 드리는 소설을 읽어보면서 한번 자신만의 소설 분석법을 개발해 보기 바란다.

공부와 교육에 관해서

현재의 교육시스템이 나쁘다는 것은 아니다. 현재의 교육시스템은 훌륭하지만 후천적으로 머리가 깨어나는 천재들을 활용할 수 있는 시스템을 만드는
것이 더 중요하지 않나 생각을 해본다. 어려서 공부 잘하는 친구들을 찾아내는 것도 중요하지만 삶의 경험으로 답을 만들 수 있는 사람들을 많이 찾아
서 국가에서 혹은 기업에서 쓸 수 있는 평생 교육의 시스템을 만들었으면 좋을 것 같다.

공부라고 생각하면 머리부터 아픈 분들이 꽤 많은 것 같다. 사실 나도 그렇다. 좋아하는 분야 말고 조금만 다른 분야에 대해서 이야기를 하면 뭔가 바보가 된 느낌이 들 때가 많이 있다. 어쨌든 이 공부라는 것에 대해서 깨달은 것을 이야기하면 개인적인 부분과 사회적인 부분으로 나누어 생각해야 한다. 개인적인 부분에서 공부란 자신의 신분을 바꾸고 돈을 벌 수 있는 자격을 취득하는 수단이다. 단 여기에는 평등하게 공부했을 때 아주 열심히 하거나 머리가 좋은 사람만이 가능하다는 전제는 누구나 알고 있는 사실이다. 그런데 여기에 우리가 모르는 사회적인 부분이 있다는 사실을 알려주려고 한다. 일단 사회는 왜 아이들에게 공부를 시키는 것일까? 그것은 사회가 살아남기 위한 수단이기 때문이다. 사회가 살아남기 위한 수단이 공부라니 도대체 이게 무슨 뜻일까? 우리가 학창시절 공부할 때를 생각해 보면 대부분 나름대로 열심히 공부할 것이다.

나도 아침 6시에 일어나서 버스를 타고 등교해서 밤 12시에 와서 1시까지 학원에서 공부하다가 다시 일어나서 간 기억이 있다. 그렇게 해도 왜 성적은 중간에서 왔다 갔다 했는지 그때는 몰랐다. 선생님과 부모님은 항상 말씀하셨다. "너는 머리는 좋은데 공부를 열심히 안 해서 성적이 안 오른다."라고 말이다. 그런데 나이가 들어서 보니 머리는 나쁜데 그나마 공부해서 유지되었다는 생각이 든다. 이쯤 되면 왜 공부했는지 허탈하기 그지없다. 특히 그때 풀었던 수학공식을 지금 펼쳐 놓으면 전혀 모르는 나라의 언어를 보는 것마냥 아예 읽지도 못하는 것 투성이다. 도대체 왜 살면서 다시는 보지 않을 그런 어려운 문제들을 풀기 위해 잠도 못 자게 하면서 인생의 가장 황금기인 청소년 시기를 보내게 하는지 이해하지 못했다. 특히 캐나다에 어학연수를 갔을 때 그곳 고등학교 수준이 굉장히 쉬운 걸 알고 놀란 적이 있다. 다른 과목들도 상식 수준이어서 어렵지 않았다. 거기서 우리가 배우는 과목들은 천재라고 불리우는 애들이 배우는 수준이었다. 결과적으로 우리가 배운 과목들은 대부분의 아이들을 위한 것이 아니라 1%의 아이들을 찾기 위한 테스트였던 사실을 알고 나서 나는 경악을 금치 못했다. 즉 한 명만 알아들으면 되는 과목을 우리 모두가 배우고 있었던 것이다. 어느 순간 아무리 공부해도 따라 갈 수 없다는 사실을 이미 선생님들도 알고 있었던 것이다.

그런데 이렇게 된 데에는 역사적인 배경을 알 필요가 있다. 우선 우리나라의 교육시스템은 일제시대에 만들어진 것이고 일본은 100여 년 전에 유럽에서 가장 선진화된 영국의 교육시스템을 받아들여서 만든 것이다. 당시 영국은 식민지 지배를 위해서 많은 똑똑한 젊은이들이 필요했고 결국 많은 학생들에게 고등교육을 시켜서 배출하게 된다. 그것을 잘 배워온 일본은 학교를 만들어서 그 교육시스템을 보급했고 우리나라 역시 그 시스템에 따라서 전인적 교육으로 모든 학생이 모든 과목을 다 잘할 수 있도록 가르치게 만들었던 것이다. 문제는 100문제 중에 중간의 학생은 50점만 맞을 수 있게 시험을 낸다는 것이다. 그래서 100점인 학생은 어떤 직업 중에서도 좋은 직업을 가질 수 있는 학교를 가고, 50점인 학생은 그냥 그대로의 직업을 가질 수 있도록 한다는 것이었다. 30년 전만 해도 대학은 100점 맞는 학생만 가는 그야말로 엘리트코스였지만 현재는 그렇지 않다. 그럼에도 불구하고 지금의 대학들은 100년 전의 가치를 가지고 학생들을 가르치고, 학생들도 되지 않는 이상을 가지고 공부하다 실업자로 살게 되는 악순환을 반복하게 된 것이다.

조금만 생각해 보면 이렇게 힘들게 공부시키는 이유를 쉽게 알 수 있다. 공부 잘하는 학생만 뽑아서 국가의 중요한 자리에 앉혀놓으면 나라가 평안하게 갈 수 있다는 사실 때문이다. 수능시험 문제를 보면 어려운 한 문제가 아니라 쉬운 문제와 어려운 문제를 섞어서 빠른 시간 안에 정확하게 푸는 사람을 잘한다고 평가하는 시스템이다. 그 이유는 사회에서 능력 있는 사람은 어떤 문제를 깊게 푸는 사람이 아니라 당면한 쉬운 문제를 빠르고 정확하게 푸는 능력이 있는 사람이 필요하기 때문이다. 그런 능력 있는 사람이 윗사람이 낸 문제를 보다 쉽게 파악하고 평가해서 풀기 때문이다. 물론 학자적인 능력을 가진 사람은 예외겠지만 대부분의 회사나 국가기관에서 그런 능력이 필요하기 때문이다. 그리고 나라가 움직이는데는 그런 뛰어난 인재들만 골라내면 어느 정도 수준에만 올라가면 별로 문제가 되지 않는다. 나라는 매뉴얼대로 그때그때 부딪히는 문제는 빠르게 풀기 때문이다.

여기에는 한 가지 모순이 존재한다. 사회가 유지는 하되 발전하기가 힘들어진다는 사실이다. 모두가 같은 생각을 하기 때문에 다양성이 부족하고, 당면한 문제는 해결하되 답이 없는 문제, 즉 답을 찾는 문제가 아니라 답을 만들어야 하는 경우에 대책이 없다는 사실이다. 정주영 회장의 일화에서도 나오지만 미국 루즈벨트 대통령이 방한할 때 아직 잔디가 자라지 않은 미군국립묘지에 잔디를 깔아달라고 부탁을 하자 보리싹을 심었더니 잔디처럼 보여서 루즈벨트 대통령이 만족했다고 한다. 그때 한 말이, "그들이 원한 건 잔디가 아니라 푸른빛이었다. 그래서 푸른빛을 입혔을 뿐이다."라고 말한 것처럼 문제의 정답이 아닌 답을 찾아내는 인재를 찾는 데는 힘든 시스템이 되어가고 있다. 특히 일본의 경우 개국이래 한 번도 시스템을 바꾸지 않아서 어리석은 자들이 높은 성적을 얻어서 시스템이 가라앉는 경우를 볼 수 있다. 그런데 그 과정을 우리나라도 따라가고 있다. 게다가 바꿀 수 있는 방법이 없는 것만 같아서 걱정이다.

현재의 교육시스템이 나쁘다는 것은 아니다. 현재의 교육시스템은 훌륭하지만 후천적으로 머리가 깨어나는 천재들을 활용할 수 있는 시스템을 만드는 것이 더 중요하지 않나 생각을 해본다. 어려서 공부 잘하는 친구들을 찾아내는 것도 중요하지만 삶의 경험으로 답을 만들 수 있는 사람들을 많이 찾아서 국가에서 혹은 기업에서 쓸 수 있는 평생 교육의 시스템을 만들었으면 좋을 것 같다.

또 다른 이야기로 교육의 가장 중요한 핵심 가치는 국영수에 있는 것이 아니라 우리가 필요 없다고 하는 예체능에 존재한다. 국영수는 아무리 잘해도 사회에 나와서는 아무런 필요가 없다. 사회에서 누가 미적분을 풀며, 영어 장문을 해석할 일이 무엇이 있는가? 국어도 고문이나 어려운 한문을 해석하면서 책을 읽을 필요는 없지 않은가? 그러나 도덕은 사회를 사는데 가장 핵심가치일 뿐만 아니라 믿을 수 있는 사회를 만드는 기틀인데 이 과목을 요즘은 중학교 때 집중이수제라는 이름으로 한 학년에 다 배우고 3학년 때는 시험 보는 과목만 본다고 한다.

게다가 체육을 거의 하지 않아서 아이들이 스트레스로 많은 문제가 발생하고 있다. 닭은 마당에 풀어 놓으면 서로를 공격하는 경우는 없다고 한다. 그런데 닭을 닭장 안에 가두면서 서로 쪼기 시작해서 닭장 안의 닭들의 경우 부리의 뾰족한 끝을 잘라 버린다고 한다. 그럼에도 서로 공격을 해서 다치는 경우가 많다고 하는데 자라나는 우리 아이들이라고 무엇이 다를까? 좁은 교실 안에서 하루 종일 있는데 체육도 안 하고 윤리니 도덕이니 하는 것도 수업을 몰아서 가르친다. 거기다 교권도 약화되어서 아이들을 통제할 수 없게 되었으니 이제는 교실이 무너진다는 표현이 맞는 것 같다. 그리고 그런 아이들이 커서 어른이 되어서 세상을 만들어 가고 있으니 어떻게 될까 하는 두려움이 앞선다. 이 모든 교육의 대가는 우리 모두가 치러야 할 텐데 말이다.

이번에는 공부와 교육에 관한 책들을 소개해 볼까 한다. 그토록 열심히 하지만 이루기는 어려운 것이 공부가 아닌가. 공부에 대해서 조언을 주는 책들을 한번 살펴보도록 하자.

꼴찌 동경대 가다

미타 노리후사 랜덤하우스코리아

이 책의 원래 제목은 '드레곤사쿠라'이다. 만화인데 우리나라에서 드라마의 원작으로도 쓰인 책이다. 드라마의 제목은 '공부의 신' 김수로가 주연으로 나와서 인기가 있었다. 내용을 간단하게 소개하면, 파산 직전의 회사를 동경대 출신의 변호사가 살리기 위해서 고3 수험생을 동경대에 보내서 최고의 학교를 만들려고 한다. 그래서 공부를 못하는 학생들을 위한 공부법을 알려주는데 기본적인 공부의 기술에서부터 고차원적이 능력까지 많은 이야기가 담겨 있다.

책의 시리즈가 많고 워낙에 많은 공부의 기술들이 나오기 때문이 일일이 다 설명하기는 힘들고 내용 중에서 가장 기억에 남는 세 가지만 이야기를 하겠다.

첫 번째, 모든 공부는 암기과목이다. – 우리는 국어, 영어, 수학은 암기과목이 아니라고 생각을 한다. 그러나 사실은 모두 암기과목이다. 일단 수학부터 보자. 우리가 생각하기에 수학은 푸는 과목이기에 연산을 하는 것이라고 착각하지만 고등학교 수학은 그렇지 않다. 고등학교에서 나오는 수학 공식의 양이 얼마나 된다고 생각하는가? 그리고 설마 그 공식을 다 이해하고 있다고 착각하고 있는 것은 아닌가? 우리가 그 문제를 풀 수 있는 것은 공식을 외웠기 때문이다. 따라서 수학은 일단 공식과 문제를 외워서 풀어야지만 어느 정도 이상의 점수가 나올 수 있다. 영어도 마찬가지다. 영어를 풀다 보면 이해가 안 되는 문제들이 많이 나온다. 예를 들어 문법적으로 예외적인 경우가 상당히 많다. 그런데 문제를 많이 틀리게 내기 위해선 쉽게 내면 안 되기 때문에 문법외적인 요소를 낼 수밖에 없다. 결국 문법이란 언어의 공식인데 언어의 공식을 거스르는 방식의 문제는 외울 수밖에 없는 것이다. 결국 모든 공부는 암기과목일 수밖에 없는 것이다.

두 번째, 모든 과목은 국어다. ― 일단 모든 과목은 국어로 되어 있기 때문이다. 사실 수학도 우리말로 하면 굉장히 복잡한 것을 간단하게 수식으로 나타내는 것이다. 예를 들어 밤에 전봇대 앞을 걸어가고 있는데 그림자의 길이는 걷는 길이에 비해서 두 배씩 늘어난다면 전봇대의 높이는 어떻게 되는가? 라는 문제를 들었을 때 수식이 생각나는가? 일단 언어적으로 해석을 하지 못하면 풀 수가 없다.

영어도 마찬가지다. 영어도 원어민이 아닌 이상 정확한 뜻풀이를 위해선 우리말로 번역해야만 하는데 영어를 번역하기 위해서도 정확한 우리말을 알아야 한다. 번역을 해도 우리말 뜻을 모르면 문제를 놓칠 수밖에 없다.

세 번째, 공부와 시험은 별개다. ― 일단 시험공부와 학과공부는 별개라는 말이다. 시험이란 이 사람의 능력을 테스트하는 것이기는 하지만 언제나 팁은 존재하는 법이다. 예를 들어 수학능력시험 같은 경우 매년 다른 문제가 출제되기는 하지만 비슷한 유형 안에서 내야만 한다. 왜냐하면 갑자기 변경했을 경우 전체적인 정답률이 틀려질 수밖에 없기 때문이다. 그래서 시험을 공부하기 전에 자신이 공부하는 패턴이외에 시험공부를 별도로 하는 팁을 연마해야만 한다.

책을 읽다 보면 이런 공부에 관한 기술에서 대해서 조금 더 자세하게 나온다. 수학은 자동적으로 나올 수 있도록 체득하는 것이 좋고, 영어 같은 경우 언어이기 때문에 친근하게 연습을 해서 몸에서 자연스럽게 받아들이도록 하는 게 좋다고 이야기하고 있다. 더 나아가서는 하루의 스케줄, 일주일 스케줄, 한 달의 스케줄을 짜는 법과 스케줄에 따라서 휴식을 어떻게 취해야 하는지도 나와 있다. 특히 잠을 6시간 이상 자야 한다는 것과 중간에 낮잠을 취하는 시간까지 나와 있었다. 이것은 뇌가 쉴 수 있는 시간을 주어야지만 보다 높은 점수를 가질 수 있다는 통계에서 나온 것이다.

책에선 이런 이야기가 나오지만 책 자체는 사실 굉장히 사회비판적인 시선을 담고 있다. 책에선 모든 시험에는 구멍이 있다. 우리는 그 구멍을 찾아서 동경대에 넣는 것뿐이다. 그 다음에는 자신이 알아서 해 나가는 것이다. 라고 말을 한다. 일본의 입시제도는 100년 전부터 한 번도 바뀐 적이 없다. 따라서 능력이 떨어지는 사람이라도 동경대에만 간다면 얼마든지 엘리트로 인생을 살아갈 수 있는 문제를 가지고 있다는 이야기를 하고 있는 것이다. 과연 우리나라는 얼마나 다른지 생각을 해보았다.

이 책은 다중지능에 관한 책이다. 많은 사람들이 일반적으로 사람의 지능지수를 IQ로만 판단하던 것을 8가지 지능으로 분류해서 사람마다 특징을 판단해서 적재적소에 씀으로써 자신의 행복을 찾아갈 수 있다는 이야기를 담은 책이다.

8가지나 되는 다중지능에는 어떤 것들이 있을까?

언어지능, 음악지능, 논리수학지능, 공간지능, 신체운동지능, 인간친화지능, 자기성찰지능, 자연친화지능 등등이 있다.

우선 언어지능은 말 그대로 말을 잘하는 것을 의미한다. 음악지능은 베토벤이나 모차르트처럼 음악 자체를 잘 듣고 연주할 수 있는 능력을 말하고, 논리수학지능은 수학과 공간의 개념을 잘 이해하고 계산을 잘하는 사람을 의미한다. 신체운동지능은 안정환이나 김연아처럼 뛰어난 운동신경을 지닌 사람을 말한다. 인간친화지능은 정치인들이나 사회봉사인들처럼 사람들과 친화력이 뛰어난 사람들을 의미한다. 자기성찰지능은 수도사들이나 스님들처럼 철학이나 자신이나 신에 대해서 깊은 생각을 하는 사람들을 말한다. 마지막으로 자연친화지능은 산악인 엄홍길 씨처럼 자연을 가까이 하고 자연에 묻혀서 사는 사람들이다.

이 다중지능은 미국 하버드대 교수인 하워드 가드너가 만들었는데, 그는 IQ 테스트에 대해서 부정적인 견해를 가지고 있었다. 원래 IQ테스트는 미국에서 시작했다. 시작을 한 이유는 이민자들 중에서 군인을 뽑아야 하는데 기준이 필요해서 10살짜리 아이들이 풀 수 있는 문제를 7가지 영역으로 나누어서 짧은 시간 안에 많이 푸는 사람에게 높은 점수를 주었다. 그래서 20살짜리 백인 청년들을 기준으로 100점을 만들어서 그 이상이면 100 이상, 그 이하면 100 이하의 점수를 주어서 만들었다. 문제는 이 테스트 자체가 100년 전에 만들어졌으며, 그 당시 상황과 현재의 상황이 현저히 틀리다는 데 있다. 그때는 간단한 일을 실수 없이 오랫동안 하는 사람이 필요했다. 마치 공장에서 일하는 사람들처럼 말이다. 그런데 현재는 다양한 일에 대해서 창의적인 생각과 다양한 시각으로 접근해야 하다 보니 이런 IQ테스트가 무의미해졌다.

그럼 이런 지능들은 어떻게 분류를 해서 만들어진 것인가?

그냥 저자가 생각나는 대로 분류한 것이 아니라 위에 말한 모든 지능들을 사용할 때 뇌가 활용하는 부위가 확실한 것만을 골라서 만들었다고 한다. 더 나아가 이러한 지능들은 서로 돕기도 하고 때로는 어느 한 지능이 다른 지능을 발달과정 중에서 뛰어넘어서 변화하게 만든다.

그럼 어떤 것이 나의 강점지능인지 알 수도 있을까?

책에 다중지능검사지가 있어서 솔직히만 대답을 하면 자신의 강점 지능을 찾을 수가 있다. 더 나아가서는 자신의 원하는 지능에 대해서 강하게 하는 법에 대해서도 나와 있다.

이런 다중지능이 우리에게 의미하는 것은 무엇일까?

방금 IQ테스트에 대해서 이야기했지만 우리의 교육체계는 모두 IQ테스트처럼 짧은 시간 안에 많은 문제를 풀 수 있는 사람을 찾는 데 중점을 두고 있다. 이것은 어려서부터 아이들을 한 가지 중점적인 지능에만 매달리게 해서 결국 많은 자원을 낭비하게 만드는 것이다. 왜냐하면 많은 사람들이 한 가지 일만 하게끔 만들어서 원래 그 재능이 있는 사람만 성공하게끔 만들고 있지만 다중 지능을 이용하면 더 많은 길을 볼 수 있기 때문이다.

　나는 이 책을 보면서 나의 강점 지능은 무엇인지 생각을 해보았다. 아마도 언어지능 쪽이 조금 더 발달한 것 같다. 주차를 잘 못하고 길을 잘 못 찾는 것으로 봐선 공간지능이나 인간 친화지능은 떨어지는 것 같다. 그렇지만 나이가 들다 보니 언어지능으로 다른 지능을 채워나가는 것 같다. 특히 글을 읽고 전달하는 부분에선 점점 더 진화하고 있다는 생각을 하게 되었다. 이 글을 읽는 분들도 자신의 강점과 약점을 파악해서 강화시키고 대체할 수 있는 방법을 찾으면 좋을 것 같다. 특히 어린아이들을 교육시킬 때 어떤 지능이 중요한지 아는 데도 필요한 책인 것 같다.

공부 하면 무슨 생각부터 나는가? 중고등학교 때 공부하던 학창시절이 떠오를 것이다. 그런데 이 책은 서른 살이 넘어서 하는 공부가 진짜 공부이고 어떻게 해야지 공부를 해서 자신에게 도움이 될 수 있는지 설명을 해준 책이다.

서른 살 넘어 공부를 한다? 생각만 해도 머리가 아픈데 왜 공부를 해야 하는 걸까?

일종의 자기계발을 말하는 것이다. IMF사태나 혹은 경제혼란이 다시 오지 말라는 법이 없다. 일련의 경제난을 겪다 보니 많은 사람들이 돈 버는 책들을 사서 읽고 있다. 그러나 돈 버는 법은 너무나도 힘들고 어렵다. 자본이 있어야 하고, 시간이 있어야 하며, 내가 씀씀이를 아껴야지만 가능하다. 그래서 저자는 공부야말로 가장 저렴한 재테크라고 말하고 있다. 예를 들어 영어나 일어, 중국어를 잘 하는 사람은 아무리 어려워도 취업이 된다. 왜? 우리나라는 수출로 먹고살고 수출을 하는 사람들이 필요하기 때문이다.

공부야말로 최고의 재테크다. 따라서 책에선 공부를 어떻게 하는지 3단계로 알려준다.

1. 무엇을 목표로 공부할지를 설정한다.

2. 목표까지 어떻게 공부를 할지 세분화한 후 매일매일 꾸준히 연습을 한다.

3. 공부에 도움이 되는 시간과 장소, 도구들에 대해서 연구한다.

무엇을 목표로 공부할지는 어떻게 정해야 할까?

가장 중요한 것은 내가 하고 싶은 공부를 정해야 한다는 것이다. 전혀 관심 없는 분야를 정한다면 그거야말로 뇌를 고문하는 행위라고 말을 하고 있다. 예를 들어 내가 학교 다닐 때 공부를 잘한 것도 아니고 법에 관심이 있는 것도 아닌데, 사법고시 보겠다고 달려들면 안 된다. 만약 일본의 게임이나 만화에 관심이 많다면 한번 일본어를 공부하면 자신의 취미도 살리고 공부도 할 수 있지 않을까? 또한 외국드라마를 좋아한다면 영어를 공부해서 미국드라마를 자막 없이 볼 수 있도록 노력하는 것도 좋은 방법이다.

공부를 세분화한다? 어떤 식으로 해야만 할까? 책의 제목에서도 나왔지만 저자는 하루에 한 가지 과목에 대해서 30분 이상 집중을 못한다는 것을 깨닫고 자신의 공부계획표를 30분씩 잘라서 세운 다음 15분간 휴식을 취했다고 한다. 휴식을 취할 때는 독서 등으로 뇌를 환기시킨 후 다시 다른 과목을 공부했다고 하는데, 그런 식으로 꾸준히 노력한 결과 영어는 토익 980점에 MBA를 딸 정도로 회화 능력까지 향상시켰다고 한다. 어떤 것이든 하루에 30분만 투자한다면 일반사람들이 따는 자격증은 1년 안에 딸 수 있다고 이야기하고 있다. 여기서 중요한 것은 일정한 목표를 정해 놓고 한 달 안에 어디 수준까지 한다, 또 이번 주 안에는 어디까지 한다고 대략적인 목표를 세우는 것이 중요하다. 더 나아가 만약 지금 목표가 생겼다면 내일 혹은 다음 주에 할 생각을 하지 말고 지금 당장 시작하라고 하는데, 지금 시작해야만 하루에 조금씩이라도 해서 목표에 도달할 수 있기 때문이다.

가장 중요한 것은 목표를 눈앞에 보이는 곳에 적는 것이다. 사람은 목표가 보일 때 더 집중을 하기 때문이다.

또한 출근 전이나 퇴근 후에 잠깐 30분간 시간을 내서 하는 것이 집중력이 높다고 한다. 물론 습관이 중요하지만 잘할 수 있는 도구들을 준비하는 것도 꼭 필요하다. 도구들에는 알람이나 귀마개, 편한 의자 등이 있는데 자세가 불편하거나 장소가 시끄러우면 방해가 되기 때문이라고 한다.

이 책은 사교육에 열광하고 있는 우리나라 학부모님들을 위해서 쓴 책으로, 대한민국 사교육의 진실 10가지와 그것의 문제점, 그리고 해결책을 제시해 주고 있다.

여기선 가장 문제가 되는 세 가지만 소개를 하겠다. 선행학습의 문제점, 수학교육의 문제점, 그리고 영어교육의 문제점.

공부에서 가장 중요한 것은 선행학습이 아니라 복습이다. 선행학습이라는 것은 말 그대로 미리 배울 것을 잠깐 소개만 시켜주는 것인데, 요즘에는 초등학생이 고등학생문제집을 가지고 선행학습을 하려고 든다. 그런데 이렇게 무리한 선행학습이 도움이 되기보다는 도리어 더 많은 문제를 발생시키고 있다. 가장 문제가 되는 것이 선행학습 위주로 학원에서 하다 보면 앞에서 말한 현행학습의 복습을 전혀 할 수 없게 된다. 그리고 현재 배우는 내용도 모르면서 무조건 앞서 가다 보면 수학 같은 경우 문제를 눈으로 푸는 것만 보게 되지 자신의 손으로 풀 수 없게 된다. 그리고 더 큰 문제는 미리 배운 과목이라는 생각에 잘 풀지도 못하면서 학습호기심이 떨어져서 공부에 대한 재미가 반감이 된다는 것이다. 결국 현재 진도도 못따라 가면서 미래의 것에만 매달리는 결과가 되는데, 이런 것을 알면서도 학원에선 선행학습 위주로 진도를 나간다는 사실이다.

이렇게 선행학습에 매달리는 이유는 바로 선행학습을 하는 학생이 공부를 잘한다는 편견 때문이다. 사실 학원 교육은 선행학습이 아닌 후행학습, 즉 복습에 중점을 두고 학교에서 배운 부분에서 모자란 부분을 보충하는 역할을 해야 한다. 그러나 그런 식으로 학원을 운영하면 열등생들만이 모인다는 인식 때문에 학원에 원생들 모집이 되지 않는다는 것이다. 그러다 보니 상위 10%학생들만 알아듣고 나머지는 그냥 눈뜨고 앉아만 있다 오는 결과가 된다.

그럼 어떻게 해야 할까? 우선 3개월 이상 되는 선행학습은 아이에게 독이 된다는 사실을 알아야만 한다. 그리고 망각곡선이라는 것이 있는데 새로 배우는 것보다 이미 배운 것을 잊어버리지 않는 것이 더 중요하다는 사실을 알려준다. 따라서 배운 것을 반복하는 학습 먼저하고 선행학습은 소개만 받는 정도로 공부를 하는 것이 좋다. 그리고 반드시 명심해야 할 것은 선행학습은 본 학습이 아니라는 사실을 잊어서는 안 된다. 따라서 학원을 고를 때도 이런 식으로 무리한 선행을 나가는 곳이 아니라 아이들 진도와 학습 위주로 하는 곳이 좋으며, 될 수 있으면 자기주도 학습으로 공부를 할 수 있는 방법을 찾는 것이 좋을 것이다.

두 번째로 수학 학습의 문제점은 무엇일까? 사실 수학 학습은 교과서 진도 자체가 문제가 있다. 영국, 미국을 비롯해서 많은 유럽 국가들의 수학의 수준은 고등학교까지 중3 수준을 벗어나지 않는다. 그도 그럴 것이 복잡한 수학 방정식을 제대로 이해하는 학생이 많지 않기 때문인데 우리나라에서는 학습 진도가 갑자기 빨라지는 두 시기가 있다. 즉 초등학교 4학년과 고등학교 1학년이다. 우선 4학년에선 방정식이 등장해서 외워야 하는 수학으로 바뀌는 때이고, 고등학교 1학년에선 일단 중학교 3년 과정을 합친 내용이 한꺼번에 등장한다.

그런데 학교에선 고등학교 2학년까지 모든 진도를 마치기 때문에 대부분의 학생들은 고등학교 1학년 1학기 때 수학을 포기하는 경우가 많다. 그래서 학원을 다니지만 학원 역시 학교 진도에 맞춘다는 핑계로 중학교 때 고등학교 진도를 나가버리는 경우가 많기 때문이다.

수학은 굉장히 진도가 중요한 과목이다. 앞 부분을 완전하게 이해하지 못하면 절대로 뒷부분을 풀 수 없는 구조로 되어 있다. 마치 피라미드를 쌓을 때 기초가 부실하면 쌓을 수 없는 것과 같다. 무엇보다 아이의 수준에 맞추어서 아이를 가르쳐야 한다. 고등학생이라 할지라도 중학교 수준 밖에 안 된다면 중학교 수준을 제대로 마스터할 수 있도록 해야 한다. 수학을 대부분 포기하고 시험을 보기 때문에 정답률이 낮은 것이다. 수학능력시험에 어려운 문제만 나오는 것이 아니라 쉬운 문제가 반드시 포함되어 있기 때문에 고등학생의 경우 현 수준에 맞추는 것이 좋다. 초등학생의 경우 호기심을 유발해서 도전하고 싶은 과목으로 만든 후에 고등학교 수준까지를 나누어서 스스로 학습하는 방법을 알려주는 것이 좋다. 사실 훌륭한 선생님을 모시고 계속 물어보면서 하면 좋지만 시간이나 돈이 허락지 않는다면 자신이 한번 풀어보고 인터넷 강의를 보는 것이 좋다.

다른 과목을 다 합친 시장보다 더 큰 것이 바로 영어라는 과목이다. 초등학교 들어가기 전부터 영어유치원이라는 것이 있어서 우리말도 잘 못하는 아이들이 한 달에 100만 원씩을 들여가면서 영어를 배운다. 그것도 모자라서 발음을 교정해야겠다고 외국에 보내는데 애가 어려서 혼자 보낼 수 없으니 엄마도 딸려 보낸다. 그러다 보니 기러기 가족이 되는데 외국에서 생활을 하다 보니 한국에 돌아와서 입시경쟁을 할 엄두가 나지 않아서 거기서 학교를 마치고 오겠다고 한다. 하지만 교육과정을 다 마치고 돌아와도 우리말도 잘 못하는 사람을 받아주는 기업은 없다. 그리고 잠깐 외국에 갔다 오는 것도 짧게는 한 달, 길게는 1년을 살다 오는데 사실 한국 사람들이 운영하는 곳만 있다 보니 들인 돈에 비해서 효용이 그렇게 크지 않다. 그래서 한국에서 어떻게 해보겠다고 아이를 영어유치원에서 미군부대까지 보내다 보니 아이가 언어 형성 과정에 혼란을 겪어서 정신과에서 치료를 받는 경우까지 보게 된다. 그런데 이런 엄청난 시장에 대해서 책에선 간단하게 이야기를 한다. 영어보다는 국어를 잘해야 한다고 말이다.

영어보다 국어를 잘해야 한다? 무슨 말일까? 영어유치원이 잘 되는 이유 중에 한 가지가 바로 언어 형성에는 결정적인 시기가 있다는 점이다. 맞다. 문제는 그 결정적인 시기에 하루 종일 영어를 쓰지 않으면 별 의미가 없다는 사실을 그들은 말하지 않고 있다. 어린 아기가 말을 배우는 과정을 생각해 보면 부모와 놀면서 자연스럽게 말을 따라하면서 배운다. 그런데 영어유치원에 가면 선생님이 칠판에 글과 그림을 그리고 아이들에게 따라 하라고 하고 집에 가서는 한국말로 이야기를 한다. 아무리 시간이 많아도 생활에 필요한 말이 아니면 아이들은 영어가 늘지 않는다. 도리어 언어 자체를 어려워하게 된다. 그래서 책에선 아이들에게 원어민적인 영어가 아니라 외국어로서의 영어를 가르치라고 한다. 영어보다 국어가 더 절실하게 필요하기 때문이다. 사실 영어는 이미 국제화되어서 원어민의 발음보다 국제적인 발음을 더 선호하고 있다. 따라서 일단 우리말로 어떤 사물에 대한 인식이 정확해야만 영어로 번역할 수 있게 된다. 그리고 아이들이 자라면서 배우는 모든 과목은 국어이기 때문에 학교나 사회에서도 정상적인 생활을 하기 위해선 영어천재보다 국어천재가 모든 면에서 유리하다는 사실을 알아야 한다고 주장한다.

이 책의 내용에 마지막에 나온 것이 내 마음을 가장 많이 흔들었다. 이제 직업의 판도가 바뀌고 있다는 말이다. 이 말은 의사, 변호사, 한의사 같은 전문 직업군이 포화상태라서 빈익빈 부익부의 직업이 되고 있다는 사실이다. 따라서 옛날처럼 좋은 학교 나와서 좋은 직장을 구하기가 힘들다는 것이다. 아이의 정확한 성정을 알고 그 능력에 따라서 경쟁력 있는 직업을 구할 수 있도록 교육을 시키는 것이 가장 중요하다고 말하고 있다. 책에 등대지기 학교라는 곳이 그런 이상을 가지고 있다고 하니 관심이 있으신 분은 꼭 한번 읽어보기 바란다.

책을 소개하면서 정말로 공감이 가는 내용이 많았는데 나야말로 학원에 의지한 학생이었기 때문이다. 나는 정말로 학원을 많이 다녔다. 그것도 종류별로다. 초등학교 때는 피아노, 태권도, 속셈, 주산, 웅변학원에 이르기까지 정말로 많은 학원을 다녔지만 어디에서도 잘한다는 소리를 들어본 적이 없는 것 같다.

중학교 때는 아버지가 욕심을 내서 전교 1,2등만 든다는 선행학습학원에 다녔는데 중학교 3학년 1학기 때 실력정석을 설명해 주는데 도저히 알아들을 수가 없어서 두 달인지 석 달 만에 그만둔 적도 있다. 그래서 고등학교 들어가서 1학년 때에는 성적이 좀 나왔지만 어느 순간서부터 도저히 따라가지 못해서 수학을 고등학교 2학년 때부터 포기했던 것 같다. 그런데 재미있게도 그 포기했던 수학을 다시 공부해야 하는 상황이 벌어졌는데 군대를 ROTC로 지원해서 갔더니 포병병과에 들어가게 된 것이다. 거기서 포기했던 미분을 다시 만나게 되는데 알아듣지 못하면 드라이버로 맞아가면서 옛날에 포기했던 정석 책을 다시 찾아보면서 공부를 해서 알게 된 우스운 사연도 있다.

영어는 중학교 2학년 때 문법을 들어가면서 포기를 했는데 고3 때 영어 선생님께서 나를 칭찬해 주셔서 다시 한 번 열심히 해서 어느 정도 기본을 잡을 수가 있었다. 그런데 여기에도 재미있는 사연이 있는 것이, 내가 군대를 제대하고 입사시험을 보러 갔는데 영어를 못해서 떨어진 사건이 있었다. 그래서 충격을 받아서 캐나다로 어학연수를 갔으나 워낙 문법에 기초가 없어서 영어로 문장을 만들어서 글을 쓸 수가 없었다. 이때 선택한 것이 바로 성문기초영문법이었다. 그것도 내가 중학교 1학년 때 학원에 다닐 때 쓰던 그 책을 집에 보관해 놓고 있었는데 그 책을 두 번을 스케치북에 마인드맵 형식으로 써서 그려서 나만의 마인드 맵 잉글리시 그래머 책을 만들었다.

그렇게 공부하고 나니 영어라는 거대한 그림의 기초를 그릴 수가 있었다. 재미있게도 지금도 그 문법이 기본이 되어서 영어로 회화를 하거나 글을 쓸 수 있게 되었다.

그냥 밑도 끝도 없이 생각을 해보면 학교에서 배우는 어려운 수학이나 영어나 내 인생에 무슨 도움이 될까 싶지만 이처럼 우리 인생을 지배하고 있기 때문에 벗어날 수 없구나 라는 생각을 하게 되었다. 문제는 학원을 많이 보내면 보낼수록 효율이 떨어진다는 사실이다. 이건 내가 몸소 체험한 사실이기 때문에 모든 사람들이 알아주었으면 좋겠다. 학원은 모자란 부분만 집중해서 채워주면 되고 넘치면 소용이 없다는 것을 말이다.

학원 발가벗기기

이범 외 와이즈멘토

이 책은 10명의 전문가들에게 학원을 어떻게 이용해야 되고 어떻게 교육비를 투자해야 하는지를 듣고 알려주는 그런 책, 일종의 교육비 투자 컨설팅이라고 보면 된다.

부모들은 중고등학교시기만 집중투자하면 끝날 거라는 교육비 착시현상에서 벗어나야 한다. 대입에 전력투구를 해서 학원비 때문에 마이너스 통장에 대출까지 쓰는데 더 큰 문제는 그 후라는 사실을 인식하지 못한다는 것이다. 아이의 천성을 바꾸려고 중고교시기에 저축까지 없애며 무리하다 보면 정작 아이가 원하고 필요한 시기에 지원을 해주지 못하고 노후까지 잡아먹힌다는 것이다.

그럼 어떻게 교육비 투자를 하는 것이 효율적일까?

내 아이가 어느 정도 학업 능력이 되는지 확인하는 과정은 중학교로 충분하다. 공부를 잘하건 못하건 이때까지 사교육비를 투자하는 것은 맞다. 단 아니라는 생각이 들면 과감히 아이의 적성에 맞는 진로로 바꾸어 주어야 한다. 지금 우리의 교육은 1%의 아이들을 위해서 99%의 아이들을 희생시키고 있기 때문이다.

그렇다고 해서 아이의 공부를 완전히 포기시키긴 어렵다. 무슨 과목을 어떻게 분배를 해야 할까? 우선 경제적인 여유가 있다면 영어학원을 꼭 보내야 하고 더 여유가 있으면 수학을 보내야 한다. 그리고 나머지는 저축을 해야만 한다. 영어는 여러분의 자녀를 평생 괴롭힐 것이고, 수학은 고등학교까지 괴롭힐 것이기 때문이다. 그리고 나머지 과목은 스스로 공부하는 법을 터득하는 것이 중요하다. 만약 특정 과목의 성적이 떨어져서 학원을 보내야 한다면 제대로 된 학원을 선택해서 공부하는 법을 익히게 하는 것이 중요하다.

그렇다면 제대로 된 학원은 어떻게 판단할 수 있을까?

많은 학원들이 잘못된 방향으로 가고 있는데 상위 0.1%의 아이들을 붙잡아 두어야만 학원생들이 많이 들어가기 때문이다. 그 아이들에 의해서 반이 만들어 지고 시간표가 작성되고 있거나 아니면 중간고사 기말고사 때 문제만 풀어서 아이들의 성적에만 매달리는 학원들이 많다. 물론 이런 것도 학원의 한 기능이겠지만 이것은 결국 아이들의 스스로 공부법을 저해하게 된다. 좋은 학원은 아이의 실력을 보고 반을 선정하고 당장의 성적이 아니라 공부습관이나 노트법, 암기법, 정리법 등을 체계적으로 알려주고 그것을 바탕으로 성적그래프를 만들어서 시험을 보고 수준을 올려주는 것이 가장 중요하다.

약한 과목들을 모두 학원에 보내 해결할 수는 없을 것 같은데 조금 더 저렴한 비용으로 하는 방법도 있을까? 우선 대입시험의 과목들을 공부의 과정으로 분류해서 설명을 해보자. 공부는 단기기억을 코드화해서 장기기억으로 만들고 다양한 분야의 장기기억을 논리를 더해 창의력을 쌓아가는 과정이다. 단기기억의 양을 측정하는 것이 내신이고, 장기기억의 양을 측정하는 것은 수능 창의력을 측정하는 논술이다.

내신에서 좋은 점수를 받으려면 계획표를 짜고 책상 앞에 오래 앉는 습관을 키워주는 것이 좋고, 수능이 약하면 코드화하는 요령을 알려주는 조력자 명강사의 TV 강좌를 듣는 것이 좋다.

집중력이 내 아이의 인생을 결정한다

이명경 랜덤하우스코리아

요즘 아이들이 과거보다 산만한 것은 여러 가지 요인이 있지만, 아이들이 처한 물리적, 심리적인 환경 탓이 크다. 그중에서도 가장 많이 지적되는 원인이 바로 컴퓨터 게임과 TV, 놀이 환경의 변화이다. 해질녘까지 집 밖에서 뛰어놀던 아이들이 이제는 집안에서 컴퓨터 게임과 TV 시청에만 열중한다. 밖에 나가서 놀려고 해도 함께 놀 친구들도 없다. 모두 학원과 과외공부에 바빠서 놀 시간이 없기 때문에 친구를 사귀기 위해서라도 학원을 보내야 한다는 것이 요즘의 현실이다. 게다가 탄산음료와 과자 등에 첨가된 각종 인공조미료와 과도한 당분도 집중력을 떨어뜨린다. 이 책은 이러한 집중력 장애의 요인들을 알려주고 그것들을 고쳐서 아이들이 공부도 잘하고 생활도 잘할 수 있게 도와주는 책이다.

이 책은 총 4개의 장으로 구성되어 있지만 크게 3개로 나누어보겠다.

1. 집중력이란 무엇인가?
2. 집중력을 높이기 위한 환경 만들기
3. 집중력을 높이는 방법

집중력이란 크게 3가지를 말하는데, 자기통제력, 정보처리능력, 주의력 등을 말한다.

자기통제 능력은 하지 말아야 할 일을 하지 않는 것을 뜻하는데 화가 난다고 상대를 때리면 안 되는 것처럼 공부하기 싫다고 안 하면 어떻게 될까? 이런 것들을 참고 인내하는 것을 말한다.

두 번째 정보처리 능력은 정해진 시간 내에 필요한 정보를 찾아내는 것을 말한다. 예를 들어 어떤 문제를 보고 풀 때 정해진 시간 안에 많이 푸는 아이들이 정보처리 능력이 높다고 생각하면 되는데, 이것은 후에 모든 시험의 기준이 되기 때문에 굉장히 중요하다.

세 번째는 주의력이다. 주의력은 조심하는 것을 말한다. 이것은 어떤 일을 할 때 해서는 안 될 일을 골라내는 것으로, 예를 들어 시험문제에, 아닌 것을 고르시오 라고 나올 때가 있다. 주의력이 부족한 학생의 경우 그것을 그냥 지나치고 문제를 푸는 경우가 많다.

두 번째 집중력을 높이는 환경 만들기는 어떻게 해야 할까?

앞에서 말한 것처럼 우선 집중력을 떨어뜨리는 환경을 개선해야만 한다. TV를 하루 종일 틀어놓는다던가 아니면 컴퓨터 게임을 하루 종일 해서 아이가 집중을 못하는 일이 없어야 한다. 우선 컴퓨터를 거실로 내와서 공개된 공간에서 일정한 시간 동안만 컴퓨터를 할 수 있도록 환경을 조성하는 것이 중요하다. 거기다 아이의 공부와 간식, 노는 것을 나누어서 할 수 있도록 해야만 한다. 즉 공부는 자신의 공부방 책상에서 하는 것으로 습관을 들일 수 있도록 하고 간식은 식탁에 나와서 먹도록 유도를 해야 한다. 더불어 인스턴트식품을 줄여서 아이가 먹는 것으로도 집중력을 높일 수 있도록 도와주어야 한다.

세 번째 집중력을 높이는 방법에는 어떤 것들이 있을까?

첫 번째 아이와 같이 보낼 수 있는 시간을 따로 마련하라. – 즉 아이가 어렸을 때는 부모와 같이 노는 시간이 굉장히 중요하다. 아이가 능동적인 정보를 받아들이고 피드백을 하기 때문에 발달이 빨라지고 나이가 들었을 때 부모와 같이 공부하는 자세를 가질 수 있게 된다. 아이는 부모와 같이 시간을 보내면서 많을 것을 배우기 때문이다.

두 번째 칭찬을 활용하라. – 칭찬이라는 것은 생각보다 어렵다. 아무렇게나 칭찬을 하면 아이를 망가뜨리게 되기 때문이다. 적절한 야단과 칭찬의 조화가 중요한데 책에서는 칭찬을 아이 입장에서 생각해서 칭찬을 해주라고 한다. 예를 들면 결과보다는 열심히 한 과정을 칭찬해 주고, 다양한 영역에서 아이의 장점을 찾아서 칭찬을 해주면 좋다고 한다.

세 번째 오감을 이용하라. – 오감을 자극할 수 있는 가장 좋은 방법은 바로 여행이다. 돈이 많이 드는 놀이공원을 놀러가라는 뜻이 아니라, 가까운 곳이라도 부모와 같이 여행을 가서 여러 가지 체험을 하고 오는 것이 좋다는 뜻이다. 무조건 자연으로만의 여행이 아니라 아이들이 관심 있는 분야부터 그냥 여행까지 많은 자극을 주어서 아이들의 뇌가 능동적으로 정보를 받아들일 수 있도록 만드는 것이 중요하다.

이 책을 선정하게 된 계기는 요즘 학교폭력이 심각해서 많은 분들이 관심을 가지게 되고 정부에서 대책을 내놓는 경우까지 와서 소개하게 되었다. 이 책은 아이들이 세계에서 무슨 일이 벌어지고 있는지 이야기를 해준다. 그리고 왜 그렇게 행동을 하는지 설명해 주고 마지막으로 이런 행동을 막는 방법이나 현재 실제로 하는 제도와 활동 등에 대해서 이야기를 해주고 있다.

가장 먼저 나온 이야기는 우리는 아이들에 대해서 전혀 모르고 있다는 부분이다. 아이들은 한 명 한 명이 순수한 영혼이라고 생각하지만 그렇지 않다는 것이다. 우선 집단을 이루게 되면 그 안에서 몇 가지 법칙이 생기고 그 법칙에 따라서 집단과 아이들은 움직이게 된다는 것이다.

법칙1. 네 또래와 똑같아져라. 실험에서 보면 b라고 써 있는 카드를 보고서도 다른 사람들이 다 a라고 이야기를 하면 대부분의 사람들은 b라고 이야기를 한다. 아이들의 경우 이런 생각이 극단적으로 크다고 한다.

법칙2. 반드시 집단에 속해야 한다. 아이들의 경우 반드시 공통점을 찾아서 그 안에서 우리라는 그룹을 만들게 된다.

법칙3. 들어와라 아니면 나가라. 친구가 아니면 적이라는 개념으로 우리와 그들을 구분하기 시작한다.

법칙4. 서열 속에서 자신의 위치를 찾아라. 집단은 항상 우두머리와 부하들로 서열이 나누어지는데 그 안에서 자신의 자리를 만들어야 한다는 것이다.

법칙5. 반드시 역할이 있어야 한다. 집단은 일단 형성된 이상 각 구성원은 무언가 역할을 정하기 시작한다. 사실 이런 집단을 이루고 서열을 만드는 이유는 인류가 진화하는 동안 무의식에 본능적으로 각인이 된 것이라고 한다.

그럼 이런 법칙이 실제로 아이들 사이에선 어떻게 나타날까? 집단에 받아들여진 아이들의 숫자는 45% 정도가 된다고 한다. 이런 아이들은 대부분 정상적이고 건강한 아이들이라고 하는데 거부당한 아이들의 경우 10~12% 정도이고, 이런 아이들의 경우 집단에서 2년 이상 거부를 당하면 같이 어울리기 힘들다고 한다.

그 외 관심 밖의 아이들이 있는데 약 4%의 아이들이 교실에서 잘 보이지 않으면서 눈에 잘 띄지 않는다고 하는데 이런 경우 집단에 있는 것도 아니지만 그렇다고 집단 밖에 있는 것도 아닌 중간적인 단계에 있다고 한다. 이 반대의 경우 쟁점이 되는 아이들이 있는데 이 아이들의 경우 공부를 잘하거나 운동을 잘하거나 아주 이쁘거나 해서 쟁점이 되는 것이다. 이런 아이들의 경우 집단에서 리더를 하거나 집단 내 스타의 기질을 가지고 있다.

아이들의 집단속에서 폭력과 나쁜 말들의 이야기는 어떻게 나오고, 어떻게 발전하게 되는 것일까? 우선 집단에 속하지 못하고 거부당한 아이들에게 남자아이들의 경우 직접적인 폭력으로 나타나고, 여자아이들 경우 왕따로 나타나게 된다. 그리고 개개인의 경우에는 그렇게까지 하지 않지만 일단 집단 내에서 역할을 정하다 보면 행동대장급의 서열의 아이가 거부당한 아이들에 대해서 행동을 시작하고, 다른 아이들이 지지하는 형태로 나타나다 보면 폭력이 집단 따돌림과 폭행의 형태로 나타나게 된다는 것이다. 그리고 그런 행동이 나쁜 행동인지 모른다는데 그 문제의 심각성이 있다. 또 한 가지 문제는 당하는 아이는 어른들에게 더 따돌림을 받을까 봐 일러바치지를 못하고 어른들도 아이들의 이야기로만 치부해서 심각하게 생각하지 않게 되다 보니 문제가 커지는 경우가 많다는 것이다.

그럼 어떻게 하면 부모로서 아이들 사이에 있는 이런 문제를 해결할 수 있을까? 책에서 10가지 원칙을 알려주고 있다. 그중에서 몇 가지만 소개하면 다음과 같다.

1. 우정과 인기는 다르다는 것을 알아라. 우정이 훨씬 더 중요하다.

2. 아이들에게 폭넓게 친구를 사귈 기회를 만들어주어라.

3. 아이 친구(의 적)의 부모와 친해져라.

4. 특히 아이가 친구들 사이에 어디쯤에 속해 있는지 정확하게 파악하라.

5. 아이가 도움을 청하면 도와줘라. 그리고 아이가 특별하다면 도덕적인 리더로서 키워라.

그리고 책에선 아이들 사이에 도덕적인 교육을 강조해서 약한 사람을 도우며 친구들과 친하게 지내라고 이야기를 구호로 하는 유치원에서 친구들 사이에 팔로워십을 강조하는 고등학교까지 많은 사례가 나오고 있다.

기회를 주는 부모, 스스로 자라는 아이

임수지 시공사

저자는 아이비리그 예비대학 과정을 한국인 학생들과 진행하면서 깜짝 놀랐다고 한다. 한국에서 우수한 인재로 주목받는 아이들을 미국에 떨어뜨려 놓으니 아무것도 할 줄 모르더란 것이다. 한국에서 자신만만했던 아이들이 수업 시간에도 소극적이고, 친구를 사귀는 데도 어려움을 호소했다. 심지어 야외 캠프 기간 동안 스스로 물 한 잔을 떠먹지 못해 탈수 증세로 병원에 간 아이도 있었던 것이다. 그리고 미국대학에 입학을 했지만 많은 한국 학생들이 중도에 자퇴하는 것을 보면서 무엇이 이 아이들을 '공부만 잘하는 바보'로 만들어버린 걸까라는 생각으로 이 책을 썼다고 한다.

책에서 가장 충격적으로 다가오던 한 마디는 그것이었다. 미국인인 에이미의 엄마가 "에이미의 행복은 에이미의 책임이지?"라고 말하는 것이었다. '모두 부모인 우리 책임이에요'라고 생각하는 한국 부모들은 아이들의 행복은 물론 모든 행동에 책임을 지고, 어떤 희생도 마다하지 않는 것을 당연하게 여기고, 그렇게 하지 못했을 때 죄책감마저 느낀다고 한다. 이런 부모의 필요 이상의 책임감은 지나친 간섭을 유발하여 아이 문제를 부모가 나서서 해결하게 되고 아이는 직접 문제 해결 방법을 고민할 필요가 없게 된다. 결국 공부만 잘하는 바보가 되는 것이다. 문제는 이런 아이들이 공부를 잘했기 때문에 우리나라의 높은 자리를 차지하거나 중요한 인물이 된다는 사실이다.

미국이나 서양에선 모든 것을 자신의 책임이라고 가르친다. 그래서 만 18세가 되면 모두 독립을 해서 용돈은 자신이 벌어서 방값과 밥값을 물고, 대학은 학자금으로 대출을 받아서 다닌다. 그래서 서양은 동양의 아이들보다 공부는 적게 하지만 창의적이고 구체적인 인생 설계를 스스로 하기 때문에 훨씬 더 경쟁력이 생긴다는 것이다.

우리나라 학생들의 문제점은 답이 있는 문제에 대해선 기가막히게 찾아내지만 답이 없는 문제에 대해선 어떻게 대처해야 할지 모른다는 것이다. 특히 두 가지 이상 갈등이 생기는 문제에 대해선 전혀 결정을 내리지 못한다. 그래서 필요한 것이 바로 문제를 해결하는 과정을 스스로 결정하는 법을 익히는 것이다. 그래서 '너의 행복은 너의 책임이다' 라고 이야기를 해줄 수 있어야 한다. 대신 아이들이 스스로 선택한 결정에 대해선 최대한 존중을 해주어야만 한다. 그것이 비록 미숙하고 잘못된 결정일지라도 아이들이 스스로 생각하고, 어떻게 행동할지 선택하는 것은 올바른 선택을 하는 결과만큼이나 중요하다. 사춘기 시절, 혹은 어른이 되었을 때 보다 합리적으로 결정하는 능력을 기르는 중요한 계기가 된다. 그리고 그런 아이들이 어른이 되었을 때 답이 없는 현실세계에서 온전한 판단을 할 수 있다.

책을 읽으면서 나도 아이를 너무 온실 속에서만 자라게 할 생각을 했던 것이 아닌가 하는 생각을 하게 되었다. 아무리 내가 정성을 다해서 가르쳐도 자신이 가진 능력으로만 살아남는 게 세상인데라는 결론에 이르자 나도 생각을 바꾸어야 한다는 생각을 하게 되었다. 자녀교육에 대해서 새로운 관점을 원하는 분을 꼭 한 번 읽어보길 추천한다.

매직잡

김세준 전케이

아마 소믈리에나 바리스타 정도는 들어 보았을 것이다. 그러나 브루마스터, 소콜라티에, 조향사, 점역사, 토피어리 디자이너 등의 직업은 들어본 적도 없을 것이다. 이와 같이 세상이 변하고 수많은 직업들이 생겼지만 우리가 알고 있는 직업은 굉장히 한정되어 있다. 아이들을 가르칠 때도 무조건 몇 개의 직업만을 보고 가르치지 말고 FTA시대를 맞이해서 넓은 직업을 둘러보고 자신의 적성에 맞는 직업을 찾을 수 있도록 도와주는 책이다.

브루마스터는 맥주전문가를 말한다. 맥주의 맛을 평가하고 자신만의 맥주를 만들기도 한다.

소콜라티에는 소콜라는 불어로 초콜릿을 말하는데 따라서 초콜릿 공예사 정도로 생각하면 된다.

그리고 조향사는 향수를 만드는 사람을 말하는데, 향수 원액을 만들 수 있는 사람은 얼마 없기 때문에 굉장히 희귀한 직업이라고 한다.

점역사는 시각장애인들을 위해서 기존의 책을 점자로 만드는 사람들을 말한다. 물론 반대의 일도 한다.

토피어리 디자이너는 쉽게 말해서 정원의 나무를 예술적으로 다듬는 사람들을 말한다.

　그런데 이런 직업들의 경우 대부분 국내 대학에 전공학과가 없어서 외국에서 공부를 하거나 아니면 기업의 말단에서부터 일을 배워서 나중에 공부를 통해서 자신만의 노하우를 쌓는 것이 대부분이다. 따라서 넓어진 세상에 따른 대학들의 학과의 변화가 필수라고 하겠다.

　우리가 익히 알고 있는 직업들도 나온다. 카피라이터, 번역가, 통역가 등 전문직에서부터 플로리스트, 연예인 매니저, 여행 코디네이터 등의 사업처럼 할 수 있는 일, 파티플래너나 커플매니저, 창업플래너 등 남을 도와서 일을 하는 것까지 100가지 직업이 소개되고 있다. 그런데 대부분 처음에는 남의 밑에서 일을 하다가 나중에 독립을 해서 자신의 사업을 할 수 있는 일들이 소개되고 있다.

　우리나라의 교육 열풍은 세계 최고의 수준이다. 문제는 이 열풍이 과거 50년 전에 광복이 된 다음에 분 열풍의 확장에 불과하다는 사실이다. 우리의 아버지, 할아버지는 자식들이 잘되라고 무조건 공부를 시켰다. 그리고 현재 그렇게 공부를 해서 일류대를 들어가 대기업에 입사해서 10년 뒤에 명퇴를 당하고 있다. 이런 이유는 사람들이 모두 같은 분야에만 투자를 했기 때문이다. 따라서 지금은 최고의 엘리트라 할지라도 결국 따라온 후배가 더 뛰어날 수밖에 없기 때문에 밀리게 되는 것이다. 결국 자신의 기술로 최고가 되어서 사업을 할 때 부속품이 아닌 주인으로서 살 수가 있어야 한다.

　그러나 이 많은 직업들도 역시 레드오션이 되지 않을까? 맞다. 결국 모든 직업은 경쟁이 치열하게 된다. 삼순이 때에는 파티쉐, 커피프린스 때에는 바리스타, 거품이 생긴다. 하지만 이 직업들 역시 그 안에서 파생되는 직업들이 굉장히 많다. 파티쉐에는 쇼콜라티에가, 조향사 안에도 향수만이 아니라 각종 음식의 맛을 만드는 조향사가 때로 있다. 결국 어느 직업이든 자신만의 특이점을 만들 때 비로소 완성이 된다. 남들보다 더 노력하지 않으면 결국 뒤처지고 말 것이다. 끊임없이 노력해야만 가능하다는 이야기다.

잉글리시 리스타트

I. A. Richards 뉴런

이 책은 소개하기가 상당히 난감하다. 그 이유는 책의 내용을 보면 한글은 한 줄도 안 써 있고 전부 영어로 써 있기 때문이다. 단 그림으로 상황을 설명해준다. 그래서 이 책은 영어로 생각하고 말을 할 수 있게 도와주는 책이 되겠다.

한국 사람이 영어로 말을 못하는 것은 크게 세 가지 이유다.

첫 번째는 말을 배우기 전에 글을 배운다는 사실이다. 아기들이 말과 글을 배우는 과정을 보면 엄마나 아빠가 하는 말을 듣고 따라하면서 배우다가 나중에 글을 배워서 그것으로 자신의 의사를 표현한다. 그런데 우리의 영어교육은 글을 먼저 배우다 보니 말을 하려고 보면 머릿속에서 글을 써서 문장을 만들어서 다시 말을 하게 되는데 최소한 글은 말보다 어려운 것이다 보니 영어로 말을 하는 것을 두려워하게 되는 것이다.

두 번째로는 우리말로 영어를 번역해서 배운다는 사실이다. 언어는 언어 자체로만 배울 때 빠르게 습득이 될 수 있다. 우리가 학교에서 배운 영어는 그야말로 번역 영어다. 우선 영어를 읽고 다시 우리말로 번역을 하고 이해를 한 다음 다시 우리말로 생각을 하고 영작을 해서 다시 말을 한다. 여기서 최소한 4단계 이상의 두뇌활동을 해야만 한다. 그런데 그냥 영어로 듣고 영어로 생각해서 답변을 한다면 단 2단계에 말을 할 수가 있기 때문에 짧은 영어든 어려운 표현이든 할 수 있게 된다.

세 번째로는 듣기와 읽기 시험만 본다는 사실이다. 읽기와 쓰기는 시험보기는 어렵다. 그러다 보니 한국 사람들은 듣기는 연습을 많이 해서 영어는 어느 정도 알아듣는데 자신이 말하는 연습이 안 되어 있다 보니 자신의 의견을 전혀 말을 못하는 것이다. 사실 말과 글은 계속 사용해야지 늘지 머릿속으로 생각한다고 해서 늘지는 않는다.

책의 본문에는 한글이 단 한 글자도 들어가 있지 않다. 마치 졸라맨이라고 불리우는 캐릭터 같은 그림이 나오는데 뼈대만 있는 캐릭터가 나와서 상황을 묘사하고 있다. 예를 들면 '나는 모자를 썼다.' 라고 하면 I put a hat on my head. 라고 써 있으면서 그런 상황을 묘사하는 그림이 나온다. 단지 그 그림 한 가지만 나오는 것이 아니라 내가 모자를 잡아서 써서 다시 벗는 과정이 마치 네 컷 만화처럼 나오면서 미래 현재 과거 진행형까지 모든 것을 표현하고 있다. 이런 식으로 책을 계속 보다 보면 그러한 과정들이 머릿속에서 하나의 이미지로 기억이 돼서 나중에 영어를 쓸 때 머리 속에서 그 이미지를 바탕으로 말을 할 수 있게 되는 것이다.

이 책은 이런 식으로 앞의 문제들에 대해서 해결해 준다.

첫 번째로 글자를 먼저 배운 것은 이미 배운 것이니 어쩔 수 없기 때문에 아는 쉬운 글자를 바탕으로 상황을 표현해서 영어문장을 쉽게 활용할 수 있게 해준다.

두 번째로는 상황을 그림으로 보면서 이해하기 때문에 따로 번역하려고 노력하지 않아도 된다. 그냥 그림을 보고 말을 하면 그 상황 자체가 머릿속에 이미지로 남기 때문이다.

세 번째로는 책속의 글들을 따라서 말하는 것이다. 때에 따라서는 그 상황을 직접 몸으로 해보면서 따라하는 것이다. 이런 식으로 상황에 맞는 영어를 몸에 익힐 수 있는 것이다. 또한 이 책의 정확한 발음은 인터넷에서 다운을 받아서 들을 수 있게 되어 있다.

이 책을 보면서 가장 놀랐던 것이 이 책이 쓰여진 시기였다. 이 책은 1945년에 I. A. Richards 라는 사람이 집필을 해서 현재까지 가장 많이 팔린 영어책이라고 한다. 무려 60여 년 전에 이러한 영어교육법을 이미 알고 시행을 했다는 사실인데, 저자는 1930년에 8년 동안 중국에서 영어를 가르쳤으며, 미국으로 돌아와서는 메사추세츠에서 외국인에게 영어를 가르치게 되었다. 리차드는 이렇게 오랜 시간 동안 영어를 가르치면서 '모국어의 간섭 없이 영어를 배우는 것이 좋다'라는 체험적인 결론을 가지고 그 뒤 많은 실험과 연구를 거듭해서 단계적 직접법이라는 학습법을 만들게 되었다. 그 학습법을 기반으로 이 책은 탄생되었다. 지금은 연구가 활성화되어서 GMD영어교수법 연구회에 의해 연구활동이 이어지고 있을 만큼 훌륭한 학습법이라고 한다.

나도 영어에 대해서 에피소드가 많다. 캐나다에서 1년 동안 어학연수를 간 적이 있었는데 내 발음을 알아듣는 사람이 거의 없었다. 한 예로 햄버거집에 가서 '더블치즈버거' 그러니까 못 알아듣는다. 아무리 발음을 해도 못 알아들어서 그냥 '넘버식스'라고 해서 먹었다. 그때 이후 다른 음식점에 가서도 몽땅 넘버로 이야기를 했던 기억이 난다. 한동안 말을 하는 게 겁이 나서 일단 한글로 쓰고 영작을 해서 종이쪽지에 적어서 전화도 하고 말도 하곤 했다. 그렇게 해도 못 알아듣는 것은 마찬가지고 해서 나중에는 포기하고 보디랭귀지로 손발을 써가면서 말을 하니 그때서야 통하던 기억이 난다. 그러면서 영어가 조금 늘었던 것 같다. 이 책도 그런 감각을 키우는데 그림을 활용한 것을 보니 왜 진작 이 책을 보지 못했나 하는 생각이 들었다.

책의 앞부분에 보면 이 책을 읽고 효과를 본 분들의 이야기가 담겨져 있다. 물론 100% 모든 사람들이 이 책을 보고 효과를 봤다고는 얘기할 수 없다. 그러나 이 책으로 한 달 두 달 연습을 한 분들은 확실한 차이를 느꼈다고 한다. 이 책을 영어에 도전하고 싶은 모든 분들에게 추천하고 싶다. 더군다나 오늘 소개한 책은 기초편이고, 이 책 말고도 고급편, 말하기, 읽기 등도 있으니까 한 번 도전해 보면 좋을 것 같다.

글로비쉬로 말하자

장폴 네리에르 다락원

영어를 모국어로 하는 사람은 전세계 인구의 12%정도 밖에 되지 않는다고 한다. 그럼 나머지 사람들은 무엇을 쓸까? 글로비쉬를 쓴다는 사실이다. 글로벌 잉글리시를 줄여서 글로비쉬라고 한다.

이 책의 저자는 프랑스 사람이다. 그는 엘리트로 공부도 많이 하고 외국에도 많이 다녔다. 그래서 외국 사람들이 모여서 회의를 하거나 잡담을 할 때 영어로 이야기를 하는데 영어권 사람이 없으면 아주 부드럽게 대화가 되는 것이 영어권 사람들만 들어오면 비영어권은 다들 듣기만 하고 있다는 것이다. 그래서 각국 사람들이 모인 장소에서 영어권 사람이 연설을 하면 빨리 자신의 생각을 말을 하기 때문에 다른 나라 사람들은 거의 못 알아듣는 반면에 비영어권 사람이 연설을 하면 정확한 발음으로 천천히 쉬운 표현으로 하기 때문에 다들 알아듣고 공감을 표시한다는 사실을 알게 된다. 그래서 생각해 낸 것이 바로 이 글로비쉬라는 것이다.

글로비쉬는 쉬운 문장과 단어로 만들어진 영어다. 생활에 필요한 1500단어 정도를 기반으로 쉬운 문법으로 자신의 의사를 표현하는 영어라고 생각하면 된다. 예를 들면 남자조카를 '네퓨'라고 하고 여자조카를 '니스'라고 하는데, 글로비쉬에서는 '선 오브 마이 브라더' 혹은 '도터 오브 마이 시스터'라고 발

음하는 것이다. 이렇게 쉬운 말로 표현하는 영어야말로 진정한 의미의 세계어
로서의 영어라는 것이다. 그러면서 영어권과 비영어권과의 오해로 인한 에피
소드들을 들려준다.

가장 큰 해석의 오해는 2차대전 때 쓰인 무조건 항복이라는 표현이다. 무조
건 '항복'이란 상대방에게 어떤 조건도 내세우지 못하고 무조건적으로 항복하
는 것이라고 생각하는데 사실은 그런 뜻이 아니었다. 원래 전쟁이 끝나서 항복
을 하고 나면 전쟁보상금이나 대가를 요구하는데 이긴 국가가 계속해서 다른
조건을 내세우는 것을 방지하기 위해서 만든 것이 바로 무조건 항복이었다. 그
런데 일본과 독일은 이것을 반대로 생각해서 죽도록 싸우다가 원자탄을 맞고
히틀러는 자살을 한 것이다. 또 다른 에피소드는 유머에 관한 것인데, 책에서는
글로비쉬로 회의석상에선 절대로 유머를 구사하지 말라고 하고 있다. 한 유명
한 미국의 연설가가 일본에 와서 설명회를 할 때가 있었다. 그런데 일반적으로
미국에서는 연설을 시작할 때 유머로 시작하는 경우가 많다. 그래서 그때도 영
어로 유머를 구사하면서도 알아들을까 싶었는데 통역사가 어떻게 했는지 통
역사의 말이 끝나기 무섭게 손뼉을 치면서 웃는 것 아닌가? 그래서 연설이 끝
난 후 통역사를 만나서 도대체 어떻게 통역을 했길래 그렇게 잘 알아듣느냐고
물었다. 그러자 통역사는 이렇게 대답을 했다. "당신이 유머를 시작할 때는 지
금 농담을 시작하고 있습니다. 잘 듣는 척하세요."라고 이야기를 하고 농담이
끝나고선 "이제 끝났습니다. 손뼉을 치고 크게 웃어주세요."라고 이야기를 했
다고 한다. 즉 함부로 남의 나라에 가서 농담을 할 생각을 하지 말라는 것이다.

그럼 글로비쉬는 어떻게 공부를 해야 할까? 가장 먼저 해야 할 것은 영어공
부를 하는 목표를 바꿔야 한다. 현재의 영어공부는 네이티브스피커, 즉 영어원
어민 정도의 수준을 목표로 영어발음을 공부하고 토익이나 토플을 가지고 문
법을 높이려고 하고 있다. 그런데 문제는 우리나라 사람도 우리나라 문법을 정
확하게 모르고 있는데 어떻게 외국말을 우리나라말보다 더 정확하게 발음하

고 문법을 알 수 있겠는가? 일단 회화를 잘해 외국인들과 대화를 하는 것이 목표라면 이런 미련은 접어 두는 것이 좋다. 대신에 책에서 소개되어 있는 1500 단어에 대해서 정확한 의미를 공부하는 것이다. 그리고 24개의 문장 구조를 외워서 계속해서 연습을 하면 글로비쉬를 할 수가 있다는 점이다.

그런데 단어와 문법은 그렇다 쳐도 발음은 어떻게 해야 할까? 책에서도 그것에 대한 이야기가 많이 나온다. 자신도 영어공부를 할 때 책을 보면서 열심히 했는데 정작 미국에 가서 말을 걸어보니 자신의 말을 거의 알아듣는 사람이 별로 없더라는 것이다. 그런데 거기 살면서 몇가지 단어를 들리는 대로 따라하다 보니 정확한 발음을 익힐 수가 있었다고 한다. 그래서 깨달은 것이 바로 영어 공부를 할 때 절대로 책을 보면서 읽거나 같은 나라 사람이 해준 영어 발음을 따라 해서는 안 된다는 것이다. 영어문장을 듣고 그대로 따라하거나 혹은 자신의 말로 받아 적어 보는 것이다. 그런 식으로 발성과 발음을 연습해도 원어민 같은 발음은 나오지 않는다. 그러나 일정한 허용 범위의 발음은 익힐 수가 있다. 허용범위의 발음이란 아무리 발음이 이상해도 단어가 뜻하는 의미를 전달하는 데는 이상이 없는 발음을 뜻한다. 그것만 가지고도 영어권이나 다른 나라 사람들에게 전달하는데 큰 문제는 없다고 한다. 그리고 이 책에는 워크북이 별도로 있어서 연습이 가능하다.

이 책은 내가 캐나다에서 영어공부 할 때 느꼈던 점을 그대로 옮겨온 듯한 느낌이 드는 책이었다. 그래서 소개를 하게 되었고 실제로 나도 이런 식으로 영어를 발음하고 연습했던 기억이 난다. 언어란 앉아서 공부한다고 느는 것이 아니라 써야지만 는다는 사실을 여실히 알 수가 있었다. 그리고 절대로 발음에 대해서 걱정하지 말자 알아들을 수 있게만 발음하는 연습을 하면 된다.

그물망 공부법

조승연 나비

그물망 공부법은 어떤 공부법을 말하는 것일까? 우선 기존의 공부법에 대해서 알아보자. 기존의 공부법은 국영수를 잘하고 전문지식만을 강조해서 그 사람의 아이큐를 테스트해서 뽑고 있다. 이 공부법은 사실 산업화시대에 전문지식만을 강조한 교육법이다. 이렇게 열심히 공부한 이유는 바로 좋은 직장과 직업을 가지면 편하게 먹고살 수 있다는 보장 때문이었지만 이제 세상이 바뀌고 있다. 과거에 의사와 변호사 같은 직업은 포화상태가 되었고, 좋은 대학을 나온 사람들은 외국에서 좋은 대학을 나온 인재들에게 밀리고 있다. 이미 중국에서 한해에 6,000만 명의 고급두뇌들이, 인도에는 한해에 200만 명의 초고급 두뇌들이 세계 인재시장에 쏟아져 나오고 있기 때문에 이런 산업화식 공부는 한계에 다다랐다는 것이 저자의 주장이다. 결국 그물망 공부법으로 토탈인텔리가 되는 것이 유일한 방법이라고 이야기하고 있다.

그럼 토탈인텔리는 어떤 사람을 말하는 것일까? 한 가지 전문분야가 아닌 모든 분야에 대해서 박학다식한 사람을 말한다. 과거에는 모든 철학자, 과학자, 예술가들은 오늘날처럼 분화되어 있지 않고 같이 공부를 했다. 레오나르드 다빈치는 사람을 그리면서 인체역학을 공부했고 기계를 그리고 연구하면서 공기역학에 대해서 연구를 했다. 이처럼 과학과 철학, 역사, 예술은 분화되기 전에 한 가지의 형태였으며 이런 것들에 대해서 전반적으로 알고 있는 사람을 토탈인텔리라고 하는 것이다. 그럼 토탈인텔리가 되면 어떤 점이 좋을까?

우선 개인적으로는 공부 자체를 즐기면서 인생을 즐길 수 있다. 우리가 공부를 하면 어렵고 힘들다고 생각하는 이유는 좋은 직업을 구하기 위해 억지로 공부하기 때문이다. 게다가 직업을 구해도 잠잘 시간도 없이 끊임없이 책상 앞에서 업무에 치여서 살아야 한다. 그러나 토탈인텔리의 경우에는 자신이 원하는 일과 직업이 일치하기에 즐기면서 살 수 있다.

그럼 그물망 공부법으로 토탈인텔리가 되는 방법은 무엇일까? 우선 많은 책과 예술품을 보고 많은 곳을 여행하는 것이 가장 좋다. 책을 보는 것도 고전을 보되 어렵기 때문에 대충 보는 것이다. 그림도 대충 보면서 감상을 하는 것이고 여행도 공부하지 말고 대충 둘러보면서 자신이 궁금한 것을 적어서 찾아보는 것이 좋다. 모든 것은 연결이 되어 있기 때문이다.

두 번째로는 인터넷을 활용하는 것이다. 지금 세상에서 가장 큰 사전은 인터넷이다. 사실 토탈인텔리가 필요한 이유도 바로 인터넷 때문인데, 일단 우리가 외워야 할 모든 것은 이미 인터넷에 다 있기 때문에 사실은 그 정보를 연결하는 능력이 더 필요한 것이다. 자신이 책에서 본, 그림에서 본, 여행에서 본 모든 것들을 인터넷의 사전을 통해서 검색을 해서 자신만의 노트를 만드는 것이다. 이것을 데이터화하면 자신만의 그물망 공부 데이터베이스가 된다.

책을 읽어본 소감은 일단 정신이 없었다. 현재와 고대, 수학과 과학을 넘나드는 수많은 이야기에 정신을 놓고 보았다. 그러나 독서를 하면서 깨달은 것과 비슷한 결론을 얻을 수 있었는데, 현대는 지식 자체가 아닌 지식을 연결하는 능력이 중요하다는 점이었다. 공부에 색다른 길을 보고 싶은 분들에게 추천해 드리고 싶다.

이 책에서 특히 공감이 갔던 부분은 현대의 공부가 왜 그렇게 암기 위주와 성적 위주로 만들어지게 되었는지 설명하는 부분이었다. 근대에는 식민지와 산업화시대에 수많은 인재들이 필요했기에 그들을 근대 전사로 만들기 위해서 필요한 기본적인 지식을 몰입한 공부를 시켰고 그 결과 전문적인 지식인들을 많이 양성했지만 실제로 가장 필요한 지식인 인문학과 철학 미술과 같은 부분의 지식에선 부족한 현대인을 만들게 되었다는 것이다. 그런데 이런 생각이 들었다. 이 책의 저자는 그 많은 지식을 알게 되어서 많은 직장들로부터 러브콜을 받았지만 대부분의 사람들은 그 정도의 지식을 알기 위해선 정말로 많은 시간과 돈을 들이지 않으면 안 된다는 사실에 한계를 느낀다.

책에선 언어를 배우기 위해서 혹은 한 가지 취미를 가지기 위해선 언어 자체를 배우지 말고 배경지식, 특히 역사를 위주로 공부를 하면 저절로 스토리텔링식으로 언어와 역사, 철학과 미술 등을 차례로 알게 되고 공부하느라고 억지로 매달릴 필요 없이 어떤 단계에 이르면 저절로 모든 것을 알게 된다고 하였다. 이 부분은 사실이다. 나도 어떤 공부를 하게 되면 그 분야에 대해서 전반적인 지식을 구하면서 보기 때문이다. 게다가 덧붙여서 스토리텔링을 만들어서 이야기를 구축한다. 그러면 잊어버리지 않는다. 문제는 그런 시간과 여유가 있으려면 가족의 전폭적인 지지가 있어야 가능하다는 사실이다. 그런데 대부분은 어느 정도 머리가 크면 돈을 벌고 결혼을 하고 하루하루만 살다보면 이런 지식은커녕 달리기 바쁜 자신만을 보게 될 것이다.

그래서 이 책은 자녀교육의 양극화에 대해서 정확하게 이야기를 하고 있다. 한마디로 성적에 매달려서 좋은 직업을 얻으려고 공부하는 아이들에게는 그다지 희망찬 미래가 기다리고 있지 않다는 사실이다. 아무리 공부를 잘해서 좋은 직장을 들어가도 거기서는 단지 연봉에 따른 노력만이 기다리고 있지 어떤 여유도 혹은 공부에 대한 희망도 없다는 점이다. 즉 인생이 즐거울 수 없다는 것이다. 그러나 유럽과 미국의 귀족가문의 아이들은 공부를 따로 하지 않고 책을 읽고 음악을 들으면서 파티에 참가해서 새로운 정보를 얻고 많은 언어를 익혀서 공부만 잘하는 아이들이 쫓아올 수 없는 단계로 넘어가고 있다는 것이다. 이제는 공부 자체보다도 남들이 쫓아올 수 없는 무언가를 어려서부터 보여주고 가르쳐주는 교육을 해야만 한다는 사실을 이 책은 일깨워 주고 있다.

PART 3

처세 자기관리
개인적인 돈에 관한 이야기

돈을 관리하는 법에 대해서 이야기를 해보자. 일단 세상을 사는데 가장 중요한 기술이기 때문이다. 내가 책을 소개하는 내용 중에 가장 많이 소개를 한 책들이 바로 돈을 관리하는 법이었다. 우선 기억나는 책들이 현영의 재테크다이어리, 4개의 통장, 부자가족으로 가는 미래설계 등등 그 외에도 기억도 나지 않을 만큼 많은 책들을 소개해 왔다. 이런 책들의 이야기는 한 가지이다. 현재는 돈이 빈익빈 부익부가 되는 세상인 만큼 돈을 제대로 관리하지 않으면 세상을 살기 힘들뿐만 아니라 자식세대에서도 힘들어지기 때문에 돈을 제대로 관리해야만 한다는 이야기를 해주고 있다. 그런데 왜 이렇게 중요한 경제교육은 학교에서 시험과목에 넣어서 가르치지 않는 것일까?

미야베 미유키의 소설 '화차'에서 주인공 혼다와 파산신청소의 소장하고의 대화중에 소장은 이런 말을 한다. "신용교육을 시키지 않고 신용카드를 발급하는 것은 운전교육을 시키지 않고 운전면허를 발급하는 것과 같다."라고 말이다. 외상이면 소도 잡아먹는다. 이 말은 빚의 무서움을 알려주는 말인데 이제는 바꿔야 할 것 같다. "과도한 부채는 당신과 당신 가족도 파멸시킬 수 있습니다."라고 말이다. 독일에서는 개인 간의 돈을 빌려주고 이자를 받는 행위 자체가 불법이라고 한다. 그런데 우리나라에서는 가장 유망한 사업 중에 한 가지이다. 따라서 금융문제로 인해서 많은 사람들이 괴로워하는 문제가 발생하고 있는데 국가적으로도 막지를 못하는 이유는 바로 도는 돈을 막으면 경제가 위험해질 수 있다는 이유 때문인 것 같은데 사실 생각해 보면 이것은 카지노가 생기면 파산자가 많이 생기는 것과 다를 바가 없다.

일단 돈이라는 게 좋은 것을 먹고 입고 쓰다 보면 남들이 천 원을 쓸 때 만원씩 쓸 수 있다. 그것이 시간이 지나서 쌓이다 보면 남들하고 같이 버는데 쓰는 게 많아서 빌려서 쓰다 보면 이자가 쌓이고 이자가 또 이자를 낳아서 점점 위험한 수준으로 갈 수밖에 없다. 게다가 우리나라의 TV광고 중에서 아마도 대출광고가 얼마나 많은가 또 매일마다 일수 빌려준다고 하는 광고지를 모으다 보면 한 달에 몇 백 장 정도가 될 정도니 돈이 눈에 보이니 안 쓸 수가 있나. 결국 현대 사회에서는 돈을 지키는 것 자체가 하나의 생

존기술이 되어버린 것이다. 물론 재테크를 해서 돈을 더 많이 버는 것도 좋지만 모으는
기술 또 제대로 소비하는 기술을 익히지 못하면 생존하기 힘들다는 것이다.

10여 년 전에 캐나다에서 어학원수를 하는데 대학교의 어학연수프로그램에 등록을
했었다. 그런데 당시 캐나다의 대학교의 한 학기 등록금이 천만 원이 넘는다는 이야기
를 듣고선 깜짝 놀랐는데 그 돈을 전부 학자금 대출로 내어서 나중에 취직을 해서 갚는
다는 이야기를 듣고 다시 한 번 놀랐다. 그래서 나는 아직 취직이 보장되는 것도 아닌
데 그러다가 문제가 생기면 평생 빚을 안고 살아야 하는 것 아니냐 하면서 그들의 시스
템의 문제점을 이야기했다. 10여 년이 지난 지금 우리가 똑같은 문제로 학생들이 길거
리에서 데모를 하고 있는 것을 보면서 세계화는 어쩔 수 없는 대세라는 생각을 많이 하
게 되었다. 이처럼 사회에 나오자마자 빚을 지는데 취직은 안 되는, 그야말로 푸어 세
대의 시작이 되었다. 일본은 이보다 더 앞서 나가고 있다.

국민의 대부분이 극빈층으로 가고 있는 것이다. 제대로 정규직으로 취직을 해서 일
할 수 있는 사람의 숫자가 적다 보니 대부분이 니트 족이 되어서 하루하루를 살아가고
있다. 그런데 이들이 혼자서 이렇게 살다가 결국 돈도 못 모으고 결혼도 하지 못하면서
아무런 희망도 없이 늙어가고 있다 보니 일본이 미래가 암울해지고 있는 것이다. 그런
데 우리나라가 일본의 현상을 그대로 따라가고 있으니 막을 방법이 없는 것 같다. 그래
서 생각한 것이 그래도 그런 양극화 현상 속에서 살아남을 수 있는 방법은 바로 저축밖
에 없다는 것이다.

재테크 책을 읽다 보면 이런 이야기들이 나온다. 저축은 물가상승률보다 낮기 때문
에 저축 자체로는 가치가 떨어져서 돈을 잃는다는 것이다. 그런데 저축 자체를 하지 않
으면 안 되는 것이 바로 돈을 허투로 쓰지 않고 모으는 습관 때문이다. 양극화의 가장
큰 이유는 바로 돈을 어떻게 쓰느냐에 달려 있다. 돈을 아무리 많이 주어도 아무생각
없이 하루하루 그냥 쓰는 사람들의 경우에는 순식간에 가난해지지만 돈을 모으는 사
람은 경우에는 그 돈을 쓰지 않기 때문에 차이가 두 배 이상 난다는 것이다. 미국이나

영국 같은 경우 돈을 직접 주는 복지정책을 취하지만 결국 돈을 쓸 줄 모르는 사람들의 경우 아무리 퍼다 주어도 밑 빠진 독처럼 써버리기 때문에 경제는 활성화되지만 결국 부자만 더욱 부자를 만들어 주게 된다.

　돈의 성질을 살펴보니 중력의 법칙을 따르고 있다는 사실을 알 수가 있었다. 돈이 돈을 부른다고 돈은 돈이 많은 쪽으로 끌려가는 성질이 있다 보니 이런 사회현상이 나타나는 것이다. 그런데 앞으로 한미 · 한중 · 한일 FTA를 하다 보면 이런 식으로 돈이 빠르게 돌면서 다른 어떤 나라들보다도 양극화 및 돈의 변화가 심해질 텐데 이럴 때일수록 조금이라도 빨리 돈을 모아서 자신만의 기반을 마련해야 한다는 생각을 많이 하게 된다.

우선 회사에 들어가는 법에 대해서부터 이야기해 보도록 하자. 회사에 취직한다는 것은 내가 공부한 것을 바탕으로 돈을 벌 수 있다는 뜻이다. 그런데 우리가 일반적으로 말하는 제대로 된 회사라는 것의 기준이 너무나도 높다. 예를 들면 대기업이나 공무원, 아니면 아주 유망한 중소기업 등 말이다. 그런데 문제는 이런 기업에 들어가려면 정말로 좋은 학교를 나오거나, 어려운 시험에 통과를 하거나, 이도 저도 아니면 뒤에 봐주는 사람이 있지 않고선 정말로 어려운 일이 되어버렸다. 그런데 나는 책을 통해서, 경험을 통해서, 내가 원하는 분야에 쉽게 취직을 하고 살아남는 법에 대해서 알게 되었다.

일생을 살면서 돈을 버는 방법 중에 먼저 취직을 생각하는 이유는 돈을 벌기 위해선 일정한 크기의 시스템을 갖추고 있어야 하기 때문이다. 예를 들어 노점상에서 파는 것보다는 정규 상점에서 파는 옷이 더 많이 팔리고 더 많은 이익을 남긴다. 정규 상점보다는 마트와 백화점에서 파는 옷들이 더 비싸고 많은 이익을 남긴다. 그런데 그런 기업들의 경우 주인이 직접 일을 하는 것이 아니라 주주라는 이름으로 돈을 투자하고 주식으로 고용된 사장들이 직원을 뽑아서 쓰는 시스템으로 되어 있어서 결국 우리는 그 돈을 벌기 위해서 취직을 하는 것이다. 여기서 중요한 사실은 바로 일할 수 있어야 한다는 사실이다. 아주

기초적이며 쉬운 이야기지만 이상하게도 우리나라에서 이런 쉬운 상식이 벗어나 있다. 스펙이라는 이름하에 쓸데없는 영어능력, 수학능력, 인·적성검사 등의 이유 등으로 말이다. 모든 직장은 하루하루가 전쟁이다. 영어 잘하는 친구가 들어와서 한 달 만에 적응을 잘해서 일 잘해 주기까지 기다려 주기가 힘들다. 당장 일할 수 있는 사람이 필요한 것이다.

외국 같은 경우 학교를 다니면서 직장을 다니는 시스템을 구축하고 있다. 실제로 직장에서 월급도 받으면서 직장에서 받은 평점으로 학점을 받기도 한다. 그러다 보니 졸업하면 바로 실전에 투입될 수도 있으며 다른 쓸데없는 공부를 하는데 시간을 보내지 않도록 되어 있다. 그런데 우리나라의 대학들은 50년 전 시스템을 그대로 가지고 와서 대학은 학문의 장이니 취업은 각개 전투로 알아서 하라는 식으로 되어 있다. 그나마 취업을 보장한다고 하는 게 토익점수 몇 점 이상, 아니면 졸업을 안 시켜 준다는 협박을 하고 있다. 그렇게 쓸데없는 스펙을 올리는 것에 시간을 투자하느니 내가 원하는 직장에 대해서 연구를 하는 데 시간을 보내는 것이 훨씬 더 현명하다.

한 가지 예를 들어보면 예전에 한 대학생의 경우 그 친구는 자신의 학과 중에서 가장 건실한 중소기업에 대해서 연구를 했다고 한다. 그래서 한 사료회사가 유망하다는 사실을 알고 일단 군대를 일찍 갔다 와선 그쪽 계통으로만 알바로 일을 하고 그 회사에 대한 정보를 최대한 많이 모았다고 한다. 그래서 결국 4학년 1학기 때 졸업하지 않은 신분으로 뽑지도 않는 회사에 면접을 넣었다고 한다. 회사 쪽에선 일단 와보라고 이야기를 했고 자신이 준비해 간 자료를 면접관들에게 보여 주었다고 한다. 그러고 나니 면접관들은 자신이 준비한 사항에 대해서만 질문을 했고, 바로 취직이 결정이 되어서 2학기 때 간단한 과목만 이수하고 졸업 후 바로 취직을 해서 다녔다고 한다. 이처럼 한 가지 분야에 대해서 충분히 공부하고 준비한다면 쓸데없이 기관총을 쏘듯이 여러 회사와 스펙에 대해서 준비만 하다가 고배를 맛보는 경우는 없을 것이다.

　그런데 이런 식으로 회사를 들어갔다고 해서 끝난 것이 아니다. 회사생활은 회사를 들어가는 것보다도 더 힘들다. 회사에는 두 가지 종류의 사원이 있다. 승진할 사람과 승진하지 않을 사람으로 구분이 된다고 보면 된다. 요즘 같은 불경기에 회사에 정규직으로 채용된 것만 좋겠지만 사실 언제까지 회사가 나를 먹여 살릴 것이라는 희망에 불타서는 안 된다. 나라도 힘들어지면 구조조정을 하는 판국에 회사가 조금만 어려워지면 내보내려는 사람이 되어선 안 되지 않겠는가? 이 부분에 대해서 ‘서태봉 대리 성공을 향해 뛰다’ 라는 책에 잘 나와 있다. 소설 형식의 책인데 정말로 회사생활에 필요한 이야기를 담고 있다. 기억에 남는 부분은 최선을 다해서 일을 하지 않고선 일을 했다고 이야기하지 마라는 부분과 그 일에 대해서 대가를 바래선 안 된다는 부분이다. 즉 조직에 충성을 다하는 사람만이 살아남을 수 있다는 이야기를 하고 있다.

　이 부분에 대해서 조금 다른 이야기를 알고 있는데 요즘 조직들 그러니까 일본의 야쿠자나 중국의 흑사회, 미국의 마피아조차도 조직이 커지면서 건달들이 조직의 상부를 차지하는 것이 아니라 그야말로 충성심이 강하고 바른생활 사나이들이 차지를 하여 결국 조직을 음지에서 양지로 끄집어내서 합법적인 활동을 하는 나쁜 조직으로 만들고 있다. 조직이 커지면 보스는 항상 내게 충성하는 사람만은 곁에 두게 되어 결국 조직은 그런 형태를 띄게 되는 것이다. 이야기가 옆으로 샜는데 아무튼 취직을 하게 되면 아부의 기술이라고 해도 좋다. 일단 일을 열심히 하고 윗사람에게 충성을 다하는 태도로 일하는 것이 중요하다. 단 내 충성의 대가를 바라지 않고 있는 것이 실망하지 않는 유일한 길이다. 그리고 나서 이직을 하거나 사업을 하는 방법도 있다.

이 책은 이번에 우리나라에서 영화화된 후 유명해져서 베스트셀러까지 되었다. 이 책의 내용을 간단하게 소개하면 주인공 혼다는 형사로 범인 검거 중 부상을 입어서 현재 휴직 중이다. 그러던 중 죽은 아내의 사촌동생에게서 부탁을 받게 된다. 그 부탁은 바로 사라진 자신의 애인을 찾아달라는 것이었다. 1년 반 정도 사귀고 결혼까지 약속했었는데, 결혼 준비를 하다 보니 비용이 많이 들어서 여자 친구한테 신용카드를 만들라고 했다. 그런데 카드회사 친구한테서 여자 친구가 개인파산을 해서 만들 수 없다는 이야기를 듣고 나선 갑자기 여자 친구가 사라졌다는 것이다. 그때부터 혼다는 이 수수께끼의 여인을 찾아다니게 된다.

우선 처음 찾아간 곳은 그녀가 일하던 직장 그곳에서 별이상 없이 근무를 잘하다가 갑자기 퇴직했다는 이야기를 듣고선 더 이상 단서가 없자 5년 전 그녀가 파산을 신청했다는 신용회생신청소를 찾아간다. 거기서 충격적인 이야기를 듣게 되는데, 자신이 찾는 여인과 파산한 여인은 전혀 다른 사람이었던 것이다. 찾아달라는 여인은 사실은 파산한 여인으로 위장해서 살고 있었던 것이다. 단서가 없는 혼다는 결국 파산한 여인의 흔적을 찾아서 일본 전역을 다니다가 파산한 여인의 어머니가 죽고 거액의 보험금을 받고 사라졌다는 사실을 알게 된다. 그러나 사진 속의 여인을 찾을 길이 없었다. 그러던 중 장례식장에서 한 장의 사진에 두 명의 여인이 동시에 찍혀 있는 것을 보고선 단서를 찾기 시작한다. 그러면서 그녀들의 빚에 의한 고단한 인생이 나오기 시작하는데…….

파산한 여인은 엄마에게서 독립해서 혼자 카드를 쓰다가 결국 빚을 못 갚아서 개인 파산에까지 이르게 되었고, 그녀로 위장한 여인은 아버지의 빚으로 인해서 빚 독촉에 시달리다가 결국 결혼도 파경 되어서 다른 인생을 찾기 위해서 자신과 비슷한 나이의 여자들을 찾아서 위장을 해서 살았던 것이다. 책에서 혼다가 찾아간 파산신청소의 소장은 이런 말을 한다. "빚이 얼마나 위험한지 아무것도 모르는 아이들에게 신용카드를 주어선 파산까지 가는 것은 마치 운전교습을 받지 않은 사람에게 운전면허증을 주고 운전을 하라고 하는 것과 같다. 그들이 잘못한 게 아니라 사회가 잘못된 것이다."라고 말이다. 또 한 명의 여인은 자신의 힘으로 벗어날 수 없는 빚의 굴레를 벗어나기 위해서 다른 사람의 인생을 찾아가게 된다.

책의 제목이 화차인데 화차는 죄를 지은 영혼을 지옥으로 끌고 가는 불에 타는 마차를 뜻한다고 한다. 개인적으로 이 화차가 빚을 권하는 신용사회를 뜻하는 것 같다. 책 속의 두 여인 모두 자신들이 원해서 빚을 진 것이 아닌데 빚을 지므로써 한 사람은 인생을, 한 사람은 목숨을 잃었다. 저자는 이건 뭔가 잘못되고 있는데 아무도 바로 잡지 않는 것 같다는 말을 하기 위해서 이 책을 쓴 것 같다. 이 책은 새로운 추리소설의 형식 속에서 잘못된 사회의 부조리를 이야기하고 있는 것 같다.

이 책 속에서 이야기하는 것 중에서 가장 기억에 남은 한 마디는 바로 파산권이다. 원래 이런 식으로 신용카드가 많이 발급되면 전체 인구 중에서 1%는 반드시 파산하게 되어 있다고 한다. 그런데 정부가 아닌 전세계가 금융 발달을 이유로 모든 사람에게 신용카드를 발급했다. 결국 전세계 인구의 1%는 파산할 수밖에 없는 상황을 맞게 되는 것이다. 그런데 그들에게 돈을 잘못 썼다고 잘못을 추궁하기 전에 자신을 보호하기 위한 파산권을 발휘하라고 이야기 하고 있다. 정부와 금융기관의 잘못으로 빌려주어선 안 되는 돈을 빌려준 책임을 지어야 하기 때문에 내 돈을 갚지 않겠다는 것이 바로 파산권이다. 물론 파산을 하면 많은 권리를 내놓아야 하지만 자신과 가족의 경제적 파멸은 막을 수 있다는 것이다.

착한 소비의 시작 굿바이 신용카드

제윤경, 정현두, 박종호, 김미선 바다출판사

이 책은 신용카드가 가지고 있는 문제점을 이야기하고 제대로 된 소비를 할 수 있는 방법을 알려주는 책이다. 신용카드는 편하고 생활을 윤택하게 만들어 준다. 그럼에도 불구하고 신용카드의 가장 큰 문제점은 사람들로 하여금 신용카드가 똑똑한 소비라는 환상을 심어주는 것이다. 적립해 주는 포인트 혜택 등이 많기 때문에 사람들은 그것을 잘 사용하면 소비를 적은 돈으로 많이 할 수 있다는 생각을 한다. 그러나 현실적으로 그 혜택을 받기 위해서 실제로 사용해야 하는 금액 이상을 써야 한다는 사실을 간과한다는 것이 문제다. 여기에서 끝나는 것이 아니라 혜택이 끝나면 새로운 카드를 발급받아서 쓰게 되고 결국 몇 개나 되는 신용카드를 혜택별로 쓰다 보면 신용한도까지 돈을 카드별로 쓰게 되어서 나중에는 감당하기 힘들게 된다는 것이다.

그렇다고 신용카드를 안 쓰면 불편하지 않을까 하고 걱정하는 분들이 많을 것이다. 그래서 책에선 체크카드나 선불카드를 권하고 있다. 일단 돈이 없으면 더 이상 쓸 수 없기 때문이다. 이렇게 돈을 더 이상 쓸 수 없게 하는 것이 좋은 이유는 바로 디드로 효과 때문인데, 디드로 효과란 어떤 물건을 사게 되면 연관된 모든 물것들을 연속적으로 사게 된다는 것이다. 결국 소비를 하면 할수록 심리적으로 풍요로워지기는커녕 욕구 불만에 시달리게 된다는 것이다. 무언가를 갖게 되면 될수록 더 많은 것을 가져야만 심리적 안정을 취할 수 있는데 이것이 현실에서도 나타나고 있다. 현재 많은 대학생들이 카드를 발급받아서 빚을 지게 되고 이를 갚기 위해서 위험한 알바를 하고, 직장인들은 투잡을 뛰고, 고금리 신용대출을 받고 있다.

그럼 어떻게 하면 신용카드를 안 쓰고 살 수 있을까? 가장 먼저 해야 할 것은 일단 신용카드를 체크카드로 바꾸는 것이다. 그리고 통장을 나누어서 생활비통장과 저축통장을 나누어서 생활비만 쓰는 습관을 들이는 것이 가장 중요하다.

두 번째로는 필요 없는 물건을 얼마나 구입했는지 알아보는 것이 중요한데 일단 일정금액 이상 되는 물건 중에서 1년 중에 한 번도 안 쓰고 있는 물건이 있다면 그건 내가 낭비를 했다는 뜻이다. 세 번째로는 지름 신을 부르는 대형마트, 인터넷 사이트부터 끊는 것이다. 습관적으로 소비하게 만드는 교묘한 상술에 휘둘리게 만드는 요소들을 차단하는 것이 중요하다.

사실 위의 내용은 개인이 신용카드에 대한 대처법을 설명하고 있지만 책은 더 깊은 이야기를 다루고 있다. 신용카드에 대한 우리나라의 정책 자체에 대한 비판이 그것이다. 소비가 미덕인 나라가 되어버렸고 많은 사람들이 신용카드로 인한 과소비로 신음하고 있지만 기업들의 경제논리로 규제를 하지 못하고 있다는 이야기가 나오고 있다. 더 나아가 많은 사람들이 이런 잘못된 정책을 비판해서 제대로 된 신용카드 신용문화를 만들어야 한다고 이야기하고 있다. 이 책은 신용카드뿐만 아니라 대출이나 펀드 같은 금융상품에 대해서도 설명하고 있다. 마지막으로 소비에 대한 심리적인 행복에 관한 이야기인데, 소비는 할 때는 즐겁지만 하면 할수록 불안해질 수밖에 없다. 그러나 저축은 하면 할수록 행복해진다는 평범한 진리를 알려주는 책이다.

현재 평균수명이 남자는 75세, 여자는 80세라고 했을 때 건강에 별문제가 없는 사람은 거의 80세 이상 90세까지 사는 세상이 곧 다가올 것이다. 문제는 60세에 은퇴하기 때문에 은퇴를 한 후 소득이 없는 20~30년 동안을 편안하게 보내는 방법이 힘들기 때문에 이 책이 나오게 되었다.

이 책은 조금 특이하게 구성되어 있다. 어느 날 눈을 떠보니 팔팔한 젊음은 온데간데없이 시들었고, 손 안에 쥔 돈도 없다면 어떤 기분이 들까? 이 책의 주인공 김민석 씨는 35세의 어느 날, 35년 후의 미래를 미리 경험한다. 머리에는 백발이 성성하고 기력도 달리는데, 양로원에 기거하며 그 나이가 되도록 '노동의 굴레'에서 벗어나지 못하고 있다. 애지중지 키워놓은 아이들도 자기 살기 바빠서 부모를 살뜰하게 모실 여력이 되지 않는다. 그제야 주인공은 안일하게만 생각했던 노후 준비의 필요성을 뼛속까지 절감하고 하나씩 차근차근 노후를 위한 준비에 돌입한다.

책에 나온 노후 준비는 여러 가지가 있지만 가장 큰 것 세 가지만 소개를 하면 다음과 같다.

1. 지금 당장 노후 준비를 시작하라 : 보통사람들은 마흔서부터 노후 준비를

생각하지만 현대는 과거와 달라서 돈을 얼마만큼 굴리느냐가 노후를 얼마만큼 준비할 수 있느냐의 분수령이 될 수 있다. 따라서 지금부터 빨리 노후 준비를 시작해야만 한다. 그중 가장 중요한 것은 소비를 줄이고 저축을 늘리는 것이다.

2. 지금 당장 당신이 하는 일이 가장 큰 노후 준비임을 알아야 한다 : 많은 사람들이 노후 준비 하면 우선 재테크부터 생각하는데 재테크라는 것 자체가 어떤 형식으로든지 위험성을 내포하고 있다. 따라서 지금 당장 돈이 나오는 일부터 잘하고 제대로 돈을 버는 것이 가장 중요하다.

3. 시간을 내 편으로 만들어야 한다 : 소비를 줄이고 투자를 늘리고 공부해서 시간이 가면 갈수록 내가 가진 자산이 스스로 늘어날 수 있는 시스템을 구축해야만 한다. 주식투자처럼 계속해서 신경을 써서 투자를 하면 결국 시간을 빼앗겨서 제대로 된 생활도 투자도 할 수 없게 된다.

현재 자신이 가지고 있는 자산에 대해서 분석을 한다. 그리고 자신이 쓰고 있는 비용이 얼마인지 계산을 해보고 많이 놀란다. 이유 없이 나가는 돈이 너무 많았기 때문에, 그리고 목적 없이 가족 명의로 흩어져 있는 통장들도 낭비라는 사실을 알게 된다. 이윤이 높은 통장에 몰아서 넣으면 1년에 최대 5%까지 수익을 주는 통장이 있다는 사실을 알고 놀라서 옮기고 주식투자에 직접 하려고 여기저기 알아보지만 돌아오는 대답은 모두 하지 말라는 것이다. 개인주식투자의 90% 이상이 손해를 보고 있기 때문에 결국 펀드 및 간접투자상품으로 비교적 안정적인 투자를 하는 것을 찾아서 통장을 만들고 적립식으로 투자를 하기 시작한다. 후에 각종 금융상품에 대한 공부 및 부동산 투자에 관한 이야기도 나오게 된다.

이 책의 저자인 이영권 박사는 부자와 빈자를 가르는 결정적인 요인은 삶을 이끌어가는 일종의 시스템 문제라고 말하고 있다. 부자들에게는 부를 쌓을 수 있는 부자 습관이 있는 반면, 빈자에게는 더욱 가난해지는 빈자의 습관이 있다. 결국 빈자도 부자의 시스템을 갖추고 집중하면 어떤 일에도 흔들리지 않는 안전한 부자가 될 수 있다는 애기를 전하고 있다. 또한 부자가 되기 위한 구체적인 방법으로 '안전한 부자들의 7가지 자기경영법'을 제시하고 있다.

그럼 그 7가지가 무엇인지 알아보자.

1. 작은 것에 만족하지 말라

2. 매일 자신의 부를 측정하라

3. 한 방은 없다

4. 스스로 이해하지 못하는 재테크는 하지 말라

5. 모든 것은 내 '탓'이다

6. 포기하지 말고 계속 가라

7. 돈보다 시간을 챙겨라

일단 한 가지씩 이야기를 해보면, '작은 것에 만족하지 말라'라는 무슨 뜻일까?

　대부분의 사람은 자신이 이룬 것에 대해서 대단한 자신감을 가지고 있다. 그도 그럴 것이 우리나라 사람들이 좀 힘들게 사는가? 그런데 거기서 만족을 하고 안정을 취하게 되면 그만 도태되고 만다. 10년 전 IMF 이후 닷컴주의 몰락, 신용카드 사태, 그리고 이번 금융위기까지 경제적인 위기는 수시로 우리의 삶을 위협하고 있기 때문에 현재에 만족하지 말고 부자가 되어서 안정적인 생활을 누리도록 노력하라는 뜻이다.

　그리고 두 번째, '매일 자신의 부를 측정하라' 는 것은 진정으로 나의 부가 얼마나 되는지 알아야지만 진정한 부자로 갈 수 있다는 뜻이다. 부자동네에는 부자가 살지 않는다. 단지 고소득자들이 살고 있을 뿐이다. 그런데 문제는 돈을 많이 버는 고속득자들일수록 씀씀이가 더 커서 속내를 들여다보면 빚잔치를 하는 경우가 허다하다. 진짜 부자들은 돈을 많이 써야 하는 부자동네에 사는 것이 아니라 돈이 안드는 자신의 거점에 살고 있다. 따라서 자신이 부자가 되고 싶다면 자신의 부가 얼마나 되는지 정확하게 파악하는 습관을 들여야만 한다.

　그럼 '한 방은 없다' 는 무슨 뜻일까? 얼마 전에 로또에 당첨된 여자가 당첨된 돈을 다 털어먹고 다시 청소부 일을 하게 된 사연이 소개되었다. 그리고 그녀는 이렇게 말을 했다고 한다. '복권은 나의 인생에 재앙이었다. 모든 사람들은 나를 속였고, 나의 돈만을 원했다' 고 말이다. 결국 그녀는 자신의 돈을 관리하지 못해서 인생을 망치게 되었다. 이처럼 우리가 쉽게 생각하는 것처럼, 인생 한방이라는 말은 거짓말이다. 대부분의 부자들은 자수성가로 돈을 번 사람들이다. 그리고 물려받은 사람들 중에도 특히 돈을 아주 독하게 안 쓴다는 사람들 외에는 자신의 부를 유지하는 사람은 별로 없다. 이처럼 돈은 갑자기 생길 수도 없고 갑자기 생긴다고 해도 관리능력이 없는 사람은 유지할 수 없다는 뜻이다.

　여기서 네 번째 이야기가 나올 수 있는데. 그래서 돈을 벌어보겠다고 재테크를 하는 사람들이 있다. 물론 목적은 돈을 벌기 위해서다. 하지만 대부분의 경우 주식이 오른다고 해서 사고, 상가가 오른다고 해서 사고, 땅이 좋다고 해서 샀다가 손해를 본 사람들이 대부분이다. 워렌버핏이 이런 말을 했다. "나는 내가 좋아하는 물건에 투자한다"라고. 이처럼 내가 모르는 물건에 돈이 된다고 투자한다는 것은 화약을 지고 불구덩이에 뛰어드는 행동임을 알아야만 한다.

다섯 번째는 '모든 것은 내 탓이다.' 일단 이것은 실패한 사람과 성공한 사람이 다르게 나타난다. 성공한 사람한테 어떻게 성공했느냐고 물으면 모른다. 그냥 열심히 했는데 됐다고 대답한다. 그런데 실패한 사람한테 물어보면 자신이 왜 실패했는지 정확하게 안다. 누구 탓이다. 혹은 무엇 탓이다 라고 정확하게 분석을 한다. 하지만 그들은 잘못된 분석을 하는 것이다. 모든 실패의 원인은 바로 나 때문이다. 이를 인정하지 않고선 다시 성공할 수 없기 때문이다. 많은 부자들이 실패를 했지만 그를 경험으로 혹은 자신의 실패로 보았기 때문에 다시 성공할 수 있었던 것이다. 이어서 여섯 번째인 '포기하지 말고 계속가라'는 일단 부자의 길을 가기로 맘을 먹었으면 그 길을 계속가야만 한다는 것이다. 마치 다이어트에 성공하기 위해서는 평생을 다이어트하는 마음으로 살아야 하는 것과 마찬가지로 흔들리지 말고 가야만 성공할 수 있기 때문이다.

마지막에 나오는 '돈보다 시간을 챙겨라'는 재미있는 생각인데 대부분의 돈을 관리하는 사람들은 가계부를 쓰거나 돈을 관리하는 시스템을 만든다. 그러나 시간을 관리하는 시스템을 생각하지 못한다. 만약 내가 돈을 아끼기 위해서 시간을 낭비한다면 그것은 돈보다 더한 낭비가 될 것임을 알아야 한다는 것이다. 인생은 생각보다 길지 않기 때문이다.

그런데 책에 마지막에 나오는 이야기들이 나를 붙잡았다. 그것은 안전한 부자가 되는 방법 중 필요조건인데, 결혼을 잘해야만 한다는 것이다. 아무리 돈에 관해서 잘 알고 잘 모으고 실천을 잘해도 다른 한쪽에서 펑펑 쓴다면 결국 그

집은 부자가 될 수 없을 것이고 평생을 가난하게 살게 된다는 것이다. 그래서 결혼이 중요한 것이다. 낭만은 짧고 인생은 기니까. 그렇다면 그 사람을 변화시키면 되지 않냐고? 거기에는 이런 말이 나온다. 영국에 유명한 사람이 쓴 묘비글인데, "내가 어렸을 때는 야망이 있어서 세상을 바꾸고 싶었다. 그러나 세상은 바뀌지 않았다 그래서 다음은 나라를 바꾸려고 했다 그것도 잘 되지 않았다. 그래서 나이가 들어서는 가족이라도 바꾸고 싶었지만 되지 않았다. 마지막으로 나 자신을 변화시키려고 했지만 그도 쉽지 않았다. 내가 나부터 변화를 시켰다면 가족을 바꾸고 나라를 바꾸고 세상을 바꿀 수 있었을 것이다."라고 말이다.

디지털 메모의 기술

이석용 시공사

'메모의 기술' 이라는 책을 소개한 적이 있다. 내용을 보면, 메모를 하는데는 3가지가 필요하다고 하면서 언제나 펜과 수첩을 가지고 다니고 아이디어가 날 때마다 적는 습관을 가지고 자신만의 암호와 언어로 빨리 적을 수 있어야 한다고 했는데, 이 책은 나온 지가 오래 되어서 새로운 메모의 습관인 디지털 메모의 기술을 알려드리기 위해서 소개하게 되었다.

이 책을 읽기 전에는 나름대로 아날로그와 디지털 메모를 같이 쓰고 있다고 생각하고 있었다. 나는 언제나 메모지와 볼펜을 가지고 다니고 항상 적는다. 그리고 메모지 활용도 나름 잘하고 있고, 일정한 기간마다 필요한 정보만 엑셀로 따로 저장을 해서 찾을 수 있도록 하고 있다. 거기다 그 자료들을 모두 메모리 카드 안에 넣어서 다녔다. 그래서 과거에 소개했던 책이라든가 가게에서 필요했던 일들을 바로바로 찾아서 쓸 수가 있었다. 그런데 이 책은 과감하게 이런 것은 기초에 불과하고 자신이 항상 가지고 다니는 휴대폰을 이용하면 이런 것들을 훨씬 더 잘 쓸 수 있다고 한다.

가게에서 가끔 이런 경우가 있다. 손님이 책을 신문에서 보았는데 제목이 기억나지 않는다면서 무조건 찾아달라고 하는 경우가 있다. 이런 때 항상 주머니에는 휴대폰이 있지 않은가? 휴대폰카메라로 찍으면 금방 메모가 된다.

두 번째로는 이런 경우가 있다. 차를 운전하고 있는데 머릿속에서 갑자기 아이디어가 스치는 것이다. 운전 중에 메모지와 볼펜을 꺼내서 메모를 하다가는 사고가 날 것이다. 이런 때 좋은 방법이 있다. 바로 휴대폰의 녹음기 기능을 이용하는 것이다. 메모보다 빠르고 정확하게, 언제 어디서나 아이디어를 녹음해서 나중에 정리를 하는 것이다.

세 번째로는 휴대폰으로 일정 관리를 하는 것인데, 여자들 같은 경우 생일, 기념일을 기막히게 챙긴다. 그런데 남자들은 잘 못한다. 그래서 휴대폰 안에 음력이나 양력 같은 일정한 기념일을 매년 정확하게 뜨게끔 만든다면 사랑받을 수 있을 것이다. 마찬가지로 회사 일정이나 모든 일들에 대해서 정확하게 사용을 한다면 이보다 좋은 다이어리는 없을 것이다.

그럼 다른 디지털 메모의 기술에는 어떤 것들이 있을까?

컴퓨터에서 사용하는 디지털 메모의 기술은 화면 캡쳐와 복사기능이 있다. 우선 바탕화면의 시작라인에 메모지 칸을 만든 다음 보다가 필요한 정보가 나오면 무조건 캡처를 하는 것이다. 그리고 글은 모두 메모장을 활용해서 복사를 해 놓는 것이다. 그래서 나중에 자신이 글을 쓸 때 화면을 깔고 글을 복사해서 편집을 하는 것이다.

그런데 여기서 중요한 것은 이렇게 모은 정보들을 정리하는 데 있다. 이때 가장 필요한 것이 폴더의 정리인데 폴더를 정리할 때는 날짜별로 정리하는 것보다는 자신의 업무와 취미 생활 등을 분리해서 하는 것이 좋다.

책에서는 이렇게 말을 한다. '목적의식을 가지고 습관을 들여라' 라고 말이다. 대부분의 사람들은 컴퓨터를 고칠 줄은 모르지만 자신이 필요한 목적으로는 사용할 줄 안다. 메일을 보고 워드를 치고 고스톱을 할 줄 아는 것은 그것을 좋아하기 때문이다. 마찬가지로 디지털 메모를 하는 것을 하나의 취미로 가질 수 있는 목표를 가져야 한다는 것이다. 우선 회사업무에 어떤 목표를 가지고 달성하기 위해서 활용하는 것도 좋고, 가장 좋은 방법은 자신이 좋아하는 취미를 완성하기 위해서 이런 디지털 메모를 활용하는 것도 상당히 좋다. 한 예로 어떤 사람은 자신의 취미인 낚시를 책으로 만들기 위해서 이런 저런 사진과 스크랩을 디지털로 해서 쉽게 책을 만들었다는 이야기도 있다.

아프니까 청춘이다

김난도 쌤앤파커스

나이가 들어서 돌아보면 청춘은 아름다운 시절이지만 사실 청춘은 굉장히 힘든 시절이다. 특히 요즘같이 88만 원 세대들에게 대학 등록금과 취직, 결혼은 정말 힘든 고난의 연속이다. 그래서 김난도 교수는 이런 방황하는 청춘에게 미래를 선택하는 충고를 해준다. 돈을 보고 직업을 선택하지 마라, 좋은 만남은 선택이 아니다, 청춘의 시련을 대하는 태도, 그리고 신문을 읽고 글을 써라 등등의 이야기가 나오고 있다.

왜 돈을 보고 직업을 선택하지 말라고 했을까? 김난도 교수는 자신의 경험에 비추어서 설명을 한다. 금전적인 성공이 행복을 가져다주기 힘들다는 것을 몸으로 배웠기 때문이다. 의사나 변호사처럼 전문직이 과거처럼 안정적인 직업이 아닐 뿐더러, 매일 해야 하는 일이 즐겁지 않다면 생활이 지옥으로 바뀌기 때문이다. 많은 젊은이들이 안정적인 직장을 찾아서 고시를 시작한다. 그런데 이 고시가 중독성이 있어서 처음에는 그냥 시작하지만 한번만 더 하다가 그만 시간이 지나다 보면 이도저도 안 돼 있는 경우가 많다는 것이다. 그래서 일단 낮은 곳에서 시작할 수 있는 일을 찾아서 그 일에 전문가가 되는 것이 더 중요하다고 이야기해 준다.

좋은 만남은 선택이 아니다. 이건 뭔 소리일까? 좋은 만남은 선택이 아니라 끊임없는 노력이라고 이야기하고 있다. 책에서 결혼정보업체의 예를 들어서 설명을 해주는데, 우선 여성의 경우 미모를 기준으로 5등급으로 나누고 남성의 경우 학벌, 부모의 재산, 전망 등을 가지고 많은 등급으로 나누어서 등급별로 소개를 시켜준다고 한다. 그런데 요즘 젊은 친구들도 역시 이렇게 비슷한 등급끼리만 만나서 연예를 해서 만난다고 한다. 그런데 그렇게 잘 따져서 만난 사람들이 더 잘 헤어진다고 한다. 그 이유는 좋은 만남은 선택이 아니라 만들어 가는 것이기 때문이다. 선택은 아무리 잘해도 후회가 남기 때문에 또 다른 선택을 하려고 든다. 하지만 내가 혹은 상대가 좋은 상대가 되기 위해서 노력을 하는 것 자체가 바로 좋은 만남을 만들어 가는 것이다.

요즘 대부분의 젊은 사람들은 신문을 읽지 않는다. 대신에 인터넷으로 뉴스를 보는데, 이때 문제점은 보고 싶은 뉴스만 본다는 사실이다. 그래서 다른 관점이나 관심이 없는 뉴스는 전혀 모르고 넘어가게 되는데, 결국 남의 눈으로 전혀 다른 주관으로 쓴 기사를, 관심도 없는 기사들을 읽으면서 좀 더 종합적인 정보에 눈이 뜨게 된다는 것이다. 그리고 글을 쓰라는 말은 그렇게 접한 정보들을 그냥 읽기만 해서는 머릿속에 남지 않는다. 남에게 알리듯 자신의 생각을 글쓰기할 때 비로소 완성되기 때문에 글쓰기를 하라고 하고 있다.

조금이라도 남들보다 빨리 가려고 노력했던 나로서는 많은 감명을 받았다. 책의 내용을 간단하게 줄여보면 이런 것 같다. 젊음이라는 것은 아픔이라는 대가를 치러야만 성장할 수 있다. 그러니까 지금 아프다고 너무 조급해 하지 말고, 지금 편하다고 자만하지 마라. 누구나 겪을 수 있고 겪어야지만 자랄 수가 있는 것이다.

천 번을 흔들려야 어른이 된다

김난도 오우아

이 책을 쓸 때 김난도 교수는 중년을 위해서 쓴 '결리니까 중년이다' 라고 우스개 소리를 할 정도로 청춘뿐만 아니라 중년에 돌아보니 중년 역시 힘들고 어렵다는 이야기를 하기 위해서 천 번을 흔들려야 어른이 된다는 뜻으로 제목을 지었다고 한다.

가장 기억에 남는 이야기는 바로 소비에 관한 이야기였다. 현재 젊은이들이 힘들어하는 이유 중에 한 가지가 바로 소비문화 때문이다. 너무 풍족하지만 돈이 없다 보니 힘들어 한다는 것이어서 책에선 소비에 대한 기도문이 나오고 있다.

랜드마크에 계신 아르마니여

오늘날 저희에게 남편의 비자카드를 주시고

우리가 우리에게 수수료를 떼어간 자들을 용서하여 준 것과 같이

우리의 바닥난 은행잔고를 용서하시고

우리를 백화점에 빠지지 말게 하시며

샤넬과 고티에와 베르사체가 아버지께 영원히 있사옵니다.

아멘스 ~

이처럼 소비기도문을 외울 정도로 사회가 소비에 중독되어 있기 때문에 불행하게 느낀다는 것이다. 그래서 어려서부터 나이가 든 모든 사람에게 소비자 교육을 시켜야 한다고 이야기를 하고 있다.

두 번째 이야기는 유인나의 음악프로그램 방송에서 고통 받는 젊은이들의 멘토를 하는 부분이었다. 당시 고민을 상담한 젊은이는 어머니가 암 판정을 받자 집안의 풍비박산이 났었다. 그래서 형과 아버지와 자기가 똘똘 뭉쳐서 이겨냈지만 어머니는 다시 재발하고 형은 돈을 가지고 자꾸 도망가고 아버지도 포기를 해서 자신도 어렵다고 한다.

그러자 김난도 교수는 한참을 생각하더니 '아모르파티' 라는 말을 알려준다. 당신의 인생을 사랑하라 라고 말이다. 아무리 힘들고 어려워도 내 인생이기 때문에 인생을 사랑하다 보면 시간이 흘러서 문제가 해결된다고 말이다. 이 말을 들은 젊은이는 일주일 동안 술에 절어서 살았다고 한다. 그런데 재미있게도 그 말을 다시 되새겨서 열심히 살다 보니 어떻게든 하루가 가고 이틀이 가더니 지금은 그냥 버티면서 살 만하다고 다시 통화를 했다고 한다. 이처럼 인생에는 답이 없는 문제가 많다. 이때 제일 좋은 방법은 지금을 유지하는 것이다. 인내하고 버티다 보면 언젠가는 해결할 날이 오기 때문이다.

세 번째 이야기는 결혼에 관한 이야기다. 결혼에 관해선 소크라테스조차도 해도 후회 안 해도 후회라는 말을 할 정도로 어려운 문제다. 브람스는 '고독과 자유는 한 몸이다' 라고 할 정도로 둘 중에 한 가지를 택하라고 했다. 책에선 결혼하기 좋은 사람을 찾지 말고 결혼하고 싶은데 사람을 찾아라 라고 이야기하고 있다. 그리고 결혼하기 좋은 시기란 없다. 어려도 나이가 들어도 한눈에 반한 사람을 만날 확률은 굉장히 적다. 그래서 자신이 결혼하고 싶을 때 사람을 만나는 것이 중요하다고 이야기한다. 그리고 인생이라는 긴 관점으로 보면 결혼을 일찍 하는 것이 결코 손해는 아니라고 한다. 일찍 결혼한 친구들은 이미 대학에 보내고 둘이서 여행을 다니지만 자신은 아직도 아이들에게 매달려 있는 게 힘들다고 한다. 전작에서 이야기했지만 결혼은 좋은 선택이 아니라 만들어 간다는 사실을 알아야 한다.

책에선 위의 이야기 말고도 주부들의 이야기, 워킹맘의 이야기, 취미와 인생에 관한 이야기 등이 나오고 있다. 특히 가장 기억에 남았던 것은 인생은 결핍으로 완성된다는 것이다. 자신에게 가장 부족한 부분이야말로 자신을 완성시킬 수 있는 최고의 재료라는 사실을 알려주고 있다.

이 책이 다른 성공학 책들과 다른 점은 남의 생각을 빌려서 성공한다는 데 초점을 두고 있다. 다른 성공학 책들의 경우 내가 바꿔야 하는 점과 공부해야 되는 부분에 대해서 이야기를 하지만 이 책에선 그런 이야기들보다 우선 자아를 버리고 스승을 찾는다면 성공할 수 있다고 이야기하고 있다.

그럼 어떻게 해야지 남의 생각을 빌려서 성공할 수 있을까? 자아를 버려야 된다고 한다. 저자가 성공하게 된 계기를 소개하면, 저자는 미용실에서 일하는 미용견습생이었다. 미용사라는 직업은 어깨너머로 배워서 자신만의 기술을 익히는 것이 업계의 방식이다. 연차가 어느 정도 되자 자신만의 방식으로 손님들을 상대하기 시작했는데, 그러고 나서 얼마 후 자신이 실력도 손님도 붙지 않는다는 것을 알게 되었다. 자신이 잘못하고 있다고 깨달은 저자는 우선 사장의 말에 따라서 손님을 상대하는 법, 머리를 자르는 법 등을 자신의 방식을 모두 버리고 배우게 된다. 그런 후에 자신만의 샵을 갖게 된다. 여기서 깨달음을 얻은 저자는 그런 방식으로 세상에서 스승들을 만나서 조언을 얻고 투자하고 성공을 해서 지금은 빌딩부자가 되었다고 한다.

그럼 무조건 자아를 버리고 스승을 만나서 시키는 대로 하면 되느냐 하면 그건 아니다. 우선 어떤 사람을 스승으로 삼을지 선택하는 방법을 알아야 한다. 책에선 그런 스승을 트러스티라고 한다. 믿을 수 있는 사람이라는 뜻이다. 예를 들어, 골프를 배우러 갔으면 골프코치를 믿어야 하고, 헬스를 하러 갔으면 헬스코치를 믿어야 한다. 그리고 일상생활에서 일에 있어서는 자신이 일하는 직장의 사장이나 상사에게 자신의 방식에 대해서 물어보는 것이 가장 중요하다. 그런데 대부분의 성인의 경우 자신만의 방식을 하는데 그렇게 해선 안 된다.

두 번째 단계는 바로 자신의 방식을 모두 버리고 트러스티가 가르쳐주는 방식대로 하려고 노력하는 것이다. 단순히 시키는 대로만 하는 것이 아니라 왜 이런 식으로 하는지 생각하면서 하되, 우선 자신을 버리고 시키는 대로 하는 것이 중요하다. 마지막으로 내가 하는 방식이 맞는지 트러스티에게 물어서 다시 고쳐서 하는 것이 중요하기 때문이다. 즉 시키는 대로 한다고 해서 그대로 되는 경우는 거의 없기 때문에 꼭 물어보고 고쳐야 한다. 단 무조건 물어볼 것이 아니라 어떤 것을 물어볼지 정확하게 질문을 구체화해서 적어 놓았다가 물어보고 다시 답을 적는 것이 좋다.

그럼 이런 식으로 사고신탁을 하면 무엇이 좋을까? 우선 인생에 있어서 많은 문제를 쉽게 해결할 수 있다. 예를 들어 살이 빼고 싶어서 헬스를 한다면 헬스코치에게 물어보고 시키는 대로 실행하고 다시 물어보고 잘못된 것을 고치면 쉽게 살을 뺄 수 있고, 직장에서 일을 하는데 성과가 오르지 않는다면 우선 상사에게 물어보고 실행하고 고치면 일의 성과도 쉽게 올라가게 된다. 결과적으로 인생에 있어서 어떤 일이든 쉽게 해결을 할 수 있게 된다. 이 책을 읽어 보면 인생의 많은 문제들을 쉽게 해결할 수 있을 것이다.

CEO는 낙타와 협상한다

안세영 삼성경제연구소

인간의 역사는 협상의 역사라고 할 수 있다. 전쟁이든 평화든 말이다. 더 나아가서 인간 개개인의 삶속에서도 언제나 협상을 한다는 사실을 알 수가 있는데, 이 책은 우리나라와 외국과의 협상, 그리고 외국간의 협상 등에서 알 수 있는 협상 전략들과 실제 사례를 들어서 설명하고 끝에는 협상의 전략에 대해서 정리를 해주고 있다.

우선 이 제목은 앞부분에 나오는 간단한 이야기 때문에 나온 제목이다. 오랫동안 부부싸움 한 번 한 적 없는 노부부가 있었다. 그래서 한 사람이 할머니를 찾아가서는 물어보았다. 어떻게 그렇게 오랫동안 살아오면서 단 한 번도 싸우지 않고 살 수가 있었나요? 라고 묻자 할머니는 대답 대신에 자신의 옛날이야기를 해주었다. 몇 십 년 전에 부부가 결혼을 하고 낙타를 타고 사막을 건너게 된 적이 있었다. 그런데 낙타란 동물이 잔꾀가 많고 투정을 부려서 주인을 떨어뜨리는 경우가 많았다. 그래서 남편을 크게 떨어뜨렸다. 그러나 남편은 "이번이 첫 번째야!" 하면서 경고를 했다. 그리고 다음날이 되었다. 다음날에도 낙타는 힘이 들자 또 남편을 떨어뜨렸다. 그러자 이번에도 남편은 손가락을 펴면서 "이번이 두 번째야!" 라고 말을 했다. 그래서 아내는 남편이 성격이 좋은 사람이라고 생각을 했다. 그런데 세 번째 되는 날에도 낙타가 남편을 떨어뜨리자

이번엔 남편이 낙타에게서 물러나더니 권총을 뽑아서 쏴 죽여 버렸다. 그래서 놀란 아내가 낙타를 죽이면 어떡하느냐고 소리를 지르자 남편이 대답하기를, "이번이 첫 번째야."라고 했다. 그래서 놀란 아내는 그 다음부터는 전혀 큰소리를 내지 않게 되었다고 한다.

결국 남편의 성격에 질린 아내가 참고 살았다는 이야기다. 이 책에서 나온 예는 극단적이기 때문에 사용할 수는 없지만, 책에선 이런 이야기들 말고 우리 기억에 남아 있는 실질적인 협상이야기들이 많이 나온다. 한중 마늘협상, 미국과 일본과의 무역분쟁 이야기, 미국의 수퍼301조를 막아낸 중국의 이야기 등이 나오고, 오래 전에 상도의 주인공 임상옥이 고려 인삼을 가지고 청나라에 가서 인삼을 불태워서 높은 값을 받아낸 이야기까지 많은 협상의 이야기들이 들어가 있다.

이 책에는 우리나라가 협상에서 실패를 본 사례를 더 많이 나열하고 있다. 그중 한 가지가 마늘협상이다. 원래 한중 마늘협상은 원천적으로 없었던 것이다. 그런데 국내산 마늘이 풍년이어서 마늘값이 폭락하는 상황에서 중국산 마늘까지 들어오게 되면 더 가격이 떨어질 것이라고 생각한 정치인들이 선거철을 맞이해서 표를 의식해 일정량 이상 수입을 금지시키도록 한다. 이러자 당시 중국에서는 불공정거래라고 판단을 해서 한국의 휴대폰에 대해서 수입을 금지시키는 보복성 정책을 추진한다. 이러자 국내 대기업에서 난리가 났다. 그래서 결국 마늘시장을 열어주게 되는데 문제는 원래 있던 양보다 더 많은 양을 꼭 수입을 해야 한다고 중국에서 못을 박은 것이다. 그런데 국내에서는 중국산 마늘이 인기가 없어서 수입을 한 상태에서 썩어나가는 웃지 못할 일이 벌어지게 된다. 애초에 잘못된 정책으로 협상에서 손해를 보고 시작했기 때문이다.

미국의 세계의 영향력은 막강하다. 특히 우리나라나 일본 같은 경우에는 미국한테 "노!"라고 하지 못하는 경우가 많은데, 중국의 경우에도 미국이 최대 수출국이기 때문에 함부로 "노!"라고 할 수는 없다. 1983년 레이건 정부가 중국산 섬유에 대한 쿼터제를 강력하게 밀어붙였는데, 중국은 이에 대한 대답으로 미국으로부터의 곡물 수입을 하지 않겠다고 배짱을 부렸다. 대신에 아르헨티나나 다른 나라로부터 수입을 하겠다고 말이다. 결국 미국 곡물회사들의 로비로 인해서 섬유쿼터제는 그냥 넘어가게 된다. 즉 상대의 약점을 가지고 상대를 이용하는 협상 전략을 추구했다는 사실이다.

협상은 말로 하는 것이 아니라 몸으로 하는 것이다. 협상 테이블에 앉았을 때뿐만 아니라 파티 장소와 식사 장소에서도 상대가 원하는 것이 무엇인지 상대의 상태가 어떤지를 알아야만 한다. 그러기 위해서는 상대에 대한 정확한 정보를 가지고 상대를 움직일 수 있는 변수가 무엇인지를 알아야만 한다. 예를 들어 협상 중에 다리를 떤다든지, 담배를 피는데 반대로 핀다든지 하는 경우 이미 상대가 엄청나게 긴장을 하고 있다는 것을 의미한다.

두 번째로는 상대방의 방식을 정확하게 파악해야 한다. 예를 들어 중국 같은 경우 술대접을 마다하면 협상에서 좋은 결과가 나올 수가 없다고 한다. 반대로 미국 같은 경우 술자리를 하는 것은 뇌물의 성격이 있다고 판단해서 더 나쁜 인상으로 볼 때가 많다고 한다. 그리고 선물의 경우도 마찬가지인데, 아시아는 선물을 사교의 의미로 받아들이지만, 서양은 상대의 호의를 보통 뇌물의 성격으로 받아들이기 때문에 조심해야 한다.

세 번째로는 언제든지 협상을 접을 수 있다는 유연한 자세로 임하는 것이 좋다. 어떤 협상이든지 한쪽에서 너무 열심히 매달리면 그것은 좋은 결과가 나올 수가 없다. 예를 들어 대기업의 CEO가 미국에 가서 아는 사람을 만났는데 마침 그 회사를 판다고 하니까 실무팀에 인수합병을 하라고 지시를 한다. 그러면 인수합병팀은 어떡해서든 성사를 시켜야 하기 때문에 더 나은 조건으로 인수할 수 있음에도 불구하고 손해를 보면서 하는 경우가 많다.

책을 아무리 읽어도 인생의 문제는 풀리지 않을 때가 많다. 예를 들어 부자가 되는 법이라는 책을 읽어도 부자는커녕 항상 빚에 쪼들리고, 금연하는 법을 읽어도 읽고 나서 삼 일 정도 금연하고 그만이다. 책에선 읽고 실천하지 않기 때문에 그렇다고 간단하게 이야기한다.

왜 우리는 책을 읽고 이해하고 공감을 했는데도 실천하지 못하는 것일까? 그것은 미룸신이 강림하기 때문이다. 다시 말해서 금연을 하기로 마음 먹었으면 당장 끊으면 되는데 내일 끊어야지, 다이어트를 하려고 마음을 먹었는데 내일부터 해야지 하면 그것은 영원히 실천할 수가 없다. 왜냐하면 내일은 영원히 내일이기 때문이다. 어떤 일을 실천하려면 지금 당장 해야 한다. 그런데 말처럼 쉽지 않다. 그래서 사람들은 책을 읽고 강연을 듣고 TV를 보면서 다짐만 한다. 부자가 되리라, 다이어트를 하리라, 금연을 하리라, 그런 다짐은 아무런 도움이 되지 않는다. 일단 조금이라도 실천부터 하는 것이 중요하다. 어떻게 하면 다짐만 하지 않고 실천을 할 수 있을까?

첫 번째로, 시간을 역순으로 생각해서 조금씩 나아가면 된다. 예를 들어 다이어트를 설명해 보자. 우선 단시간에 많이 빼서 건강이 위험한 사람들 말고 건강하게 다이어트에 성공한 사람들의 이야기를 들어 본다. 그래서 현재 몸무게를 가지기 위해서 일정한 기간 동안 식사량과 운동량을 조절해 왔는지를 계산해 보는 것이다. 그런 식으로 역순으로 계산을 하다 보면 내가 무리 없이 한 달 동안은 어떻게 먹고 운동하고 준비해야 하는지가 나올 것이다. 그리고 장시간 관리를 하기 때문에 흔들림 없이 다이어트에 성공할 확률이 확실히 높아지게 된다. 이것은 업무나 인생의 목표에서도, 마찬가지로 업무에서 인정받고 싶은 샐러리맨에게도, 장사로 부자가 되고 싶은 사람에게도 좋은 역순계산법이 된다.

두 번째로, 공개적으로 선언을 하는 것이다. 예를 들면 금연할 때 이런 프로그램이 있다고 한다. 30만 원에서 100만 원 정도의 돈을 맡겨 놓고 금연을 한 달 동안 하면 그 돈을 돌려받는 프로그램인데, 이것이 굉장히 성공적이다. 우선 사람의 습관이 3주 정도는 되어야 완성이 되기 때문에 일단 선언을 하면 다른 사람들의 이목 때문에 자기 의지가 더 강해질 수 있다고 한다. 이처럼 어떤 일을 함에 있어서 조금만 노력하면 되는 일 같은 경우에는 선언을 통해서 사람들의 도움을 받는 게 중요한데, 다이어트의 경우에도 자신이 다이어트를 꼭 성공해야 하니 도와달라고 요청하면 다른 사람들의 쓸데없는 회식의 유혹으로부터 조금 더 자유로울 수 있기 때문에 공개적으로 선언해서 자신의 의지를 강화하는 법이다. 즉 의지를 강화시키는 환경을 조성하는 법이다.

세 번째는 자기감찰이라는 방법이다. 두 번째 방법이 남들의 눈에 의해서 감시 당하는 방법이라면 이것은 스스로 자제하는 방식이다. 다이어트의 경우에도 선언을 하면 도움은 되지만 남들 몰래 먹는다면 아무런 소용이 없다. 결국 스스로 조절하지 않으면 안 되는 것이다. 책에선 다이어트를 예로 저울과 거울을 사용하는 방법을 추천하고 있는데 스스로 체중을 줄여서 몸짱이 되겠다고 마음 먹었다면 거울에 자신의 모습을 비춰보고 체중계에 매주 올라가서 체중을 기록하는 방식이다. 이런 식으로 하면 몸무게가 원하는 만큼 줄지 않거나 도리어 늘었을 때 자신을 책망해서 더 열심히 하게 만든다.

책에선 20가지의 이야기를 해주고 있는데, 그중에서 가장 마음에 와 닿는 말은 "절박하지 않으면 하지 않는다."라는 것이다. 어떤 일이든 자신을 절박한 이유가 없다면 그걸 할 이유가 없는 것이다. 무슨 일이든지 이루고 싶다면 절박한 상황을 만들어야만 한다. 그 외에도 실행을 하는데 도움을 주는 많은 이야기가 나오고 있다. 꼭 읽어보고 인생을 변화시켜 보기 바란다.

틀을 깨라

박종하 해냄

이 책은 정말로 좋은 아이디어들이 많이 들어가 있는 책이다. 책에선 혁신과 그것을 이루기 위한 방법들, 그리고 실전적인 사례들이 가득 담겨 있다.

문제를 해결할 때 5why 기법이라는 것이 있다. 문제를 해결할 때 한 가지만 생각하지 말고 5번 이상 문제 속의 문제를 찾아서 해결하라는 것이다. 제퍼슨 문화관의 벽에 부식이 심해져서 해결을 해야만 했다. 그런데 부식이 심한 이유가 청소를 너무 많이 해서 세제 때문에 그렇다고 한다. 왜 그렇게 청소를 많이 하느냐고 묻자 새가 똥을 많이 싸서 그렇다고 해서 왜 새가 똥을 많이 싸는지 알아보았다. 그러니까 거미를 잡아먹기 위해서 새들이 모여들었다는 사실을 알았다. 그런데 왜 거미가 많은지 알아보니 제퍼슨 문화관에 일찍 불을 켜다 보니 주변보다 밝아서 많은 나방이 모여들었고 그 나방을 잡아먹기 위해서 많은 거미가 모였던 것이다. 그래서 제퍼슨 문화관의 문을 2시간 늦게 여는 것만으로 벽의 부식을 막을 수 있었다고 한다. 대부분의 경우 한 가지 문제에 대해서 한 가지 해결책만 생각할 때가 많다. 제퍼슨 문화관의 경우에도 그냥 세제만 바꿨다면 결국 새똥에 의해서 다시 부식이 심해질 수밖에 없었을 것이다.

두 번째 문제 해결 방법은 협상이다. 예를 들어 두 아이에게 케이크를 완전하게 반으로 나누어 줄 수 있을까? 물리적으로는 분명히 불가능하다. 그러나 두 아이에게 한 명은 자르라고 하고, 다른 한 명에게 자른 조각을 선택하게 한다면 둘 다 만족할 만한 결과를 가져올 수 있다. 이처럼 모든 문제는 사실 물리적인 현상의 문제라기보다는 협상과 선택의 문제라는 사실을 알려주는 사례다. 그리고 대부분의 사업은 같은 계열에서 경쟁자 관계를 갖는 것 같지만 사실은 그렇지 않다는 것을 알려주는 사례도 나온다. 예를 들어 인구 10만인 도시에 변호사가 한 명이 있었을 때는 변호사가 필요한지 몰라서 수입이 적었지만 10명이 생기면서 변호사가 꼭 필요하다는 사실을 알게 되어서 수입이 늘었을 경우에는 적정한 시장홍보로 둘 다 만족한 결과를 가져올 수 있다고 한다.

세 번째는 감성을 읽어야만 한다는 사실이다. 지금 애플이 비약적인 약진을 할 수 있었던 것은 감성적인 마케팅과 프로그램 때문이다. 마이크로소프트는 꼭 필요한 프로그램을 필요한 그래픽에 맞추어서 만들었지만 애플은 사람들의 감성에 맞추어서 프로그램을 만들었다. 그 결과 21세기에 들어서 최고의 회사로 발돋움할 수 있었다. 우리가 알아야 할 것은 우리의 감성은 자동적으로 처리되기 때문에 이성적으로 생각하기 이전에 이미 결정을 내리고 그 결정에 따라서 우리의 논리를 짜맞출 때가 많다. 따라서 상대방의 감성을 어떻게 읽을 것인지에 대한 공부를 하지 않으면 안 된다는 이야기가 나오고 있다.

이 책을 읽으면서 너무 많은 아이디어들을 어떻게 소개해야만 하는지에 대해서 고민을 많이 했다. 그중에선 상표명이 너무 많이 나와서 소개를 못한 이야기들도 많고, 책 속에 알쏭달쏭 퀴즈도 많이 나온다. 예를 들어 어떤 사람이 세상에서 두 개밖에 없는 우표를 경매를 통해서 50만 달러에 샀는데 돈을 지불하고선 그 자리에서 바로 불태워 버렸다. 왜 그랬을까? 왜냐하면 그 사람이 나머지 한 개의 우표를 가지고 있던 사람이기 때문이다. 그리고 도형과 수학의 문제, 그리고 넌센스 퀴즈까지 생각지도 못한 이야기들이 가득 들어가 있다.
　꼭 한번 읽어보고 창의성을 일깨워 보기 바란다.

돈의 법칙에 관해서 깨달은 것들

돈에 관해서 우리가 착각하고 있는 것들이 많다. 특히 돈이라는 게 있다가고 없고 없다가도 있는 것이라고 생각하는 것은 굉장히 위험한 생각이다. 돈은 공기와도 같은 것이다. 공기처럼 항상 필요한 것이지만 우리가 없으면 살 수 없는 그런 것이다. 그럼에도 불구하고 우리가 공기를 마구 사용해서 공해를 일으키는 것처럼 우리는 돈을 마구 써서 스스로를 파멸에 이르기까지 한다.

첫 번째로 돈은 만유인력의 법칙을 따른다는 것이다. 만유인력의 법칙이란 뉴턴이 사과가 떨어진 것을 보고 발견한 것으로 유명하다. 모든 물체는 서로 끌어당기는 힘이 있는데, 지구가 사과를 잡아당겨서 떨어진 것이다. 이처럼 돈에도 만유인력이 존재한다. 세상에는 돈이 많은 사람과 적은 사람이 있으며 돈이 많은 사람에게로 끌려간다는 것이다. 예를 들어 설명을 해보자. 우선 돈이 없는 사람의 경우를 보자. 돈이 없는 사람은 일단 집이 없어서 월세를 살거나 전세를 살아야 하는데 월세를 살 경우 매달 돈을 지불해야 한다. 게다가 전세를 사는 경우에도 일정한 돈을 잡혀야만 한다. 그래서 선진국에선 전세라는 개념이 없다. 전부 월세다. 그리고 차가 없으니 나갈 때마다 택시비에 버스비가 나간다. 그것도 움직일 때마다 들어가기 때문에 만만치 않다. 그리고 장사를 한다고 생각하면 자기 건물이 없어서 빌려서 하기 때문에 또 돈이 들어가야만 한다. 그럼 이런 돈들이 누구한테로 들어갈까? 바로 돈이 많은 사람에게로 들어가게 되어 있다. 돈이 많은 사람의 경우에 집이 있고 차가 있고 세를 받는 건물이 있다고 생각을 해보자. 돈이 많은 사람은 집이 있어서 월세가 안 나가고, 차가 있어서 택시비나 버스비가 안 나가고, 건물이 있어서 일을 하지 않아도 돈이 일정하게 들어오게 되어 있는 것이다. 즉 돈이 있는 사람은 가만히 있어도 돈을 벌지만, 돈이 없는 사람은 아무리 열심히 일해도 돈을 빼앗기게 되는 것이다. 그런데 이것을 막기 위해서 민주주의 국가에선 국가의 권력으로 부의 분배를 해줄 수 있도록 헌법에 보장이 되어 있다. 게다가 민주주의 국가에선 국민의 투표를 통해서 뽑은 대표들이 이 권리를 행사하도록 되어 있다. 그렇지만 시간이 갈수록 재벌과 이익집단의 힘이 강해져서 이러한 권리는 약해지고 갈수록 양극화가 심해지고 있다. 여기서 명심해야 할 것은 민주주의가 그러한 권리를 행사하도록 한 이유는 양극화가 심해지면 혁명이 일어나기 때문에 돈을 버는 룰을 바꿀 수 있도록 한다는 것이다.

두 번째로 물과도 같다는 사실이다. 돈은 없으면 안 되는 물처럼 없으면 전혀 생활을 할 수가 없다. 그런데 반대로 자신이 필요한 돈보다 너무 많아도 재앙이 된다.

우리가 돈을 벌고 쓰면서 항상 하는 말이 있다. 로또가 되면 이런 힘든 일은 그만 둬야지 라고 말이다. 그런데 사실 가만히 생각해 보면 우리가 일을 해서 돈을 벌지만 그런 과정 자체가 우리 인생을 지탱해 주고 있는 것이다. 내가 일을 해서 다른 사람들이 그 혜택을 보고 나는 그 대가를 받는 것이 아닌가? 그런데 내가 만약 돈이 필요 없어서 일을 안 한다고 생각해 보자. 그러면 무슨 일이 벌어질까? 내 인생이 파괴되어 버리고 만다는 것이다. 즉 사람들은 나를 인간으로 보는 것이 아니라 돈으로만 볼 것이고, 어떻게든 돈을 빼앗으려고 수단과 방법을 가리지 않게 되는 것이다. 예를 많이 들지 않더라도 엄청난 금액의 복권에 당첨된 인생이 파산돼서 억지로 다시 고생을 해서 돌아오는 이야기나 유산 다툼으로 가족이 갈가리 찢기는 현상을 보면 알 수 있다. 이처럼 돈은 필요한 만큼 내가 감당할 만큼이 아니라면 재앙이 될 수도 있기에 물과 같다. 그리고 또한 돈은 항상 머물러 있지 않고 물처럼 흘러가게 되어 있다. 돈을 마치 저수지처럼 가두어 두면 돈은 언젠가 차고 넘쳐서 밖으로 나가게 되는 것이다. 순리대로 움직일 수 있도록 해야만 한다. 그래서 어느 한 사람이 돈을 너무 많이 가지게 되면 사회적인 시스템이 돈을 분배하도록 만들고 있다. 그렇지만 그 부분에 대해선 너무 많은 갈등을 가져오게 된다.

세 번째로 돈은 시간이다. 시간은 돈이다 라는 말은 들어보았지만 돈이 시간이다 라는 말은 별로 못 들어 보았을 것이다. 사실 돈을 많이 벌게 되면 시간을 줄이게 된다. 어떤 시간을 줄이게 될까? 일단 내 인생에 필요한 일들을 하기 위한 시간을 줄이게 된다. 그런 작은 시간들이 모여서 내 인생의 시간을 늘려준다. 우리는 돈을 벌기 위해서 사는 것이 아니라 시간을 벌기 위해서 돈을 번다는 사실이다. 이 역시 나는 동감하지 못했던 부분이다. 특히 모모라는 소설에서 보면 회색인간들이 나타나서 사람들에게 자신의 시간을 저축하면 더 많은 시간으로 돌려주겠다고 하는 부분에선 아마도 그 소설의 저자가 주식투자를 했다가 실패했을 것이라고 생각했다. 그런데 글을 읽고 더 생각을 하다 보니 그 이야기가 맞았다. 우리는 시간을 사기 위해서 돈을 벌고 있던 것이었다.

소설 '시간을 파는 남자' 에서 보면 사람들은 자신들만의 여유시간을 사기 위해서 모든 것을 바친다. 사실상 자신이 원하는 것을 할 수 있는 것은 오로지 돈의 여유가 있는 사람만이 가능하기 때문이다. 예를 들어 보자, 맞벌이를 하는 여성의 경우 집안일에 육아에 회사까지 한다고 생각을 하면 몸이 세 개가 되지 않고선 불가능하다. 그러나 집안일은 가정부에게, 육아는 유아원에 맡긴다면 자신은 회사를 다닐 수 있는 시간을 벌 수 있지 않은가? 돈이 충분하다면 얼마든지 가능하다. 그러나 그 정도의 돈을 벌 수 있는 사람은 많지 않다. 대부분 벌어서 먹고 살기 빠듯하기 때문이다. 따라서 과거에 사회간접자본에 투자했듯이 사회 시간자본에 투자해야지만 많은 사람들이 아이를 낳고 키울 수가 있는 것이다.

그 외에 돈에 관해서 생각하고 있는 것은 많으나 일단은 이 세 가지 만유인력의 법칙에 따른다. 물과 같다. 시간과 같다로 내 생각을 정리해 보려고 한다. 많은 실용서들도 이러한 원칙이 나오고 있다. 여러분들도 돈에 관한 자신만의 정의를 만들어 보기 바란다. 돈을 단지 누리기 위한 것으로 정의한 사람은 영원히 돈을 멀리서만 볼 수밖에 없다는 사실이다.

PART 4

성공에 관해서

안철수 교수는 성공이란 인생에 긍정적인 흔적을 남기는 것이라고 했다. 성공에 대해서 정리를 해보면, 첫 번째 자신이 잘할 수 있는 목표를 가지고, 두 번째 성과를 내어서 기억할 수 있는 일을, 세 번째 오랫동안 꾸준히 해야 한다는 것이다. 인생이란 하루하루의 한 시간 한 시간이 쌓여서 되어 있는 것이다. 즉 시간은 생명 자체인 것이다. 재미있게도 인생을 살면서 배운 것 중에 인생은 더하기가 아니고 곱하기라는 사실이다. 오늘 내가 해 놓은 일들이 아무것도 아닌 것 같지만 그것이 쌓이면 무시할 수 없는 엄청난 결과가 될 수 있다. 그러니 목표를 가지고 하루하루를 쌓아서 가는 사람이 그 자체로 성공이 아닐까 생각한다.

책을 소개하다가 한 가지 욕심이 난 적이 있다. 소설을 써보는 것이었다. 그것도 인생을 성공적으로 이끌어줄 수 있는 그런 책을 쓰는 것이었다. 책의 내용을 간단하게 줄여서 이야기를 해보면 책에는 아주 평범한 한 대학생이 등장한다. 그도 역시 학자금에 치여서 아무리 알바를 해도 돈을 갚기는 요원하고, 학교를 졸업하고도 취직이 안 될 보장이 훨씬 더 많아서 졸업하자마자 고학력에 빚을 잔뜩 진 백수가 될 수밖에 없는 운명이었다. 그런데 어느 날인가 현자가 갑자기 나타난다. 그러면서 인생을 성공할 수 있는 비결을 한 가지씩 가르쳐 주는 것이다. 그래서 결국 성공을 하는데 자신의 인생에 만족하지 못하고 가르쳐주는 대로 하지 않고 잘못된 길을 가서 결국은 원래인 고학력에 빚을 잔뜩 진 백수로 돌아온다는 이야기를 써보고 싶었다.

그 안에서 여태까지 읽었던 성공의 기술들로 이야기를 채워보고 싶었다. 그런데 어느 날인가 그런 책이 한 권 나타났다. 그 이름은 바로 '배금' 우리말로 바꿔 보면 물질주의라는 뜻이다. 책의 내용은 내가 앞에서 언급한 것과 비슷하다. 그런데 여기에 나와 있는 내용이 너무나도 디테일해서 깜짝 놀라서 인터넷에서 관련뉴스를 검색해 보았다. 이 소설은 픽션이 아닌 실제사건이었던 것이다. 그 속에서 나는 놀라면서도 이 책에서 성공이란 무엇인가 라는 생각을 다시 한 번 하게 되었다. 과연 성공이란 무엇일까? 왜 모든 남자들은 성공이란 것을 꼭 해야만 하는 것으로 생각할까? 이런 생각 자체가 잘못된 것은 아닐까 하는 생각 말이다.

우리가 일반적으로 생각하는 성공이란 돈을 많이 벌거나, 높은 자리에 올라서 가문이나 학교 집안의 이름을 날리는 것 등을 생각한다. 사전에선 '성공이란 목적한 바를 이룸'이라고 한다. 그런데 우리는 목적한 바를 이루었다고 성공이라고 말하지 않는다. 예를 들어 돈을 많이 버는 것이 목적인 사람이 어느 날 복권에 당첨이 되었다고 성공이라고 말할 수 없지 않은가? 그리고 변호사가 되고 싶은 사람이 변호사가 되어서 많은 사람들을 도와주는 것이 아니라 돈 많은 악당들을 변호해서 돈을 많이 벌고 이름을 날린다면 그것 또한 성공이라고 말할 수 없을 것이다. 잘못된 성공의 예는 우리 주변에 많이 있다. 특히 돈을 많이 번 상인이 명성을 높이기 위해서 정치권에 뛰어들어서 망한 사례는 많이 볼 수 있다. 그런데 여기에서 근본적인 질문이 나온다. 목적이라는 질문 말이다.

어려서부터 많은 위인전을 읽었지만 위인전에 나온 사람들은 하나같이 어려서부터 진지하고 목적의식이 뚜렷해서 그 일을 성공해서 위인으로 남았다고 한다. 그런데 문제는 대부분의 사람들은 어려서부터 무슨 목적의식을 가지고 사는 것이 아니라 그냥 산다. 책 중에 '존재의 이유'라는 책에서 이런 말이 나오는데 황정민이 무릎팍 도사에서 이런 말은 한다. 나는 어려서부터 배우가 꿈이었다. 대부분의 사람들은 꿈을 가지고 살 것이라고 생각한다. 그런데 책의 저자는, '나는 꿈이 없었다. 그리고 내 주변의 대부분의 사람들도 오늘까지도 별로 목적 없이 하루하루를 사는데 집중하고 있다.'라고 이야기를 한다. 성공하는 사람과 성공하지 못하는 사람의 차이는 바로 목표의 차이일까? 정말 그럴까? 스티브 잡스와 빌 게이츠의 일생이 담겨진 책들을 읽어보면 두 사람에게 정말로 큰 차이가 있음을 알 수가 있다. 스티브 잡스 같은 경우 컴퓨터를 만드는 행위 자체가 즐거워서 최초의 PC를 만들었지만 빌 게이츠 같은 경우 소프트웨어의 시장성을 확인하고 그것을 목표로 연구해서 성공하게 된다.

여기서 내가 생각하기에 이 세상을 이끌어가는 것은 실제로 목표를 가지고 꿈꾸는 소수들에 의해서 움직이는 것 같다. 그리고 그들이 그들의 목표를 이루었을 때 그것을 성공이라고 말하는 것 같다. 그런데 그렇게 목표가 없이도 성공하는 사람들은 무엇일까? 그들은 모든 것을 던지고 자신의 즐거움을 쫓다가 성공에 이르게 된 것이다. 이런 말을 알 것이다. 재능이 있는 자는 노력하는 자를 따르지 못하고, 노력하는 자는 즐기는 자를 이기지 못한다. 자신의 어떤 일에 대해서 목표를 가지고 일한다고 생각하는 사람은 쉽게 지칠 수 있지만 그 일 자체가 좋아서 즐기면서 계속해서 하는 사람의 경우에는 결국 시간의 양에서 앞서있기에 따라 갈 수 없는 것이라고 생각하면 된다. 1만 시간의 법칙이라는 것이 있다. 어떤 일이든 꾸준히 1만 시간 이상을 하면 그 분야의 전문가가 될 수 있다는 법칙인데, 여기서 중요한 것은 이것을 한꺼번에 한다고 해서 전문가가 되는 것이 아니라는 것이다. 오랜 시간 동안 그 부분에 대해서 집중을 해야지만 된다는 사실이다.

사실 내가 처음에 낸 책 리젝트파워의 경우 2년 동안 집필을 했지만 사실은 처음에 쓴 36페이지를 조금씩 늘려서 쓴 것이었다. 그런데 두 번째 책의 경우 최근 3년 정도 소개한 책들 중에서 소개가 잘된 내용들을 추려서 넣으니까 훨씬 더 좋은 반응을 얻을 수 있었으며, 내 자신이 읽더라고 좋은 내용이 많이 들어가 있는 것을 확인할 수가 있었다. 이처럼 성공의 길은 어떤 목표를 가져라 혹은 목표를 향해서 끊임없이 노력하라 라는 구호로만 완성되는 것이 아니라 내가 잘할 수 있는 것이 무엇인지 찾는 것이 우선이다.

두 번째로 중요한 것은 바로 성과를 낼 수 있는 일들을 만드는 것이다. 사람의 인생을 나이순으로 10대에서 80대까지 보았을 때 사실 20대가 가장 바쁘다. 그래서 시간이 제일 안 간다. 그리고 나이가 들어갈수록 점점 빨리 가는 것을 볼 수 있는데, 이것을 가지고 개그맨 이경규씨는 오늘 하루는 전체 산 날 중의 하루이기 때문에 어렸을 때는 기억이 잘 나고 나이가 들어갈수록 안 나다고 이야기를 했다. 그런데 김정운 교수의 남자의 물건에서 보면 기억을 할 필요가 없기 때문이라고 이야기를 하고 있다. 즉 20대에는 졸업하고 군대 가고 취직하고 결혼하기까지 너무 많은 환경의 변화와 적응을 해야만 하다 보니 결국 시간이 너무 느리게 가는 것처럼 느껴지고, 30대에 와서 자리를 잡고 앞만 보고 달리다 보면 오늘 한 일을 어제도 하고, 내일도 할 것이기 때문에 별로 기억할 일이 없어지기 때문이다. 즉 나중에 돌아보면 후회가 들 수밖에 없을 것이다. 내 인생이 정확하게 기억이 나지 않기 때문이다. 결국 인생에서 성공, 아니 최소한 실패한 인생을 살고 싶지 않다면 내 인생을 기록하거나 아니면 기억할 수 있는 일 혹은 그 일들을 모아서 기록하는 습관을 들여야 한다. 살다 보면 모두 다 잊혀지는 일이기에 그 조금조금의 기록들이 모여서 내 인생을 만들고 앞으로의 인생의 지도가 될 수 있기 때문이다.

세 번째로 중요한 것은 바로 오랫동안 꾸준히 할 수 있는 일이어야 한다는 것이다. 장사와 직업 모두에게도 마찬가지겠지만 취직해서 3년 이상 회사를 다니지 못하거나

3년 이상 장사를 하지 못한다면 이익을 기대하기 힘들다. 이처럼 어떤 일을 해도 3년 이상 10년까지는 할 수 있는 나만의 일을 찾아야 한다는 것이다. 물론 회사와 직업적으로 좋은 일을 찾는다면 이상적이겠지만 그것이 힘들다면 그 외의 시간에도 자신만의 취미를 찾아서 오랫동안 한다면 웬만한 전문가 이상의 성과를 만들 수가 있다. 다시한 번 말하겠지만 성공이란 남들이 알아주는 일보다는 내가 원하는 목표를 성취하는일이 우선이기 때문이다. 습관모드라는 책에서 보면 일단 한 가지 일을 매일같이 한 달동안만 하면 일상의 일부가 되기 때문에 오랫동안 할 수 있는 기틀을 마련할 수 있다고했다. 이처럼 생활의 일부를 확장한다면 공부가 되었건, 운동이 되었건, 혹은 취미생활이 되었건 자신만의 목표를 이룰 수 있는 기틀을 마련할 수 있다.

안철수 교수는 성공이란 인생에 긍정적인 흔적을 남기는 것이라고 했다. 그런데 어떻게 해야지 긍정적인 흔적을 남길 수 있는지 방법이 필요하다. 머리가 좋고 운이 좋은사람은 무엇을 해도 흔적이 남을 것이다. 그러나 그렇지 않은 사람들은 무언가 방법이필요할 것이다. 그래서 내가 생각한 성공에 대해서 정리를 해보면, 첫 번째 자신이 잘할 수 있는 목표를 가지고, 두 번째 성과를 내어서 기억할 수 있는 일을, 세 번째 오랫동안 꾸준히 해야 한다는 것이다. 인생이란 하루하루의 한 시간 한 시간이 쌓여서 되어있는 것이다. 즉 시간은 생명 자체인 것이다. 재미있게도 인생을 살면서 배운 것 중에인생은 더하기가 아니고 곱하기라는 사실이다. 오늘 내가 해 놓은 일들이 아무것도 아닌 것 같지만 그것이 쌓이면 무시할 수 없는 엄청난 결과가 될 수 있다. 그러니 목표를가지고 하루하루를 쌓아서 가는 사람이 그 자체로 성공이 아닐까 생각한다.

배금

호리에 다카후미 네오픽션

이 책은 2006년 일본을 떠들썩하게 했던 라이브도어 사건이라는 실제사건을 바탕으로 그 사건의 주인공이 자신의 이야기를 소설로 쓴 책이다. 라이브도어 사건이란 신흥 인터넷기업인 라이브도어라는 회사가 후지TV를 인수하려다 결국 부도가 났는데, 그 와중에 무리한 증권거래위반과 많은 로비 등으로 인해서 당시 일본은 이 사건으로 주식시장이 하루 동안 중지되고 수상이 은퇴를 할 정도로 큰 사건이었다. 그런데 당시 라이브도어의 사장의 나이가 33살에 불과했다. 이 책은 그 라이브도어의 사장이 자신의 이야기를 바탕으로 쓴 실화소설이다.

오락실에서 아르바이트를 하던 한 청년으로부터 시작이 된다. 그 청년은 다른 젊은이들처럼 미래를 기약하지 못하고 하루하루를 그냥 살아가고 있었다. 그러던 어느 날 돈 많은 아저씨가 오락실에서 나타나선 오락실에 있는 아이들에게 돈을 나누어주면서 노는데 처음에는 반감을 갖다가 나중에는 친해지게 되어서 공원에서 같이 비둘기에게 빵을 나누어주게 된다. 이때 아저씨는 청년에게 이렇게 말한다. "비둘기볼을 알아?" 비둘기볼이란 비둘기가 떼로 몰려들어서 모이를 먹다가 퉁겨져 나간 비둘기들을 말한다. 일반 사람들은 그렇게 힘들게 산다는 뜻이기도 하다. 그러면서 자신을 따라오면 세상에서 제일 큰 쾌락을 가르쳐주겠다고 하면서 고급 바에, 식당에, 술집에 데리고 간다. 거기서 청년은 상상도 해보지 못한 세상을 보게 된다. 자신이 일 년 동안 벌어야 살 수 있는 와인과 평생을 벌어도 갈 수 없는 술집, 그리고 최고의 재벌들만 먹는다는 음식을 먹으면서 이 사람이 누군지 의심하게 된다. 그때 아저씨가 이렇게 이야기를 한다. "부자가 되고 싶어?" 이 말은 들은 청년은 생각도 하지 않고 "네"라고 이야기한다. 저자는 이것을 악마와의 계약이라고 한다.

아저씨는 주인공에게 200만 엔과 몇 가지 원칙을 알려주면서 사업아이템을 만들어 오라고 한다. 사업아이템을 선정할 때 자신은 컴퓨터프로그램을 배워서 핸드폰게임을 만들면 되겠다고 생각하는데, 그중에서도 전에 비둘기에게 모이를 줄 때 아저씨에게 들은 전서구에 대한 게임을 만든다. 전서구는 집에서만 모이를 먹기 때문에 반드시 집에 돌아온다고 한다. 이런 습성을 이용한 전서구 게임을 만든다. 핸드폰에서 GPS를 이용해서 집에서 키우고 밖에서 날리면 돌아오는 형식이었다. 아이디어는 기막혔지만 돈을 받고 팔기에는 모자란 감이 있었다. 그래서 아이템을 파는 형식으로 시작을 해서 주식회사 전서구를 만든다. 그리고 이 상품은 히트를 해서 기업은 커지기 시작하는데, 게임회사를 기초로 해서 상장을 하고 펀드회사를 설립 M&A를 통해서 넥스트도어라는 신흥거대기업을 일구어낸다. 하루에도 몇억 엔을 버는 거대 회사의 사장으로 주인공은 돈을 쓰기 시작하는데, 예를 들면 비싼 와인을 섞어서 마시고 차하고 여자를 바꿔가면서 논다. 그러면서 정재계의 사람들과 친하게 지내기 시작하는데 이른바 물주로서 그들과 어울리게 된 것이다. 그런데 이런 성공의 이면에는 역시 아저씨의 도움이 있었다. 이렇게 성공할 때 모든 코치와 물적 자금지원까지 아끼지 않고 해주었던 것이다. 그런데 그가 이번에는 프로야구구단을 인수 명령을 내린다.

주인공은 무조건 명령에 따랐다. 프로야구구단을 인수하기 위해서 자금을 동원하고 언론플레이를 하고, 그리고 거의 인수가 가능하다고 생각될 무렵 생각지도 못한 명령이 내려온다. 중지하라고 말이다. 일단 명령에는 따랐지만 자신은 이해하지 못했다. 사실은 실제로 인수할 생각이 아니라 시세차익을 통해서 거액을 벌어들였던 것이다.

대신 엄청난 계획을 말한다. TV방송국을 인수하라고 말이다. TV방송국은 5000억 엔이 넘는 엄청난 규모였기 때문에 자금을 구하기가 힘들었는데 로즈 브라더스의 대출을 아저씨가 받아서 준다. 그러면서 M&A전쟁이 벌어지는데 왜 아저씨는 그런 무모한 명령을 내렸을까? 그리고 과연 주인공이 말한 악마와의 계약은 무엇을 의미하는 것일까?

이 책을 처음에 읽고 손에서 놓지를 못했다. 그 안에 들어가 있는 리얼리티 때문이었다. 그리고 사실 저자도 이런 종류의 소설을 구상하고 있었다. 악마와의 계약, 성공, 그리고 몰락 그렇지만 그 안에 들어가 있는 리얼리티를 어떻게 채울 능력이 부족해서 하지를 못했다. 이 안에는 실제로 성공한 사람들의 삶이 들어가 있다. 특히 프로그램을 개발해서 회사를 세우고 회사를 키우고 인수합병하는 부분에선 정말로 놀랐다. 이 시대에 또 하나의 파우스트가 아닌가 싶다. 꼭 한번 읽어보기 바란다.

나도 이런 종류의 소설을 써보려고 노력했지만 할 줄 아는 거라고는 책 읽고 소개하는 법과 서점하는 법 밖에 모르기 때문에 궁극의 쾌락은커녕 참고 인내해야만 먹고사는 법밖에 모르는지라 사람들이 알려주면 도망가지 않을까 싶다. 아무튼 책의 첫 부분에서 인상이 싶었던 것은 속칭 아저씨라는 사람이 주인공에게 접근한 방식이다.

일단은 주인공이 일하는 돈을 잘 쓰는 단골손님으로 오락실에서 얼굴을 익힌다. 사실 여기에 나오는 아저씨가 오락실 같은 곳을 갈 필요가 없다. 엄청난 돈을 가지고 노는 사람이 구질구질한 오락실 같은 데를 갈 필요가 있을까? 필요하면 오락실의 오락기를 전부 살 수 있을 텐데? 그리고 나서 자주 가는 공원에서 비둘기에게 모이를 준다. 모이를 주면서 비둘기에 대한 이야기를 해준다. 여기서 비둘기볼 이야기를 해주고 그러면서 왕비둘기 이야기를 해준다. 왕비둘기가 있는 곳에선 비둘기볼이 생기지 않는다고 말이다. 그리고 왕비둘기처럼 살 수 있는 방법을 해주는데 이때 발에 링을 건 한 마리의 비둘기가 눈에 들어온다. 그 비둘기는 경주용 비둘기로 전서구로서 키워진 비둘기였다. 전서구는 사실 전화가 발명되기 전까진 최고의 통신수단으로 이용이 되었지만 지금은 어떻게 키워지는지 아는 사람은 드물다. 이때 전서구에 대한 이야기를 해준다. 먹이를 집에서만 먹여야 하고, 거리를 점점 넓혀서 훈련을 시켜야 하고 등등을 말이다. 이 말을 들은 유사쿠는 전서구에 대해서 관심을 많이 갖게 된다. 그리고 그것을 바탕으로 나중에 자신의 게임을 만들게 된다.

두 번째로 얼굴을 익힌 다음에는 유사쿠를 자신의 의지대로 움직이게 하기 위해서 세상에서 최고의 쾌락을 가르쳐 주겠다면서 도쿄도심에서 가장 높은 곳에 있는 식당으로 데리고 간다. 거기서 한 병에 백만 원을 호가하는 화이트 와인을 애피타이저로 주면서 본 음식을 먹여줄 때 주인공은 의심이 점점 커져만 간다. 과연 이 사람의 정체는 무엇인가 하고 말이다. 그러데 이런 말은 한다. 사실 성공하는 법은 쉽다. 그런데 사람들의 욕망이 한계가 있기 때문에 더 이상 성공을 할 수 없다는 처음 들어본 이론을 말한다. 따라서 욕망이 강한 사람일수록 더 크게 성공할 수 있다는 말이다. 그런데 무엇으로 성공할 수 있을지 이야기를 해주는데 이것도 재미있다. 이 세상에는 장사가 많다. 그렇게 많은 장사를 하는 사람들이 존재할 수 있는 이유는 기초적인 학력만 마쳐도 장사를 하는데 문제가 없기 때문이다. 일반계 고등학교만 나와도 작은 식당이나 사업을 할 수 있고, 좋은 고등학교를 나오면 지역장사가 가능하고 나라를 움직이는 장사는 좋은 대학을 나오면 가능하다고 이야기를 한다. 생각해 보면 이 말이 맞는 것 같다. 주변을 돌아보면 큰 장사를 하는 사람들은 다 학력이 좋은 경우가 많다. 그리고 그 학력에 따라서 능력이 결정되는 것도 맞다. 그런데 주인공은 고등학교만 간신히 졸업을 했다. 그렇다면 작은 장사만 가능하다는 것인데 어떻게 세상의 꼭대기에 설 수 있는지 간단하게 설명을 해준다. 내가 과외를 해주면 된다고 말이다. 그때 마지막 코스인 그라비아 아이돌들이 술시중을 드는 곳에 가서 술을 먹으면서 자신의 욕망을 확인하게 된다. 그리고 악마와의 계약을 하게 된다.

일단 사업을 시작하기로 했는데 아무것도 없는 것에서 무엇부터 시작을 해야 할지 모르는데 몇 가지 원칙을 알려준다. 1. 밑천을 들이지 않는다. 2. 재고 재로 3. 정기수입 4. 이익률을 가르쳐주는데 소름이 다 돋았다. 진짜로 성공한 장사꾼들의 원칙이기 때문이다. 그리고 주인공이 전서구 게임을 만드는데 구역별로 GPS가 안 되서 그 부분은 그냥 설정으로 게임을 하게 했다는 부분이 아마도 파우스트나 다른 소설들과 다른 부분이었다. 다른 책에선 그냥 짠하고 부자가 되었다고 하는데 이런 식으로 구체적으로 쓰지는 않기 때문이다. 게다가 이렇게 만들어온 게임을 가지고선 그냥 팔아서 부자가 되었다는 것도 아니고 돈을 받고는 팔지 못할 것 같다고 이야기를 하면서 아이템 판매를 이용한 판매술까지 현재는 이미 상용화되어 있지만 당시만 해도 획기적인 아이디어로 이야기를 전개해 간다.

전체적인 구성이 마치 베르나르베르베르의 개미처럼 전혀 다른 이야기들이 전개되다가 한 부분에서 일치가 된다. 그중 가장 으뜸은 바로 뜬금없이 나오는 디자이너 미스터 취프라는 부분이었다. 이 책에 냉전시대에 전설이 된 우주선 과학자가 나오는데, 그 이야기가 가장 중요한 키워드로 떠오르는 부분에서 상당한 반전을 느낄 수 있었다. 이 책은 아마도 영화로 나오게 될 것 같은데 나온다면 반드시 보고 싶은 그런 책이다. 끝으로 이 책을 성공의 장에 넣은 이유는 성공이란 내가 만들어 놓은 것 같지만 사실은 남이 만들어 놓은 모래성일 수 있다는 생각에 넣어 보았다.

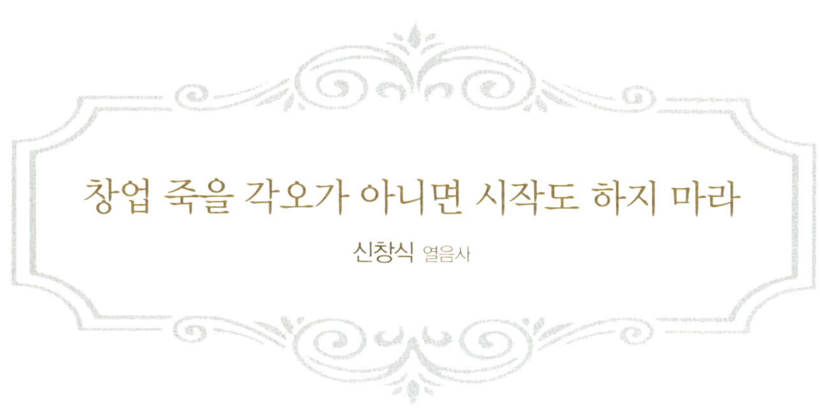

창업 죽을 각오가 아니면 시작도 하지 마라

신창식 열음사

이 책은 저자이며 창업컨설턴트인 신창식 씨가 아는 선배가 삼겹살집을 차리겠다고 와서 이야기하면서 시작한다. 우선 선배는 창업을 하기 위해서 일단 회사를 그만두고 자리하고 투자할 돈까지 마련한 상태였던 것이다. 신창식 씨는 무모한 짓을 하지 말라고 일단 말리면서, 창업해서 실패한 수많은 사례들을 이야기한다. 그리고 창업할 때 고려할 사항과 장사하는 법, 운영하는 법 등을 자세히 가르쳐 준다. 신창식 씨가 창업을 말린 이유는 바로 10명이 창업을 하면 1년 이내에 8명은 망하기 때문이다. 그나마 2명도 성공해서 잘 먹고 사는 것이 아니라 겨우 생계만 유지하고 살기 때문이다.

그런데 이미 회사를 그만 두고 자리까지 알아봤다니 일단 창업을 해야 할 텐데 하면서 가르쳐준 것이 가장 중요하다는 세 가지, 적합성, 수익성, 지속성이다.

우선 적합성이란 창업자 자신과 그 업종과의 궁합을 말하는 것이다. 아무리 유망한 업종이 있어도 그것을 내가 해낼 능력이 없다면 해선 안 된다는 것이다. 예를 들어 평생을 새벽 일찍 일어나서 일찍 자는 직업을 가졌던 사람이 밤에 해야 하는 술집이나 고깃집을 한다면 졸려서 할 수가 없다.

두 번째로 수익성이다. 일반적으로 생각하기에 수익성은 전체 매출에서 재료비, 인건비, 임대료 등을 제외한 나머지라고 생각하지만 사실은 세금과 자신의 임금을 생각 안하는 경우가 많다. 생활비는 수익과 별도라는 사실을 꼭 명심해야 한다. 수익은 운영자금으로만 활용해야 한다.

마지막은 지속성이다. 많은 창업자들이 부푼 꿈을 안고 시작했다가 수익을 못 내서 혹은 지쳐서 1년 안에 그만둔다. 폐업율이 80%에 이른다. 오랫동안 할 수 있는 일을 찾는 것이 좋다.

이렇게 세 가지를 고려한 다음 가장 먼저 해야 할 것은 무엇일까? 우선은 자리를 찾는 것이다. 책에선 상권분석을 자세히 해주지만 몇가지 팁을 드리면, 노점상이 자주 출몰하는 곳에 같은 업종으로 하면 좋다. 노점상이 자주 나타난다는 것은 그 업종을 필요로 하는 사람이 많다는 것이기 때문이다. 두 번째는 자신이 사는 동네에서 하는 것이 좋다. 자영업자는 집과 직장이 가까울수록 좋다. 이웃을 단골로 만들 수 있기 때문이다. 세 번째는 출근길보다는 퇴근길이 좋다. 출근할 때는 사람들이 바빠서 지나치지만 퇴근할 때는 여유가 있기 때문에 들르기 때문이다.

그러면 경영은 어떻게 하는 것이 좋을까? 우선 자신의 점포의 스타상품을 만들어야만 한다. 예를 들면 짬뽕 전문점과 일반 중국집의 경우를 비교하면 일반 중국집은 짜장면, 짬뽕, 탕수육 등 많은 음식을 만들다 보니 많은 재료를 사야만 하고 안 쓰는 재료는 남다 보면 결국 원가 부담과 식재료의 신선도가 떨어질 수밖에 없다. 반면에 짬뽕 전문점 같은 경우 이런 걱정을 하지 않기 때문에 싼 가격에 푸짐한 음식을 대접할 수 있다.

두 번째로 고객관리 하는 방법을 배워야 한다. 내가 만족시킬 수 없는 고객은 포기하는 게 좋다. 즉 나를 필요로 하는 타깃의 고객을 특화시켜야만 한다.

그리고 단골고객은 알아보고 덤이라도 하나 더 주는 것이 좋다. 그러면서 단골고객의 명단을 관리해서 문자나 편지 등을 통해서 관리하는 것도 중요하다. 이렇게 하는 이유는 오랫동안 장사를 하려면 단골을 만드는 것이 가장 중요하기 때문이다. 우리 서점에서도 포기한 손님들은 인터넷 단골들이다. 와서 보기만 하고 사지 않는 사람들까지 인터넷가로 해달라고 하는데 딱 잘라서 안 된다고 했다. 왜 안 되느냐고 묻는 손님들에게는 매장은 인터넷보다 유지 비용이 더 들고 지역사회에 꼭 필요하기 때문에 그만큼 투자하시는 것이라고 생각해야 된다고 말했던 기억이 난다. 사실 그렇게 이야기한다고 이해하고 사는 사람은 없지만 그래도 나름대로의 논리를 통해서 설득하려고 했다. 그래도 많은 분들이 책을 와서 보고 사는 서점이 되었다.

세 번째로는 종업원의 고용과 교육이다. 종업원은 반드시 고용하는 것이 좋다. 왜냐하면 내가 지치기 때문이다. 아무리 장사가 잘 되고 혼자서 열심히만 하다 보면 언젠가 지치고 주인이 지치면 그 점포는 망하기 때문이다. 그래서 종업원을 고용하는데 단순히 월급을 주는 사람이 아닌 한 식구로서 대한다면 주인보다 더 그 점포를 키워주게 된다. 그런데 단순히 식구로만 대하면 안 되고 반드시 제대로 된 교육을 해야만 한다. 특히 종업원이 편해야 그 장사를 오래 할 수 있다. 오픈한 가게를 보면 얼마나 할 수 있을지 감이 온다. 그중에서 특히 종업원이 자주 바뀌는 집 같은 경우 절대로 오래 하지 못한다. 특히 주인이 힘들어서 더더욱 힘들다. 그래서 일단 사람을 뽑을 때도 잘 뽑아야 하지만 나중에는 정말로 모신다는 표현이 나올 정도로 대접을 해주지 않으면 힘들 때도 있다.

저자는 부모님께서 어려서부터 서점을 해서 이 책에 나온 원칙을 잘 안다. 그런데 알기만 했지 안하면 어떻게 된다는 것을 잘 몰랐는데 많은 것을 깨닫게 해준 책인 것 같다. 혹시 창업을 원하는 분이라면 꼭 읽어보길 바란다.

창업을 할 때 필요한 제반사항과 창업을 할 때 무엇을 해야 할지 자세히 알려주는 그런 창업가이드가 되겠다. 그럼 창업을 할 때 무엇이 필요할까? 가장 필요한 것은 자금이다. 우선 돈이 있어야 되는데 돈을 구하기는 정말로 힘들다. 책에선 소상공회를 통해서 창업자금을 적은 금리로 쉽게 빌릴 수 있는 법에 대해서 나와 있다.

두 번째로 필요한 것은 무엇일까? 그것은 바로 무엇을 해야 하나, 즉 아이템이다. 아이템을 어떻게 선택하느냐에 따라서 창업의 성공과 실패가 좌우된다. 책에선 프랜차이즈 창업과 개별창업 두 가지에 대해서 설명해 주고 있다. 특히 프랜차이즈 창업 같은 경우 정확한 계약서에 확인과 실제 운영하는 곳을 들려서 자신의 눈으로 확인할 것을 권하고 있다. 그리고 개인 창업의 경우 목과 상권분석법, 그리고 자신에게 맞는 창업에 대해서 설명해 주고 있다.

세 번째로 필요한 것은 장사를 시작할 때 기본적인 개념을 알려준다. 우선 사업이란 돈을 만드는 기계를 구축하는 일이라는 것을 알아야 한다. 그래서 최종적으로 내가 없더라도 움직일 수 있는 점포를 만드는 것이 중요하다. 두 번째로 장사에 대한 기준을 명확하게 해야만 한다. 즉 내가 무엇을 잘하고 어떻게 팔 것인지를 명확하게 해야지 이것도 팔고 저것도 팔다가는 결국 돈만 날리게 된다는 것이다.

네 번째로는 상품이 아니라 정성을 팔아야 한다. 요즘에는 사실 사람들이 돈이 없어서 사먹는 것이 아니라 자신에게 맞는 상품을 먹고 입는 세상이다. 물건 자체가 아니라 물건을 구입할 때 고객에게 맞는 서비스를 판다는 생각으로 장사를 해야 한다.

이렇게 장사를 시작하기 전에 준비사항은 간단하게 보았는데, 그럼 점포를 운영하는 방법에 대해서 알아보자. 가장 먼저 '오픈 효과를 믿지 마라!' 라는 격언이 있다. 어떤 장사든지 일단 시작하면 사람들은 호기심에 들어와서 먹거나 구입을 해본다. 이것은 어떤 업종이든 마찬가지다. 그래서 처음 한 달 동안의 수입을 실제 수입으로 착각하면 안 된다. 장사가 잘 되려면 그중에서 단골을 많이 만들어서 재구입율을 높이는 것이 가장 좋다. 결국 꾸준한 서비스와 마케팅만이 유일한 해결책이라는 것이다.

운영에서 나오는 두 번째 격언은 '내가 만족하는 것과 고객이 만족하는 것을 구별하라!' 이다. 즉 내가 물건을 팔거나 식사를 제공할 때는 이만하면 됐지라고 할 때가 많다. 사람들은 그렇지 않다. 이 정도가 아니라 그 이상을 항상 원하게 되어 있다. 따라서 자신의 음식이나 물건이나 서비스를 스스로 보지 말고 객관적으로 평가해 줄 수 있는 장치를 마련하는 것이 중요하다. 또한 경쟁 업종의 음식이나 물건 서비스를 가서 보고 비교해 보는 것도 굉장히 중요하다. 사람들은 언제든지 떠날 수 있기 때문에 자신의 서비스에 대해서 돌아보는 자세가 필요하다.

세 번째 격언은 '좋은 종업원이 좋은 고객을 만든다.' 이다. 규모가 작을 때는 혼자나 부부가 하지만 규모가 커지면 일단 종업원을 고용하게 된다. 그런데 장사가 잘 되면 대부분 내가 잘해서 혹은 서비스가 좋아서, 목이 좋아서라고 생각하지 종업원이 잘해서라고는 생각하지 않는다는 것이다. 앞에서 잠깐 이야기 했지만 장사는 돈을 버는 기계를 만드는 과정이다. 그 과정에서 가장 중요한 것은 바로 사람, 종업원인 것이다. 아무리 종업원이 잘해도 주인만큼 잘할 수는 없다. 마찬가지로 아무리 주인이 잘해도 종업원의 일처럼 할 수는 없다. 따라서 어떻게 종업원을 들이고 교육시키느냐에 따라서 장사의 성패가 달라진다. 가장 좋은 경우는 잘하는 종업원이 오랫동안 있어 주는 것이지만 경험상 잘하는 종업원은 대부분 좋은 월급 따라서 날아간다. 결국 조금은 아쉽지만 오래 붙어 있는 종업원이 상황이나 경험을 토대로 많은 일들을 해주기 때문에 사람을 얼마나 오랫동안 쓰느냐가 매우 중요하다.

책에는 훨씬 더 많은 내용이 나오는데 소개를 못해드려 죄송하고, 개인적으로는 많은 반성과 분석을 할 수 있었다. 그리고 사업이란 어떤 것이 되었던 비슷하고 어렵다는 생각을 하게 되었다. 창업에 관심이 많은 분들에게 꼭 한번 읽어보라고 권해드리고 싶다.

골목 사장 분투기

강도현 인카운터

이 책의 저자는 억대 연봉을 받으면서 외국계회사에서 파생상품 트레이더를 하던 중 자본주의에 염증을 느끼고 독립하기 위해서 홍대 앞에서 카페바인을 열었지만 실패하고 다시 한 번 도전해서 다른 곳에서 카페바인을 운영하고 있다고 한다. 자신의 자영업 실패를 통해서 우리나라 자영업의 구조적인 문제에 대해서 이야기하고 있다.

우선 구조적인 문제를 말씀드리기에 앞서서 장사가 잘 되서 망한 이야기가 책에 나온다. 라피자라는 가게가 있었는데, 장사가 너무 잘 되서 사람들이 줄을 서서 기다릴 정도였는데 문제는 가게가 너무 작았던 것이다. 13평 가게에 6평 홀에 식탁이 얼마나 들어갔을까? 그런데 한 달에 내는 가게세가 너무 비싸서 배달까지 했더니 비용과 인력이 초과해서 들어가게 되고 결국 장사는 잘 되도 실제로 남는 돈이 얼마 없어서 망하게 되었다는 이야기가 나오고 있다.

두 번째로 나온 이야기는 프랜차이즈 미니마트에 관한 것인데, 한 중년 남성 분이 구두점을 접고 자신의 가게를 프랜차이즈로 계약을 했다고 한다. 일단 계약할 때는 한 달에 500만 원 이상은 남는다고 해서 시작했는데 실제로 해보니 24시간 영업에 몸도 축나고 실제 남는 돈은 프랜차이즈 비용을 주고 나니 실제로는 적자가 되는 것이 아닌가? 그래서 계약기간이 끝나서 끝내려고 하자 그 동안 본사에서 투자한 비용 1억 원 정도를 내 놓으라고 해서 황당했다고 한다. 그래서 이 비용을 안 내기 위해서 본사를 고소하려고 했더니 변호사가 계약서에 내용이 있기 때문에 이길 수 없다고 해서 결국 7천만 원을 내놓고 계약을 해지했더니 근처에 직영점을 열었다고 한다. 직영점이 하도 괘씸해서 손해가 나도 억지로 버텼더니 먼저 항복을 하고 나서 실제로 독립을 했다는 이야기가 나오고 있다.

세 번째 이야기는 잘 되는 커피집 이야기다. 자신만의 커피를 만들어서 유명해지고 많은 사람들이 와서 커피를 마셔서 어느 정도 성공을 했다. 그런데 가장 큰 문제인 집세가 문제가 되었다. 집세가 재계약할 때마다 계속 올라간 것이다. 게다가 그렇게 계약 때마다 올려주고도 쫓겨나는 신세가 되는데, 그 이유는 바로 대형 프랜차이즈 직영점에서 보증금과 월세를 두 배를 주고 들어온다고 해서 커피를 잘 팔고도 다른 곳에 가서 장사를 한 이야기가 나오고 있다. 즉 아무리 장사를 잘해도 대규모 자본의 폭격에는 이길 수가 없는 것이다. 그 외에도 작은 마트를 하는데 동네에 거대한 마트가 들어와서 동네 전체가 장사를 못하는 곳으로 된 이야기도 나오고 과도한 권리금을 주고 들어가서 건물이 리모델링하거나 건물주가 폐업을 해서 망한 이야기까지 정말로 많은 이야기가 나오고 있다.

앞에서 흑자폐업을 소개한 이유는 바로 자본주의 사회에선 못해서 망하는 것은 당연한데 잘해도 망한다는 것은 문제가 너무 크다. 아무리 장사를 잘해도 망한다는 것은 개인의 능력의 문제가 아니라 사회구조적인 모순이기 때문이다. 그런데 이 문제가 단순히 자영업자 개개인이 망하고 말고의 문제가 아니라 사회가 발달을 하면 인구의 대부분은 원하던 원치 않던 대부분 3차산업인 유통과 서비스업에 집중될 수밖에 없다. 그런데 자영업자 대부분이 회사를 다니다가 그만두고 나서 시작을 하는 생계형 창업인데, 이들이 이런 식으로 망하고 나면 결국 돈의 유통구조가 극단화되어서 결국 붕괴가 될 수밖에 없기 때문이다.

　책에선 이런 것들에 대해서 몇가지 정부의 대책과 개인의 창업솔루션을 같이 내놓고 있다. 정부에선 현재의 자영업자들을 위해서 부동산의 거품을 빼서 부동산 임대정책을 개선하고 권리금과 프랜차이즈대리점의 권리를 지켜주는 정책을 가져야 한다고 이야기하고 있다. 그리고 창업솔루션에선 부동산과 프랜차이즈업체를 믿지 말고 직접 자신이 발로 뛰어서 자리를 보고 스스로를 브랜드화해서 성공해야 한다고 이야기한다. 그리고 또한 정책적인 문제에 있어서도 자영업자들이 단결을 해서 선거운동 및 자영업권리 운동 등을 통해서 스스로의 권리를 지킬 것을 이야기하고 있다. 정말 망해 봐야 아는 이야기 골목사장 분투기 자영업자들에게 꼭 추천해 드린다.

닥터 예스

리처드 브랜슨 황금부엉이

이 책은 리처드 브랜슨이라고 하는 버진 그룹의 총수가 쓴 책이다. 버진 그룹은 350개 계열사를 지니고 있는 영국의 대기업. 그는 항공사, 철도회사, 호텔, 콘돔에 이르기까지 많은 회사를 지니고 있다. 일 년에 약 80억 불, 즉 8조 원이 넘는 엄청난 매출의 회사인데, 그가 열심히 일해서 회사를 만들었다는 이야기를 하는 것이 아니라 즐기기 위해서 도전을 해서 이런 거대한 기업을 이루어 냈다는 이야기를 하는 자서전이다.

자신은 즐기기 위해서 도전을 해서 거대한 기업을 이루었다고 한다. 그래서 이 회사의 모토는 물건을 팔지 말고 즐거움을 팔아라인데 자신이 만약 하기 싫은 일을 해서 돈을 벌었으면 절대로 성공할 수 없었을 것이라고 이야기한다. 이 사람은 단순히 돈만 잘 버는 회사 사장이 아니라 모험가로서도 유명한데, 몇 가지 일화가 있다. 배를 타고 대서양을 건너고, 기구를 타고 세계 일주를 도전하는 무모해 보이지만 자신이 즐기기 위한 일에 목숨을 거는 멋쟁이이기도 하다. 그런 그를 사원들은 '닥터예스' 라고 한다.

리처드 브랜슨은 좌충우돌하며 자신이 직접 몸으로 부딪히며 깨달은 인생의 지혜를 인상적인 사건들과 함께 들려준다. 선천성 난독증(독서장애증)으로 글을 잘 읽지 못했던 그가 문제아로 남지 않고 오히려 학교 문제에 고개를 돌려 학생 기자가 되고, 『스튜던트』라는 잡지를 창간하게 되는데 이 사업을 위해 그는 학업도 포기한다. 즉 고등학교도 나오지 못했다는 이야기다. 이후 학생들이 음악을 듣는데 많은 돈을 소비하는 것을 보고 우편으로 음반을 할인 판매하는 사업을 시작하게 되는데, 이것이 버진 그룹의 시초가 된 '버진레코드'의 시작이다. 이뿐만 아니라 "재미는 처음부터 내가 하는 비즈니스의 핵심이다."라는 그의 신조는 그를 더욱 새롭고 실험적인 일들로 이끌어들인다. 기구로 세계 일주를 감행하고, 기존의 대기업들이 독점한 항공, 철도 등의 사업을 그만의 독특한 마인드를 가지고 시작하게 된다.

버진레코드로 엄청나게 많은 돈을 벌고 있었을 때, 그는 자신의 성공이 시들해졌다. 뭔가 다른 것을 하고 싶어하던 차에 여자 친구와 여행을 갔는데 마침 비행기가 결항이 되어서 다른 사람들과 돈을 모아서 비행기를 전세내서 돌아오게 된다. 이것이 바로 버진 항공사의 시작이 되었다. 우선 항공기를 1년 전세를 내어서 항공사를 차린 다음 사람들을 나르면 되는 것이었다. 문제는 대형 항공사들의 공격이었지만 그는 자신이 생각하는 서비스로 사람들을 끌어들여서 자리를 잡게 된다. 물론 철도도 그런 방식으로 사람들을 끌어들이게 되어서 자신만의 제국을 건설해 나간다.

그런데 그렇게 돈이 많은 사람이 왜 목숨을 걸고 모험을 할까? 그의 대답은 단순했다. "즐기기 위해서 모험을 한다."라고. 한 예로 배를 타고 대서양을 건널 때 배기름통에 바닷물이 들어가서 조난당할 뻔도 있었고, 기구를 타고 너무 높이 올라가서 얼어죽을 뻔도 했다. 그러고 나서도 남들이 한다는 모험을 따라서 하다가 죽을 뻔한 적이 한두 번이 아니었으나 그는 절대로 모험을 도박이라고 생각하지 않는다. 모험이라는 것은 내가 성공할 수 있는 확률이 있을 때 해야 한다고 생각하고 있었던 것이다.

이 책을 쓴 후 정말로 엄청난 계획을 발표하는데, 그것은 바로 민간 항공국을 세우는 일을 착수한다. 실제로 우주여행을 할 수 있도록 하는 사람에게 1000만 불, 우리나라 돈으로 100억 원 이상의 돈을 준다고 상금을 걸고선 수많은 사람들이 시도를 해서 결국 성공했다고 한다. 그리고 이제 우주관광객을 받으려고 한다고 한다. 우리나라에도 이런 모험심 강한 사람이 나와서 세상을 바꾸는데 일조하기를 기원한다.

좋은 직장 들어가기

김재원 거름

청년구직자가 35만 명인데 그중에서 11만 명은 구직을 포기하고 있다고 한다. 그런데 이 모든 것이 구조적인 문제임에도 불구하고 누구도 이것을 바로잡아서 이야기해 주는 사람이 없다. 그래서 이 책의 저자인 김재원 교수님은 일과 직업의 세계라는 책을 쓰고 과목을 가르치면서 자신이 모은 노하우 국문 이력서, 자기소개서, 입사지원서 작성법, 면접 요령 등 취업에 필요한 실무적인 전략들을 가르치고 있다.

좋은 직장이란 어떤 직장일까? 그 정의부터 내려보자. 좋은 직장이란 연봉이 좋고, 근무시간이 짧으며, 책상에서 하는 일을 한다. 특히 정년이 보장된 공무원 같은 것은 좋은 직장으로 치고 있다. 그런데 문제는 97년 IMF 이후 좋은 직장이라고 할 만한 곳이 거의 남아 있지 않음에도 불구하고 많은 대학졸업자들이 그런 직장을 찾아서 대기업과 공무원 쪽으로만 시험공부를 하다 보니 자신이 아주 공부를 잘하지 않고선 취업이 힘든 것이 사실이다. 이 책에선 자신이 왜 취업을 못하는지 이유부터 알아야 한다고 한다.

취업이 안 되는 이유가 학교가 지방대이거나, 토익점수가 낮다, 이런 것을 말하는 걸까? 물론 그런 것들도 있지만 가장 큰 이유는 취업에 대한 전략, 즉 개념이 없다는 것이 가장 큰 문제다. 대부분의 대학생들은 점수에 따라서 학교를 간다. 그리고 대충 학점을 따서 졸업하고, 학과와 상관없는 직장에 응시를 한다. 우선 자신의 위치의 유불리를 정확하게 알아야 한다. 그런데 자신의 성적으로는 안 될 대기업에만 응시를 한다거나, 자기가 원하는 직업이 뭔지도 모르고 아무데나 내고 심지어는 뭐하는 회사인지도 모르고 대량으로 이력서를 찍어서 뿌리는 경우도 허다하다. 이력서를 낼 때도 휴대폰카메라로 찍은 사진이나 내서 읽어보지도 않고 이력서를 치워버리게 하는 경우도 많다.

많이들 이야기를 한다. 눈높이를 낮춰라 그럼 보일 것이다. 라고 이 책에선 이렇게 말을 한다. 이 세상에 기업이 100개가 있다고 하면 대기업은 2개, 중소기업이 98개라고 말이다. 그런데 대기업이나 중소기업이나 신입사원보다는 경력사원을 더 선호한다. 결국 중소기업에서 몇 년간 경력을 쌓아서 인정을 받은 후 대기업에 경력사원으로 지원한다면 더 유리하다는 이야기다. 단 자신의 경력을 인정받아야 한다.

두 번째로는 발로 뛰어서 어떤 회사가 나에게 맞고 내가 원하는 일을 하는지 알아야 한다. 제일 좋은 방법 중에 한 가지가 회사에서 시행하는 공모전이나 발표회 같은 데를 가서 시연을 하고 견학하는 것이 좋다. 사실 현장에서 일어나는 일들은 학교에서 배우는 것과는 동떨어진 것들이 더 많다. 많이 다니고 정보를 모을수록, 현장을 볼수록 더 좋은 회사를 고를 수가 있다.

세 번째는 취업할 회사를 골랐다면 그 회사에 대해서 공부를 해야 한다. 예를 들어 의료기 회사에 들어가기 위해서 면접을 볼 때 그 회사 제품에 대한 인지도를 병원을 돌면서 설문지를 받아가서 설명을 한다든가 그 회사의 주요 제품에 대한 정보를 정확하게 알아서 마치 경력직처럼 일할 수 있다는 인상을 풍기면 합격에 보다 가깝게 갈 수 있다.

책에선 각종 이력서 작성법, 면접의 기술, 외모를 가꾸는 법 등등의 이야기가 나오는데, 특히 재미있는 것은 추천서를 잘 활용하면 보다 나은 곳에 들어갈 수 있다는 부분이다. 추천서는 대학교에 있는 교수님들이 써주는 것도 좋지만 현장에서 인정받은 사람의 추천서를 받는 것이 더 효율적이라고 한다.

나도 한때 직장에 취직을 하려고 거의 백 장의 원서를 써서 엄청난 숫자의 기업에 뿌리고 면접을 다닌 적이 있었다. 거의 기관총으로 하늘에 떠있는 바늘구멍을 맞추려고 한 것 같다. 그런데 나이가 들면서 취업에 관한 정보를 많이 접하고 기가막힌 취업기술을 한 가지 익히게 된다. 그것은 스나이핑기법으로 내가 원하는 기업들의 정보를 졸업하기 전에 실질적인 것을 알아두는 것이다. 그리고 그중에서 유망한 중소기업으로 택해서 그 기업을 맞춤으로 준비를 하는 것이다. 그리고 들어가기 전에 그 회사 제품에 대한 설문조사를 하는 것이다. 그것도 현장에서 직접 쓰는 사람들의 것으로 말이다. 설문지는 인터넷에서 외국의 것이나 아니면 현장에서 쓰는 사람들의 의견을 적은 것을 가지고 면접에 들어간다면 거의 100% 통과할 수 있을 것이다. 이것은 실제로 사용해 본 방법이니까 잘만 응용하다면 굉장히 도움이 될 수 있을 것이다.

입사 후 3년

신현만 위즈덤하우스

'입사 후 3년'은 저자가 헤드헌터회사 대표로서 수많은 경력 직장인들과 기업의 인사채용 담당자들과의 컨설팅, 인터뷰를 통해서 얻은 성공적인 직장생활을 위한 일종의 데이터베이스다. 책은 직장생활에서 몸살을 앓고 있는 직장인들의 고민에 따른 대안과 사례들을 풍부하게 열거하고, '인재 전쟁'이라는 전투 속에서 치열하게 싸우고 있는 기업의 인사채용 담당자들의 날카로운 시선들을 집약해 놓고 있다.

5년차 이상 직장인을 대상으로 최근 한 커리어컨설팅 회사의 설문조사에 따르면 응답자 중 42.3퍼센트가 '입사 후 3년'이 직업의 발전 가능성이나 한계, 직장에서의 승진 가능성 등이 결정되는 시기라고 대답했다. 이렇듯 회사에서의 평가는 이미 입사 3개월부터 시작되어 3년이면 끝나며 현재의 직장 생활이 평생을 좌우하나 대부분의 직장인들은 치열한 경쟁 속에서 불안하게 하루하루를 보내지만 정작 아무런 준비도 없이 현실에 안주하고 만다. 이 3년 안에 미래에 그 회사의 CEO로 성장할 사람인지, 죽도록 회사에 충성을 다하다가 결국 명예퇴직당할 신세인지가 결정되는 것이기 때문이다.

저자가 제안하는 8가지 경력 관리법이 있다. 가장 먼저 나오는 것이 퍼스널 브랜드를 관리하라, 그 다음은 공부보다 현장경험을 쌓아라, 평생 직업을 찾아라, 평판조회에 대비하라, 핵심에 머물러라, 잘 나갈 때 이직하라, 실적으로 말하라, 간부가 되려면 약점을 보완하라 등이다. 다 중요한 부분이지만 가장 인상적인 것은 역시 첫 번째 언급한 퍼스널 브랜드 관리이다. 직무와 직종의 일관성을 유지하는 것이 중요하며, 최소한 어느 하나라도 지켜져야 한다는 것이다. 첫 직장이 정유회사의 마케팅 업무를 맡았다면 가장 최고의 경력관리는 다른 정유회사의 마케팅 업무를 맡는 것이지만 최소한 정유회사로 옮기든지, 다른 업종의 마케팅 업무를 맡아야 기본적인 일관성은 유지한다는 말이다.

얼마 전까지 많은 기업들이 공부를 많이 한 MBA인재들을 추천해서 썼다. 그러나 결과는 참담했다. 결국 모든 답은 현장에서 일한 일꾼들에게서 나온다는 사실을 경험을 통해서 알게 되었다. 그래서 어느 기업을 가든지 간에 경력직을 우선시 하고 있는 것이다. 회사에서 일을 시킬 때 절대로 뒤로 빼지 말고 고객과 직접 부딪히는 과목을 맡으면 회사에서는 절대로 무시할 수 없는 사람이 된다. 예를 들어 비서는 아무리 일을 잘해도 보스의 말을 따르지 않으면 짤릴 수밖에 없다. 그러나 영업직은 아무리 말을 안 들어도 회사에 폐만 안 끼치고 물건만 잘 판다면 절대로 짤리지 않는 것과 같다.

그런데 잘 나아갈 때 이직하라 – 이것은 무조건 이직을 하라 라는 말이 아니다. 여기에는 사실 이직의 기술을 설명하기 위한 장이다. 우선 묻지마 입사를 해서 1년 안에 이직을 해야 할 때가 있다. 취업난 때문에 자신의 성적에 맞추어서 대학을 가듯이 자신의 능력에 따라서 월급만 보고 들어간 회사는 분명히 후회하게 되어 있다. 여기서 중요한 것은 잘못 선택한 직업은 평생의 오점으로 남을 확률이 높기 때문에 빨리 자신의 적성에 맞는 회사로 옮기는 것이 중요하다. 이때는 다시 시작한다는 생각으로 들어갈 회사를 찾아보고 분석한 다음 이직을 하는 것이 좋다. 그리고 회사에서 경험을 쌓고 이직하기 좋은 시기는 3년 정도로 보고 있다. 단 이때는 자신이 헤드헌터에 대상이 될 정도로 일을 잘 하거나 아니면 그 분야에 대해서 넓은 정보망을 구축하는 것이 좋다. 그런데 잘 나아갈 때 이직하라는 것은 이 두 가지 헤드헌터에 의해서 스카웃이 될 때와 내가 충분한 경험으로 인정을 받을 수 있는 기업을 찾고 나서 이직을 하라는 것이다. 이직에 관심이 있는 분은 꼭 한번 읽어보기를 추천한다.

　책을 소개하면서 굉장히 모순되는 사실을 알게 되었다. 그것은 회사에 충성하지 않는 사람은 절대로 이직하기도 힘들다는 사실이다. 왜냐하면 회사는 단순히 조금만 있다가 가는 사람을 신뢰하지 않기 때문이다. 그래서 회사에 간도 쓸개도 다 빼줄 것처럼 충성을 바치는 모습을 보이지 않고선 다른 회사에 가서도 적응하기 힘들다는 사실이다. 이직도 역시 능력이지만 상사의 신뢰를 얻지 못하는 사람은 어디에 가서도 적응하기 힘들기 때문이다.

PART 5

대화의 기술

경험적으로 보았을 때 이런 질문의 기술들은 아주 기초적인 것에 불과하다. 사실 가장 좋은 대화의 기술은 잡담이다. 그것도 두 사람이 자신의 이야기와 전혀 상관없는 이야기로 같은 방향의 이야기를 할 때 비로소 이야기의 재미가 증가하기 때문이다. 먼 길을 갈 때 가장 빨리 가는 방법은 말이 통하는 친구와 같이 가는 것이라는 것이라는 말이 있다. 이처럼 말이 잘 통하는 상대는 자신의 시간을 보내는 가장 행복한 방법이라는 뜻이다. 일단 상대방에 대해서 관심을 갖고 대화를 즐기는 것이 중요한 것 같다.

대화의 기술에 대해서 이야기를 해보록 하자. 대화란 무엇인가? 두 사람 이상의 사람이 주고 받은 말을 대화라고 한다. 그런데 많은 사람들이 이 대화에 대해서 고민을 한다. 내가 말을 잘못해서 사람들에게 상처를 주면 어떻게 할까? 혹은 다른 사람들의 말이 상처가 되는데도 싫다는 표현을 못해서 말 자체를 안하는 사람들도 많이 있다. 저자 자신도 사실 대화의 기술에 관한 책을 많이 읽었으며, 현재도 대화를 할 때 고민도 많이 하고 실수를 했다고 후회를 많이 한다. 그럼에도 불구하고 대화에는 몇 가지 분명한 기술이 존재한다.

첫 번째 공감의 기술, 두 번째 듣기의 기술, 세 번째 질문의 기술이다.

첫 번째, 공감의 기술이란 무엇일까? 그것은 라디오로 치면 주파수를 맞추는 행위이다. 사람의 눈이란 보고 싶은 것만 보고, 귀는 듣고 싶은 이야기만 듣는 경향이 있다. 뇌는 더 재미있다. 분명히 같은 이야기를 들었는데도 전혀 다르게 해석하게 되는데 대화에서도 이런 것을 이용하면 훨씬 더 쉽게 상대방과 이야기할 수 있게 된다. 일단 상대방과 나의 공통된 주제를 찾는 것이 중요하다. 그래서 요즘 전자제품매장에서 주부사원들을 판매사원으로 고용하는 것을 많이 볼 수 있다. 전자제품을 구매하는데 아내들의 입김이 세기 때문이다.

예를 들어 카메라를 사기 위해서 들렀다고 생각해 보자. 남자들의 경우 성능이 무엇인지부터 물어보고 가격을 물어본다. 마지막으로 A/S를 확인한 후 물건을 구매한다. 그래서 남자 전자제품 매장 직원들의 경우에도 성능과 가격 A/S 등을 설명하는 것에 목숨을 걸고 여러 가지 물건을 보여준다. 그런데 여성의 경우 카메라를 본다고 했을 때 절대로 먼저 물어보지 않는다. 그 이유는 성능이 궁금한 것이 아니라 카메라의 디자인이 나한테 얼마나 맞는가를 보기 때문이다. 따라서 여성 직원 같은 경우 우선 여성 손님의 옷차림이나 스타일에 대해서 칭찬을 한다. 그리고 그 스타일에 맞는 물건을 권한다. 그러면서 색상이나 디자인이 얼마나 훌륭한 것인지 설명을 한다. 그리고 몇가지 물건을 권하는데 대부분 이때쯤이면 한 가지 물건에 꽂혀 있다는 사실을 알게 된다. 마지막으로 할인을 이야기한다. 그러고 나면 일단 다른 곳에 둘러보고 온다고 이야기를 하지만 대부분 아주 다르지 않은 이상 다시 와서 구매하는 것을 볼 수가 있다.

남자와 여자의 구매스타일은 이처럼 완전히 다르다. 상대방이 원하는 바를 모르고선 대화를 시작하기도 힘들 뿐더러 대화를 이어 나가기도, 내 이야기를 상대방에게 전하기도 힘들다. 결국 끊임없는 분석과 노력으로 상대방을 파악하는 능력을 익히는 것이 중요하다. 그 부분에 있어서 상대를 읽기 기술이라는 책이 있는데, 이 책은 스타킹에 출현한 천재포커 이태혁 씨가 쓴 책으로 상대를 순간적으로 분석하는 이야기가 담겨져 있다. 너무 실전적이라 꼭 한 번 읽어 보라고 추천하고 싶다.

두 번째로 나오는 듣기의 기술 같은 경우 대부분의 사람은 자신의 이야기를 하는 것을 좋아하지 듣는 것을 별로 좋아하지 않는다는 것을 알 수 있다. 말이 없는 사람의 경우 아주 소심하거나 혹은 무언가 대화를 나누고 싶지 않을 때 그런다는 것을 잘 알 수 있다. 그런데 그런 사람들이 인기가 있다. 왜? 내 이야기를 잘 들어주기 때문이다. 존재감은 없지만 내가 무언가 하소연하고 싶은 때 불러내서 내 이야기를 하기 때문이다. 사실 이런 친구를 가지고 있는 사람들은 정말로 행운아다. 잘 듣는다는 것은 상대방과의 교감을 실제적으로 시작한다는 의미이기도 하다. 따라서 어떻게 상대방의 이야기를 듣느냐에 따라서 상대방과의 진정한 대화를 시작할 수 있는 것이다. 그런데 듣기의 기술이 쉬운 것만은 아니다. 상대방에 대한 진지한 관심이 있을 때만 가능한데 될 수 있으면 내가 필요한 사람의 이야기를 귀담아 듣고 평소에 메모를 해놓는 습관이 중요하다.

세 번째, 질문의 기술에선 상대방과의 대화에서 가장 어려우면서 중요한 기술이라고 하겠다. 그 이유는 바로 상대방이 원하는 말을 끄집어내는 데 필요하기 때문이다. 내가 좋아하는 말을 하라면 대부분의 사람이 원하는 만큼 하지만 이 사람이 얼마나 성숙했느냐는 그 사람의 질문이 얼마나 걸맞느냐에 따라 달라지기 때문이다. 이것을 꼭 법정에서 질문하듯이 중요한 질문만을 말하는 것이 아니라 사실상 일상생활에선 어떤 의견을 묻는 질문이 아주 중요하다. 그래서 남자들이 만나면 정치에 대해서 묻고 답하고, 스포츠나 자동차에 대해서 묻고 답하는 것이다. 그리고 여자들도 애들 이야기, 연예인 이야기를 아는지 묻고 답하는 게 일상이 되어 버린 것이다. 질문의 기술은 민감한 것에서부터 일상적인 것까지 있지만 한 가지만 기억한다면 쉽게 질문을 할 수 있다. 상대방이 좋아하는 것을 질문하면 된다. 그렇게 해야만 상대방에게서 마음의 문을 열 수 있기 때문이다.

경험적으로 보았을 때 이런 질문의 기술들은 아주 기초적인 것에 불과하다. 사실 가장 좋은 대화의 기술은 잡담이다. 그것도 두 사람이 자신의 이야기와 전혀 상관없는 이야기로 같은 방향의 이야기를 할 때 비로소 이야기의 재미가 증가하기 때문이다. 먼 길을 갈 때 가장 빨리 가는 방법은 말이 통하는 친구와 같이 가는 것이라는 말이 있다. 이처럼 말이 잘 통하는 상대는 자신의 시간을 보내는 가장 행복한 방법이라는 뜻이다. 일단 상대방에 대해서 관심을 갖고 대화를 즐기는 것이 중요한 것 같다.

사람을 읽는 기술

이태혁 위즈덤하우스

이 책은 스타킹에 출연했던 천재포커 이태혁이 쓴 책으로 심리를 분석해서 마음을 읽고 인간관계에서 우위에 설 수 있도록 도와주는 책이다. 사실 심리학에 관한 책을 좋아하는 나는 수많은 심리학책을 보았지만 그 책들은 분석만 되어 있었지 실생활에서 사용이 가능할 수가 없었던 일이 많았다. 이 책은 실생활에서 혹은 사기를 당하기전에 알아차릴 수 있도록 정확한 사례들과 분석, 대처법이 나와 있다.

이 책에선 사람이 왜 속는지에 대해서 이야기를 해주고 있는데, 수많은 이유가 있겠지만 가장 큰 이유는 바로 우리의 눈과 머리는 원하는 것만을 보고 원하는 것만을 생각하기 때문이라고 한다. 마술사가 마술을 할 때 아무리 집중해서 보아도 속임수를 눈치챌 수 없는 것은 우리가 마술사의 눈과 손만 보기 때문이고 사람들이 사기를 당하는 이유도 자기가 원하는 사실만 받아들이다 보니 결국 사기를 당하는 것이라고 한다. 예를 들면 링반데룽 현상이라는 것이 있다. 이것은 사막이나 정글에서 조난을 당해서 앞으로만 걷다 보면 구해진다고 생각하면서 걷지만 사실은 거대한 원을 그리면서 원점으로 돌아오는 현상을 말하는데, 인간의 머릿속에도 이런 현상이 벌어진다. 어떤 현상을 일단 사실로 인정하고 자료를 수집하다 보면 원하는 자료만 증거로 채택하고 반대가 되는 자료를 버리다 보면 결국 잘못된 방향으로 갈 수 있다는 것이다. 누구나 이러한 경험을 할 수 있으며 사기꾼들은 이런 현상을 이용해서 사람들을 조종해서 돈을 갈취한다는 것이다.

그렇다면 어떻게 하면 이런 사기꾼들의 거짓말을 간파할 수 있을까? 가장 큰 답은 표정과 행동에 있다. 간단한 예를 들면 포커를 칠 때 블러핑을 하는 사람들의 경우 순간적인 표정의 변화가 1초 이내에 생긴다고 한다. 즉 사람은 자신의 감정을 표정에서 완전히 조정하기는 힘들다고 한다. 그럼 어떤 표정의 변화가 생기느냐 하면 이마에 표정의 변화가 생긴다고 한다. 눈썹과 미간의 주름이 잡히면서 상대방에게 순간적인 불안을 보이게 된다. 그래서 거짓말을 하는 사람의 경우 이마를 가리는 경우가 많다고 한다. 양쪽의 입 꼬리를 내리는 경우가 많다고 하는데, 무언가 말을 하는데 자신의 생각을 감추기 위해서 너무 진지하게 말을 하는 결과 입 꼬리가 내려가게 되는 것이다. 신체적인 행동으로 다리를 흔들면서 있다면 무언가 심리적으로 불안하다는 뜻이고, 잘못한 것이 없는데 뒤통수를 긁게 되는 것 또한 거짓말을 할 때 하는 행동이라고 한다. 물론 이런 일련의 행동이 순간적으로 이루어지기 때문에 보통사람은 인식하기가 힘들고 오랫동안 행동관찰을 통해서 훈련한 사람만이 가능하다고 한다.

상대방의 표정과 행동을 통해서 상대방의 거짓말을 간파했다면 어떻게 해야 할까? 가장 좋은 방법은 일단 속아주는 척하는 것이 좋다. 왜냐하면 상대가 그 거짓말을 하는데는 어떤 목적이 있을 것이고, 그 목적을 달성할 수 없다고 판단하면 어떻게 나올지 알 수 없기 때문이다. 따라서 상대방의 거짓말을 그대로 드러나지 않도록 상대방이 원하는 화제에서 벌어지는 이야기는 해서 빠져 나오는 것이 좋다고 이야기한다. 이 책의 저자 역시 한국에서 사기를 당할 뻔 했는데, 한 사장님이 자신에게 10억 원을 투자하겠다고 해서 좋은 술집에 가서 대접했다고 한다. 그런데 투자금이 들어오지 않자 일단 주변 사람들을 탐문하기로 했다. 그 술집마담에게 이렇게 물었다. "그 사장님 여기 단골이시죠. 매너도 좋으시고 사업도 잘 되시고.”라고 묻자 0.3초 정도 생각을 하던 마담이 “아, 네. 그 사장님 사업이 잘 되셔서 여기 많이 오세요.”라고 하자 그때 이미 파악을 했다. 그 다음 “여기 외상이 많으신가 봐요?”라고 묻자. 그때서야 이런 저런 이야기를 하면서 원하는 답을 얻을 수 있었다고 한다. 이처럼 상대방 자체보다도 그 주변을 활용해서 정보를 얻는 것 역시 거짓말을 간파하는데 중요한 기술이 된다고 한다.

　대화라는 것은 상대방을 읽지 않고선 불가능한 기술이기에 이 책을 대화의 장에 소개하게 되었다. 사람의 마음을 읽는 방법을 정확하게 설명해 준 책이라는 생각이 된다. 더 나아가서 포커페이스란 무표정이 아니라 자연스러운 표정 연기라는 사실을 알려주었다. 인생을 살면서 우리는 크고 작은 거짓말을 판단하고 선택을 해야만 할 때가 있는데, 이 책은 그런 것을 도와주는 길잡이가 될 것 같다. 꼭 읽어보고 사람의 마음을 읽는 기술을 얻기 바란다. 또한 책에선 사람의 읽는 기술뿐만 아니라 도박사들의 이야기가 소설처럼 흥미지진하게 나와 있어서 읽으면서 재미를 느낄 수 있었다.

어떻게 원하는 것을 얻는가
스튜어트 다이아몬드 8.0

이 책의 저자 스튜어트 다이아몬드는 협상학을 가르치는 교수다. 그런데 13년 동안 연속으로 가장 인기있는 강의에 뽑혀서 MBA에서 가장 비싼 강의로 뽑히고 있다. 우리가 협상학이라고 하면 일반적으로 높은 자리에 있는 사람들이나 큰일을 하는 사람들만 하는 것으로 생각하지만 사실은 우리가 일상에서 아주 작은 것에서부터 목숨을 건 중요한 일까지 모든 일에 대해서 협상을 해야만 한다는 사실에 이 책은 인생에 꼭 필요한 책이라고 할 수 있다. 예를 들면 약을 먹기 싫어하는 아이에게 약을 먹게 하는 것도 협상이고, 대기업의 인수합병을 하는 것도 협상의 일종인 것이다.

굉장히 실전적인 협상의 기술들을 몇가지 소개해 드리도록 하겠다. 우선 책의 앞부분에 한 여자가 비행기시간에 늦어서 승강장에서 실랑이를 벌이는 상황이 나온다. 이 여자분은 교수의 강의를 들은 사람으로 일단 출발한 비행기는 기장만이 돌릴 수 있다는 원칙을 들었던 것이다. 그래서 비행기를 향해서 유리문을 두드리면서 눈물을 흘리고 가방을 떨어뜨렸는데, 그 뒤 기장은 비행기를 돌려서 다시 비행기를 탈 수 있었다고 한다. 여기서 우리가 알 수 있는 것은 우리는 일반적으로 문제를 해결하려 할 때 눈앞에 있는 상대하고만 협상을 하려는 경향이 있지만 사실은 문제를 해결하기 위해선 해결권을 쥔 사람과 협상을 해야 한다는 것이다. 특히 주도권을 쥔 상대에게는 이성이 아닌 감성으로 접근하는 것이 좋다는 것을 알려준다.

두 번째는 남미에서 일어난 마약과의 전쟁을 전쟁이 아닌 협상으로 해결한 케이스다. 우선 미국에서 마약과의 전쟁으로 마약딜러들을 잡아들여도 마약재배지는 여전히 존재했다. 그 이유는 그 사람들은 그것이외에는 먹고 살 만한 작물이 없었기 때문이다. 그래서 스튜어트교수는 일단 100가구만 모아서 바나나를 재배하면 그 바나나를 모두 미국에서 사들이겠다고 협상을 한다. 그 뒤 마약재배보다 더 이익을 보았다고 소문이 났고, 3000가구가 넘는 마약재배가구들은 모두 바나나로 전향을 해서 현재 마약재배지가 사라져 버렸다. 마약값이 아무리 비싸도 원산지에선 싼 법. 결국 시장의 가격경쟁으로 마약과의 전쟁에서 이긴 것이다. 여기선 힘으로 문제를 해결하기보다는 대안을 통해서 문제를 해결하는 방법을 알려준다.

세 번째 이야기는 한 동아리그룹에서 티를 단체로 구입하기 위해서 판매회사를 찾아간다. 그런데 그 회사에선 이렇게 대답을 한다. "나는 당신들에게 그렇게 판매를 할 수가 없다."라고 말이다. 일단 이 말을 들은 사람이라면 보통 강한 부정의 의미로 생각을 해서 포기하겠지만 구입하는 사람은 이 말을 분석한다. 우선 내가 판매를 할 수 없다. 다른 사람은 가능하다는 뜻이고 판매를 못한다는 것은 기증은 가능하다는 뜻이 아닌가? 또 당신들이 안 된다면 우리가 아닌 다른 누군가에는 판매 가능하다는 것 아니냐는 분석을 통해서 회사의 홍보를 해주고 공짜로 티를 얻어낸 이야기가 있다. 이처럼 상대방의 말속에선 협상의 대상과 방법에 대해서 분석할 수가 있다는 것이다.

책을 읽으면서 수많은 협상의 도구들에 대해서 이야기가 나오지만 일단 협상에 대해서 세 가지 정도로 압축해서 소개하면 다음과 같다.
첫 번째 원칙은 협상은 시간과 장소, 상대에 따라서 전혀 달라진다. 따라서 어떤 편견을 가지고 상대를 해선 안 된다. 즉 상대에 대한 정확한 정보와 판단을 가지고 협상에 임해야 한다는 것이다.

두 번째 원칙은 상대의 감정적인 동조를 얻어야만 한다는 사실이다. 이것은 이성적인 판단에 앞서서 먼저 얻어야만 하는 아주 중요한 원칙이다. 특히 상대가 나와 같은 소속의 무엇인가 혹은 같은 취미 등을 공유한다는 사실만 가지고도 어떤 협상에서도 유리한 고지에 올라갈 수가 있기 때문이다.

세 번째 원칙은 바로 협상은 싸워서 이기는 것이 아니라 서로의 원하는 방향을 찾는다는 점이다. 대부분의 경우 자신의 생각과 이익만을 생각해서 상대방을 일단 무시하는 것이 협상이 실패하는 가장 큰 원인이다. 따라서 상대방이 원하는 점과 내가 원하는 점을 찾는데 책에선 그런 접점을 찾는 도구가 있다. 책을 읽어보고 인생에서 원하는 것을 얻는 법을 익혀보기 바란다.

책의 제목이 어떻게 원하는 것을 얻는가? 라는 질문이었는데. 나는 대답으로 책을 한 줄로 줄여 보겠다. "상대가 원하는 말을 하라, 단 내가 필요한 목적을 위해서"라고 말이다.

여기까지가 방송에서 소개한 부분이다.

책을 소개한 후에 새롭게 깨닫게 된 것이 있어서 덧붙여 본다. 협상이란 말로 하는 것이지만 말은 마지막에 화룡정점을 찍는 것뿐이다. 협상이란 상황을 지배하는 능력이 필요하다. 즉 나와 상대를 감싸고 있는 정보과 상황을 판단해서 내가 원하는 대답을 얻어내는 능력을 말하는 것이다. 앞에서 마약을 퇴치할 때 만약 바나나를 미국에서 사줄 수 없었다면 협상 자체가 불가능했을 것이다. 또한 단체티를 구입할 때 담당자를 만날 수 없었다면 불가능했을 것이다. 이처럼 필요한 정보를 파악하고 움직여야 한다는 사실이다. 어른과 아이가 협상을 할 때 어른이 이길 수 있는 이유는 어른이 아이보다 더 많은 정보를 가지고 상황을 변화시킬 수 있는 능력이 있기 때문이다. 단순하게 말을 잘하기 때문이 아니다. 그리고 상대방의 태도를 변화시키기 위해선 상대방에게 상황의 판단을 할 수 있는 정보를 제공하는 것도 필요하다. 물론 여기선 내게 불리한 정보를 감추는 것도 능력이다. 이 모든 것이 바로 상황을 지배하는 정보전이기 때문에 단순히 말로서 상대방과 협상한다는 생각은 버리는 것이 좋다. 도리어 상황 자체를 유리하게 만들기 위해서 노력한 후 상대방의 입장을 기다리는 것이 훨씬 더 현명한 생각인 것 같다.

이 책은 3월에 출간이 되어서 굉장히 바쁠 때 가게를 보면서 넷북으로 작업을 정신없이 한 기억이 난다. 당시에 가게손님을 받으면서 책을 읽고 내용을 정리해서 장사를 하다 보니 계산을 잘못한 경우도 몇 번 있었다. 그런데 재미있게도 그렇게 정신없는 와중에 책의 정리가 더 잘 된 것 같다. 특히 마지막에 나온 한 줄로 줄인 대답의 경우에는 갑자기 떠올라서 쓴 것인데, 나중에 방송을 하고 글을 쓴 다음 좋은 대답이라는 평가까지 받았다. 역시 인생은 달리면서 생각해야만 하는 것 같다.

이 책은 단순히 질문의 기술에 관한 이야기뿐만 아니라, 거짓말하는 상대를 옭아매 진실을 털어놓게 하려면 어떻게 질문해야 하는지, 나보다 우월한 전문가는 어떻게 요리할 수 있는지 구체적인 사례를 들어가며 이야기한다. 또 눈과 몸동작을 보고 거짓말을 간파하는 법과 미끼를 던져 자백을 유도하는 스킬, 상대의 기분을 상하지 않게 오류를 바로잡는 요령 등 마음을 움직이고 상황을 장악하는 온갖 기술을 가르쳐준다.

이 책 저자인 일본의 변호사 마사히코 쇼지는 경력이 조금 특이하다. 도쿄대학교 법학부 졸업 후 니혼장기신용은행과 노무라증권투자신탁에 입사했다가 5년 만에 퇴사, 이듬해부터 사법시험을 준비했다. 이때 독창적인 공부법을 개발하여 당시로서는 최단시간 만에 사법시험에 합격하여 화제가 된다. 그후 변호사로 나와 일반 변호사의 10배 속도로 다양한 사건을 처리해냈고, 수많은 행정위원회 위원 등을 역임했다. 2008년부터는 대학원대학 교수로 재직하는 한편, 자신의 공부법과 업무처리 기술을 바탕으로 여러 권의 베스트셀러를 써냈다. 그는 이 책을 자신의 법정에서의 경험을 통해서 만들었다.

그런데 어떻게 질문을 통해서 상대를 압도할 수 있다는 것인가?

　여기서 중요한 것 한 가지를 알고서 넘어가야만 한다. 대부분의 사람들은 거짓말을 잘하지 못한다. 단 자신에게 유리한 기억을 만들고 있다는 사실이다. 예를 들어 부부가 이혼하기 위해서 법정에 섰는데 아내는 남편이 자신의 목을 졸랐다고 이야기를 하고, 남편은 아내가 방망이를 휘둘러서 벽에 밀었을 뿐이라고 이야기하는 경우가 많다. 이 경우에도 자신이 한 행동은 기억하지 않고 상대가 잘못한 행동만 기억하는 경우를 메타인지 부족이라고 한다. 그런데 대부분의 사람들이 말싸움을 하거나 어려운 자리일수록 자기최면을 걸어서 더 현실처럼 받아들이게 된다. 그래서 상대에게 질문을 하기 전에 우선 다른 방식으로 도망갈 수 있는 방법을 하나씩 질문해서 상대를 정확한 기억에 맞게 대답하도록 유도를 해야만 한다. 그러면서 상대가 자신의 잘못을 인정할 때 결정적으로 상대를 쓰러뜨리거나 아니면 차선책을 써서 내가 유리하게 대화할 수 있는 물꼬를 터야만 한다.

　그러면 상대의 기분을 나쁘지 않게 원하는 것을 얻는 스킬에는 어떤 것이 있을까?
　일상생활은 법정이 아니기 때문에 지금 상황에서 내가 아무리 맞아서 상대를 이긴다 하더라도 나중에 후환이 생길 우려가 많다. 그래서 상대에게 내게 유리한 합의점을 내서 피하는 것이 좋다. 예를 들면 거래처에서 주문을 취소하는데 주문을 할 수 있는 바로 다음날 전날의 공문 날짜를 찍어서 보냈다면 분명히 계약 위반이지만 할 말이 없다. 그런데 자세히 보니 공문이 작성된 날이 휴일이었던 것이다. 그래서 무조건 안 된다고 하면 싸움이 날 수 있으니까 우선은 담당자에게 전화를 걸어서 주문 취소가 맞는지 물어보면 맞다고 그런다. 그리고 휴일에 집에서도 일을 하는가 물어본다. 대답은 아니요. 회사의 문서는 집에서는 작성할 수 없도록 보안 조치가 되어 있다. 그러면 상대는 '아니요' 라고 답변을 한다. 그런데 그 회사는 휴일에도 출근해서 공문을 작성할 수 있게 하는가 봅니다. 라고 이야기하면 도망갈 구멍이 더 이상 없어지게 된다. 그때 무조건 안 된다고 하지 말고 조건을 조금 더 좋게 해드릴 테니 이번에는 서로 오해를 한 것이라고 생각합시다. 라고 하면 부드럽게 넘어갈 수 있다. 그런데 문제는 정말로 거짓말을 하는 사람들을 다루기가 힘들다는 사실이다.

그러면 거짓말하는 사람들은 어떻게 구별해 낼 수 있을까? 우선 말하는 것에서 알 수 있는 방법은 묻지도 않은 일에 대해서 굉장히 구체적으로 이야기를 한다. 그리고 단조롭게 이야기하면서 말투가 빨라진다. 그리고 몸으로 알 수 있는 여러 가지 사인들이 나오는데, 예를 들면 눈동자의 움직임이 불안정하고 눈을 마주치지 못한다거나, 손을 안쪽으로 모으고 손끝이나 다리 끝을 떨거나 움직이게 된다. 이런 현상은 거짓말을 하게 되면 불안해져서 나타나는 현상이라고 이야기하고 있다.

사실 사람의 기억에 관한 부분과 거짓말에 관한 부분이 설명하기가 힘들어서 책의 내용을 많이 설명을 못했는데 이 책에선 그 외에도 전문가의 대화시 내가 유리하게 대화를 이끌어 갈 수 있는 방법과 남성의 경우 여성과 대화를 할 때 유의해서 해야 할 점 등에 대해서도 상세하게 적고 있다.

전문가와의 대화시 유리하게 이끌어 가는 방법도 나와 있는데, 우선 모든 의사, 변호사, 기술자 등 모든 전문가들은 모든 세부적인 부분의 전문가일 뿐이라는 사실을 알아야만 한다. 실질적으로 그 전문적인 일을 전부 해본 사람은 극히 일부분에 불과할 뿐이고 대부분의 경우는 그 일을 이론적으로만 알고 있는 사람들이 대부분이다. 그래서 질문을 할 때 이것은 쉽게 말하면 무엇이냐? 혹은 이 일을 전에 실질적으로 해본 적이 있느냐? 그러면 그 결과물은 내가 볼 수 있느냐? 등 구체적인 질문을 통해서 상대가 전문가라는 벽을 허물고 내가 상대를 구체적으로 알고 움직일 수 있게끔 질문하면 된다. 물론 나 자신도 그 부분에 대해서 정확하게 공부하는 자세가 중요하다.

이 책의 앞부분에 보면 이런 이야기가 나온다. 이 책을 악용해서는 안 된다.

라는 부분이 나오는데 처음에는 이해가 안 갔다. 그런데 나중에 생각해 보니 사람의 기억이 정확하지 않다는데 그 힌트가 있었다. 사람의 기억이 정확하지 않기 때문에 상황증거를 잘 조합하면 사실과 다른, 내게 유리하게 만들어 낼 수도 있다는 사실을 알게 되었다. 그리고 실제로 법정에선 변호사들이 이러한 방법들을 쓰고 있다고 한다.

우리는 처음 만나는 사람이나 잘 모르는 사람, 별로 친하지 않은 사람이나 지체 높은 사람 등과 이야기할 때 불안감이나 극도의 긴장감에 사로잡힌다. 그 결과 하고 싶은 말의 절반도 하지 못하거나, 횡설수설하여 상대방으로부터 대화하기 어려운 상대라는 오해를 사기도 한다. 그러나 그 어떤 직업에 종사하든지 사람을 아예 만나지 않을 수는 없으며 피해 지나갈 수만도 없는 일이다. 이 책은 그와 같은 긴장감을 극복할 수 있게 해주고 상대방과 허물없이 친하게 대화를 나누는 것이 그다지 어려운 일이 아니라는 것을 가르쳐 주는 책이다.

그럼 어떤 내용들이 나오나?

1. 대화하기 전에 준비해야 할 것

2. 대화를 시작하는 법

3. 대화를 이어가고 화제를 바꾸는 법 등등이 나온다.

대화를 시작하기 전에 준비해야 할 것들에는 어떤 것들이 있을까?

1. **가슴을 두근거리지 않게 한다** : 처음에 대화를 나누기 전에 걱정이 돼서 가슴이 두근거리는 사람들이 많다고 한다. 그래서 처음에 이야기를 하기 전에 크게 심호흡을 세 번 하면 보다 쉽게 이야기를 할 수 있다.

2. 좋은 인상을 주는 3가지 준비를 한다 : 깔끔한 복장과 세련된 화법, 그리고 정확한 발음을 연습해 놓으면 좋은 인상을 줄 수 있다.

3. 상대에 대한 사전 준비 : 만약 누군가를 약속을 해놓고 만나야 한다면 상대에 대해서 알 수 있는 정보는 될 수 있는 한 정확하게 알아놓고 만나는 것이 좋다. 특히 내 윗사람이나 사업상 중요한 사람이라면 더욱 그렇다. 그래서 상대가 원하는 화제에 대해서 미리 생각해 놓고 나가야 말하기가 편하다.

그럼 대화를 시작하는 법을 알아보자.

첫 번째로는 상대를 판단하는 법부터 배우는 것이 좋다. 상대의 외모와 몸짓 등으로 상대를 판단하는 법을 배우는 것인데, 우선 상대가 이야기를 하면서도 눈을 마주치지 않는다면 그 사람은 진심으로 나와 이야기를 하고 있지 않은 것이다. 혹은 다리를 떨면서 이야기를 하고 있다면 뭔가 불안함을 가지고 있다는 뜻이다.

두 번째로는 처음에 날릴 수 있는 화제에 대해서 준비하고 있는 것이 좋다. 특히 처음 만나서 인사를 나눈 후 명함을 주고 받는 비즈니스 관계의 경우 상대의 명함을 보면서 이름을 이야기해 주고 상대방의 직업에 관련된 사항을 물어 보면 보다 쉽게 이야기를 이끌어 갈 수 있다. 반대로 같은 직종의 사람이라면 지역별 특성이나 경기 등을 통해서 이야기를 넓힐 수 있다. 마지막으로 전혀 관련이 없는 사람이라도 날씨나 취미, 뉴스 등을 통해서 이야기를 만들어 갈 수 있다. 그래서 뉴스나 화제 같은 시사 상식이 중요하다.

세 번째는 말을 걸어야 할 타이밍을 잡아야 한다. 즉 직장을 예로 들면 부장님이 사장님한테 칭찬을 듣고 나와서 기분이 좋다면 그때 보고서를 제출해야 한다. 그래야 승인이 금방 떨어진다. 이처럼 사람이 쉽게 칭찬하는 시간대와 장소와 상황이 있다. 상대를 잘 파악해서 그 순간을 찾아야만 한다.

그럼 마지막으로 대화를 이어가고 화제를 바꾸는 법을 알아보자.

우선 서로 인사를 하고 이야기를 시작한다. 그렇게 되면 명함이나 이름을 주고 받게 된다. 상대와 명함을 주고 받을 때 내 이름을 정확하게 발음하면서 준다. 그리고 명함을 받으면서도 상대방의 이름과 직책을 이야기하고 상대방의 직업이나 직책에 대해서 질문을 한다. 그리고 상대방이 하는 일에 대해서 칭찬을 하는 것이다. 그러고 나서 상대방이 알아주기를 바라는 것에 대해서 질문을 시작한다. 그렇게 하면 대화의 70%는 상대방과 이야기를 하면서 이끌어 갈 수 있게 한다. 그런데 너무 재미있게 이야기를 하다 보면 화제를 전환해야 할 때도 있고, 이야기를 끝내야 할 때도 있다. 우선 화제를 전환할 때는 그냥 끝내기는 힘드니까, 중간에 나오는 이야기를 가지고 전환을 하는 것이다. "아 그 이야기를 들으니까 생각이 난건데……"라고 말이다.

잠깐 내가 첫 번째로 쓴 책을 소개해 볼까 한다. 제목은 리젝트 파워. 사실 원래 제목은 'NO라고 말해야 행복해질 수 있다' 였는데 어떻게 출간을 하다 보니 제목이 그렇게 나왔다.

거절을 잘하므로써 우리는 조금 더 행복한 삶을 살 수 있다. 아마 많은 분들이 공감할 것이다. 그런데 문제는 누구의 거절을 어떻게 상처를 입히지 않고 할 수 있는지 고민하기 때문에 힘든 것이다. 갈등이 없는 인간관계는 없다. 갈등이 없는 거절은 없다. 마치 초원에 흐리지도 비가 오지도 않은채 맑은 날만 지속되면 초원이 사막이 되듯이 인간관계에 갈등이 없다면 당장은 좋지만 언젠가 돌이킬 수 없는 파멸을 가져올 수밖에 없기 때문이다. 그럼 생활에서 깨달은 거절의 기술을 소개하겠다.

첫 번째로는 평소에 겸손해야 한다. 즉 자랑을 하고 다니지 않는 것이다. 사람은 누구나 인정을 받고자 하는 욕망이 있다. 그런데 문제는 이것이 심해서 허풍이 될 때가 많다는 것이다. 사실 누군가가 나에게 부탁을 할 때 내가 하지 않은 말을 가지고 억지로 부탁하는 경우는 없다. 어느 경우에서든지 내가 힘이 있다든가, 돈이 있다든가, 아니면 재주가 있다는 이야기를 듣고 부탁을 하게 된다. 평소에 사람들에게 함부로 자랑하고 다니지 않는다면 어떤 상황에서도 쉽게 거절을 할 수 있다.

두 번째로는 부탁을 받았을 때 일단 결정을 당장 하지 않고 뒤로 미루는 것이다. 특히 힘든 부탁을 할 경우 항상 나 외의 다른 사람과 상의해야 한다고 말을 하라. 돈을 빌려달라고 할 때 설사 그것이 내 돈이라 할지라도 나에게는 가족이 있다. 그리고 내가 어떤 절대적인 결정권자라 할지라도 그 일을 할 실무자가 존재하기 마련이다. 그리고 그들에게 말을 해야 하는 것은 나의 당연한 의무다. 내가 만약 회사의 사장이라고 생각해 보자. 그런데 내 회사라고 마음대로 회사의 돈을 함부로 남에게 빌려주면 공금을 횡령한 것이다. 회사에 자신의 생존을 걸고 있는 많은 구성원들을 무시한 처사이기 때문이다. 가정에서도 마찬가지다. 이와 같이 항상 상의를 하고 결정을 한다고 말을 하고 최대한의 시간을 버는 것이 중요하다. 그리고 실제로 구성원들에게 또는 내가 상의하는 사람으로부터 적절한 거절의 이유를 찾는 것도 중요하다. 나에게는 너무나도 어려운 거절이 남들이 보기에는 아주 쉬운 문제일 수 있기 때문이다.

세 번째로는 거절의 방법을 선택하는 것이다. 가장 좋은 거절의 방법은 편지다. 편지나 문자 등을 통해서 자신의 입장과 상황을 설명하면 보다 쉽게 거절을 할 수 있다. 상대에게 구구절절 설득할 필요가 없기 때문이다. 두 번째는 전화다. 전화는 상대의 시선을 피하고 이야기를 하기에 보다 쉽게 상대를 거절할 수 있으며 자신의 상황을 편하게 설명할 수 있기 때문이다. 마지막으로 꼭 만나서 거절해야 하는 경우가 있는데, 이 경우 내게 필요한 장소와 시간에 내편이 되어 줄 수 있는 사람과 같이 거절을 한다면 보다 쉽게 거절할 수 있다.

끝으로 어떤 것을 또는 어떤 사람을 거절해야만 할까? 아마 모든 경우에 거절을 한다면 인간관계가 파멸되고 말 것이다. 그래서 여기에 거절에 관한 좋은 명언이 있다. "지킬 수 없는 약속보다는 당장의 거절이 낫다."라는 덴마크 격언인데. 결국 내가 지킬 수 없는 일은 용기를 가지고 거절하는 것이 진정으로 상대와 나를 위한 일이 아닐까?

이 글은 행복한 동행에 실은 것으로 내가 이 책을 소개한 글이다. 당시 리젝트 파워를 냈을 때 행복한 동행 출판사에서 책의 내용이 좋아서 소개글을 쓰고 싶다고 해서 보냈고 나는 글을 보냈는데 너무 길다고 해서 다시 짧게 다듬어서 보낸 것이다. 그래서 일단 책의 내용을 간단하게 생각하고 한 번에 써 내려갔는데 위의 글이 나왔다. 역시 힘을 빼야지 제대로 된 글이 나오는 것 같다.

스티브 잡스의 프레젠테이션

김경태 멘토르

스티브 잡스는 자신의 발표를 단순히 제품을 소개하는 차원이 아닌 하나의 쇼로서 모든 사람들이 물건을 구매할 수 있게끔 만드는 힘을 가지고 있기 때문에 이 책을 소개한다.

책에 나온 내용들을 정리하면 딱 세 가지로 나눌 수 있다. 단순화, 구조화, 시각화다.

우선 보통의 프레젠테이션의 경우 막대그래프를 가지고 매년 판매순위를 비교분석하고 도표를 곁들여서 일일이 설명할 때가 많다. 그러나 스티브 잡스의 경우는 단순히 1밀리언, 즉 백만이라는 글자 하나만 차트에 띄워놓고 설명한다. 보통의 프레젠테이션에선 7줄을 넘어가지 말라는 격언이 있다. 그런데 잡스는 많아야 6줄을 쓰고 그중에서도 한 줄에 4단어 이상 표시하지 않는다. 그리고 결코 화면을 읽지 않는다. 자신이 아는 이야기를 청중들이 들으면서 읽을 수 있도록 배려를 한다.

사실 신제품 발표회는 굉장히 길다. 그래서 최대 2시간 이상 갈 때도 많고, 쓸데없는 내용들도 많다. 중요한 것은 사람들이 지루하지 않게 어떻게 짜야 하는지가 가장 중요한데, 이때 사용되는 방법이 바로 3-3-3 전법이다. 일단 크게 세 가지로 나누고 나눈 상태에서 다시 3가지 이야기를 하는 것이다. 예를 들면 이번에 발표하는 제품 3가지를 각각 따로 분류해서 설명을 하고 제품별로 중요한 기능만 따로 떼어서 다 빼고 3가지만 설명을 하는 것이다. 물론 많은 것들이 빠지겠지만 사람들은 지루하고 긴 설명을 좋아하지 않기 때문이다. 그 안에서도 물론 사람들이 즐길 수 있는 요소를 넣어서 설명하는 것, 즉 유머감각을 넣는 것을 잊어서는 안 된다.

우선 제품을 직접 들고 나와서 시연을 하는 것은 기본이다. 책에선 자신들의 리모컨과 타사의 리모컨을 크기를 비교하는 것에서부터 화상카메라를 시연하는데 실시간으로 자신의 회사와 동료들, 그리고 가정을 연결해서 즉석에서 서로 이야기를 주고받는 모습을 보여 주었다. 또한 유명 연예인들이 나와서 직접 시연을 하면서 축하메시지를 보내는 것도 잊지 않는다. 그리고 프레젠테이션이 끝난 다음에는 직접시연을 하는 박스를 열어서 할 수 있게끔 배려를 한다. 단순히 다운로드 받은 사진이나 동영상을 사용하면 안 된다.

단순화, 구조화, 시각화 다 좋은 것 같은데 프레젠테이션 전체를 아우르는 또 한 가지의 원칙이 있다.

그것은 바로 요약 설명이다. 아무리 좋은 프레젠테이션이라고 해도 끝난 다음에는 뭘 들었는지 혹은 내가 필요한 것은 무엇인지 잊어버릴 때가 많다. 그래서 전반적으로 처음부터 설명을 해주는 것이 좋다. 그런데 무작정 처음부터 이야기를 해줄 것이 아니라 아까 말한 3-3-3구조에 맞추어서 하나씩 설명하면 프레젠테이션의 끝으로 아주 좋은 성적을 받을 것이다.

1편의 내용을 간단하게 설명하면 단순화, 구조화, 시각화라고 해서 발표를 잘하는 방법에 대해서 설명했다. 책에서 많은 방법들이 나오지만 이번에는 그 중에서 세 가지만 골라서 설명하겠다.

첫 번째 강력한 오프닝을 연출해야만 한다.

두 번째 메시지를 각인시켜야 한다.

세 번째 클로징이 기억에 남아야 한다.

첫 번째 강력한 오프닝을 연출해야 한다. 첫 5분 동안 청중의 눈을 잡지 못하면 그 발표는 지루해지기 쉽다. 발표 중 가장 중요한 것은 제품을 발표하기 전에 제품과 발표에 대해서 철저한 보안이 필요하다. 궁금증을 유발시키는 것이다. 그리고 시작할 때 청중이 생각지도 못한 이야기를 하므로써 관심을 증대시켜야 한다. 책에서는 이런 예가 나온다. 스티브 잡스는 발표를 시작하면서 이렇게 말을 한다. "우리 모두는 맥에서 윈도우를 못 쓴다고 알고 있습니다. 윈도우에서도 맥을 못 쓰지요. 그래서 많은 사람들이 매킨토시를 사용 못하고 있습니다. 만약 오늘 맥에서 윈도우프로그램을 쓸 수 있다면 어떻게 하시겠습니까?" 라고 하면서 뒤에 있는 화면에 OSX라는 커다란 화면이 뜨면서 매킨토시 컴퓨터에서 MS프로그램이 원활하게 사용되는 것을 보여준다. 지금은 알고들 있지만 당시로서는 전혀 알려진 바가 없었기에 대단한 뉴스가 되었다.

두 번째 메시지를 각인시키는 첫째 방법은 쉬운 말로 써야 한다는 것이다. 많은 발표자들이 이런 실수를 범할 때가 많다. 자신이 알고 있는 전문용어나 업계용어로 말을 하는 것이다. 이것은 청중을 무시하는 것일 뿐만 아니라 발표자 자신이 전혀 준비하지 않았다는 증거다. 책에선 나쁜 발표의 예로 여러 가지 제품을 그냥 도표로 표시해서는 전문용어로 설명하는 발표자를 들었다.

둘째 방법은 체감성이다. 이것은 우리가 범하는 흔한 실수 중에 한 가지인데. 1년에 매출이 120억인 회사가 있다. 그래서 내년도 매출은 240억으로 잡았다고 했을 때 도대체 감이 오지 않는다. 얼마를 팔았는지 또 얼마를 더 팔아야 하는지 말이다. 그래서 이것을 간단하게 설명하면 120억을 잘게 쪼개는 것이다. 한 달에 10억 한 달에 20일 근무면 하루에 500만 원 8시간 근무면 1시간에 52만 원 이처럼 잘게 쪼개면 우리가 피부에 와닿는 돈으로 계산이 되기 때문에 구체적인 목표를 잡기가 편하다.

세 번째는 kiss, kill, 1in1 을 기억하면 된다. 이것은 파워포인트를 사용하는 방법으로

kiss는 keep it simple and short 즉 짧고 간단하게 써라.

kill은 keep it large and legible 즉 크고 읽기 쉽게 써라.

1in1은 말 그대로 1개의 슬라이드에 하나의 내용만을 담으라는 것이다. 이처럼 최대한 단순화한 슬라이드만이 강력한 메시지를 전달할 수 있기 때문이다.

그럼 마지막으로 인상에 남는 클로징은 어떻게 해야만 할까?

아무리 좋은 내용도 마지막이 나쁘면 기억에 좋지 않게 남는다. 그런데 이렇게 끝내는 데는 두 가지가 필요한데, 첫째, 본론에서 말하지 않는 새로운 내용을 이야기해서는 안 된다. 둘째, 이성적으로 끝내지 말고 감성적으로 끝을 내는 것이 좋다. 멋있는 노래라든지 아니면 우리의 발전이 이렇게 왔다는 사실을 알려주면서 끝내는 것이다.

프레젠테이션 달인이 된 최대리

김희수 위즈덤하우스

이 책은 소설로, 최대리라는 사람을 내세워서 기본적인 프레젠테이션의 기술에서부터 사람들의 마음을 읽어서 하는 고급 프레젠테이션의 기술을 알려주는 소설식 자기개발서다.

잘나가는 한 중견기업 사장이 바뀌게 된다. 새로운 사장은 뭔가 혁신적인 내용으로 회사를 업그레이드하기 위해서 수요예측이라는 방식을 선택하려고 한다. 그런데 여기에 영업부에서 잘나간다는 최대리가 현장에서 일한다는 이유로 별로 해보지도 못한 프레젠테이션을 맡게 된다. 최명석 대리에게는 단 2주의 시간밖에 주어지지 않았다. 프레젠테이션 당일 최대리는 임원들 앞에서 발표를 하다가 발표기술과 자료의 부족, 질문에 대한 답변의 미비로 실패하게 된다. 그리고 다시 2주 후에 사장 앞에서 진짜 프레젠테이션을 할 테니 이번에는 정확하게 준비해서 오라고 한다. 최대리는 최선을 다해서 공부를 하고 자료를 모으다가 전혀 뜻밖의 진실을 알게 된다.

자신이 프레젠터로 선택된 이유가 자신의 능력 때문이 아니라 혁신을 반대하는 파들이 최대리를 희생양으로 삼으려고 일부러 선택했다는 사실을 알게 된다. 최대리는 고민에 빠졌다. 이대로 반대파의 뜻대로 프레젠테이션을 대충

해서 혁신을 좌절시켜야 하는지 아니면 최선을 다해서 결과를 바꾸려고 노력해야 하는지 말이다. 그러면서도 자신의 입장을 확실하게 하기 위해서 혁신을 지지하는 쪽과 반대하는 쪽의 최고 임원을 만나서 이야기를 듣는다. 그리고 자신의 생각을 굳히려고 하는데 이번에는 자기와 연관있는 사람들을 통해서 압력이 들어오기 시작한다. 과연 최대리는 사장 앞에서 프레젠테이션을 성공적으로 할 수 있을까?

이 책은 기초적인 프레젠테이션의 기술에서 고급의 기술까지 나온다.

책에선 크게 10가지의 프레젠테이션의 기술에 대해서 설명을 해주고 있지만 이 책에만 있는 기술을 설명드리면 크게 3가지로 설명할 수 있다.

1. 청중을 파악하라(성향, 문제점, 요구사항)

2. 질문에 대비하라

3. 청중의 감정에 호응하라

1. **청중을 파악하라** : 많은 프레젠터들이 이 부분을 놓치고 그냥 할 때가 많다. 자신이 준비한 대로 발표하면 될 것이라는 생각은 독선이다. 청중은 항상 살아서 움직이고 있다. 그들을 쫓아가야만 한다. 책에선 청중을 분석하는 방법에 대해서 나오고 있다.

2. **질문에 대비하라** : 질문에 대비하는 방법은 다양하다. 내가 질문자의 입장에서 생각해서 질문을 만들어 보는 것도 좋다. 하지만 한계가 있다. 따라서 청중 중에서 꼭 질문할 사람을 찾아가서 예상 질문을 받아보는 것도 좋다.

3. **청중의 감정에 호응하라** : 아무리 좋은 발표도 청중의 비위를 거슬린다면 좋은 결과를 얻을 수 없다. 반대로 아무리 좋은 발표도 감정적인 반응이 없으면 그냥 발표로 끝날 확률이 높다. 상대방에게서 감정의 호응을 얻을 수 있는 주제로 마무리를 한다면 발표의 질이 더 높게 평가될 것이다.

우리가 말을 못하는 사람들과 글을 못 쓰는 사람들, 그리고 어떤 일 처리를 제대로 하지 못하는 사람들의 공통점이 있다. 그것은 바로 제대로 전달하는 능력이 떨어지고 일을 어떻게 분류할 줄 모른다는 것이다. 이 책은 3이라는 매력적인 숫자로 전달하고 분류한다면 당신은 멋있게 전달도 잘하고 일처리도 잘할 수 있게 된다는 내용을 담고 있다.

첫 번째로는 마음을 사로잡는 신비한 3의 힘이라는 장이다. 여기서는 왜 3이 사람의 마음을 사로잡는 숫자인지를 알려주고 그렇게 해서 성공한 사람들의 이야기가 나온다.

두 번째로는 논리적으로 생각을 정리하는 3의 사고법이 나온다. 분류를 3가지로 나누어서 하면 일을 보다 쉽게 할 수 있으며, 자신의 발전에도 활용할 수 있다는 이야기가 나오고 있다. 자세한 방법도 나온다.

세 번째로는 임팩트 있는 문장력을 길러주는 3의 사용법이 나오는데, 글을 쓸 때 3을 활용하면 멋있게 글을 쓸 수 있으며 문장력을 올릴 수 있다. 여기선 비즈니스 문서에서부터 연예편지 쓰는 법까지 나온다.

마지막으로 상대에게 내 생각의 핵심이 바로 꽂히는 3의 전달법을 소개해준다. 앞에서 이야기한 것들을 정리해 주면서 조금 더 보충해서 3을 활용하는 법을 알려주고 있다.

3이 이토록 사람들에게 강한 힘을 발휘할 수 있는 첫 번째 이유는 바로 우선 순위다. 물건이 두 개면 두 개의 우선순위를 나열하기는 어렵다. 그러나 세 개가 되면 순번이 생긴다. 세 개이기 때문에 의미가 생기고, 사람들의 기억에 남는 것이다. 두 번째로는 리듬이다. 세 개의 문장은 리듬감을 낳는다. 예를 들어 한 우동점의 캐치프레이즈는 '싸다, 빠르다, 맛있다' 이다. 그냥 싸다 맛있다 하면 리듬감이 없지만 세 개만 되면 리듬감이 생겨서 나도 모르게 무슨 우동 하면 저절로 나오게 만드는 것이다. 세 번째는 확산이다. 확산이라는 의미는 그 말이 거기서 끝나는 것이 아니라 다른 뜻으로 강조될 수 있다는 것이다. 영국의 수상이었던 처칠은 '절대로 절대로 절대로 포기하지 마라' 라고 세 번을 강조했으며, 링컨은 '국민의, 국민에 의한, 국민을 위한 정치' 라고 세 번을 이야기했다. 자신이 전달하고자 하는 이야기를 전달하면서 전체를 이야기할 수 있는 것이다.

그렇다면 논리적으로 생각을 정리하는 3의 사고법은 어떻게 하는 것일까?
우선 비즈니스맨이 상사에게 보고할 때 어떻게 하는 것이 좋을까? 이렇게 저렇게 서술형으로 이야기를 하는 것보다는 상황, 분석, 결과순으로 차례로 이야기를 하는 것이 좋지 않을까? 일을 할 때도 마찬가지로 우선 안 해도 될 일을 분류하고, 다음에 우선 해야 할 일, 마지막으로 천천히 해도 될 일을 분류만 해도 업무량이 많이 줄어들게 된다. 판매에서도 마찬가지다. 손님한테 물건을 내놓을 때 너무 많은 물건을 보여주어서 선택을 힘들게 하면 손님은 어렵다고 하면서 물건 사기를 꺼려 한다. 그래서 일단은 이렇게 소개하는 게 좋다. 비싸고 좋은 물건, 그 다음에는 싸고 질이 떨어지는 물건, 마지막으로 적당한 가격에 많이 찾는 물건 순으로 보여주면 손님은 대부분 적당한 가격의 물건을 구입하게 되어 있다. 이처럼 일을 할 때, 판매를 할 때도 3의 마법을 활용한다면 더 좋은 성과를 얻을 수 있다.

그럼 세 번째로 임팩트 있는 문장력을 길러주는 3의 사용법은 어떻게 하는 것인가?

이 장에선 소설은 기승전결, 비즈니스 문서는 결기승이라고 이야기를 한다. 소설은 이야기를 재미있게 하기 위해서 중간에 반전을 넣고 갈등을 깊게 하기 위해서 기승전결이라는 글 속으로 끝까지 끌어들인다. 그렇지만 비즈니스 문서를 그런 식으로 했다간 업무전달 능력을 의심받게 된다. 그래서 비즈니스문서의 경우 결을 마지막에 밝히면 읽는 사람이 전체구성이 마지막까지 보이지 않아서 이해하는데 시간이 걸린다. 그래서 비즈니스 문서는 결을 가장 처음에 넣어서 제시한다. 그러면 논점이 명확해지고 읽는 사람도 이해하기 쉽다. 예를 들어 올해 판매량 향상을 위한 보고서를 만든다고 생각을 해보자. 보고서를 쓸 때 올해 판매는 경쟁점의 입주와 날씨로 인해서 판매량이 현격하게 저하될 것으로 예상이 된다. 그럼으로써 상대방의 판매점보다 다 나은 서비스로 손님들을 대함으로써 판매량을 올릴 수 있어야 할 것 같다. 그러나 서비스의 향상을 위해서는 더 많은 자본의 투입이 필요하므로 원가를 낮추는 방법을 찾아야만 할 것 같다. 이런 식으로 구구절절이 써서는 안 된다는 것이다.

우선 올해 판매향상을 위해선 전체 투입원가를 낮추는 방법을 찾아야 한다. 그 이유는 경쟁점이 늘었고, 날씨 또한 나빠서 적은 손님을 가지고 경쟁을 해야 하기 때문에 더 나은 서비스가 있어야 하는데 서비스가 늘기 위해선 더 많은 자본을 투입해야 한다. 라고 이야기를 한다면 우선적으로 필요한 부분을 읽는 사람이 알 수 있기 때문에 보다 편하게 글을 읽을 수가 있다.

그럼 마지막으로 상대에게 내 생각의 핵심이 바로 꽂히는 3의 전달법에선 앞에서 이야기한 3의 전달법에 관한 이야기들이 정리가 되어서 나온다. 우선 왜 3을 쓰는지 3을 써서 완성하는 문장의 힘과 발표에 대해서 이야기를 해준다. 그리고 이것들을 모아서 만들 수 있는 프레젠테이션에 대해서 설명을 해주는데, 프레젠테이션의 달인이 쓰는 세 가지 기술이 있다고 한다.

첫 번째는 존재감이다. 그 사람의 존재 자체, 존재감 있는 사람은 에너지와 열정, 생각과 신념이라는 전 인격적인 요소를 가지고 있다. 힘없고 알려지지 않은 사람이 아무리 좋은 내용을 가지고 좋게 전달을 잘한다 하더라도 존재감이 약하다면 말하는 힘이 약해질 수밖에 없다. 그래서 많은 연예인들과 정치인들은 존재감을 높이기 위해서 많은 활동을 하는 것이다.

두 번째는 시나리오기술이다. 상대방의 입장에서 객관적으로 하고 싶은 말을 구성하여 전달하기 쉽도록 시나리오화하는 능력으로 상대방이 자신의 이야기에 빠져들 수밖에 없는 사례와 이야기들을 넣는 방법 등을 말한다. 아무리 좋은 존재감도, 전달기술도 적당한 사례 없이 자신만의 주장만을 거듭하면 아무런 소용이 없다.

세 번째는 전달기술이다. 일단 존재감이 있고 좋은 사례를 준비했다고 하자. 그러나 말하는 구성에서 가장 중요한 3의 기술을 활용하지 않고 전달하지 않으면 안 된다. 우선 내가 말하고 싶은 것이 무엇인지 설명하고, 다음에 왜 그렇게 생각하는지를 전달한 다음 해결책을 천천히 내놓는 것이다. 이것은 앞에서 말한 것과 같은 결기승과 같은 방법이지만 프레젠테이션에선 가장 중요한 부분이기도 하다.

대화와 협상의 마이더스 스토리텔링

아네트 시몬스 한언

탈무드, 마시멜로 이야기, 핑, 청소부 밥, 배려 등의 공통점이 무엇인지 아는 가?

첫 번째는 베스트셀러라는 점이고, 두 번째는 이야기가 있는 교훈서라는 점이다. 이와 같이 사람들이 읽기 좋고 듣기 좋도록 자신의 이야기를 만드는 것을 스토리텔링이라고 한다.

어째서 스토리텔링이 대화와 협상의 최상의 기술일까?

사람들이 사는 마을에 진실이라는 남자가 왔는데 사람들은 진실을 몹시 천대하고 밖으로 내쳤다. 그의 벌거벗은 너무 자연스러운 모습에 사람들은 두려움을 느꼈기 때문이다. 그런데 우화라는 여자가 나타나서는 진실을 데리고 가서 잘 씻기고 다듬은 다음 이야기라는 옷을 입히고 사람들에게 보냈을 때 진실은 사람들에게 지도자로서 추천을 받게 된다. 이상이 탈무드에서 나온 내용인데, 사람들은 아무리 진실을 말해도 듣지 않는다는 이야기다. 결국 어떤 이야기만이 사람들을 설득하는 최상의 방법이라는 것이다.

저자는 직업은 기업 컨설턴트여서 엄청난 양의 실용서를 읽고 사람들에게 활용을 해보았다고 한다. 보디랭귀지를 읽고 사람의 마음을 읽어 보려고 했으며, 듣기와 질문이 중요하다고 해서 열심히 듣고선 질문을 해보고, 객관적인 정보들을 가지고 감성으로 접근해서 이성으로 설득한다는 방법도 시도했지만 현실에서는 그렇게 녹록지 않았다. 그다지 효과도 없었던 것이다. 그런데 어느 발표 날 자신이 겪었던 다른 회사의 사례를 사람들에게 해주었다. 그러자 그 전에 했던 어떤 방법보다도 더 효과가 있음을 알게 되었다. 왜냐하면 그 회사도 똑같은 문제를 안고 있었기 때문이다. 이야기는 비록 어떤 결론을 내주지는 못했지만 많은 사람들로부터 참여를 얻어내고 해결책을 스스로 찾을 수 있게 해주었기 때문이었던 것이다. 이 책은 이런 중요한 이야기를 어떻게 해야 하는지를 알려주는 책이다.

그럼 어떤 식으로 이야기를 해야 사람들에게 효과적으로 전달이 될까?

1. 누구에게 이야기를 할 것인가?

책에서 재벌 3세가 어느 날 회사의 사장으로 취임을 하는 날 그는 이런 말을 한다. "나는 박사학위가 두 개나 있고 가장 정확하게 배를 설계하는 사람인데 시간당 6달러 받는 직원한테 실수를 지적받아서 싸운 적이 있다. 만약 내가 그 사람의 말을 듣지 않았다면 배가 후미는 없는 앞만 있는 앞뒤로 움직이는 배가 될 뻔했다."라고 하면서 그때 그 직원이 선물한 짝짝이 테니스화를 보여 주면서 이야기를 한다. 즉 아무리 뛰어난 사람도 실수를 한다는 사실을 자신의 일화를 통해서 보여주면 상대방이 쉽게 따를 수 있게 된다는 이야기이다.

2. 어떤 이야기를 해야 하는가?

첫 번째 진실된 이야기를 해야 한다.

소설가가 소설을 쓸 때 완전하게 허구인 소설을 쓰지는 않는다. 어떤 형태로든지 실제로 있었던 사건을 바탕으로 쓰거나 허구로 시작한 이야기라 할지라도 그 안의 갈등과 사건 등은 실제사건을 취재해서 집어넣는다. 이처럼 사람은 앞에 있는 사람이 진실을 이야기하고 있는지 알 수 있는 본능을 가지고 있다. 따라서 내가 알고 있는 진실한 이야기, 그리고 실제로 있는 이야기를 하는 것이 좋다.

두 번째 상대가 지금 원하는 이야기를 해야 한다.

이것은 굉장히 중요한 이야기인데, 내가 어떤 이야기를 하더라도 상대는 자신이 원하는 형태로 이야기를 해석하게 된다. 그래서 일방적으로 내가 주장하고 싶은 이야기를 하는 것보다는 일단 상대방이 자신의 입장에서 해석해서 알 수 있는 이야기를 하는 것이 좋다.

세 번째 완벽한 결론이 아닌 조금 더 스스로 생각해 볼 수 있는 이야기를 한다.

내가 어떤 이야기를 완전하게 결론까지 내려서 이야기를 해준다면 상대방이 쉽게 반감을 가질 수 있다. 마치 말을 물을 먹이려고 물가까지 데려가 줄 수 있지만 억지로 물을 먹일 수는 없는 것처럼, 내가 어느 정도까지 방향만 잡아주는 이야기를 하고선 나머지는 스스로 찾아갈 수 있게 하는 것이다.

책을 소개하면서 너무 말하는 기술에만 치우친 이야기만을 한 것 같아서 이야기를 하는 방법에 관한 책을 소개했었다. 그런데 이 책의 경우 스토리텔링에 관해서 이야기를 하다 보니 예제가 너무 길어져서 시간을 줄여야만 했다. 그래서 나중에 이야기를 넣을 때 너무 짧게 넣어서 힘들었던 책이기도 하다.

경제에 관해서

언젠가, 누군가는 석유를 대체할 수 있는 에너지를 만들 것이고 그 에너지에 따라서 세계의 균형이 바뀌게 될 것이다. 또한 석유가 만든 수많은 발명품들,
식량, 제품, 약품 등 역시 대체가 될 것이다. 20세기에는 화폐가 금에서 분리해서 석유로 가는 동안 세계대전을 통해서 석유가 세상을 움직이는 힘이 되었
기 때문이다. 석유의 시대가 기려고 하는 이때 확실한 것은 다음 에너지원을 확보하는 나라의 돈이 기축통화가 될 것이고 세계의 패권을 쥐게 될 것이다. 끝
으로 우리가 어떻게 할 것인지에 대해서 앞으로 나올 책들을 보면서 직접 판단해 보기 바란다.

책 소개를 하면서 '화폐전쟁'이나 '왜 지구의 절반은 굶주리는가?' 등의 책과 '굿머니'라는 착한 돈으로 세상을 바꾸는 방법들을 읽어보면서 정말 많은 것을 생각하게 되었다. 애초에 모든 경제 문제는 돈에서 시작해서 돈으로 끝나기 때문이다. 우리가 먹고 자고 입는 모든 것들도 돈이 있어야지만 가능하기 때문에 돈이란 마치 숨을 쉬는 공기와 다를 바가 없다. 여기서 화폐전쟁에서 나온 이야기를 간단하게 하자면 우리가 쓰는 돈은 무엇을 기준으로 만들어졌는지 생각해 봐야 한다. 우선 세계적인 화폐인 달러의 탄생부터 알아보자. 달러는 미국 국민의 신용을 바탕으로 찍어내는 돈이다. 이것을 기준으로 모든 나라의 돈이 쓰이게 된다. 그런데 왜 미국의 달러를 기준으로 하는 걸까, 왜 나라끼리 돈을 바꿔 쓰거나 그냥 물건을 사오면 안 되는 것일까?

그 이유는 바로 가치 유지의 문제이기 때문이다. 원래 국제적인 화폐는 금이나 은을 기준으로 했다. 그런데 금이나 은 같은 경우 너무 쉽게 한쪽에서 독점하게 되면 그 나라의 돈이 마르게 되고 결국 그 나라의 물류가 움직일 수 있는 원동력이 사라지게 된다. 그래서 중국은 아편전쟁을 했고 미국 등은 세계적으로 대공황을 맞게 되었다. 그것을 해결하기 위해서 물리적으로 물자를 빼앗기 위한 전쟁이 일어나게 된 것이다. 결국 독점할 수 없는 달러로 귀결이 된 것이다. 그런데 달러는 찍어내는 것이 한계가 없기 때문에 어느 순간 가치가 없어질 수 있다는 데 문제가 있다. 돈이 가치가 없어지게 되면 인플레이션이 오게 된다.

그런데 그 가치를 지키는 가장 마지막 보류가 있으니 그것은 바로 석유다. 석유는 누구나 필요로 하기 때문에 반드시 사야만 한다. 석유는 단순한 에너지원만이 아니다. 석유는 에너지를 제외하고도 식량의 비료와 비닐봉투를 포함한 플라스틱, 그 외의 약품과 화장품을 만드는 화학물질 등 우리가 먹고 입고 쓰는 모든 물건이 석유에서 나오기 때문에 어떤 나라도 석유를 포기할 수는 없다. 그런데 이 중요한 석유를 꼭 달러로만 사야 한다. 오펙(OPEC) 석유수출국 기구에서 그렇게 하기로 정한 것이다. 그러니 중국, 러시아, 일본 모두 석유를 수입하기 위해선 반드시 달러를 가지고 있어야만 한다. 그렇게 만들어진 석유 달러 시스템이 현재 세계의 돈의 가치를 지키고 있는 것이다. 그런데 문제는 미국이 무한정 돈을 찍어낼 수 있다는 것이다. 중국과 일본이 아무리 미국에게 물건을 많이 팔아도 그냥 찍어서 주기만 하면 되기 때문에 중국과 일본의 입장에서는 아무리 해도 너무한 시스템이 아닐 수 없다. 물론 석유 때문에 울며 겨자 먹기로 한다지만 미국 자체도 무언가를 해야만 하지 않을까?

미국이 생산하는 것 중 가장 중요시되는 것은 무엇일까? 그것은 바로 무기와 전쟁이다. 현재 미국의 국방비는 전 세계의 국방비를 합친 것보다도 많다. 그것이 가능한 이유는 미국의 달러로 세계에서 가장 좋은 물건과 사람을 쓸 수 있기 때문이다. 결국 달러를 바탕으로 현재 세계 평화유지군이라는 이름으로 전 세계의 평화를 유지하고 있는 것이다. 사실상 냉전 이후 필요가 없다고 생각되는 재래식 무기들을 계속해서 만들고 팔아야만 하는 이유가 여기에 있다. 사실상 미국이 세계대전으로 강국으로 일어섰으며 냉전으로 세계 최대의 국가가 되었기 때문에 그 힘을 유지하기 위해서나 생산을 위해서 무기를 계속 만들고 전쟁을 통해서 생산을 해야만 하는 것이다.

한여름에도 한겨울에도 전력난으로 난리가 아니다. 원자력 발전소는 툭하면 멈추고 석유는 비싸서 차를 타고 다니기도 힘들다. 그런데 왜 대체에너지 상품을 만들지 않을까? 자동차는 전기자동차로 태양광전지를 단다면 현재 들어가는 유지비보다 더 싸게 이용할 수 있을 텐데 말이다. 대부분의 사람들은 10km 이내의 거리에서 살기 때문에 출퇴근용 자동차라면 현재 자동차의 대부분의 교체가 가능하다. 게다가 석유 소비량의 대부분은 자동차의 연료로 사용 중이라고 한다.

만약 자동차의 석유를 넣는 것이 더 절약한다고 하면 아마 집집마다 발전기를 돌리는 게 발전소를 돌리는 것보다 싸다고 생각하는 것과 같다. 결국 대체에너지를 적극적으로 개발하지 못하는 이유는 바로 자동차의 기름을 넣지 않으면 정부는 세금을 걷을 수 없고 석유 값은 폭락할 것이고 석유를 마지막 보류로 하는 달러는 쓸모가 없게 되어서 결국 휴지조각이 되기 때문이다. 달러가 무너지면 미국 정부는 무기를 살 수 있는 돈을 마련하지 못해서 결국 세계의 경찰 노릇을 포기할 수밖에 없고 세계는 다시

각각의 나라들의 전쟁터가 될 수밖에 없기 때문에 대체에너지를 개발하고 싶어도 하지 못하고 다른 돈이 되는 에너지가 만들어질 때까지 기다리는 게 아닌가 하는 생각을 하게 된다. 우리나라도 석유화학제품의 판매가 수출상품 1위를 차지하고 있다. 즉 우리나라도 석유가 없으면 석유화학제품을 수출할 수 없을 것이고 국부를 창출해 낼 수 없다는 이야기이다.

그러나 언젠가, 누군가는 석유를 대체할 수 있는 에너지를 만들 것이고 그 에너지에 따라서 세계의 균형이 바뀌게 될 것이다. 또한 석유가 만든 수많은 발명품들, 식량, 제품, 약품 등 역시 대체가 될 것이다. 20세기에는 화폐가 금에서 분리해서 석유로 가는 동안 세계대전을 통해서 석유가 세상을 움직이는 힘이 되었기 때문이다. 석유의 시대가 가려고 하는 이때 확실한 것은 다음 에너지원을 확보하는 나라의 돈이 기축통화가 될 것이고 세계의 패권을 쥐게 될 것이다. 끝으로 우리가 어떻게 할 것인지에 대해서 앞으로 나올 책들을 보면서 직접 판단해 보기 바란다.

화폐전쟁

쑹훙빙 랜덤하우스코리아

전쟁을 일으키는 목적은 무력으로 다른 나라의 인적, 물적 자원을 빼앗아오는데 있다. 그러나 글로벌화된 현대에서는 직접적인 전쟁을 일으키지 않더라도 금융을 통해서 다른 나라의 회사와 자원을 얼마든지 빼앗아올 수 있게 되었다.

우리가 1998년에 IMF를 맞아서 많은 기업들이 외국자본에 넘어가고 인적 자원들이 외국으로 나간 것이 그 예라고 할 수 있다.

이 책은 그러한 화폐전쟁이 누구에 의해서 어떻게 일어나고 있는지 또 어떤 결과를 가져오고 있는지를 알려주는 책이 되겠다.

책은 크게 세 가지 내용으로 나누어져 있다. 첫 번째는 세계적인 금융재벌인 로스차일드가에 대해서 설명을 하고 있고, 두 번째는 화폐가 세계화하면서 변화하는 과정이 나와 있다. 세 번째는 화폐전쟁의 결과들에 대해서 설명을 해주는 것으로 나눌 수가 있을 것 같다. 그 밖에는 이번 서브프라임 모기지론에 대한 설명이 나와 있다.

로스차일드가는 빌 게이츠 자산의 천 배 정도를 가진 세계를 움직이는 집단이라고 보면 될 것 같다. 그 뿌리는 이미 200년 전에 워털루 전투에서 시작한다. 당시 로스차일드 가문은 영국과 프랑스의 전투에서 승리 정보를 조작해서 영국의 채권을 엄청난 양을 사들여서 후에 전 세계의 초강대국인 대영제국의 금융을 지배하게 된다. 후에 미국에 이르러서도 막강한 정보력과 경제력을 바탕으로 많은 부분을 흡수한다. 책에서는 이들과 같은 대규모 금융집단들이 세계를 어떻게 움직여 왔는지에 대한 자세한 이야기가 나온다.

한 나라 안에서의 화폐는 국가가 통제해서 만들면 되니까 문제 없지만 세계적인 화폐는 한 나라가 만들어서 찍을 수가 없다. 그래서 등장한 것이 금본위제였다. 즉 화폐를 일정 무게만큼의 금과 바꾸어주는 제도를 말하는데, 금이라는 것도 매장한 것을 캐내는 것이다 보니까 금값이 일정하지 않을 때가 많았다. 또 캐내기가 힘들다 보니 투기세력에 의해서 시장에서의 금값이 변화하기가 쉬웠다. 그래서 은을 통화의 기준으로 삼는 은본위제를 시행하게 되었다. 그런데 산업이 발달하면서 은의 수요가 늘자 은을 통화로 쓰는 것보다는 산업용으로 쓰는 것이 더 좋다고 생각해서 다시 금본위제로 돌아온다. 미국이 2차 세계대전이 끝난 후에 전 세계에서 금을 모아서 달러로 바꿔주게 되는데, 이제 금본위제는 완전한 것 같았다. 그러나 국제 투기세력들이 그 금을 투기 대상으로 삼자 상황이 달라진다. 금도 언제든지 가격이 급락할 수도, 반등할 수도 있다는 사실을 깨닫게 된 것이다. 그러다가 1970년대에 이르러서는 석유가 중요한 이슈로 떠올랐다. 오펙이 석유 판매 대금으로 달러를 정하자 이제 달러는 석유본위제로 가게 된다. 그러나 이것도 1, 2차 오일쇼크를 겪으면서 완전하지 않다는 사실을 알게 되어서 달러 자체를 다른 모든 물품에서 독립을 시켜서 국제 통화로서 가치를 만들어 낸다. 즉, 달러 자체 본위제가 된 것이다. 이것을 국가간의 결재나 금융거래의 기준이 되는 돈이라고 해서 기축통화라고 한다. 그 후 달러는 세계 경제의 중심이 되었고 달러를 활용한 파생상품들을 만들어 내기 시작한다. 땅과 집을 담보로 하는 모기지론을 만들어 내는데 달러는 현물이 아니기 때문에 많은 문제점을 가질 수밖에 없다.

세 번째 화폐전쟁의 결과는, 책에서는 일본의 예가 가장 크지만 우리나라의 예가 내 가슴에 가장 와 닿았다. 즉, 국제 투기 자본들이 증권 작전세력처럼 한

나라에 돈을 집중적으로 투자해서 주가를 최대한 올려놓는다. 그리고 나면 많은 개인과 기관들이 덩달아서 투자를 하게 되는데 어느 한순간에 돈을 몽땅 빼서 주가를 실제 가격 이하로 떨어트린다. 그리고 회사들이 돈이 없어서 망하기 직전에 헐값에 사들인 다음 실제가격 이상으로 올려서 다시 파는 것을 말한다. 그런데 책에서는 한국을 높이 평가하고 있다. 금모으기 운동 등을 통해서 자신들의 기업과 국가를 지켜낸 훌륭한 국가라고 말이다. 문제는 이러한 공격이 한 번에 그치지 않고 주기적으로 계속될 텐데 이러한 공격을 막아낼 수 있는 근본적인 방법을 찾기가 어렵다는 사실이다. 왜냐하면 달러본위제에서는 달러를 많이 갖고 있는 집단이 전 세계 시장의 대부분을 주도하기 때문이다. 금본위제나 현물이 필요한 경우에는 돈이 한계가 있지만 달러는 모기지론이나 그밖에 파생상품들로 더 만들어 낼 수 있기 때문이다.

서브프라임 모기지론이 무엇인지 먼저 알아야 하는데, 땅이나 집을 담보로 대출을 받고 몇 십 년 동안 살면서 이자와 원금을 갚아나가는 것을 모기지론이라고 한다. 그런데 모기지론의 기간이 길다 보니 직장이 안정되고 일정한 수입이 있는 사람은 전체 미국 인구의 15% 안팎이라고 한다. 이 시장이 포화상태가 되자 은행에서는 서브프라임 모기지론이라는 상품을 내 놓는데 이것은 직장이 안정적이지 않고 수입이 일정하지 않는 사람들을 상대로 높은 이자를 받고 내놓은 파생상품인 것이다. 결국 이자의 회수율이 낮아서 위험도가 높은데 이자율이 높다는 이유로 좋은 상품으로 포장해서 판 것이다. 미국 자본시장에서는 서브프라임 모기지론의 크기가 전체 시장에서 차지하는 비중이 작다고 무시해도 좋다고 이야기를 했지만 달러본위제에서 신용으로 쌓은 탑에 금이 가기 시작해서 미국의 거대한 금융회사들이 무너지기 시작한다. 문제는 미국의 달러가 전 세계의 통화로 쓰이다 보니까 미국이 조금만 지진이 나면 다른 나라들에게는 거대한 해일로 덮쳐 버린다는 사실에 전 세계적인 문제로 확대되고 있다.

저자가 중국인이라서 그런지는 몰라도 이 사태를 중국이 해결해야 한다고 생각하고 있다. 현재 금융위기의 실질적인 문제는 서브프라임에서 시작되었지만 원칙적으로는 달러본위제에 있기 때문에 정확한 현물을 가진 통화가 등장해서 이 불안을 해소해야 된다고 주장하고 있다. 즉 중국의 위안화가 기축통화가 되어야 한다고 말을 하고 있다.

이 책을 앞의 '나를 바꾼 한권의 책'에도 실었지만 다시 소개한 계기는 내용 중에서 내가 다시 생각을 한 부분이 있었기 때문이다. 여기서 달러 자체 본위제로 바뀌었기 때문에 서브프라임모기지론 사태가 왔다는 사실까지는 맞다. 그런데 유럽에서 그리스발 위기가 찾아오자 달러는 다시 살아나기 시작했다. 나는 의아했다. 이제야말로 달러의 시대가 갈 것이라고 믿고 있었기 때문이다. 그런데 알고 보니 아직도 세상은 석유본위제였다는 사실이다. 유럽에서 금융위기가 일어나자 유럽에선 미친 듯이 달러를 사들이기 시작했다. 그 이유는 바로 이 세상을 움직이는 영원한 가치인 석유를 달러로만 사들일 수 있었던 것이다. 그래서 미국이 유전을 차지하지 못해도 이라크와 전쟁을 하고 중동에 엄청난 돈과 인원을 보내는 이유가 바로 여기에 있었던 것이다. 석유달러 기축통화제를 유지하기 위해서 그런 일을 했던 것이다. 그런데 이것은 단순히 미국만의 문제가 아니다. 전 세계의 문제가 달려 있다는 사실이다.

석유와 달러는 이 지구의 경제를 버티는 기초적인 기둥이다. 예를 들어 대체에너지가 개발되어 석유가 필요 없게 된다면 달러는 무너지고 미국경제는 붕괴할 것이다. 그러면 미국이 평화유지군으로 나가 있는 군대들은 힘이 없어지고 세계는 전쟁에 빠질 수도 있다. 결국 누구도 함부로 석유를 대체하는 에너지를 개발하거나 혹은 달러를 대체할 생각을 하지 못하고 있다. 그런데 문제는 석유달러 시대가 영원하지는 않다는 사실이다. 무언가 대책을 세우고 준비해서 그때를 대비해야만 할 것이다. 그런데 '화폐전쟁'에서는 결국 예전에 영국이 했듯이 금을 확보해서 금을 기준으로 해서 위안화가 세계의 기축통화가 되어야 한다는 이야기를 하고 있다. 그런데 과연 금만 가지고서 기축통화가 될까

라는 생각을 했다. 석유의 좋은 점은 쓰고 나면 없어지고 또 만들어야 한다는 점 때문에 끊임없이 찍는 달러를 감당했던 것 같다. 그러나 금은 캐는 양이 정해져 있고 누군가에 의해서 독점이 된다면 또다시 과거처럼 대공황이 올 수 있는 것이 아닌가 하는 생각이 들었다.

그래서 미래엔 어떤 일이 있을까 하는 생각에 화폐전쟁 후속편들을 읽어보았다. 우선 화폐전쟁 2탄에선 달러의 몰락과 세계화폐의 등장을 이야기하고 있다. 즉 2008년 미국 금융위기 이후 미국 달러의 위세가 몰락한다. 그 뒤에 그 것보다 경제 규모가 더 큰 유로가 세계적인 화폐로 등장하기 시작한다. 그러나 혼자만의 힘으로는 감당하기 힘들기 때문에 중국의 위안화와 일본의 엔까지 통합을 해서 세계적인 화폐로 등장하게 된다는 것이다. 그래서 미국의 달러가 기축통화로서의 위상을 잃게 되고 세계는 세계화폐의 등장하게 된다는 것이다. 이것을 2025년까지 될 것이라고 책에선 이야기하고 있다. 그런데 알다시피 미국금융위기 이후로 유럽발 금융위기가 발생을 했고 쑹훙빙은 자신의 예언에서 한발을 빼게 된다.

화폐전쟁 3탄에서는 중국 돈의 흐름에 대해서 이야기한다. 재미있게도 우리가 쓰고 있는 은행이라는 말은 중국의 청왕조에서 화폐를 은자로 썼는데 그 은자를 보관하고 어음을 써주는 기관이 바로 은이 오고간다고 해서 은행이 되었다고 한다. 그리고 은이 대량으로 유출되어서 청왕조가 붕괴되었고 현재의 공산당이 정권을 잡는 과정에도 이런 은의 흐름이 결정적인 역할을 하게 되었다고 한다. 그리고 쑹훙빙은 자신의 생각을 정리하기 위해서 4탄까지 쓰게 된다.

화폐전쟁 4탄에서는 세계적으로 경제구역을 3개로 나누어서 설명하고 있다. 아메리카그룹과 유럽공동체, 그리고 동아시아 경제구역으로 나누어서 설명하고 있다. 아메리카그룹의 문제점은 경제에 있고, 유럽의 문제점은 정치에, 동아시아의 문제점은 역사에 있다고 이야기하고 있다. 즉 아메리카그룹이 다시 한 번 세계를 쥐고 흔들기 위해선 경제 문제를 해결해야만 한다. 또한 유럽은 너무 많은 나라들의 공동체이다 보니 결국 정치적인 문제를 해결하지 않으면 세계를 제패하기 힘들다고 판단하고 있다. 결국 남은 것은 동아시아구역인데 이곳에서 중국의 역할을 강조하고 있다. 책에선 유럽공동체에서 독일이 많은 것을 양보해서 유럽공동체를 구성했고, 현재 경제적으로 유럽을 지배하게 된 예를 들면서 중국이 많은 것을 양보해서 동아시아공동체를 만들어서 중국이 세계의 중심국가가 되어야 한다고 이야기하고 있다.

책들을 읽으면서 미래에 대한 예측은 함부로 할 수 없다는 생각이 들었다. 그리고 책의 내용이 사실이라면 유럽과 미국에 축적되어 있는 부의 이동에 따라서 세계의 중심이 이동할 것인데 그 방향이 어떻게 될지는 아무도 모르는 것 같다. 여러분들도 직접 읽어보고 판단을 해보길 바란다.

굿머니

다나카 유, 에이 시드 재팬 에코 저금 프로젝트 착한책가게

이번에는 '굿머니— 착한돈은 세상을 어떻게 바꾸는가?' 라는 책이다.

이 책의 원제목은 돈으로 세상을 바꾸는 30가지 방법인데, 책에 나온 몇 가지 이야기에 대해서만 살펴보면, 우리의 소비와 저금, 그리고 우리가 내는 세금이 환경을 파괴하고, 전쟁을 일으키고, 세계의 아이들을 죽이고 있다고 쓰고 있다.

우리가 저금을 하면 은행은 그 돈으로 국채를 사고, 나라는 그 돈으로 미국의 국채를 사들인다. 미국의 달러가 있어야지만 돈의 가치를 유지할 수 있고 석유를 수입할 수 있기 때문이다. 미국 역시 전쟁을 계속하는 이유는 바로 무기를 팔고 석유 값을 안정시켜야 미국이 유지되기 때문에 끊임없이 전쟁을 하는 것이다. 결국 우리가 한 저금이 전쟁자금으로 들어가서 많은 사람들을 죽이는 데 쓰이고 있는 것이다.

책에선 에코저금이라는 것을 소개하고 있는데, 에코저금이란 돈을 어디에 쓸지를 결정한 은행에 저금하는 것으로, 돈을 미국 채권을 사는 것이 아니라 대체 에너지 지원이나 저개발국가의 지원에 활용하는 곳에 쓰는 은행을 말한다.

두 번째로 우리가 내는 세금이 환경을 파괴하는 이유는 바로 쓸데없는 공공 사업 때문이다. 일단 국채로 매입한 돈의 경우 도로를 놓거나 댐을 건설해야 한다. 그 이유는 바로 이윤을 남겨야 하기 때문인데 그렇지 않으면 이자를 줄 수 없기 때문에 끊임없이 공공사업을 하다 보니 결국 환경이 파괴되고 그것을 유지 보수하는데 더 많은 돈을 써서 결국 지역주민들을 빚더미 위에 올려놓게 된다는 것이다. 책에선 공공사업을 관리하는 기관을 만들어서 지역 사람들로 하여금 전문가가 참여해서 조사하고 투표나 여론조사 등을 통해서 결정할 수 있도록 해야 한다고 쓰고 있다. 나는 개인적으로 이제는 개발보다 환경을 보호 하는 사람을 지도자로 뽑아야 할 때가 온 것 같다.

세 번째로 싼 가격의 물건에 대한 문제인데, 싼 가격의 물건은 사는 사람에 게는 좋지만 물건을 만드는 사람들에게는 상당한 고충이 따른다. 실제로 그 정 도 가격의 물건을 만들려면 더 싼 노동력을 제공하려는 제 3세계의 사람들이 잠도 못자고 일을 해서 만드는 경우가 많은데, 공장이 전부 다른 나라로 가서 실제 구매하는 나라의 사람들은 소득이 없이 소비만 하게 되는 악순환이 된다 는 것이다. 그리고 싼 가격으로 구할 수 있는 거대 유통업체의 등장으로 돈이 모두 중앙으로 모여서 지역경제가 파탄나게 되었다고 한다. 따라서 정보는 글 로벌화하지만 경제는 로컬화하여 그 지역의 돈이 그 안에서 돌 수 있는 시스템 을 만드는 것이 필요하다고 한다. 유통에 들어가는 돈을 절약한다면 얼마든지 싼 가격에 필요한 물건들을 쓸 수 있고 돈이 그 지역 안에서 돌아서 지역경제 의 파탄을 막을 수 있다고 한다.

네 번째로 등장하는 것이 사금융의 문제점인데, 우리나라에서 아마도 이게 가장 큰 문제가 아닐까 싶다. 카드와 고금리 때문에 많은 개인들이 파산을 하 거나 높은 이자에 힘들어 하고 있다. 책에선 자살자의 25%가 채무 문제 때문 이라고 이야기하고 있어서 사회적으로는 금융교육을 통해서 이자가 얼마나 무서운 것인지에 대해서 교육하고 그 다음 제도적으로 카드의 상한선을 묶고 고금리 사채를 없애고 마이크로 크래딧 같은 소규모 이자 대출방식으로 바꿔 나가야 한다고 말하고 있다.

책을 읽으면서 '왜 세계의 절반은 굶주리는가?'라는 책이 생각이 났다. 그 책에선 선진국들의 무자비한 정책이 가난을 일으킨다고 하는데, 이 책에선 돈이 결국 사람들과 환경을 파괴하는 주요 원인으로 보고 활용을 바꾸면 세상을 살릴 수 있다는 내용이었다. 환경에 대한 책들이 많지만 대부분 구호로 끝난다. 이 책은 이 세상을 구할 수 있는 방법이 돈에 있다고 이야기를 하고 있다. 여러분도 한번 이 책의 나온 내용들을 읽어보고 돈을 쓴다면 세상을 구하는 데 일조를 할 수 있을 것이다.

죽은 원조

담비사 모요 알마

이 책은 아프리카 출신의 여성 경제학박사가 쓴 책으로, 아프리카가 원조 때문에 영원히 가난에서 벗어나지 못하고 있다는 이야기를 하고 있다. 왜 원조가 아프리카를 가난하게 만드는지에 대해서 설명을 하고 죽은 원조에서 벗어나 발전할 수 있는 모델을 제시하고 있는 책이다.

왜 죽은 원조라는 표현을 썼을까? 우리는 아프리카가 계속해서 가난한 이유가 대규모 기근이나 전쟁 때문이라고 생각하고 있다. 저자는 아프리카의 가난의 이유를 무상원조에서 찾고 있다. 아프리카에 식량이나 돈으로 원조를 하면 우선 그 나라의 지도자가 원조금의 반 정도를 횡령해서 다른 나라로 빼돌린다. 그 다음 지방정부에서도 일부 빼돌려서 결국 일반 시민들에게 돌아가는 식량이나 돈은 10%가 되지 않는다. 얼마 되지 않는 돈으로 연명한 국민들은 아무것도 하지 못하고 결국 기아의 고통 속에서 살게 된다는 것이다. 그리고 돈을 가지고 있는 정부는 국민을 지배해서 절대로 변화하지 않는 시스템으로 지금까지 오게 되었다는 것이다.

그럼 왜 이런 시스템이 현재까지 오게 된 것일까? 우선 시작은 식민지지배의 끝에서부터 생각해 볼 수 있다. 처음에는 배상금조로 돈을 주다가 그 다음에는 유상원조, 그리고 무상원조의 형태로 변화하게 되었다. 그런데 이런 식으로 무상원조를 받게 되면 국민들이 어떤 물건을 만들어서 팔 생각을 하지 못하기 때문에 결국 나라의 산업시스템과 유통시스템이 망가지게 되어서 천연자원이나 원래 팔던 농작물 밖에 팔 수 없게 된다. 그것도 원조를 해주는 나라에 싼값으로밖에 팔 수가 없게 된다. 예를 들면 한때 말라리아에서 아이들을 구하기 위해 모기장을 보낸 적이 있는데, 그렇게 보낸 모기장 때문에 그 나라의 모기장 회사가 파산해서 결국 그 나라에선 모기장을 만들지 못하게 됐다. 그런데 모기장은 두 달 정도 쓰고 나니 망가져서 쓸 수 없게 되었고, 모기장 회사는 망했으니 결국 더 많은 아이들이 말라리아로 죽게 된 것이다. 도움이 재앙이 된 것이다. 사실 이 모든 것은 원래 종주국이었던 나라들이 식민지를 다른 형태로 지배하는 방식으로 진화한 것이었다.

어떻게 하면 무상원조를 받는 아프리카의 나라들이 변화할 수 있을까? 여러 가지 방법이 있지만 가장 좋은 방법으로 중국이 현재 아프리카에 하고 있는 직접투자방식을 추천하고 있다. 직접투자방식이란 그 나라에 공장을 지어서 물건을 생산해서 수출을 하는 형식으로 일본, 우리나라, 중국이 이런 식으로 산업화에 성공을 했다.

책에선 모기장을 사주지 말고 모기장 회사에 투자를 해서 더 많은 모기장을 만들어서 나누어주고 수출까지 하게 해주면 더 많은 사람이 먹고 살 수 있다고 했는데, 모기장을 스스로 만들어서 쓸 수 있을 뿐만 아니라 모기장 회사에서 일하는 사람들이 돈을 벌어서 유통시켜 다른 물건들도 만들 수 있기 때문이다. 그러나 서구선진국들이 아프리카의 변화를 원하지 않는데다, 산업인프라가 너무 약해서 감히 투자할 생각을 못했던 것이다. 게다가 내전이 끊이지 않아 투자를 꺼려 했는데, 중국이 산업화가 심해지자 자원과 식량이 많은 아프리카를 공략하고 나선 것이다. 결국 중국의 변화에 따라서 다른 선진국들도 같이 투자를 하면 아프리카도 변화할 수 있다고 이야기를 하고 있다.

세상의 절반이 굶고 있기에 많은 사람들이 나서서 도와주면 될 것이라는 생각을 한 적이 있다. 그런데 그들에게 필요한 것은 빵과 우유가 아니라 평화를 지키기 위한 힘과 일을 할 수 있는 직장이 필요하다는 사실을 알게 되었다.

이 책을 읽으면서 과거에 읽었던 노숙자 이야기가 생각이 났다. '부자 신사와 달걀 하나' 라는 책인데, 길거리에 나선 사람이 공짜밥을 한번 먹고 나면 죽어도 일하기 싫은 노숙자가 된다는 이야기가 나온다. 나라도 마찬가지로 응급상황에선 원조가 약이 되겠지만 무상원조가 오랫동안 지속된다면 마약에 중독되듯이 위험한 것이라는 것을 알게 되었다. 원조에 대한 생각을 바꾼 책 꼭 한 번 읽어보기 바란다.

사회적 감수성을 키우는 시민 교과서

전국사회교사모임 살림 fridnds

이 책은 세금에 관한 책인데, 왜 세금을 내야 하는지 또 어떻게 세금을 운영하는지, 앞으로 우리나라가 세금을 통해서 어떻게 나아가야 하는지에 대해서 이야기를 해주고 있다.

왜 세금을 내야만 할까? 미국의 케네디대통령은 "세금은 시민의 연회비다." 라고 말한 것처럼 세금은 시민이라면 누구나 내야 하는 돈이다. 그런데 막상 내려고 하면 생돈이 나가는 것 같고 아깝다. 그런데 책에선 이것을 설명하기 위해서 인간의 본성부터 사회의 구조까지 길게 설명을 해준다. 인간은 이기적인 존재다. 그래서 내 것, 내 가족만 챙기게 되어 있다. 그러나 또한 이타적인 존재여야만 한다. 왜냐하면 인간은 혼자서 절대로 살 수 없기 때문이다. 예를 들어 배가 고파서 빵과 우유를 배가 부르게 먹었다고 생각을 해보자. 그런데 내가 혼자서 빵과 우유를 만들려면 일 년 동안 농사를 지어서 방앗간에서 밀을 빻아서 직접 빵을 구워야 하고, 우유를 만들려면 어린 젖소를 구해서 어미 소가 될 때까지 키워서 젓을 짜서 먹어야 한다. 이렇게 먹느니 안 먹는 게 낫다. 이처럼 사람은 혼자선 아무것도 할 수가 없다. 즉 사회에서만 인간일 수 있다는 이야기다. 그런데 이런 사회를 유지하기 위해선 공통으로 필요한 돈을 쓰는 세금이 필요하다.

　그럼 세금이 필요하다는 것까지는 이해를 할 수가 있다. 그런데 누가 얼마만큼의 세금을 내는 것이 공정할까? 책에선 이런 이야기가 나오고 있는데, 마을에 도적떼가 출몰해서 마을을 불태우고 식량을 훔쳐가는 일이 발생했다. 그래서 마을에선 용병단을 고용해서 마을을 지키기로 했다. 용병단을 고용하기 위해선 식량이 많이 필요해서 식량을 모아서 한 달에 한 가마니를 주기로 했다. 그런데 문제는 누가 얼마나 낼 것이냐 하는 것이었다. 밭이 넓어 식량이 많은 사람이 더 내느냐? 아니면 식구가 많은 사람이 더 내느냐 아니면 다 똑같이 내느냐 등으로 말이다. 결국 토론의 결론은 식량이 많은 사람이 더 내기로 했다. 왜냐하면 도적이 출몰하면 더 많은 손해를 볼 것이고, 반대로 식구가 많은 사람은 식구 수 때문에 식량을 많이 내놓을 수가 없었기 때문이다. 이처럼 세금이란 공통의 목적을 가지고 쓰지만 많이 가진 사람이 더 내놓음으로써 공동체를 유지할 수 있다는 이야기를 해주고 있다.

　마지막으로 세금을 어떻게 유지 발전해 나가는 것이 좋을까? 우선 우리나라의 세금 활용도를 보면 아직도 산업발전시대의 세금 형태를 유지하고 있다. 즉 도로 놓고 강 정비하고 건물을 짓는데 쓰는 돈이 많다는 것이다. 이제는 이것을 줄이고 복지예산의 형태로 바꾸어야 한다고 이야기하고 있다. 복지에 대해서도 가난한 사람들에게 돈을 나누어 주는 형태가 아닌 꼭 사용해야만 하는 학교나 병원, 공공시설물 등을 싼 가격이나 공짜로 쓸 수 있게 해주어야 한다. 그래야만 극빈층은 최소생계 및 최소여가활동을 즐길 수 있게 된다. 더불어 중산층은 사회안전망을 믿고 열심히 일을 할 수 있게 된다. 그러자면 많은 세금이 필요한데 그 부분은 돈을 많이 버는 부자들에게 차등적으로 과세해야만 한다.

　그런데 부자들에 대한 과세에 대해서 시장자본주의에 반하는 생각이라면서 반대하는 경우가 많다. 그렇지만 부자들에게도 돈을 더 벌 수 있는 시스템을 주면서 많은 세금을 메기는 나라가 있다. 바로 덴마크인데, 그곳은 기업경쟁률이 세계에서 제일 높으면서도 노동유연성도 높고 복지는 세계 최고 수준이다.

이렇게 될 수 있었던 것은 바로 재고용률을 높인 결과라고 할 수 있다. 아직까지 우리나라에선 회사를 그만두면 휴직수당을 주는 정도지만 덴마크 같은 경우에는 더 나아가서 재고용을 할 수 있는 담당부서가 따로 있다. 우리나라로 치면 생활정보지의 역할을 국가에서 하고 있는 것이다. 일을 그만둔 경우 심층면접을 통해 필요한 일자리에 보내서 고용을 할 수 있도록 하고 있는 것이 그 비결이라고 한다. 자본주의에서 돈을 버는 가장 중요한 것은 바로 노동력에 달려 있다. 부자들은 필요한 때 필요한 사람을 고용하여 돈을 번다. 그리고 노동자들은 자신의 직장을 유지함으로써 생계를 유지하는 것이다. 결국 이것을 어떻게 유지하느냐에 따라서 나라의 경제력과 개인의 행복이 유지된다는 사실이다.

이 책을 읽게 된 계기는 세금을 내면서 아깝다는 생각을 한 적이 있기 때문이다. 내가 얼마나 내는 것이 맞는 것일까 하면서 읽어보았는데 책을 읽으면서 내가 내는 것이 맞다는 생각을 하게 되었다. 여기서는 단순하게 이야기만 담았지만 책에선 실제의 사례를 많이 이야기하고 있다. 인구의 대부분이 의료보험을 받지 못해서 고통 받고 있는 미국의 사례, 고대서부터 현대까지 세금의 역사 등 여러 가지 이야기를 담고 있기 때문에 한 번쯤은 읽어볼 필요가 있다는 생각이 든다.

어른들이 말하지 않는 돈의 진실이란 어떤 것들일까?

보통 아이들이 돈에 관해서 물어보면 어른들은 그냥 공부나 해 라고 이야기를 한다. 그런데 이 책에선 금융교육이야말로 가장 중요한 교육이기 때문에 어려서부터 가르쳐주어야 한다고 한다. 이 책은 딸이 아빠에게 경제에 관해서 물어보고 답변을 해주는 형식으로 되어 있는데, 개인경제에서 세계경제에 이르는 수많은 경제의 이야기가 들어가 있다.

그럼 개인경제 부분에선 어떤 이야기가 나올까?

우선 우리가 많이 쓰고 있는 신용카드의 경우, 원래는 돈이 많은 부자들이 자신들의 신용을 바탕으로 소액 수표를 쓰는 것에서 시작이 되었다고 한다. 그런데 후에 모든 사람들이 쉽게 돈을 쓸 수 있도록 만들어졌다. 원래는 자신의 신용한도 내에서만 쓸 수 있도록 되어 있던 것이 그만 경제를 활성화한다는 목적아래 신용한도를 훨씬 넘는 범위까지 쓸 수 있도록 변화된 것이다. 그 결과 수많은 신용불량자를 양산하고 말았다. 이제는 신용카드를 쓸 때 신용카드를 쓰는 것 자체가 빚을 지는 행위라는 사실을 깨달아야 한다. 신용카드의 수많은 혜택은 돈을 과도하게 쓰게 만들므로 현혹되지 말아야 한다. 될 수 있으면 체크카드나 현금을 사용해서 자신이 쓸 수 있는 범위 내에서 써야만 한다. 그리고 개인경제 파탄의 또 다른 원인인 하우스푸어에 대해서도 나온다.

집값을 담보로 돈을 빌리는 것을 모기지론이라고 하는데 과도하게 대출을 해서 원금과 이자 부담이 커서 집은 있지만 가난하게 사는 사람들을 하우스푸어라고 말한다. 그동안 집값이 계속 상승하면서 이자 부담이 덜했지만 경제 불황으로 집값이 떨어지면서 사회적인 문제로까지 발생하게 되었다. 그런데 이것이 단순히 우리나라의 문제가 아니라 전세계적인 문제로 발전한 것이 바로 서브프라임 모기지론 때문이다. 이것은 미국에서 돈이 한 푼 없어도 집을 살 수 있도록 돈을 빌려준 제도로서 이것이 붕괴되자 미국의 경제가 바닥으로 떨어지고 달러를 기축통화로 하는 세계의 경제가 같이 곤두박질친 사건이다. 이때도 미국은 달러가 기축통화이기 때문에 다른 나라들이 도와주어서 버텼지만 다른 작은 나라들, 즉 우리나라나 아일랜드, 아이슬랜드 같은 나라들이 주식이 폭락해서 부도위기까지 갔었다. 이처럼 부동산이 무조건 오른다고 생각해서 투자를 하면 큰 위험이 따른다고 이야기하고 있다.

그 외에도 주식투자, 부동산투자, 적금과 예금 등 금융에 대한 수많은 설명이 나오는데, 그중에서 가장 기억에 남는 것은 바로 돈에 관한 철학이었다.

돈에 관한 첫 번째 철학은 열심히 일한 대가로 받은 돈이어야 한다는 사실이다. 열심히 일하지 않으면 돈이 가벼워서 쉽게 쓰게 된다. 그래서 거액의 복권에 당첨된 다음에도 불행해지는 사람이 많다.

두 번째로 일단 저축을 하고 나머지 돈으로 써야 한다는 것이다. 어떤 가정이든지 돈을 쓰는 크기를 키워 놓으면 줄이기가 힘들다. 따라서 일단 돈을 저축해서 씀씀이를 줄여놓아야지만 저금을 할 수가 있다. 어떤 투자도 저금만큼 확실하지 않기 때문이다.

세 번째 자기 자신뿐만 아니라 남을 위해서 돈을 써야 한다는 것이다. 즉 기부를 많이 해야 한다. 사람은 다른 사람에게 베풀 때 비로소 자신의 성취를 완성할 수 있다.

　솔직히 이 책을 읽다 보면 어린이들이 이해하기에는 난해한 부분이 많다. 왜냐하면 실질적인 경제생활을 해본 적이 없는 아이들이 이렇게 복잡한 경제의 구조를 이해하기엔 힘들기 때문이다. 그래서 나는 이 책을 경제에 대해서 간단하게 전반적인 구조를 알고 싶어하는 어른들에게 먼저 추천하고 싶다. 그러고 나서 자신의 아이들에게 설명을 해줄 수 있으면 더 좋을 것 같다.

퍼센트 경제학

구정화 해냄

이 책은 숫자로 읽은 한국인의 삶을 통계로 나타낸 책이다. 이런 생각 할 때 있지 않은가? 과연 나는 우리나라에서 몇%에 속하는 사람일까? 혹은 정말 다른 사람들도 나처럼 살고 있을까 하는 의구심 말이다.

이 책은 우리나라에 있는 모든 사람들에 대한 여러 가지 통계를 통해서 우리나라의 문제점과 현실, 그리고 앞으로 나아가는 방향까지 제시해 주고 있다. 내용 중에는 사랑과 결혼, 가정경제, 일과 직업, 자기계발, 여가생활 등등 일상의 소소한 것까지 나와 있다.

통계학 책이면 조금 딱딱하지 않을까 걱정을 하는데 그렇지 않다. 책을 너무 재미있게 써서 시간이 가는 줄 모르게 읽었다. 보통 통계학 책이면 한 사람을 그냥 수치로 나타낼 수 있는 것도 예를 들어 가면서 재미있게 썼다. 책의 내용을 간단하게 소개하면, "홍길동 씨의 삶을 들여다봅시다. 우선 홍길동 씨는 평범한 중산층 가정에서 태어나서 무사히 대학까지 마치고 28살에 직장에 들어가서 31살에 결혼을 합니다. 그리고 32살 정도에 아이를 하나 낳아서 중학교, 고등학교, 대학교까지 마치는데 많은 돈을 쏟아 붇니다. 그리고 자식이 무사히 31살이 될 때 홍길동 씨는 62세가 되어서 정년을 마감합니다. 사실 정년을 마치는 사람은 4명 중에 한 명밖에 없지만 무사히 마쳤다고 가정했을 때 총 번 돈의 양은 14억 2천만 원 정도, 그런데 그동안 쓴 돈의 양은 16억 8천만 원 정도로 대부분의 경우 2억 6천만 원 정도의 빚지는 인생을 산다고 합니다. 그 외에도 결혼을 하기 위해선 연예라는 것을 해야 하는데 1회 데이트 비용을 추산해 보면 약 7만 원 정도라고 합니다. 초호화 럭셔리 커플의 경우 1회에 200만 원, 절약 커플의 경우 6,500원 정도라고 하네요."라고 말이다.

결혼과 이혼이라는 부분에서 우리나라의 이혼율이 세계에서 제일 높다는 사실을 확인했다. 통계를 보면 3년, 10년, 그리고 황혼이나 퇴직 후에 이혼을 많이 하는데, 우선 3년이 지나면 도파민이라는 물질이 줄어들어서 상대에 대한 관심이 떨어져서 미움만 남아서 그렇다고 한다. 10년이 지나면 이제 밉지만 애들 때문에 혹은 집을 마련하느라고 힘들게 같이 노력을 해서 같이 살았지만 안정이 되고 자신의 삶을 찾으려고 하다 보니 이혼을 하게 된다. 마지막으로 오랫동안 살았던 부부라 할지라고 65세가 넘어서 황혼이혼율이 높다고 한다. 남편이 이제 집안에 들어와서 잔소리만 해대니 여태까지 참고 살았던 아내가 퇴직금도 있겠다, 이참에 위자료나 챙기자 하고 이혼을 하는 경우도 많다는 것이다.

책에 관한 통계를 찾아보았다. 우리나라 사람은 한 달에 평균 몇 권의 책을 읽을까? 우리나라 성인남녀의 독서율은 평균 1.3권이라고 한다. 그리고 일본의 경우도 비슷하다. 그러나 10권 이상 읽은 사람의 비율은 우리나라는 1.1%, 일본의 경우 2.1%라고 한다. 그리고 독서율은 학력과도 연관이 되어 있다. 1년 동안의 독서량은 초졸의 경우 1.9권, 중졸의 경우 8.3권, 고졸인 사람들은 10.2권, 대졸 이상인 사람들은 17권을 읽어서 학력이 높을수록 더 많은 책을 읽는다고 한다. 그리고 가구당 소득별로도 다른데, 가구당 소득이 높을수록 독서율이 높게 나오고 있다. 그리고 남녀의 경우 독서량은 여자가 평균적으로 많다. 그러나 남자의 경우 읽은 사람은 한 달에 평균 6.1권을 읽는다고 한다. 그리고 남녀가 읽는 책의 종류도 다른데, 여자가 소설이나 에세이류를 많이 읽는데 반해 남자의 경우 자기계발서, 직무 관련, 재테크 등 실용서를 중점적으로 읽는다고 한다.

이 책은 단순히 통계만을 제시하고 있는 것이 아니라 통계를 통해서 우리나라의 모든 부분을 골고루 설명해 주고 있다. 이런 책을 읽는 것을 좋아하는 분들이라면 꼭 한번 읽어 보기 바란다.

이 책은 각 분야의 전문가들이 분야를 예측하는 10년 후의 미래 33가지를 소개하고 있다. 책에 나온 33가지를 전부 다 소개할 수는 없고 그중에서 몇 가지만 뽑아서 소개를 하겠다.

첫 번째로, 기술 분야에서 디스플레이의 발전을 예측한 부분을 보면, 앞으로는 얇고 휘어지는 디스플레이가 싼 가격으로 나오기 때문에 모든 곳의 디스플레이화가 가능해진다고 보고 있다. 그래서 핸드폰을 들고 다니는 것이 아니고 옷 자체로 디스플레이를 볼 수 있고, 옷 가게에 가서 실제로 입어보지 않고도 인터넷에서 고른 옷을 내 몸에 입은 모습을 볼 수 있게 될 것이다. 그리고 마이너리티 리포트처럼 사람들이 많이 다니는 곳은 모두 광고판으로 바꿀 것이라고 한다. 그런데 문제는 너무 많은 광고와 시각적인 자극으로 인해서 그것을 규제하는 법안을 내놓을 것이라고 하니 어떻게 변화가 될지 기대가 된다.

그리고 기술 분야에서 내가 중점적으로 본 것은 바로 책의 미래인데, 이 책에서는 종이책이 대부분 전자책으로 대체가 되어서 결국 서점은 대부분 사라지고 전자책 단말기가 그것을 대체하게 될 것이라고 예상하고 있다. 그런데 문제는 전자책을 만드는 사람들은 자신의 자식들에게 전자책을 읽히지 않고 종이책만을 읽힌다고 한다. 그 이유는 전자책은 보다가 싫증이 나면 바로 오락을 하거나 동영상을 보기 때문이라는 것이다. 나는 전자책이 아무리 대중화가 된다고 해도 완전하게 그 자리를 내줄 것 같지는 않다.

두 번째로는, 미래의 사회 변화에 대해서 나오는데, 그중에서 우리나라의 변화에 대해선 크게 세 가지, 즉 고령화, 다문화, 양극화다. 현재 상태로 우리나라 인구증가가 둔화된다면 결국 일본처럼 초고령화 사회로 접어들게 될 것이고 그렇다면 노동력을 채우기 위해서 저소득국가에서 대거 직업이민을 오게 되면서 우리나라는 필연적으로 다문화사회로 가게 될 것이다. 그런데 문제는 그들이 우리나라에서 차별받고 낮은 임금을 받다 보면 사회적으로 계층 갈등이 확산이 될 수밖에 없기 때문에 아이를 많이 낳도록 유도하고 다문화적인 문화를 확산해서 그들이 우리나라 국민이라는 인식을 확립하는 것이 중요하다고 이야기하고 있다. 세계적으로는 중국의 부상이 일본과 미국을 위협해서 세계의 질서가 재편될 것이고, 이는 지정학적으로 중요한 위치에 있는 우리나라에 많은 영향을 미칠 것이라고 한다.

세 번째로는, 라이프스타일 자체의 변화가 클 것이다. 실제로 유럽이나 미국 같은 경우 이혼율이 크게 떨어지고 있는데 이것은 사실 결혼 자체를 하지 않고 계약혼을 하기 때문이다. 계약혼의 경우 동성커플을 위해서 만들었지만 이성커플들도 좋아한다고 한다. 실제 결혼의 경우 이혼시 자녀양육에서 재산분할이 걸림돌이 되어서 이혼한 후에 원수가 되는 경우가 많지만 계약혼 같은 경우 결혼시 이미 계약서를 쓰고 하기 때문에 이혼한 후에도 그냥 친구처럼 지낼 수 있다는 것이다.

조금 더 자세하게 말을 하면 현재 프랑스에 살고 있는 커플의 절반 이상이 결혼을 하지 않고 이런 형태로 같이 살고 있다고 한다. 그래서 아이가 태어나면 엄마의 성을 따르고 엄마가 몇 번 파트너를 바꾸어도 아이의 이름이 바뀌지 않게 한다는 것이다. 그리고 이렇게 결혼을 하지 않고 사는 가장 큰 이유는 바로 경제적인 문제 때문이다. 경제적으로 남자들이 확실하게 자리를 잡지 못한 상황에서 아이들을 부양할 수 있는 능력이 없는데다가 미혼모의 경우 국가에서 아이를 키워주고 있기 때문에 굳이 남자들이 부양을 하는데 눈치를 보면서 살 필요가 전혀 없다는 것이다. 앞에서 말한 노령화로 인해서 우리나라도 어쩔 수 없이 그렇게 가게 될 것이다.

이 책을 보면서 과연 이 내용이 얼마나 맞을까 생각을 하면서 읽어보았다. 미래를 예측한다는 것은 힘든 일이기 때문에 책의 내용을 확실하게 장담을 할 수는 없다. 하지만 기술의 변화와 라이프스타일의 변화는 예측이 가능한 것이기에 직접 읽어보고 판단하기 바란다.

우리가 살면서 꼭 필요한 물건들과 꼭 접해야 되는 물건들의 역사를 알려주는 책이다. 예를 들면 휴대폰과 인터넷 같은 첨단기기에서부터 햄버거와 초밥, 마요네즈 같은 먹는 것, 그리고 레고, 헬로키티, 뽀로로에 이르는 장난감의 역사까지 들어가 있는 책이다.

내가 가장 관심있게 본 휴대폰의 역사에 대해서 이야기하면, 아폴로 11호가 달에 착륙했을 때 지구와 교신을 할 때 쓴 무전기를 모토로라에서 만들었다고 한다. 그 뒤로 모토로라는 개인용 휴대폰 개발에 올인을 해서 결국 최초의 무선전화기 회사가 된다. 그리고 아주 고급 제품으로서 판매를 하는데 제지업으로 시작한 노키아가 소련의 붕괴와 함께 회사가 망해가자 회사의 명운을 통신기기로 정하고 휴대전화의 모든 것을 걸고 통신회사로 만들어서 결국 모토로라의 기술력을 제치고 세계 최대의 휴대폰 회사가 된다. 그런데 애플의 스티브 잡스가 아이폰을 만들어서 통신시장의 변동을 가져 온 이후 노키아는 줄어들게 되고, 그 뒤를 맹렬하게 추적하던 삼성전자가 현재는 세계 최대의 휴대폰 회사가 되었다. 그리고 노키아는 LG에게도 밀려서 4위가 된다.

인터넷의 역사도 재미있는데, 인터넷의 모태는 미국의 군사용 네트워크 알파넷이 그 원조라고 한다. 그런데 이 알파넷이 만들어진 이유는 바로 ICBM, 즉 대륙간 탄도탄과 핵 때문이라고 하는데 알다시피 소련에서 처음으로 만들어진 위성 때문에 미국은 핵과 대륙간 탄도탄의 위협에 직면하게 되었다. 지휘통제부가 핵으로 파괴된다면 전쟁이 끝난다고 판단한 미 국방부는 이 알파넷을 만들게 되었는데, 알파넷은 어떠한 경우에도 어떤 장소에서도 지휘통제가 가능하도록 만들어진 네트워크였던 것이다. 이렇게 많은 시간과 돈을 들여서 구축을 했는데 당시 모든 네트워크가 통신망 안에서 가능했던 것을 이 알파넷을 연결하는 순간 모든 네트워크 연결이 가능해져서 인터넷의 맨 앞에 붙는 월드 와이드웹이 시작이 되었다.

햄버거의 역사에 대해서 알아보자. 햄버거 같은 경우 지금은 패스트푸드의 대명사로 사람들을 비만하게 만드는 나쁜 음식이라고 알려져 있지만 사실은 굉장히 고급음식이었다. 원래는 유럽의 합스부르크 왕가에서 고급 스테이크를 야채와 같이 빵에 얹어 먹는 음식이었으니까. 여기에 들어가는 고기도 몽골에서 유래했다고 한다. 몽골인들이 말을 타고 달리면서 식사할 수 있는 방법을 고안해 낸 것이 바로 육포였다. 말의 안장과 말의 등 사이에 말의 다리살을 넣어서 하루 정도 달리면 먹기 좋게 펴지는 것이다. 그것을 이동하면서 먹었다고 한다. 그것이 몽골인들의 유럽 전쟁으로 전파되고 합스부르크에서 만들어서 먹게 된 것이다. 현재는 미국을 대표하는 음식으로 전세계적인 표준이 되었다.

안경에 관한 역사도 재미있다. 안경은 유리로 만든 것으로 알고 있지만 사실 처음의 안경은 수정을 잘라서 다듬어서 만들었다고 한다. 고대의 중국의 판관들이 자수정으로 된 안경을 쓴 기록이 있다고 한다. 안경이 본격적으로 보급이 된 계기는 구텐베르크의 인쇄술로 책이 많아지자 많은 사람들이 책을 읽기 위해서 안경이 발달하기 시작했다는 것이다. 우리나라도 조선시대 때까지 수정을 다듬어서 안경을 만들었지만 일제시대 공업형 안경이 들어오면서 사라졌다고 한다.

면도에 관한 이야기는 남자들에게는 아주 중요한 관심사다. 매일 아침마다 하지 않으면 안 되니까. 그런데 면도의 역사는 아주 아프다. 사실 왜 면도가 시작되었는지는 정확하게 알 수가 없다. 선사시대 때부터 면도는 존재했었다고 한다. 칼이 없으니 어떻게 했을까? 고대 수메르인들은 수염을 뽑았다고 한다. 그리고 고대 로마에서는 면도를 하는 것은 돈이 많은 상인이나 정치인들로서 자신이 면도를 할 만큼의 여유가 있음을 알리는 행위였다고 한다. 그래서 스파르타쿠스 같은 영화를 보면 노예들은 다 수염을 기르고 있고, 정치인들은 모두 나이가 들어서도 면도를 하는 것을 볼 수가 있다. 그리고 제대로 된 면도를 하기 위해선 아주 좋은 면도칼이 필요했는데 이게 발명된 것이 거의 산업혁명 이후이니 얼마나 힘들었겠나. 그래서 나폴레옹전쟁 때까지만 해도 이발사가 면도를 하면서 의사의 역할을 같이 했었다고 한다. 그리고 전기면도기가 발명되게 된 것은 군인이 알래스카에 파견 근무를 나가게 되었는데 너무 추워서 면도를 할 물을 구할 수 없자 전기면도기를 발명했다고 한다. 물론 아주 만족스럽지는 않지만 전기면도기로 대충 깎을 수 있는 단계에 이르렀다고 한다.

책을 읽으면서 많은 것들의 역사에 대해서 알 수가 있었다. 특히 잘 알 수 없는 성인물의 역사에서부터 레고나 게임기 등 남자들이 관심이 많은 것에 대해서 배울 수가 있었는데 포르노 같은 경우 많은 문화권에서 나쁜 문화라고 생각해서 배척을 하지만 실제론 포르노가 성폭행이나 성추행률을 낮추는 데 효과가 높다고 이야기를 하고 있다. 그래서 노르웨이나 덴마크 같은 곳에선 실제로 성교육에 포르노가 활용이 되고 있다고 한다. 그리고 게임기 같은 경우에도 닌텐도와 플레이스테이션의 역사가 나오고 있어서 남자들이라면 관심있게 읽을 수 있을 것이다. 그리고 레고 같은 경우 전지전능한 장난감을 만들고 싶은 한 남자의 야망이 만들어낸 궁극의 장난감이라고 이야기하고 있어서 읽으면서 역사와 사회 모든 것들을 알 수가 있을 것 같다.

지폐 꿈꾸는 자들의 초상

박구재 황소자리

　지폐에는 거의 인물들이 찍혀 있다. 그들이 왜 지폐에 찍히게 되었고, 그로 인해서 생긴 전 세계의 에피소드를 담은 책이다. 구성이 재미있는데, 우선 유럽, 오세아니아, 아시아 등으로 대륙별로 구성을 하고 나라별로 다시 분류를 해서 지폐에 나온 인물 중에 가장 유명했던 인물들과 그들에 대한 에피소드를 들려주는 형식으로 되어 있다.

　프랑스 이야기인 '도망치던 루이 16세, 자신이 만든 돈 때문에 단두대에 오르다'를 보면, 프랑스 왕 루이 16세는 경제난을 극복하기 위해 '아시냐'라는 새 지폐를 대량 발행한 뒤 자기의 인물 초상을 넣도록 지시했다. 그러나 물가 폭등에 따른 경제파탄으로 대혁명이 시작됐고, 혁명군은 루이 16세 체포령을 내렸다. 마부로 변장한 왕은 궁을 빠져나와 다른 나라로 탈출을 시도하는데, 아이러니하게도 루이 16세를 단두대의 이슬로 사라지게 한 것은 지폐 속에 그려 넣도록 한 자신의 얼굴 때문이었다. 탈출하는 그를 알아본 시골의 한 농부가 신고했고, 루이 16세는 꼼짝없이 체포됐다고 한다.

　또 한 가지 재미있는 이야기는 우리나라 지폐에 여성이 처음 등장한 것이 신사임당이 최초가 아니라는 사실이다. 여성 모델이 등장한 적이 있었다. 1962년

5월 16일 발행된 100환짜리 지폐 앞면에 한복차림을 한 젊은 엄마가 색동옷을 입은 아들과 함께 저금통장을 흐뭇하게 바라보는 모습이 담겨져 있었다. 당시 군사정부가 경제개발 5개년 계획을 추진하기 위한 자금 조달 목적으로 발행한 돈인데, 이 지폐는 그해 6월 10일 단행된 제 3차 화폐개혁으로 유통이 정지돼 우리나라에서 발행된 지폐 중 '최단명 지폐'라는 불명예를 안았다. 여기에 더해 지폐 속 여인과 아이가 당시 집권자의 부인과 아들이라는 소문까지 나돌았다고 한다. 지폐 속 모델이 한 평범한 여성이었음은 30년 지난 뒤에야 밝혀졌지만 이래저래 이야기만 뒤숭숭하게 남긴 꼴이었다.

2002년 유럽경제통화연맹의 12개 국가가 유로화로 통합되기 이전, 유럽 각국이 발행한 지폐에는 서양사를 풍미한 문화가 무더기로 등장했었다.

'어린왕자'처럼 하늘로 사라진 생텍쥐페리, 후기 인상파의 거장인 폴 세잔, 거대한 철의 교각을 세운 구스타프 에펠, 작곡가 드뷔시 등은 예술의 나라 프랑스 지폐를 장식한 주인공들이었다. 2천년 로마 제국의 적통을 자부하는 이탈리아는 르네상스 미술의 절정을 이룬 라파엘로와 작곡가 벨리니, 조각가 베르니니, 아동교육의 창시자 마리아 몬테소리, 증기선을 발명한 마르코니를 지폐 모델로 등장시켰다. 모두 현재 유로화에는 인물이 없다.

반면, 미국 지폐 모델은 죄다 정치인이다. 워싱턴과 제퍼슨, 링컨과 잭슨, 그리고 그랜트는 역대 대통령이고, 해밀턴과 프랭클린 역시 정치에 발을 담갔던 인물들이었다. 1928년 연방준비은행이 달러 지폐를 발행하기 시작한 이후 미국 돈에 새겨진 인물은 단 한 번도 바뀌지 않았는데, 국제기준통화인 미 달러화의 도안이 대폭 바뀔 경우 자국은 물론 세계적으로 달러화 환전에 따른 혼란과 비용 부담이 커질 것이라는 우려 때문이라고 한다.

남아메리카 지폐는 운동권 인사들의 집합소다. 모든 주화에 '쿠바가 아니면 죽음을'이라는 자못 비장한 문구를 새겨 넣은 쿠바 지폐에는 체 게바라 말고도

안토니오 마세오와 막시모 고메스라는, 쿠바 독립전쟁을 이끈 운동가들이 등
장한다.

아시아 지폐 속 인물을 보면 저우언라이와 류샤오치, 주더 등 개국공신들을
등장시켰던 중국 지폐 역시 순차적으로 모델을 바꿔 마오쩌둥으로 단일화하
고, 타이완 지폐에는 중국혁명 지도자 쑨원과 장제스 전 총통의 초상이 들어가
있는데, 특이한 것은 500원짜리 지폐에 젊은 야구선수들이 환호성을 지르는
모습이 그려져 있다는 점이다. 지폐 전권 종에 단일 모델을 쓰는 나라도 많은
데, 태국은 푸미폰 국왕을, 베트남은 호치민을, 인도는 마하트마 간디를 모든
지폐의 앞면에 등장시킨다. 북한의 돈에는 인민들의 모습이 들어간 네 종의 지
폐 외에 나머지 고액권에 모두 김일성 주석의 초상이 들어가 있다고 한다.

돈이란 단순히 화폐가치의 수단이 아닌 그 사회를 지배하는 사람의 가치가
반영되어 있는 것을 알게 되었다. 현재는 미국의 달러가 세계를 지배하고 있으
니 미국의 대통령들의 가치가 현재의 세계를 이끌고 가는 게 아닌가 하는 생각
을 하게 된다. 그리고 미국의 달러 다음에는 어떤 돈이 세계를 지배할 것일까?
돈에 대한 색다른 관점을 알려준 책이다.

파라다이스

베르나르 베르베르 열린책들

이 책은 한 권의 작품이 아니라 여러 개의 공상과학적인 단편들을 모은 작품집으로 '나무'에 이어서 베르나르 베르베르의 세계를 들여다볼 수가 있다. 이 책은 있을 법한 과거와 있을 법한 미래라는 제목으로 나누어져 있다.

'있을 법한 과거'와 '있을 법한 미래'라는 제목에서 알 수 있듯이 특유의 상상력으로 써내려간 이야기들은 그 자체로도 흥미진진하다. 환경 파괴범을 교수형에 처하는 세상 이야기, 사라진 문명에 대한 이야기, 여자들만 살게 되는 미래에 대한 이야기 등 저자는 기발한 이야기를 선물세트로 들려준다. 책은 1, 2권으로 구성이 되어 있고, 2권에서 자신만의 맞춤 낙원에 대한 이야기, 전생으로 떠나는 여행 이야기 등이 나오고 있다.

가까운 미래 환경파괴가 너무 심해져서 오존층이 파괴되어 수만 명이 피부암에 걸리고 극점의 빙하가 녹아서 해일이 일어서 수백만의 사람들이 죽게 되었다. 그래서 전세계는 환경파괴를 범죄로 인식하고 세상에서 사용하는 모든 석유제품을 파괴할 것을 공동 결의하게 된다. 그래서 석유수출국 기구와 전쟁을 하게 되는데 수적 우세에 있는 전세계 사람들이 승리를 해서 모든 석유제품과 석유로 움직이는 모든 것들을 파괴하고 금지하게 되었다. 그리고 법률을 통

과시키는데 이런 제품들을 쓰거나 담배를 피우는 사람들을 모두 공해법으로
사형에 처하게 만드는 것이다. 이 세상을 공해로부터 구하기 위해서 많은 사람
들이 오토바이와 차를 타고 총을 들고 정부와 세계에 반대를 해서 공격을 하기
시작한다.

그럼 총과 자동차를 쓸 수가 없다면 경찰은 그들과 무엇을 가지고 싸울까?
말을 타고 방패를 들고 석궁을 들고서 싸운다. 물론 방패는 총알을 막아내
고 말은 오토바이나 차가 갈 수 없는 길을 갈 수가 있다고 한다. 많은 희생 끝
에 그들은 모두 제압하고 사형을 시키게 된다. 그런데 그것으로 끝나는 것이
아니라 모든 엔진과 모터, 그리고 석유제품을 대신할 수 있는 물건들을 만들
기 시작한다. 그런데 거기에 자동차, 오토바이, 배 심지어는 비행기까지 있다
고 한다.

이 장면을 읽으면서 웃었는데, 우선 자동차 같은 경우에는 외양이 거의 실제
자동차와 비슷하다. 그리고 엔진 대신에 자전거 페달을 놓는데 최고 속도가 4
명이 다 타서 밟으면 45km까지 나올 수 있다고 한다. 그리고 비행기 같은 경우
에는 그 안에 타고 있는 사람들이 모두 다 건장한 사람들만으로 구성되어 있는
데 오랜 시간 동안 물과 식량을 공급받고 열심히 단체로 페달을 밟으면서 날아
간다고 한다. 그래서 마치 고대 로마의 노예들이 노를 젓는 것 같다고 해서 노
예선이라는 별명이 붙어 있다. 그런데 그냥 이것들이 글로만 끝나는 것이 아니
라 그림이 나와 있는데 배꼽을 잡고 웃었던 기억이 난다.

이렇게 불편하게 사는데 불만을 가진 사람들이 있지 않을까?
그래서 무동력으로 먼 거리를 갈 수 있는 방법에 대해서 연구하는 사람들이
있었다. 그것은 바로 인간탄환 프로젝트였다. 투석기, 즉 돌을 멀리 던지는 기
구를 통해서 사람을 날리는 방법을 연구한 것이다. 특수한 옷을 입고 투석기
로 먼거리에 있는 사람들을 도심으로 날려 일을 할 수 있도록 하는 것이다. 그

런데 이 책의 주인공의 직업은 사립탐정으로 큰 체격과 뛰어난 운동신경을 가지고 있었다. 그래서 이 투석기를 실용적이지 못한 것으로 만들기 위해서 잠입했다가 결국 도망가게 되는데 그 와중에 자동차를 타고 혼자서는 속도가 나지 않아서 열심히 밟는 모습이 나오고 나중에는 투석기를 타고 하늘을 나는 이야기도 나오는데, 과연 이야기가 어떻게 끝날지는 직접 한번 읽어보면 좋을 것 같다.

또 다른 이야기는 상표 전쟁이라는 부분의 이야기가 재미있다. 우리가 알고 있는 국내외의 상표가 전부 나온다. 우리가 살고 있는 세상은 이미 자본주의, 민주주의 세상이어서 투표권을 통해서 정치인을 뽑고 그 정치인들이 세상을 움직이는 구조를 가지고 있다. 그런데 문제는 정치인들은 이 사람 저 사람의 말을 전부 다 들어주어야 하기 때문에 속시원한 문제 해결을 하는 것이 아니라 사람들의 마음만 안정시키는 그저 그런 역할만을 하게 된다. 그런데 기업들은 그런 식으로 문제를 해결하는 것이 아니라 어떤 문제가 있으면 자금과 시간, 그리고 인원을 동원해서 반드시 해결해낸다. 그러다 보니 자꾸 국가의 기능은 축소되고 기업의 능력은 커지는 사회가 오게 된다. 그런데 어떤 사건 한 가지가 이 일을 가속화시키게 된다.

한 기업에서 사막에 도시를 만든 것이다. 단순히 도시가 아니라 놀이동산과 각종 위락시설을 같이 즐길 수 있는 도시를 만든 것이다. 물론 그 속의 거주 인구는 기업의 직원들이 그 도시를 관리하고 살게 되었는데 거기에 놀이시설 때문에 일 년에 삼백만 명 이상이 놀러오게 되어서 생산과 관리를 동시에 할 수 있는 기업도시가 완성되게 된다. 그러자 경쟁기업에서 다른 거대도시를 만들기 시작했고 점점 더 큰 도시를 만들다가 마침내 기업국가를 만들어서 수도에 행정부까지 만들어서 국가의 기능을 대신하기 시작한다. 그렇지만 이런 거대국가가 만들어지다 보니 결국 전쟁이 일어나게 되는데 전쟁이 일어나게 된 동기는 바로 자원 때문이다. 자원으로 더 많은 물건을 만들어 팔려다 보니 이런 일이 생긴 것이다. 그래서 전쟁을 피하기 위해서 다른 방식으로 해결하게 되는데, 그것은 바로 우주개발이었다. 우주개발이 단순히 한 기업이 아니라 여러 기업들이 나서서 하는 바람에 결국 지구는 오염이 심해져서 사람이 거주하기 힘든 행성이 되어버리고 우주기업들은 우주에 거주 공간을 만들어서 생산과 거주를 시작한다. 결국 우주지도가 생기고 그 안에서 많은 국가와 기업들이 탄생하게 된다.

이 책은 사실 경제에 관한 책은 아니다. 그러나 앞에서 말한 대로 자원이 떨어진 미래에 대해서 아주 자세한 예언을 하고 있었다. 베르나르 베르베르의 소설은 아주 허구의 이야기가 아닌 실제로 일어날 수 있는 이야기를 하고 있다.
석유가 떨어진 다음에는 앞의 소설처럼 되지는 않을까? 지구의 자원이 다한다면 지구인들은 우주개발을 시작하지 않을까 하는 생각들 말이다. 이처럼 우리가 지구를 계속해서 황폐하게 만든다면 이렇게 될 것이라는 경고는 아닐까 생각하게 된다.

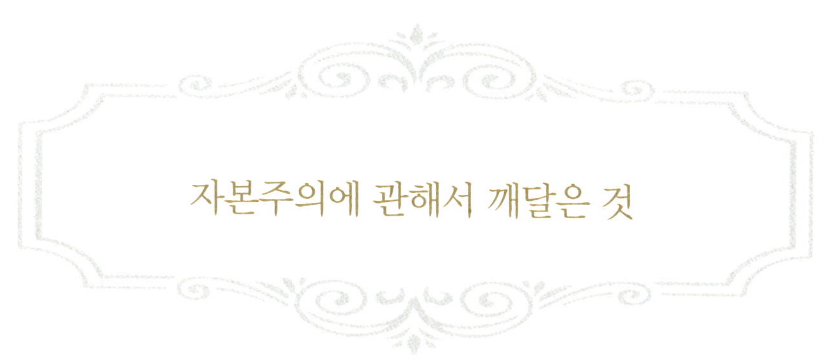

자본주의에 관해서 깨달은 것

내가 돈에 관해서 깨달은 것들을 언급하면서 돈을 쥐고만 있어도 나중에 성공할 수 있다고 이야기했을 때 그저 막연하게 중력의 법칙에 따른다고 했다. 그런데 EBS에서 하는 자본주의에 관한 프로그램을 보면서 갑자기 생각이 떠올라 이 글을 쓰게 되었다. 내가 깨달은 자본주의란 기본적으로 땅따먹기 게임이라는 점이다.

왜 땅따먹기 게임인지 간단한 예를 들어 설명하겠다. 우선 처음에 100개의 똑같은 크기의 논이 있는데 100명의 사람에게 이 논을 골고루 나누어주었다고 생각을 해보자. 시간이 지나면서 농사를 지어서 풍년이 들어서 수확을 많이 한 사람이 있는 반면, 농사를 망치거나 개인적인 사정으로 농사를 못 지어서 실패한 사람이 있을 것이다. 농사를 잘 지은 사람은 걱정이 없겠지만 농사가 안 된 사람은 먹을거리를 구하기 위해서 논을 팔아야 할 상황이 오게 된다. 결국 처음에 100개의 논을 평등하게 나누었으나 시간이 지나면 지날수록 소수의 사람들이 많은 논을 가지게 된다. 게다가 논이 없는 사람들은 그들의 소작농이 될 수밖에 없어서 결국 자신이 일한 양보다 적은 금액을 받을 수밖에 없게 되는 것이다. 이것은 아주 간단한 예를 들은 것이지만, 자본주의의 핵심은 상대의 생산 핵심시설을 뺏는데 있다는, 아주 중요한 이야기를 해주고 있다. 즉 자본주의는 시간이 지날수록 독점이 심화될 수밖에 없는 구조를 가지고 있는 것이다.

그렇다면 자본이 많은 한 명이 99개의 논을 가지게 되면 무슨 일이 벌어질까? 나머지 99명이 반란을 일으켜서 1명을 죽이고 논을 나누어 가지게 된다는 것이 바로 칼 마르크스의 자본론의 이론이다. 그러나 자본주의는 진화하였다. 즉 논을 개척하기 시작한 것이다. 자기 논이 없는 99명을 위해서 1개를 가진 대주주가 그들을 군대로 만들어서 다른 나라의 논을 빼앗아서 그들에게 논과 식량을 나누어준 것이다. 이것이 바로 식민지 시대의 시작이었다. 이것은 고대 로마에서부터 2차대전에 이르기까지 부의 분배 문제를 힘으로 해결한 방법이었다. 그러나 식민지의 숫자는 점점 줄어들었고 강대국들은 결국 부딪치게 된다. 그 결과 세계대전이 발발하게 된다. 그러나 2차 대전이 끝나면서 제국주의는 몰락했고 이 땅을 나누어 주는 문제에 대해서 세계는 둘로 나누어지게 된다. 민주주의와 공산주의로 말이다.

우선 공산주의에 대해서 간단하게 설명하면 강력한 힘을 가진 당이 논을 1명에게서 강제로 빼앗아서 나머지 99명에게 골고루 나누어 주는 방법을 택한 것이다. 즉 더 이상의 발전을 하지 못하자 공동생산 공동소유로 문제를 해결하려고 했다. 그런데 미국을 비롯한 자유민주주의 진영의 경우에는 이것을 민주주의 형태로 해결하려고 했다. 즉 100명이 투표를 해서 뽑은 대표가 100개의 논에서 나오는 식량을 나누어주는 형태로 말이다. 비록 주인은 100평의 논 전체를 단 한 사람이 소유하는 것을 인정을 하되 그 안에서 나오는 생산물에 대해서 일부 공동소유를 인정하는 것이었다. 일종의 협상책이었던 것이다. 이 방법이 효율적이었기에 소련을 위시한 공산주의 사회는 몰락했고 자유진영이 승리하게 되었다. 그리고 승리한 미국은 자신의 돈으로 세계를 통일했다.

그런데 여기에서부터 새로운 문제가 발생하기 시작했다. 공산주의가 사라지자 미국을 비롯한 자유진영 내에 있던 100개의 논을 소유하고 있던 주인들이 자신들의 권리를 갖고자 하게 된 것이다. 그들이 사용한 방법은 바로 인플레이션이었다. 현재 우리가 사용하고 있는 모든 가치는 변화한다. 특히 그 중심에 바로 돈이 있다. 그런데 문제는 이 가치의 변화가 모두에게 똑같이 일어나는 것이 아니라 차별적으로 일어나는 것이다. 예를 들어 앞에서 말한 논 100개가 값이 똑같을 수가 없을 것이다. 어떤 논의 경우에는 항상 풍작이 들어서 오늘은 백만 원이었지만 10년 후에는 일억이 될 수 있지만, 반대로 어떤 논의 경우 항상 흉작이 든다면 그 땅의 가격은 백만 원에서 오르지 않기 때문이다. 그런데 100개 전체의 논을 대부분 가졌다면 그들은 그들이 가진 식량의 가격을 올림으로써 나머지 99명을 압박할 수 있는 것이다. 결국 신자유주의와 양극화는 공산주의의 몰락과 함께 어쩔 수 없는 숙명으로 다가오게 된 것이다.

그런데 여기서 돈을 쥐고만 있어도, 즉 저축만 잘해도 성공할 수 있다는 것이 이해될 수가 있었다. 엄청나게 큰돈을 버는 사람은 아주 운이 좋고 머리가 좋은 사람일 것이다. 그러나 일정 금액 이상의 돈을 가지게 되면 나머지 99명 중에서 조금 더 나은 자리에 올라갈 수 있다. 즉 나머지 99명 가운데서 또 다른 땅따먹기 게임에서 이길 수 있기 때문이다. 그래서 돈을 버는 것보다 더 중요한 것은 돈을 쓰는 법과 모으는 법이라는 사실을 다시 한 번 깨닫게 되었다.

우리나라 역시 이런 자본주의의 단점 때문에 민주적으로 문제를 풀려고 노력하고 있지만 투표로 먹고 살아야 하는 정치인들은 4년에 한 번, 5년에 한 번만 표가 필요할 뿐 그 동안은 조직을 유지하기 위해선 돈이 필요하기 때문에 국민이 원하는 방향으로 이끌고 있지 못하는 것 같다. 그러나 이런 식으로 계속 가다간 정치 자체가 붕괴하는 게 아닌가 하는 걱정을 하게 된다.

PART 7

기술과 발명에 관해서

이런 기술들의 세계로 우리는 나아가고 있다. 그 기술들은 모두 상상력에 의해서 만들어진 것이다. 나는 가끔 이런 생각을 한다. 혹시 이런 기술들은 이미 완성이 되었지만 발표를 하지 못 하는 것은 아닌가 하는 생각 말이다. 구글안경이 완전하게 나온다면 아마도 전세계의 모든 IT기기는 사라지지 않을까? 해서 말이다. 그리고 나선 아마도 세계적인 공황이 올 수도 있기 때문에 말이다. 이것이 나의 공상이라고 해도 한 가지는 확실하다. 모든 기술이 아무리 발달해도 종이책과 독서는 사라지지 않는다는 것이다. 인간은 공상 속에서 모든 일을 만들어 낸다. 독서만이 그 공상을 만들어 갈 수 있기 때문이다. 마치 동화속의 이야기들이 현실이 되는 것처럼 말이다.

우 리가 생각하는 기술과 발명이라는 것은 모두 상상력을 구현한 것이다. 예를 들어 백설공주에 보면 모든 사건의 발단은 마술거울에서 시작되었다는 것을 알 수 있다.

새엄마인 왕비가 거울에 대고 물어본다. "거울아, 거울아. 세상에서 누가 제일 예쁘니?"라고 물어보았을 때 거울이 왕비님이라고만 해도 그 일련의 사건은 일어나지 않았을 것이다. 게다가 사냥꾼에게 백설공주를 죽이라고 한 다음에 죽었는지 살았는지를 물어보았을 때 거울이 몰랐다면 아마도 사건은 일단락되었을 것이다. 그러나 거울은 세상의 모든 정보를 알고 있어서 대답을 했다. 하도 들어서 신기하지도 않는 이야기가 조금만 생각해 보면 어떻게 옛날에 그런 생각을 할 수 있었을까? 그런데 하도 들어서 신기하지 않은 이 동화가 현대에서 구현이 되고 있다. 만약 현재의 기술로 이 이야기를 만든다면 이렇게 될 것이다. 우선 왕비가 핸드폰의 음성검색 시스템을 TV에 연결한다. 그리고 음성검색으로 "세상에서 가장 이쁜 여자는 누구냐?"라고 물으면 검색을 해서 미스유니버스를 알려줄 것이다. 그리고 그 여자의 위치를 찾으면 주소를 검색해서 집 앞까지 인터넷맵을 통해서 알려줄 것이다. 그리고 어떻게 해야 만날 수 있는지도 지식검색을 통해서 확인하고 접근할 수가 있다. 물론 가정을 한 이야기지만 우리가 어렸을 때 상상으로만 꿈꾸었던 일이 더 이상 환상이 아닌 것이다.

만화영화는 경이적인 기술발달의 예언을 하게 된다. 그중 하나가 바로 아이언맨이라는 영화에서 나오는 직관적인 인터페이스다. 나는 영화에서 나온 아이언맨의 슈트보다도 컴퓨터가 만드는 홀로그램과 그 움직임을 구현하는 부분이 더 신기했다. 생각하는 대로, 만지는 대로 움직이는데다가 실제로 구현을 시뮬레이션할 수 있으니 말이다. 그런데 현재 그 기술이 완성되어가고 있다. 바로 구글에서 만든 구글안경이다. 안경을 쓰고 팔찌나 반지를 끼고 움직이면 자신이 원하는 화면이나 정보가 바로 뜬다는 것이다. 그런데 만약 이것이 현실화된다면 모든 화면기기들은 사라질 운명을 맞게 된다. 예를 들어 TV는 집에서만 볼 수 있지만 이것이 완성되면 모든 장소와 시간대에서 볼 수가 있다. 침대에 누워서 볼 수도 있고 언제 어디서든지 내가 원하는 일을 할 수 있는 것이다. 워드작업이나 지식검색 녹화와 게임에 이르기까지 모든 일을 별도의 기기를 들고 다니지 않고 할 수가 있다는 것이다. 그런데 만약 이것이 대중화되면 모든 TV와 스마트폰은 그 마지막을 고하게 될 것이다.

아마도 기기의 마지막 단계는 전뇌단계가 아닐까 싶다. 전뇌란 공각기동대나 매트릭스에 나온 뇌에 정보를 직접 입력하는 것을 말한다. 구글안경은 시각과 청각을 만족시킬 수 있지만, 전뇌단계는 촉각과 미각, 후각에 이르는 모든 경험을 입력할 수 있기에 훨씬 더 앞서 있다. 그러나 사람의 뇌에 영향을 미치는 것을 처음에는 좋아하지 않기 때문에 시간이 걸리겠지만 일단 엄청난 정보로 무장하고 높은 자리의 사람들이 이 일을 시작하면 먹고 사는 문제로 변하고 결국 모든 사람이 이 전뇌방식을 택하게 되지 않을까 싶다. 단지 내가 사는 동안만은 이런 일이 안 일어났으면 좋겠다. 그때쯤 되면 누가 인간이고 기계인지 구별이 모호한 공각기동대의 사회처럼 될 것만 같아서다.

어쨌든 이런 기술들의 세계로 우리는 나아가고 있다. 그 기술들은 모두 상상력에 의해서 만들어진 것이다. 나는 가끔 이런 생각을 한다. 혹시 이런 기술들은 이미 완성이 되었지만 발표를 하지 못 하는 것은 아닌가 하는 생각 말이다. 구글안경이 완전하게 나온다면 아마도 전세계의 모든 IT기기는 사라지지 않을까? 해서 말이다. 그리고 나선 아마도 세계적인 공황이 올 수도 있기 때문에 말이다. 이것이 나의 공상이라고 해도 한 가지는 확실하다. 모든 기술이 아무리 발달해도 종이책과 독서는 사라지지 않는다는 것이다. 인간은 공상 속에서 모든 일을 만들어 낸다. 독서만이 그 공상을 만들어 갈 수 있기 때문이다. 마치 동화속의 이야기들이 현실이 되는 것처럼 말이다.

이 글을 쓰면서 드레곤슬레이어스라는 마법의 동화에서의 주인공의 한 마디가 생각이 났다. 마술사에는 등급이 있는데 3류는 도구와 재료를 가지고 마법을 쓰고, 2류는 주문과 행동으로 마법을 쓰지만, 진짜 1류 마법사는 생각만 가지고 마법을 쓴다고 말이다. 이 이야기는 기술의 발달단계를 예언하고 있는 것이다. 즉 컴퓨터가 처음에는 키보드로 입력해서 원하는 결과를 얻었지만 앞으로는 언어로, 그 다음에는 생각만으로 검색을 해서 원하는 결과를 얻을 수 있게 될 것이다.

TV를 발명한 소년

캐슬린 크럴 봄나무

TV가 최고의 발명품이지만 누가 발명했는지는 잘 모른다. 이 책은 TV를 발명한 필로 판스워스라는 사람의 이야기가 담겨져 있다. 1906년 미국 서부 농장에서 '필로'라는 상상력이 풍부한 소년이 태어났다. 필로는 이웃집에 있는 전화기와 축음기에 마음을 빼앗겼다. 멀리 떨어져 있는 사람도 가까워지게 만드는 전화기와 축음기가 마법과도 같다고 생각했다. 그리고 아버지는 필로를 신비한 발명의 세계로 이끌어주었다.

필로는 성장해 가면서 라디오를 들으면서 화면이 안 나오는데 불편을 느끼고 텔레비전을 연구하는 데 관심을 기울였던 어느 날 열네 살이 된 필로는 감자밭을 갈던 중 쟁기가 지나간 자리마다 생겨난 고랑과 이랑을 보고서 텔레비전 영상을 내보내는 기발한 생각을 하게 된다. 화면을 한 번에 보이는 것이 아니라 한 줄씩 구현해서 전체화면을 구축하는 것이다. 이것을 기본적인 구조에 대해서 스케치를 해서 당시 중학교 선생님에게 제출했다. 그리고 실제로 TV를 만드는 것은 8년이 지난 뒤였다.

8년 동안 필로는 발명에도 매진했지만 사실상 투자자를 모으는데 많은 노력을 하였다. 어느 날 식당에서 두 사람의 투자자로부터 6천 달러를 지원받고 1

년의 기한을 받는다. 1년이 지난 후 필로는 자신의 이론대로 최초의 TV를 제작해서 시연을 하지만 전압량을 잘못 계산해서 TV는 폭발을 해버리고 만다. 보통사람 같으면 주저앉았겠지만 필로는 포기하지 않고 더 많은 투자자를 모아서 가장 기초적인 형태의 TV를 완성해서 많은 사람들 앞에서 시연을 하게 된다. 그TV에 출연한 사람은 필로의 아내였던 것이다.

그런데 이런 최초의 TV의 완성은 필로에게 시련의 시작되었다. RCA라는 거대회사가 자신들이 먼저 TV를 만들었다고 소송을 한 것이다. 재판 당시 RCA는 만약 그가 TV를 만든 것이라면 14살에 기본적인 개념을 만들었다는 것인데 말도 안 된다고 했다. 그러나 당시 중학교선생님이 필로의 노트를 들고 나오면서 재판에서 승소하게 되지만, RCA는 이를 무시하고 자신들의 제품을 출시한다. 그리고 시간이 지나면서 결국 필로에게 로열티를 지불하지만 그와 동시에 2차세계대전이 터지면서 TV는 출시가 중지되고 전쟁이 끝나고선 저작권이 만료가 되면서 한푼도 받지 못하게 된다.

이 책의 마지막에 보면 그는 자신이 만든 TV를 원망했다고 한다. 많은 가정에 문제가 발생이 되고 많은 사람들이 중독되어서 문제를 일으키는 것을 보면서 말이다. 하지만 아폴로11호의 달 착륙이 방송될 때 그는 자신이 인류사에 큰일을 해냈다는 자신감을 얻었다고 한다. 우리가 자주 보고 있는 TV를 만들 사람의 이야기를 아이들에게 보여주면, TV를 보면서 아이들도 많은 생각을 하지 않을까 한다.

책을 소개한 후에

인터넷에 잠깐 뜬 글을 읽다가 이 책을 찾게 되었다. 책을 주문할 당시만 해도 작은 페이퍼백의 책이라고 생각했는데 받아보니 대형 양장의 초등학교저

학년용 책이라서 놀랐다. 책의 구성이나 내용은 그림이 나와 있고 필로 판스워스의 일대기가 간단하게 나와 있었다. 그런데 책을 소개하게 된 동기는 인류 역사를 바꾼 TV라는 물건을 발명한 사람에 대해서 너무나도 모르고 있다는 점 때문이었다. 게다가 TV의 원리를 배울 수 있다는 생각에 이 책을 읽었는데 처음에는 원리에 대해서 제대로 이해할 수가 없었다. 책에선 밭의 이랑을 갈다가 TV에 이런 식으로 한 줄씩 신호를 주면 화면이 나올 것이라고 해서 중학교 때 설계도를 그렸다고 하는데 이게 도대체 무슨 말인지 알 수가 없었다.

다시 공부를 해보니 좀더 이해할 수가 있었다. 일단 한 줄의 전기적 신호를 0과 1로 나누었을 때 한 줄에 검은색과 흰색을 표시할 수 있었다. 마치 모르스부호처럼 말이다. 그런데 그런 전기적 신호를 한 줄씩 쌓아서 그림을 그릴 수 있다는 이야기다. 이것은 우리가 쓰고 있는 잉크젯 프린터하고도 같은 원리다. 그림을 한꺼번에 그리는 것이 아니라 한 줄씩 그려서 우리에게 보여주는 것처럼 말이다. 문제는 이런 개념 자체가 예전엔 존재하지 않았기 때문에 사람들은 전체의 화면을 전송하기 위해서 노력을 했지만 전자 TV라는 개념 자체를 시도하지 않았다.

한 줄씩 쌓아서 그림을 그리려면 당시에는 존재하지 않았던 해상관이라는 것을 만들어야만 했다. 그런데 필로 판스워스는 투자도 쉽게 받고 만들기도 쉽게 만들어서 나중에 특허를 신청하지만 거대기업의 횡포에 밀려 인정도 받지 못하고 저작권료도 받지 못하게 된다. 그러다가 전쟁이 나고 전쟁이 끝난 후에는 누구나가 만들 수 있게 되어서 결국 TV로는 돈을 벌 수 없게 되고 자신이 TV를 최초로 만들었다는 명예를 얻지만 결국 아무도 기억하지 못하는 불운의 천재로 남게 된다.

그런데 여기서 한 가지 중요한 사실은 TV는 이 세상을 움직이는 가장 거대한 힘이라는 사실이다. TV는 뉴스, 오락, 다큐를 포함한 모든 것들을 우리에게 보여준다. 그리고 스스로 진화하여 사람들로 하여금 또 다른 것을 창조하게 만드는 힘을 가지고 있다. 특히 인간의 경우 극도의 사회적인 동물이어서 자신의 행동을 보여주고, 그 행동을 따라하게 하려는 본능을 가지고 있다. 그런 본능을 자극하는 가장 큰 매체인 TV를 만든 필로는 자신의 발명품으로 인해서 많은 부작용이 생긴 것을 보고 후회했다고 한다. 이런 발명품들을 우리가 지나치기가 쉬운데 이제부터는 하나씩 찾아서 소개를 해봤으면 좋겠다.

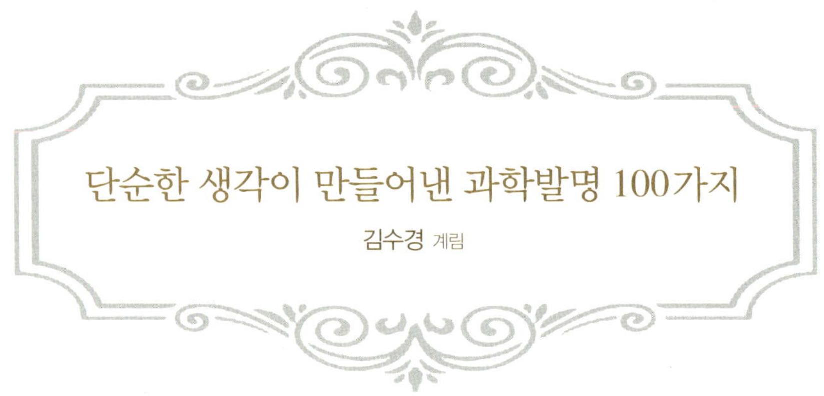

이 책은 인류의 역사를 바꾼 발명품들부터 현재 발명되어서 사용이 되고 있는 제품에 이르기까지 소개를 하고 있다. 크게 필요에 의해 발명된 것, 실수에 의해 발명된 것, 최신 발명된 제품들이 가나다순으로 소개되어 있다.

필요에 의해서 만들어진 발명품부터 보면, 요즘 건물을 지을 때 필요한 철근 콘크리트는 원래 화분을 단단하게 만들려는 모니에라는 남자의 아이디어에서 시작되었다. 화초를 옮기다 보니 자꾸 화분이 깨져서 화분에 뼈를 넣으면 단단해지겠지라고 생각하고 철사로 골격을 만들고 시멘트로 만들다 보니 깨지지 않는 화분을 만들었는데, 이것이 건축의 기초가 되어서 100층이 넘는 건물을 만들 수 있게 되었다.

지우개 달린 연필도 원래 이것은 가난한 하이만이라는 사람이 초상화를 그려서 생계를 유지하다가 책상에서 떨어진 지우개를 줍기가 너무도 귀찮았는데 어느 날 아무 생각 없이 연필 뒤를 지우개에 꽂았다가 아이디어를 얻어서 지우개 달린 연필을 개발하게 되었다. 그는 결국 특허를 내서 백만장자가 되었다.

실수로 발명한 발명품들도 있다. 첫 번째 실수로 발명한 발명품은 청바지인데 왜 청바지는 질기고 파란 천으로 되어 있을까? 원래 청바지의 천은 텐트를 만드는 천이었다고 한다. 스트라우스라는 사람은 텐트를 만들어 파는 사람이었는데 어느 날인가 군대에서 대규모 납품이 들어왔는데 그만 염색을 잘못해서 파란색이 되어서 납품을 못하게 되었다. 결국 남는 천을 버릴까 생각하다가 광산에서 일하는 사람들이 바지가 항상 잘 터진다는 생각에 바지를 만들어서 팔게 되었는데 그것이 지금의 청바지의 시초다.

두 번째 실수 발명품은 물에 뜨는 비누다. 원래 비누는 물에 가라앉는데 비누 공장에서 일하는 사람이 그만 졸다가 너무 끓어서 거품이 넘쳐버렸다. 그런데 거품이 너무 아깝다고 생각한 공장직원이 그 거품을 모아서 비누를 만들었는데, 그 결과 물 위에 뜨는 비누가 탄생하였다. 사람들은 물 속에 들어가서 찾을 수 없는 비누보다 이 비누를 선호하게 되었다.

세 번째 실수 발명품은 포스트잇이다. 포스트잇은 원래 강력접착제를 만들 목적으로 만든 풀을 실패해서 탄생하게 되었는데, 원래 본드나 풀은 강력하게 부착된 다음 금방 말라야 하는데 실패한 접착제는 강력하게 부착도 안 되고 그렇다고 빨리 마르지도 않아서 붙이면 붙어 있고 떼면 떼지는 이것도 저것도 아닌 제품이었다. 그렇다면 생각을 바꿔서 붙이는 메모지로 만들어 보자는 실버와 아트플라이라는 사람이 연구를 해서 현재의 포스트잇이 만들어지게 되었다.

최근에 발명된 것에는 어떤 것들이 있을까?

눈동자를 인식해서 돈을 지급하는 눈동자 인식 현금 인출기, 로봇팔이 달려서 계단을 올라갈 수 있는 휠체어, 음식성분 자동 분석기라는 것도 있다. 이것은 음식에 일정한 적외선을 쏘아서 독이나 주인이 먹어서는 안 되는 음식을 분석해서 내놓는 것이라고 한다. 예를 들어 땅콩 알레르기가 있는 사람에게는 땅콩을, 당뇨병이 있는 사람에게는 설탕을 먹지 말라고 한다. 마지막으로 우리나라 발명품 중에는 예초기가 있다. 원래 우리나라에는 서양식 제초기가 맞지 않았다. 서양은 넓은 정원을 깎기 위해 발명된 것이라서 벌초를 하기에는 적합하지 않았다. 그런데 이것을 우리나라 사정에 맞게 개발한 것이 예초기다.

스티브 잡스

월터 아이작슨 민음사

워낙에 유명한 사람이라 대부분 알겠지만 모르는 분들을 위해서 간단하게 소개하면 애플컴퓨터의 창시자이자 개인용PC, 마우스의 사용, 아이폰과 아이패드 등 아이시리즈를 개발해서 전세계적인 베스트셀러를 만든 CEO이다. 이책은 그가 유일하게 인정한 전기이다. 엄청난 분량에 세계 동시 번역 발매라는 기가 막힌 기록을 가진 책이기도 하다. 이 책을 번역할 때 하루에 한두 페이지씩만 우편을 받아서 번역을 해서 나중에 번역 문제로 환불소동도 일기도 했었다.

태어났을 때부터 대학생 부부에게서 임신을 해서 입양을 가게 되는데, 입양간 집의 이름이 잡스라는 성을 갖고 있었다. 어려서부터 잡스는 롤러코스터를 탄 것처럼 인생을 살았는데, 빌 게이츠 같은 모범생이 아닌 조금은 문제가 있는 학생으로 인식이 되었다. 그러나 좋은 대학을 갈 정도로 머리가 좋았고 컴퓨터라는 물건을 접하게 되고 거기에 푹 빠지게 된다. 그러면서 대학을 그만두고 컴퓨터 사업에 뛰어들게 된다. 여기까지는 빌 게이츠와 비슷한 것 같다. 그러나 사업을 풀어나가는 방식에 있어서는 전혀 다른 길을 택하게 된다.

사업에 뛰어드는데 가장 먼저 해야 할 일은 회사의 이름을 정하는 것이었다. 스티브는 동업자들과 같이 기계에 생명을 불어넣는다는 뜻에서 애플, 즉 사과라는 뜻을 정했다. 그런데 그냥 사과로고를 쓰면 다른 애플사와 겹치기 때문에 애플바이트라고 한 입 깨문 사과를 정식명칭으로 했다. 원래는 유명한 수학자가 백설공주를 흉내내서 독이 든 사과를 먹고 자살을 해서 그렇게 했다고 알려져 있지만 사실은 안 깨문 모양이 앵두랑 비슷해서 그렇게 정했다고 책에는 쓰여 있다. 어쨌든 그후 애플1이라고 하는 세계 최초의 개인용 PC를 개발한 스티브는 점점 승승장구해서 1980년대에 이미 억만장자가 되는데 그런 그에게 시련의 시간이 찾아온다.

스티브 잡스는 기술 자체보다는 디자인에 편집증적인 증상을 갖고 있었는데 당시 거대한 PC를 현재의 올인원 PC의 개념으로 만들어 보려고 노력한다. 그래서 사운을 걸고 매킨토시2라는 PC를 내놓지만 실패하게 된다. 그 결과 책임을 지고 회사에서 쫓겨나게 되는데 자신이 임명한 사장이 자신을 내쫓은 것이었다. 그리고 그는 얼마 동안 페인이 되었지만 애플의 주식을 단 한 주만 남겨놓고 전부 팔아서 넥스트라는 회사를 설립하고 PC를 만들어서 팔기 시작하는데 애플에 있을 때보다 훨씬 더 디자인에 집착한 PC를 내놓게 된다. 컴퓨터를 완전한 육면체로 만들라고 했으나 당시 기술로는 그것이 될 리가 없었기 때문이다. 가격은 높고 성능은 떨어지고 고장이 자주 나는 그런 물건이 팔릴 리가 없었던 것이다. 그런데 이때 한줄기 희망이 내려온다. 그 당시 넥스트컴퓨터로 3D시험을 하는 픽사라는 회사를 사들여서 자신의 매킨토시를 이용해서 토이스토리라는 만화영화를 만들어서 다시 재기를 한다. 그러는 사이 애플은 점점 상황이 나빠져서 파산 직전에 이르게 된다. 이때 다시 스티브 잡스가 애플로 복귀하는데, 조건이 재미있다. 연봉을 단돈 1달러를 받는 조건이다. 그는 순수하게 회사를 살리고 싶었고 몇 달 만에 마이크로소프트와 제휴를 맺고 제품을 개발해서 회사를 흑자로 돌려놓는 데 성공한다. 그리고 엄청난 보너스 옵션을 받게 된다.

그리고 스티브는 자신의 야망인 아이시리즈를 개발한다. 당시 모든 제품의 개발에 대해선 자신이 전부 관여했으며 모든 정보는 외부로 나가는 것이 불가능하도록 차단을 했다. 그 결과 몇세대 앞서 있다는 제품들을 출시했으며, 계속 승승장구하여 최근에는 마이크로소프트의 총 시가 총액을 앞서는 전자회사 중에서 가장 큰 회사가 되었다. 스티브 잡스는 자신이 애플에서 해고된 것이 인생의 가장 큰 계기였다고 한다.

 책을 읽으면서 굉장히 힘들었던 기억이 난다. 총체적으로 번역이 이상하게 되어 있어서 컴퓨터를 개발하는 부분을 제외하고 나머지 여러 사람들의 이야기가 중구난방으로 되어 있어서 읽기가 굉장히 힘들었다. 그런데 이 책이 다른 스티브 잡스의 책과의 다른 점은 스티브 잡스의 이상한 점을 적나라하게 담고 있다는 점이다. 예를 들어 그는 약간 정신이 이상한 부분이 있었는데 분명히 다른 사람이 내놓은 아이디어인데도 자신의 아이디어라고 이야기를 한다는 점이다. 그리고 자신이 믿고 있는 것을 현실이라고 생각하는 경향이 굉장히 강했다고 한다. 또 한 가지는 그는 채식주의자여서 건강했다고 이야기하지만 잘 씻지를 않았다. 그래서 이상한 냄새가 났다고 많은 사람들이 증언을 했다. 그리고 가장 결정적인 것은 스티브 잡스는 마약을 많이 했다는 점이다. 보통 나이가 들어서 자리를 잡은 후엔 중독자가 아니고선 마약을 끊는 것이 보통이다. 사회적으로 매장을 당할 수도 있기 때문에. 그런데 그는 면접 온 사람에게 마약을 해보았느냐고 물어 볼 정도로 마약을 좋아했다고 한다. 이런 나쁜 점들에도 불구하고 그가 사랑받은 이유는 바로 자신의 꿈을 실행했다는 것과 세상에 없는 물건을 만들었다는 선구자적인 관점 때문일 것이다.

위대한 발명 탄생의 비밀

발명연구단 케이앤피북스

이 책은 우리가 익히 알고 있는 발명이 어떻게 해서 되었는지를 재미있게 꾸민 책이다. 그런데 단순히 발명에만 치우쳐서 이야기하는 것이 아니라 당시의 사회상과 발명가들을 대조해서 누구는 이렇게 해서 성공했는데 반대로 누구는 더 대단한 발명을 해 놓고도 돈도 명예도 얻지 못했다고 써 놓아서 더 재미있게 읽을 수 있었다.

우리가 알고 있는 에디슨과 테슬라에 대해 설명을 드리면 좋을 것 같다. 우리가 알고 있는 에디슨은 발명왕으로 알고 있지만 그렇지 않다. 그는 발명의 산업적인 측면을 동물적인 감각으로 잡아서 발전시킨 사업가다. 예를 들면 에디슨 이전에 전구를 발명하려는 사람들은 많았다. 물론 오랫동안 전구를 밝혀서 특허를 받은 사람도 있었지만 에디슨의 생각은 달랐다. 자신의 발전소에서 전기를 만들어서 가정에 직접 연결을 해야지만 자신이 더 많은 돈을 벌 수 있다는 생각에 세상을 상대로 사기를 치게 된다. 자신은 아직 만들지도 못한 전구를 만들어서 이미 보급할 수 있다고 거짓말을 한 것이다. 그러다 보니 당시 가스등 회사의 주식은 폭락하고 에디슨 회사의 주식은 올라가서 실험할 충분한 돈을 모으게 되었다. 그 돈으로 1년 2개월 만에 2만 번 이상의 실험을 하고 나서야 전구를 보급하게 되었다. 그리고 나서 전구와 같이 전기등을 팔아서 전기에 관한 대단한 인물로 역사에 남게 되었다. 그러나 반대로 테슬라의 경우 에디슨처럼 사기를 치는 사람이 아니었다. 그는 진정한 천재로서 완벽하게 검증된 것만을 사용하는 사람이었다. 그리고 교류전류를 발명해서 에디슨과 대립하게 된다. 지금 우리가 알고 있는 코일이라는 말도 그한테서 나온 만큼 전기에 있어서는 에디슨보다 한수 위의 발명을 한 사람이 분명했다. 그러나 에디슨의 방식에 신물이 난 그는 에디슨과의 노벨상 동시수상조차 거부한채 혼자서 연구를 거듭하지만 결국 세상의 이목을 끌지 못하고 생을 마감한다. 그의 연구는 그의 죽음과 같이 사라지는데 당시 그의 연구가 세상을 너무 앞서 있어서 정부에서 숨겼을 것이라고 이야기하고 있다.

또 다른 같은 발명에 다른 운명의 이야기를 보면 재봉틀에 관한 이야기다. 시모니라는 사람은 재봉사였다. 그런데 재봉일이 너무 힘들어서 재봉틀이라는 기계를 만들었다. 그걸로 일을 하니 20배 이상의 효율이 나왔다. 그래서 군대에서 납품을 받아서 공장을 세우고 옷을 만들어서 승승장구하게 되었는데, 어느 날 공장이 습격을 당해서 불이 나고 기계는 모두 부서지게 된다. 다른 재단사들이 그를 시기해서 그런 것이었다. 그는 그곳을 떠나서 다른 곳에 가서 공장을 세우고 일을 하지만 한 번도 재봉틀을 특허를 내서 판매할 생각을 하지 않았다. 그래서 항상 가난하고 목숨의 위협을 느끼고 살았다. 그런데 이에 반해 아이작 매릿 싱어라는 사람은 재봉틀을 일반에 보급해서 돈을 어마어마하게 벌었다고 한다. 그는 4명의 부인에게서 24명의 자식을 두는 등 사생활이 문란했다. 미국 내에서 비난이 거세지자 영국으로 도피해 평생 사치스러운 생활을 누리면서 살았다고 한다.

책 끝부분에는 우리가 잘 모르는 기상천외한 발명에 대해서 나오는데, 예를 들면 세이프티맨이라는 인형이 있다고 한다. 이것은 바로 남자풍선인형이다. 여성 혼자서 밤길에 운전할 때 치한을 경계할 수 있도록 바람을 넣으면 건장한 남자처럼 보이게 만드는 풍선이다. 얼굴은 실제 남성을 모델로 만들어서 땀구

멍까지 보인다고 한다. 미국에선 실제로 판매도 하고 있다. 그리고 오토바이용 에어백이 있는데, 이 에어백은 오토바이에 장착되어 있는 것이 아니라 조끼처럼 입는 것이다. 그래서 사고가 나서 오토바이에서 날아갈 때 조끼가 순간적으로 부풀어 올라서 신체와 내장기관을 보호해 주는 것이다. 시판 당시에는 진기한 발명품 정도로 치부가 되었지만 그 효과를 인정받게 된 지금은 일본의 오토바이 순찰대에 지급될 정도로 대단한 발명품이라고 한다.

이 책은 제목 그대로 모바일, 즉 휴대폰이 만들어 내는 미래의 산업 변화를 현재 나와 있는 모델들을 중심으로 설명한 책이다. 이 책에선 이미 미래의 기술이라고 생각될 만한 많은 기술들이 나오고 있으며, 그것들로 인해서 세상이 어떻게 변화하게 되는지 설명해 주는 책이다.

많은 내용이 나오지만 첫 번째로는 왜 앞서가던 일본 기업들이 한국 기업들에게 밀렸는가? 라는 부분에 대해서 이야기를 하고, 두 번째로 휴대폰이 현재 어떤 기능까지 발전해 왔는지에 대해서 설명을 해준다. 그리고 세 번째로 그런 휴대폰과 무선 통신망으로 세상이 어떻게 변화하고, 산업은 어떻게 변화할 것인지에 대해서도 전망을 내놓고 있다.

그럼 왜 앞서가던 일본 기업들이 한국 기업들에게 밀리게 되었을까?

간단하게 말씀을 드리면, 기술력에 집착을 해서 미래를 보지 못했기 때문이다. 일본 회사들이 각각의 분야에서 최고라는 것은 현재에도 부인할 수 없는 현실이다. 렌즈, 전자부품, 시계 등 거의 모든 부분에 있어서 아무도 쫓아가지 못하고 있다. 그러나 우리나라만 해도 시계를 차고 다니는 사람은 별로 없다. 차고 다녀도 대부분 장식품으로 차고 다닌다. 그리고 렌즈도 중요하지만 아주 비싼 DSLR을 구입하는 사람은 10명 중에 1명밖에 되지 않는다. 그에 반해 핸드폰은 누구나 들고 다니는 아이템이다. 결국 이러한 것들이 융합되는 휴대폰 시장에 올인을 해서 성공한 한국 기업들이 일본 기업을 밀어낸 것이다. 문제는 여기에서 끝나는 것이 아니라 미래의 시장에선 휴대폰을 넘어서는 소프트웨어의 발전에 달려 있다는 것이라고 이야기하고 있다. 실제로 구글은 안드로이드로 이미 대부분의 스마트폰 운영체제를 가지고 있다.

두 번째로 휴대폰은 얼마만큼 발전을 했을까?

현재 우리가 말하는 스마트폰을 스마트폰이라 부르는 이유는 사람의 기억과 사고를 대신할 정도로 발전했기 때문이다. 책을 찍으면 사진이 아니라 문자로 인식을 하고 영어를 번역해서 알려줄 정도의 기능을 가지고 있다. 또한 유적지에 가서 사진을 찍으면 그 유적지의 이름과 상세한 정보가 나오는 프로그램을 개발했다. 이를 도시에 적용하면 내가 있는 위치에서 맛있는 음식점이 있는 곳은 어디인지를 지도에서 찾고 어떻게 찾아가는지를 찍으면 그 도로가 실사진으로 나오면서 찾아가는 길을 알려준다. 이것은 실제로 눈으로 보는 것이기 때문에 내비게이션의 그림을 보는 것하고는 전혀 다른 실제로 본 느낌을 전해 준다. 이것을 증강현실이라고 한다. 이것이 발전한 미래에는 누구나 스마트폰을 들고 다니면서 꽃을 보고 나서 그 꽃이 무엇인지 알고 싶으면 사진을 찍어서 바로 인터넷을 검색해서 상세한 정보를 알 수 있게 된다.

그렇다면 휴대폰과 무선인터넷은 어떻게 발전할까?

일단 인터넷의 권력은 유선에서 무선으로 넘어가게 될 것이다. 마치 길거리의 공중전화가 사라지고 집에 있는 유선 전화를 잘 사용하지 않게 되는 것처럼 사람들은 집에 있는 인터넷보다는 길거리에서 모바일웹을 사용해서 대부분의 인터넷을 사용하게 될 것이며, 검색에도 많은 변화가 있을 것이다. 현재는 대부분의 경우 집에 가서 혹은 PC방에 가서 컴퓨터 앞에서 모르는 것을 물어보지만 그때는 사진을 찍어서 바로바로 찾을 수 있기 때문이다. 더 나아가서는 전문가가 할 수 있는 일을 대신할 수도 있다. 예를 들어 차를 운전하다가 갑자기 멈추었다. 차 본네트를 열어 보았지만 기초적인 것 이외에는 알 수가 없다. 그 럴 때 안경형 디스플레이를 끼고 인터넷에 A.S센터를 연결하면 눈앞에 차에 관한 모든 정보가 나온다. 예를 들어 차의 어디가 고장이 났으니 무엇을 교체 하거나 고치면 된다는 것이 마치 게임할 때 아이템 표시 되듯이 한 가지 한 가 지를 가르쳐 주게 된다. 이 이야기는 실제로 한 자동차 회사에서 만들고 있는 A/S프로그램의 일종이라고 한다. 그리고 현재 구글에서 구글안경이라고 해서 만들고 있다.

미래에는 사회가 어떻게 변화할까?

극단적인 예로 나이키의 상대는 닌텐도라는 이야기가 있다. 이 이야기는 아 이들이 닌텐도를 가지고 놀게 되면서 운동화를 좋은 것을 살 필요가 없어져서 결국 디지털이 모든 것을 변화시킨다는 이야기를 담고 있다. 이처럼 우리가 쓰 고 있는 모든 것들은 빠른 속도로 없어지게 될 것이다. 일단 휴대폰이 시계를 잡아먹었듯이, mp3가 시디를 잡아먹었듯이, 우선 디지털 카메라, 내비게이션, 그 외에 쓰고 있는 디지털 제품들이 거의 다 휴대폰 속으로 들어가게 될 것이 다. 뿐만 아니라 사람과의 관계도 지금과는 전혀 다르게 변할 것이다. 일단 사 람을 휴대폰 속에 저장하듯이 자신이 자주 만나고 필요한 사람을 휴대폰에 등 록하면 현재의 위치를 알게 될 것이고 만날 수 있게 된다. 그리고 직업에도 변 화가 일어나게 된다. 현재는 A/S를 하게 되면 A/S기사가 달려가서 고치지만 미래에는 휴대폰에 연결된 안경을 쓰고 스스로 작업을 하기 때문에 아주 정밀 한 일을 제외하고선 전화교환원이 수리해 주는 미래가 오게 될 것이다.

작은 부분이지만 책의 미래에 대해서 나오고 있다. 책도 이제는 전자책이라 고 해서 책 크기만한 디스플레이 장치에 다운로드를 받아서 읽을 수가 있는, 현재는 들고 다니기도 불편하고 크기도 크지만 미래에는 접을 수 있는 디스플 레이가 나와서 책을 대신할 수 있게 될 것이라는 이야기가 나온다. 그때는 뭘 먹고 살아야 하나 하는 생각을 하게 되었다. 그런데 비단 이게 서점만의 문제가 아니라 앞에서 말한 휴대기기가 정말로 그렇게 발전을 한다면 대부분의 직업들이 필요 없게 되는 게 아닌가 하는 걱정이 앞선다. 일단 디지털 카메라와 내비게이션이 없어지면 그 회사들도 없어지고 사람들도 필요가 없게 되고, 또 A/S기사들도 사라지게 될 것이다. 결국 승자만이 모든 것을 독식하는 사회가 오고 많은 사람들은 직업을 잃게 되지 않을까 하는 걱정이 들었다. 그래서 책에선 우리가 살아남기 위해선 기술을 선점하고 사회가 그 선점한 기술을 활용해야만 미래에 기업들이 살아남을 수 있다고 이야기하고 있다. 그렇지 못하면 뒤처지고 미래가 없다고 강조하고 있다.

그렇다면 개인은 어떤 준비를 하는 것이 좋을까?

우선 웹스토어가 한 대안이 될 수 있을 것 같다. 휴대폰에 게임이나 유틸을 제작해서 올리는 것이다. 그래서 그중에 가장 돈을 많이 번 사람은 한 달 동안 30억 가까이를 벌었다고 한다. 이처럼 세상이 변화를 하면 그에 따른 직업이 다시 생기고 또한 다른 수단이 생기기 마련이다. 그 외에도 많은 기술들과 변화에 대해서 이야기하고 있는 책이기 때문에 관심이 있는 분은 꼭 한번 읽어보면 좋을 것 같다.

우리나라에서 2008년 한 해 동안 해외로 지불한 특허 사용료가 55억 불이나 된다고 한다. 그래서 특허를 두고 "총성 없는 전쟁이다.", "피말리는 전쟁이다.", "국가 경쟁력을 결정하는 핵심이다."라고 표현하는 이유일 것이다. 외국에서 특허가 많이 나오는 이유는 선진국에선 누구나 특허를 받을 수 있다고 생각을 하고 많은 발명을 하고 있기 때문이라고 한다. 이제 우리나라에서도 특허는 남녀노소, 직업, 전공, 학력 등의 제한이 없이 누구에게나 열려 있다. 종자돈 없이도 부자 되는 생활의 습관, 바로 아이디어 창출과 특허 출원이라고 책에서는 말하고 있다.

그런데 특허라는 게 말은 쉽지만 절차가 복잡하고 어렵지 않을까?

기존의 아이디어 관련 도서와 달리 독자들로 하여금 좋은 아이디어를 창출해 내고, 그것을 특허출원하고 상품화할 수 있도록 돕는 데 있다. 따라서 이 책은 아이디어를 창출해 내는 방법, 성공 사례를 통한 아이디어맨이 갖추어야 할 자세, 특허에 대한 이해와 특허출원 방법 및 절차, 특허 상품화전략으로 구성되어 있다. 또한 독자들이 특허출원을 좀 더 용이하게 시도할 수 있도록 온라인 특허출원 방법을 따라하기 형식으로 상세하게 설명하고, 실제 특허출원 사례를 통해 특허출원의 이해를 돕도록 구성되어 있다.

평범한 가정주부 K씨의 이야기다. 어느 날 가족들과 같이 나들이를 가는데 모자가 바람에 날려가는 일을 겪게 된다. 그래서 집안에서 간단하게 만들 수 있는 도구들을 이용해서 바람에 날아가지 않는 모자를 연구하게 되는데, 여러 가지 재료들을 실험했는데 고무줄, 헝겊 등을 이용하다가 빨래를 하다가 아이들 팬티에 있는 고무밴드를 보고 모자에 부착하게 되었다. 이 모자는 격렬한 운동이나 바람이 많은 곳에서도 문제없이 쓸 수 있는 모자가 되었다. K씨는 이 탄력밴드 모자를 가지고 국내에 실용신안등록을 마치고 미국 등에 특허를 내서 대한민국 특허 기술대전에서 상을 수상하게 된다. 그래서 모자 사용 업체에서 3년간 기술을 사용하는 대가로 1억 5천만 원을 받은 사례까지 나온다.

이번에는 노 발명가의 이야기다. S사의 J사장님은 노 발명가라는 별명이 붙은 분이다. 호텔에서 종업원들이 떨어뜨리는 컵과 쟁반의 금액이 1년에 수백만 원에 이른다는 사실을 알고 안전한 쟁반을 만들게 되었다. 그 결과 쟁반의 앞뒷면으로 실리콘을 넣어서 45도 각도로 기울여도 컵이 넘어지지 않는 쟁반을 만드는데 성공한다. 그래서 이 쟁반은 우리나라 굴지의 호텔들에 20만 개 이상이 팔렸으며, 전 세계적으로도 많은 양이 팔리고 있다고 한다. 그런데 밑에 발명가의 멘트가 재미있다. ― 나이가 들면서 돈에 대한 집착이 사라지고 사람을 편하게 하는 발명을 하고 싶어지더군요. 아이디어를 떠올리다 보면 머리가 맑아지고 젊어지는 느낌이 듭니다. 라고 말이다.

그리고 책에선 이런 발명을 끝을 내는 것이라 그 밑에 이런 글들이 나온다.
<일상생활에서 유용하게 쓸 수 있는 쟁반에 대한 아이디어를 적어보세요.>
<위 아이디어에 보강할 수 있는 부분이 있다면 적어보세요.> 라고 말이다.

그럼 이런 발명은 어떻게 할 수 있을까?
여러 가지가 있겠지만 우선은 메모하는 습관이 가장 중요하다. 번개처럼 지나가는 아이디어를 메모 속에 잡아넣어야만 한다. 그리고 어떤 사물을 볼 때 만족하지 말고 더 좋게 하는 법에 대해서 생각을 해보는 것이다. 그리고 실제

로 그런 제품들이 있는지 조사하는 것이 중요하다. 그래서 제품을 개선하고 보완하는 습관을 가지는 것이다.

어떻게 하면 특허를 낼 수 있을까? 특허에는 여러 가지 종류가 있다. 우리가 말하는 특허의 원래 뜻은 아직까지 없었던 물건 또는 방법을 최초로 발명한 것이고 존속기간이 20년이다. 그리고 실용신안이라는 것이 있는데 이것은 이미 발명한 것을 개량하여 보다 편리하고 유용하게 쓸 수 있도록 고안한 것인데 존속기간은 10년이다. 그리고 디자인 물품의 형상, 모양, 색채 또는 이들을 결합한 것을 시각을 통해서 다른 느낌이 들도록 하는 것, 그리고 마지막으로 상표라는 것이 있는데 타인의 상품과 식별하기 위해서 기호문자 도형을 사용해서 타인의 것과 명확하게 구분하는 것이 있다. 이것은 10년마다 갱신이 가능하다. 여기서 가장 많이 나오는 것이 바로 실용신안인데, 이것을 하기 위해선 여러 가지 자료와 사진 도표 등을 준비하고 글로도 내용을 적어야만 한다. 물론 양식도 있다. 그리고 돈과 시간이 들어가야만 한다. 정확한 사안은 책을 읽어보면서 아는 게 좋을 것 같다.

이렇게 돈과 시간이 들어간다면 부담스럽지 않을까?

그래서 그런 사람들을 위한 것이 바로 발명대회라는 것이 있다. 일단의 발명대회에 대해서 책에서 자세하게 나와 있는데, 그 대회에서 입상하게 되면 자연적으로 특허나 발명을 인정받게 된다. 그리고 나중에 중소기업에서 나온 사람하고 협상해서 사용권을 주고 일단의 돈을 받는 법까지 자세하게 나와 있다.

그러나 모든 것 중에서 가장 중요한 것은 보안이기 때문에 정확하게 알아보고 하는 것이 좋다.

닌텐도의 비밀

데이비드 셰프 이레미디어

닌텐도는 오래된 역사를 가지고 있는 기업이다. 120년의 역사를 가진 닌텐도는 현재 게임기 닌텐도DS는 전 세계에서 휴대용, 가정용 비디오 게임기를 막론하고 32%의 점유율로 1위를 고수하고 있고, 2009년 2월 기준으로 무려 1억 대에 가까운 판매를 기록하였다. 그 뒤는 닌텐도위로 26%의 점유율을 보여준다. 두 게임기로 닌텐도는 전 세계 게임기 시장의 절반 이상을 장악하고 있다. 닌텐도는 2004년 이후 매출액은 3.2배, 영업이익은 4.4배로 늘어나는 등 거침없는 성장을 하고 있다. 글로벌 경제위기로 일본의 기업 대부분이 적자를 기록할 때 거꾸로 사상 최대의 흑자를 기록하면서 2008년 매출액이 27조 원이 넘었다고 한다.

재미있게도 닌텐도는 화투와 마작 같은 놀이기구를 만드는 회사였다. 그래서 일반적인 게임기 회사들과는 시작점부터가 다르다. 우선 플레이스테이션으로 유명한 소니나 마이크로소프트 같은 경우 전자회사와 소프트회사가 게임기를 만들기 시작한 것이지만 닌텐도의 경우에는 놀이기구를 전자제품으로 확대한 경우라고 할 수 있다. 그래서 닌텐도가 유명한 것이 바로 휴대용게임기 겜보이의 시작이었다. 그리고 그중에 유명한 게임이 바로 마리오다. 그런데 이렇게 휴대용게임기와 일반적인 게임을 시작해서 승승장구를 하던 닌텐도는 소니의 거센 반격으로 위기를 맞게 되는데, 그것은 바로 소니의 플레이스테이션 때문이었다. 당시에는 이차원게임이 주류를 이루고 있었던 때라 삼차원게임은 엄두도 못 내고 있었는데 플레이스테이션에선 게임회사들에게 차별화를 선언하고 삼차원게임을 주로 만들도록 하여서 플레이스테이션 투에선 완벽하게 구현이 되면서 콘솔게임기 하면 플레이스테이션을 생각하게 되었다. 실제로 플레이스테이션은 전 세계적으로 가장 많이 팔린 가정용 게임기다.

닌텐도는 다시 한 번 왕좌를 차지하기 위해서 우선 자신들의 잘못한 점부터 다시 생각하게 된다. 우선 첫 번째로 자신들이 잘 할 수 있는 부분에 대해서 하지 않고 소니 같은 전자회사하고 기술력으로 맞서려고 한 점이었다. 두 번째 게임을 하는 사람, 즉 게이머 중에서 마니아들만 잡으면 고정적으로 살 것이라는 생각을 바꾸었다. 게임은 즐기는 것이고 사람이면 누구나 즐길 수 있는 게임을 만들어야 한다는 생각을 하게 된 것이다. 그래서 탄생하게 된 것이 바로 닌텐도DS와 위가 되겠다. 우선 닌텐도DS의 경우 집집마다가 아니라 애들마다 한 대씩 있다는 소리가 돌 정도로 많은 보급량을 자랑한다. 그것은 아이들의 재미를 끄집어 낼 수 있는 마케팅을 했기 때문인데, 직접 손으로 쓰고 만지면서 하는 게임은 전에 없던 놀이라는 재미를 찾아 주었기 때문이다. 두 번째로는 위를 들 수가 있는데, 위의 경우 삼차원 마우스를 사용해서 여러 가지 놀이를 가능하게 하였기 때문이다. 컴퓨터 앞에서 눈이 아프고 허리가 아프도록 해야 하는 게임을 현실에서 진짜처럼 놀면서 가능하도록 하였다. 결국 게임만 하는 게이머들이 아니라 누구나 할 수 있는 게임을 만들어 내면서 상상도 못하는 블루오션을 창조해 냈다. 단 여기서 다른 소니나 MS의 게임기보다는 한 단계 낮은 그래픽을 구현해서 게임회사들이 게임을 만드는데 어려움이 없도록 하였고, 또한 즐기기에도 부담이 없도록 만들었다.

닌텐도DS 같은 경우 휴대용 게임기라는 인식 때문에 판매에 애를 먹었다. 그런데 광고에 두뇌트레이닝이나 그 외에 재미있는 게임 등을 추가시켜서 학습에 도움이 된다는 것으로 어른들이 사줄 수 있도록 권한 마케팅이 성공을 했으며, 또한 위 같은 경우에도 우리나라 저녁시간대에는 식구들이 모여서 TV를 시청하는데 대부분의 권한이 아줌마들에게 있다 보니 결국 게임기가 들어설 자리가 없었다. 그런데 위피트 등으로 아줌마들이 원하는 운동을 집에서도 할 수 있게 되다 보니 단순히 게임기가 아니라 운동기구로 집안에 들여놓게 된 것이다.

나는 위가 체험형 게임기의 시작이라고 생각한다. 앞으로는 위에서 쓰이는 삼차원마우스가 더 보급화되어서 실제로 머리에 쓰고 하는 체험형 게임기까지 발전하지 않을까 생각을 한다. 결국 게임과 영화, 실제가 하나가 된 거대한 체험학습기 같은 형태로 말이다.

이 책은 당시 닌텐도가 한창 잘나갈 때 방송을 준비했는데 방송국에서 일본 게임회사를 선전해 줄 수 없다고 해서 방송을 못한 책이다. 이때만 해도 대통령이 왜 우리나라에는 닌텐도 같은 회사가 없냐고 이야기할 정도였는데 지금은 스마트폰에 밀려서 그 위상이 많이 내려갔다. 그런데 재미있게도 여기에는 그들만의 기술의 집약이라는 장점이 단점으로 작용을 했다. 한 가지 우물만 판다는 생각이 그들을 사지로 몰았던 것이다. 세상은 끊임없이 변하고 영원한 승자는 없는 것 같다.

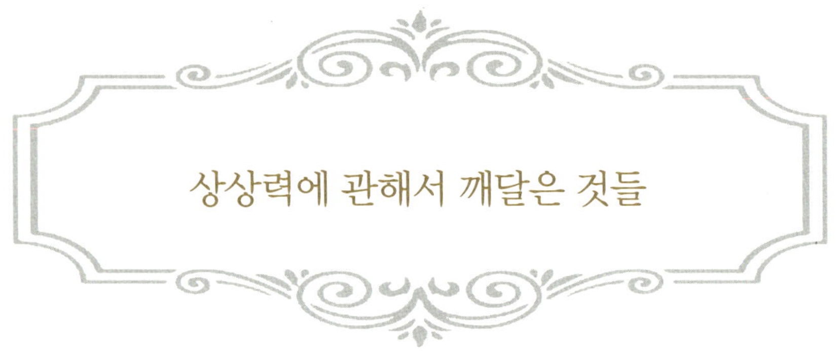

상상력에 관해서 깨달은 것들

우선 왜 상상력에 관해서 생각하게 되었는지부터 이야기를 하겠다. 인터넷과 스마트폰이 모든 사람들이 들고 다니는 세상이 되었다. 앞으로 더 발달한다면 그야말로 정보를 외우는 것 자체가 의미가 없는 세상이 될지도 모르겠다. 그럴수록 점점 약해지는 것이 있으니 그것은 바로 상상력이다. 과거에는 사람들이 어떤 것이 있었으면 좋겠다는 생각으로 상상력을 키워갔지만 현재 그 상상이 현실이 된 지금 사람들의 상상력은 고갈이 되어가고 있다. 이것을 대표적으로 느낄 수가 있었던 것이 바로 군대였다. 군대 안에선 할 수 있는 것들이 없다 보니 나가기만 하면 이것도 하고 싶고 저것도 하고 싶다고 상상을 많이 했는데 사회에 나와선 일단 할 수 있기 때문인지 전혀 상상을 안 하고 하루하루만 살아가고 있다. 게다가 무언가 상상을 할 수 있는 시간에는 바쁘게 일을 하거나 게임을 하거나 했었다. 게다가 그나마 남는 시간마저 스마트폰이 빼앗아가니 가만히 앉아서 공상할 수 있는 시간은 이제 전혀 없어진 것이었다.

내가 이렇게까지 쓰는 이유는 스마트폰을 사고 나서부터 알 수 없는 어떤 불안감과 분노가 느껴질 때가 많았다. 게다가 얼마 안가선 그 불안과 공포는 우울로 진화했던 것이다. 그러고 나서 나는 깨달았다. 혼자서 상상하는 시간이 없어져서 그렇게 되었다는 사실을 알게 되었다. 사실 상상이 항상 좋지는 않다.

나같이 쓸데없이 걱정하기 좋아하는 사람의 경우에는 더 좋을 것이라고 생각했다. 화장실에 앉아 있는데 사실 할 수 있는 게 없지 않은가? 그래서 책을 읽거나 스마트폰으로 게임을 했다. 처음에는 좋았는데 갈수록 짜증이 나기 시작한 것이다. 그것은 바로 할 수 있는 일이 정해져 버리기 때문이다.

아침에 일어나서 일하고 공부하고 쉬고 자는 것이 인생이다. 그런데 그중에서 내 마음대로 할 수 있는 것이 바로 쉬는 것이다. 그 쉬는 것을 어떤 틀 안에 들어가서 그 일만 반복한다면 인생이 너무나도 메마르지 않을까? 나도 독서를 해서 책을 썼지만 책 내용의 대부분은 내가 생각을 해서 책의 내용을 확장해서 소개를 했다. 결국 책을 있는 그대로 받아들인 것이 아니라 그 내용을 상상해서 붙이고 다듬어서 만들었다는 것이다. 예를 들어 영화를 보고 나서 내용이 다음 편에는 어떻게 전개가 될 것 같다는 생각을 할 수 있는 것이 아닌가? 그런데 지금은 별로 그런 생각을 하는 사람들이 없는 것 같다. 바로 다음 책이나 영화를 찾으러 다니고 찾으면 또 찾기 때문이다. 문제는 이런 식으로 자신만의 상상없이 받아들인 정보들이 자신의 뇌를 죽이고 있다는 사실이다.

인생에서 20대가 시간이 제일 안 간다. 왜냐하면 고등학교 졸업하고, 대학교 입학해서 군대 갔다오고, 졸업해서 취직하고 결혼하고 아이낳고 키우다 보면 항상 새로운 상황에 적응해야 하기 때문이다. 결국 엄청난 정보량을 받아들이고 체득해야만 생존이 가능한 시기이기 때문이다. 그런데 이런 때 뇌의 상상력은 최대한의 능력을 발휘한다. 그렇게 힘든 때 나는 어떤 대학에 갈 거야 혹은 이런 여자와 결혼을 해서 아이는 어떻게 키울 거야 등등 정말 쓸데없다고 생각되는 상상을 많이 한다. 그런데 막상 그 과정을 다 겪고 자리가 잡히면 그렇게 편한데도 상상력은 온데간데 없어지고 어제와 똑같은 오늘을 살고, 내일을 준비하고 있다. 결국 머릿속에 쓰는 부위가 정해져 버리고 머릿속에서 새로운 것을 창조해 내는 능력은 죽어버린다. 결국 나는 무언가 새로운 것을 창조할 수 없는 그런 부속품으로 전락하고 마는 것이다.

문제는 이렇게 뇌를 죽이는 행위가 과거에는 꼭 필요했었다. 왜냐하면 그렇게 해야지만 살아남을 수 있는 능력을 가졌다. 그러나 앞으로는 힘들 것이다. 스마트폰이 모든 지식을 대신하고, 자동차는 스스로 운전을 하게 될 것이다. 인간이 컴퓨터보다 나은 것은 상상할 수 있다는 것 밖에는 남은 것이 없다. 결국 상상할 수 있는 인간만이 살아남고 성공할 수 있는 시대가 도래할 것이라고 나는 생각한다. 꿈을 꾼다. 상상을 한다. 공상을 한다. 이것들을 꼭 시크릿처럼 철저하게 생각해서 완성하려 하지 마라. 인간은 상상하는 것만으로도 존재한다는 것을 증명하는 것이니까.

그럼 상상력을 확장하는 방법에는 어떤 것들이 있을까?

우선 내가 본 영화나 소설 혹은 책에서 나온 내용들을 확장해서 이야기를 만들어 보는 것이다. 예를 들어 백설공주 이야기를 아주 잔혹한 동화의 이야기버전으로 만들어 보던가, 아니면 최첨단시대의 기술의 이야기로 만들어 보는 것이다. 혹은 내가 본 영화의 줄거리를 간단하게 써보고 다음 편을 만들어 보는 것이다. 물론 누가 내 이야기를 들어준다면 더욱 재미있는 이야기를 쓸 수 있을 것이다.

두 번째로는 혼자 있는 시간에 일체의 기기를 끄고 상상하는 시간을 갖는 것이다. 혼자 방안에서 TV, 컴퓨터, 스마트폰은 끄고 종이 한 장에 그냥 생각나는 것들을 끄적이는 것이다. 혹은 그냥 멍하니 앉아서 평소에 생각했던 아이디어나 이야기에 대해서 머릿속에서 만들어 보는 것이다. 그러다 보면 어느 순간엔가 그 이야기들이 줄줄이 엮이는 순간이 온다. 그 순간을 간단하게 종이에 적거나 녹음을 해서 자신만의 이야기들을 만들면 된다.

세 번째로는 비슷한 취미를 가진 친구들과의 대화를 가지는 것이다. 예를 들어 전자기기에 관심이 많은 사람끼리 만나면 전자기기에 대해서 많은 대화를 나눌 것이다. 그러다 보면 전존하는 기술뿐만 아니라 앞으로 나올 기술에 대해서도 많은 대화가 오고가게 된다. 그 순간 혼자만의 공상이 아닌 같이 공동의 상상을 통해서 더 멋진 이야기나 아이디어가 완성이 된다.

상상력에 관해서 한 이야기들을 정리해 보면 상상력은 컴퓨터가 할 수 없는 인간의 가장 고유한 능력으로 앞으로 꼭 필요한 능력이지만 점점 상실되고 있어서 꼭 필요한 능력이라고 했다. 그리고 상상력을 늘리는 방법에는 세 가지가 있는데, 첫 번째 영화나 소설을 자신만의 상상으로 확장하는 것, 두 번째는 혼자만의 공상의 시간을 갖는 것, 세 번째는 비슷한 취미를 가진 사람끼리 대화를 통해서 완성하는 것을 이야기했다. 내가 현재 생각나는 상상력에 관한 이야기는 여기까지이다. 많은 분들이 상상력에 대해서 더 많은 이야기를 나누어서 세상이 상상하는 세상이 되었으면 좋을 것 같다.

예술에 관해서

이 책들을 소개하면서 많은 것을 배우게 되었다. 예술이라는 것은 글과는 다른 사람의 본능을 자극하는 요소가 있다는 사실이다. 우리가 그림을 보았을
때 예를 들어 모나리자라는 그림을 그냥 보았을 때 드는 느낌은 많이 본 그림이라는 정도일 것이다. 그러나 그 그림에 담겨진 사연을 알게 되면 그림
속의 한 장면 한 장면이 크게 확대되면서 아! 그래서 그렇게 그림을 그린 것이구나 라는 것을 알게 되었다. 게다가 그림 속에서 서양의 역사가 들어가
있고 성경의 역사가 들어가 있다는 사실을 알게 되면서 그냥 그림이 아니라 한편의 역사소설과 예술가들의 일생에 대해서 알게 되었다. 너무 거창하게
말한 것 같아서 간단하게 줄이면 아는 만큼 보이고 공부가 된다는 것이다.

책을 읽으면서 가장 힘들었던 부분이 바로 예술에 관한 부분이었다. 사실 예술 자체에 대해서도 별로 관심이 없어서 읽으면서도 잘 모르는 부분이 많았기 때문이다. 그런데 이 책들을 소개하면서 많은 것을 배우게 되었다. 예술이라는 것은 글과는 다른 사람의 본능을 자극하는 요소가 있다는 사실이다. 우리가 그림을 보았을 때 예를 들어 모나리자라는 그림을 그냥 보았을 때 드는 느낌은 많이 본 그림이라는 정도일 것이다. 그러나 그 그림에 담겨진 사연을 알게 되면 그림 속의 한 장면 한 장면이 크게 확대되면서 아! 그래서 그렇게 그림을 그린 것이구나 라는 것을 알게 되었다. 게다가 그림 속에서 서양의 역사가 들어가 있고 성경의 역사가 들어가 있다는 사실을 알게 되면서 그냥 그림이 아니라 한편의 역사소설과 예술가들의 일생에 대해서 알게 되었다. 너무 거창하게 말한 것 같아서 간단하게 줄이면 아는 만큼 보이고 공부가 된다는 것이다. 물론 여기서 소개한 그림이나 책들은 유명한 것들이라서 수박 겉핥기식으로만 알게 될 수도 있지만 그 외에 문화와 예술에 대해서 관심을 가지면 조금 더 세상이 다른 게 보인다는 것을 알게 되었다.

조선의 풍속을 그린 천재화가 김홍도

최태석 아이세움

우리가 학창시절에 교과서에서 김홍도에 대해서 배우고 조선시대 유명한 화가라는 것만 알지 그의 생애나 그림이 왜 그렇게 중요하고 유명한지에 대해선 별로 아는 것이 없다. 이 책은 그의 일생에서부터 그의 그림이 왜 그토록 우리 역사와 미술사에 중요한지에 대해서 설명을 해 놓은 책이다.

이 책은 김홍도의 잘 알려져 있지 않은 어린 시절과 화원의 길로 들어서게 된 경로, 깊이 있는 그림세계로 인도한 스승 등 그와 관련된 모든 사실들을 객관적인 입장을 고수하며 서술하고 있다. 김홍도의 발자취를 따라가며 사회적으로 어떤 위치에 있었는지, 일생동안 어떤 그림을 그렸는지, 세월이 흐르면서 그의 작품은 어떻게 변화하였는지를 보여주고 있다. 책에는 많은 김홍도의 그림들이 나오는데, 그림이 그려지게 된 배경과 그림의 내용에 대해서 설명해 주려고 자세한 사항들을 적고 있다.

김홍도가 뛰어난 천재화가이기 때문인 것은 분명하나 조선시대에도 많은 천재화가들이 있었고 또 많은 그림을 남겼지만 김홍도가 우리나라 역사에서 가장 많이 남아 있는 것은 바로 제목 그대로 풍속을 그린 화가였기 때문이다. 조선시대에는 우리가 지금도 많이 볼 수 있는 산수화 등을 주로 그리는 것이 대세였다. 그나마 양반들은 그것조차 천시를 해서 작품을 남기는 것을 부끄러워해서 좋은 그림을 남기지 못했는데 정조 시대에 이르러 풍속화라는 장르를 장려하게 된다. 많은 화가들이 풍속화를 그리려 하지 않았으나 김홍도는 많은 그림을 그렸으며, 그의 그림 속에는 지금은 전혀 알 수 없는 그때의 풍속들이 살아 숨쉬고 있기 때문이라고 한다.

　김홍도는 어린 시절의 삶을 정확하게 알 수가 없다. 단지 추측컨대 양반의 자손으로 밥을 굶지는 않는, 지금으로 말하면 중산층 정도의 집안에서 태어난 것 같다. 강세황이라는 그림스승을 만나서 그림을 배우게 되는데, 재능이 뛰어나서 궁궐의 도화서에 들어가서 그림을 그리게 되고, 나중에는 임금의 초상을 그리게 되는 영광까지 누리게 된다. 그리고 왕에게서 재능을 인정받아서 왕명으로 많은 그림을 그리게 된다. 그리고 풍속화와 신선도로 최고의 화공이라는 명예를 얻게 되고 나중에 현감자리를 하나 얻어서 관직에 나가는데 잘하지는 못했다고 한다. 또 정조가 죽은 다음에는 쓸쓸한 노년을 보내게 된다. 이 이야기가 전개되는 과정에서 그의 나이 때별 그림이 나오고 그 그림에 대한 자세한 설명들이 나오고 있다.

　김홍도의 그림 중에서 <서당에서 우는 아이> 라는 그림을 가장 많이 보았을 것이다. 서당을 보면 우선 대각선 구도로 한쪽을 열어 놓고 이를 마치 텔레비전에서 중계하듯 전체를 잡아 그림 속에서 일어난 일을 빠짐없이 보여주고 있다. 한 아이가 숙제를 제대로 하지 않아 훈장에게 회초리로 종아리를 맞았고, 아이는 울면서 걷지도 못하고 기어가고 있다. 그 와중에 왼쪽의 한 아이는 손으로 입을 가리고 웃고 있으며, 오른쪽 줄을 보면 맨 앞자리에는 일찍 장가가서 갓 쓰고 있는 학생이 앉아 있고, 그 다음번 아이는 다음번에 불려나가 매맞을까 봐 겁을 잔뜩 먹고 열심히 외우고 있다. 그리고 마지막 아이는 어려도 한참 어린애인 듯 앉음새부터 윗줄 학생과 다른데 서당에서 일어난 한 순간의 광경을 이처럼 한 폭의 화면에 모두 담아내는 것은 현재로 생각하기에는 아무것도 아닌 것 같지만 당시로서는 대단한 기술이 아닐 수 없었다. 그 외에도 씨름, 신선도 등 많은 그림이 자세하게 설명이 나와 있어서 재미있게 읽을 수 있었다.

이 책의 경우 라디오에서 소개했는데 라디오의 특성상 그림을 보여줄 수가 없어서 묘사를 책에서 가지고 와서 그림을 설명하면서 했었다. 그래서 같이 진행하는 MC에게 이렇게 설명하면 알아 듣겠느냐고까지 이야기를 하면서 준비했던 기억이 난다. 역시 글을 그리듯이 설명하는 게 맞는 것 같다.

책을 소개하면서 김홍도의 그림에 대해서 많이 알게 되었다. 어떤 사람이고 어떻게 그림을 그려왔고, 어떤 그림이 있는지 말이다. 그리고 왜 그분의 그림을 이토록 우리나라에서 높게 평가하는지 말이다. 이런 것은 상식인데 외국 그림에는 관심이 그토록 많으면서 왜 우리나라 그림에는 관심이 없었는지, 많은 분들이 읽고 김홍도에 관심을 가져주었으면 하는 바람이다.

이 책을 간단하게 소개하면 우리가 자주 보아서 그림은 알지만 정확한 제목이나 그 속의 사연에 대해선 자세히 모를 때가 많다. 그래서 명화를 소개한 몇 가지 책을 골라보았는데, 특히 이 책의 구성이 좋아서 소개하게 됐다. 책을 보면 우선 우리가 자주 보아온 명화가 가운데 있다. 그리고 책의 좌우에 그 그림에 대한 설명이 나와 있는 형식으로 되어 있는데, 딱 한 장에 설명이 들어 있어서 머리에 쏙쏙 들어온다.

우리가 잘 아는 그림부터 소개를 하면 모니리자인데, 레오나르도 다빈치가 그린 세계에서 가장 비싼 명화로, 수많은 영화와 소설의 모델이 되어왔다. 그런데 이 그림의 주인공 이름은 모나리자가 아니다. 당시 귀족부인을 모델로 그린 것인데 정확한 이름은 모르고 라 조콘다라고만 불리우고 있다고 한다. 레오나르도 다빈치는 주의력 부족으로 완성한 유일한 인물화가 이것이라고 한다. 그리고 눈썹이 없는 것으로 유명한데 사실은 눈썹이 있었다. 그런데 후대에 복원하는 화가가 실수로 그만 눈썹을 지운채로 복원을 해서 그것이 지금까지 내려온 것이라고 한다. 그리고 그림 속에 숨겨진 그림이 있는데 좌측에 보면 기둥의 일부가 보이는 것을 알 수 있는데, 이것으로 주위의 배경을 실제 그림이 아닌 상상 속의 배경이라고 생각한다.

그리고 그 다음에 소개할 그림은 아르놀피니의 초상이다. 이 그림은 여러 광고와 TV프로그램에서 등장해서 유명하지만 제목조차 생소한 그림인데, 이 그림은 우선 아르놀피니라는 당시 잘 나가는 상인의 결혼식 장면을 그린 그림이다. 이 그림이 유명한 이유는 당시의 혁명적인 회화의 기술과 다양한 상징성을 그려 넣었기 때문이다. 그림만 보아서는 속도위반으로 아이를 가진 커플이 뒤늦게 만삭이 되어서 결혼을 하는 것이라고 생각하기 쉬운데 사실은 배를 임신한 것처럼 보이는 것은 당시 만삭과 풍요를 상징하는 풍습이었다고 한다. 그래서 배를 크게 그린 것이다. 그리고 당시에는 성직자가 없어도 두 명 이상의 증인이 있으면 결혼이 성립이 되었다. 그래서 뒤에 있는 사진을 확대해 보면 두 명의 증인이 그려져 있는 것을 확인할 수 있다. 그리고 남자가 신발을 벗고 있는 것을 볼 수 있는데 이것은 여자의 만삭배처럼 다산을 상징했다고 한다. 그리고 아주 지나치기 쉬운데 뒤쪽 창가에 굴러다니는 오렌지의 경우 당시로서는 굉장히 진귀한 과일로 오직 부자상인이나 귀족들만 먹을 수 있었다고 한다. 그 외에도 화가와 여러 가지 상징들에 대해서 재미있게 나와 있다.

그리고 마지막으로 소개할 그림은 그랑드자트 섬의 일요일 오후라는 그림이다. 이 그림은 광고에서 많이 나와서 아마 친숙한 느낌이 들 것이다. 우선 이 그림의 화가는 조르주 쇠라라는 사람이다. 이 사람은 뭔가 새로운 것, 나만의 그림에 도달하기 위해서 이렇게 그렸다고 한다. 이런 식으로 점처럼 그림을 그리는 것을 점묘주의라고 한다. 이 그림을 자세히 보면 몇가지 특징을 보이는데, 프레임, 즉 액자를 그려 넣었다는 것이다. 그림의 크기 자체를 자신이 정하는 경우는 드문데, 이 그림은 액자를 그려 넣었고, 밝은 부분의 경우 노란색과 오렌지색을 섞어서 밝음을 표시하고 어두운 곳의 경우는 파란색과 오렌지색을 넣어서 어두움을 표시했다. 그리고 그 안에는 여러 가지 계급의 사람들이 움직이는데 그 전에는 같은 계급의 사람들만 그려 넣은 반면에 이 그림은 계급의 공존을 보여주고 있다고 한다.

이 책을 보면서 그림에 대한 많은 지식을 쌓을 수 있었다. 그리고 사실 너무

말 위주의 책만 소개하다 보면 시각적인 부분이 약한 것 같아서 이 책을 소개했다. 한 번 읽어보고 그림에 대한 많은 지식을 쌓으면 좋겠다. 이 책을 소개만 읽어서는 절대로 알 수 없고 그림을 구해서 보아야지만 가능하기 때문에 유튜브에서 세계에서 가장 위대한 그림 45를 쳐서 직접 방송하는 것을 보면 조금 더 이해가 될 것이다.

우리 그림이 들려주는 사람이야기

박영대 현암사

이 책은 우리가 자주 보아온 우리 옛 그림들 중에서 알 수 있는, 당시 사람들의 생활상과 함께 옛날이야기가 들어 있는 책으로 그림과 옛날이야기를 같이 볼 수 있다.

김홍도의 신행 같은 그림은 당시의 풍속에 대해서 자세하게 알 수 있도록 그려져 있다. 당시에는 신부의 집에서 결혼식을 하고 신랑이 하루를 자고 오는 것이 풍습이었다. 그래서 신랑이 흰 말을 타고 신부의 집에 가는 그림이 그려져 있고, 신랑 앞에는 두 명이 청사초롱을 들고 그 뒤에 기럭아비라는 사람이 따라가는데 기러기는 한번 짝이 정해지면 평생을 같이 살고 만약 짝을 잃게 되면 평생을 혼자 사는 새라고 한다. 이렇듯 절개를 지키고 예의를 갖추는 새를 본받자는 뜻이다. 또 다른 김홍도의 그림 기와이기에서는 당시에 집을 짓는 모습이 그려져 있는데, 여기에는 일하는 사람들이 기와를 올릴 때 새끼줄로 달아 올리는 모습이 있다. 그리고 그 밑에선 집을 짓는 책임자인 목수가 실과 추로 집이 중심을 잡고 올라가고 있는지 지켜보고 있다.

신윤복의 그림 중에서는 처네쓴 여인이라는 작품이 있다. 처네라는 것은 아마도 어린친구들은 잘 모르겠지만 조선시대에는 양반집 여인네들은 내외를 한다고 해서 치마의 일종인 처네를 뒤집어쓰고 외출을 했었다고 한다. 요즘은 사극에도 잘 나오지 않아서 잘 모른다. 이렇게 조선시대에는 여인들에 대한 통제가 심해서 분명히 국법에서는 여인의 재가를 금지하지 않고 있지만 한번 시집을 가면 재혼하지 않는 것을 관례로 하게 되었다. 책의 이야기 속에서 한 정승 집에 시집을 간 여인이 과부가 되자 시아버지가 친정집으로 돌려보내는데 세월이 흘러 길을 가던 중에 들른 집에서 맛본 간장 맛을 보고선 며느리가 이 집에 재가했다는 사실을 알았다는 이야기가 나오고 있다. 이처럼 조선시대에도 재가가 몰래 이루어졌다고 한다.

책에 나와 있는 그림 중에 윤두서의 자화상이 나오는데, 그림을 보면 아마도 많이 보았을 것이다. 이 그림은 원래 몸이 그려져 있었는데 세월이 지나면서 사라졌다고 한다. 그림을 보면 당시 그림들과 달리 털 한 올 한 올이 정밀하게 그려져 있는 것을 알 수가 있다. 이 그림의 주인공인 윤두서는 일찍이 벼슬을 포기하고 고향에서 글과 그림 공부에 전념했다고 한다. 그래서 수학과 지리, 별자리, 실용기술에 이르기까지 다양한 분야에 업적을 남겼다.

이 책을 통해서 우리나라의 고전명화를 왜 그렇게 중요하게 여기는지 다시 한 번 생각하게 되었다.

PART 9

건강과 행복에 관해서

건강이란 사실 굉장히 추상적인 개념이다. 건강하다는 의미는 신체적으로 정신적으로 사회적으로 아무런 문제가 없다는 뜻이다. 그런데 그 기준은 무엇일까 모호할 때가 많다. 아무튼 큰병에 걸려서 평생을 고생하는 사람들을 제외하고 일반적인 사람이 건강하게 살기 위한 방법을 책에서 알게 되었다. 우선 우리가 먹는 것의 문제가 가장 크다. 이런 말을 들어본 적이 있는가? "우리의 몸은 우리가 먹는 것으로 이루어져 있다."라고 말이다. 이 말은 우리 몸의 구성은 결국 식량으로 이루어져 있기 때문에 우리의 건강이 음식에서 나온다는 점이다.

건강이란 사실 굉장히 추상적인 개념이다. 건강하다는 의미는 신체적으로 정신적으로 사회적으로 아무런 문제가 없다는 뜻이다. 그런데 그 기준은 무엇일까 모호할 때가 많다. 아무튼 큰병에 걸려서 평생을 고생하는 사람들을 제외하고 일반적인 사람이 건강하게 살기 위한 방법을 책에서 알게 되었다. 우선 우리가 먹는 것의 문제가 가장 크다. 이런 말을 들어본 적이 있는가? "우리의 몸은 우리가 먹는 것으로 이루어져 있다."라고 말이다. 이 말은 우리 몸의 구성은 결국 식량으로 이루어져 있기 때문에 우리의 건강이 음식에서 나온다는 점이다. 그런데 재미있는 사실은 우리가 먹는 대부분은 바로 옥수수에서 나온다는 것이다. 아니 밥도 먹고 고기도 먹고 반찬도 먹는데 왜 옥수수라고 하는지 궁금해 하는 사람들도 많을 것이다.

그 이유는 바로 옥수수가 모든 식량의 원료가 되기 때문이다. 소와 돼지의 사료는 대부분 옥수수로 만든다. 게다가 우리가 먹는 녹말가루, 즉 과자, 빵, 라면 등의 원재료인 녹말이 대부분 옥수수분말로 만든다. 결국 이 세상은 옥수수로 만들어진 생물들이 사는 세상으로 만들었다는 것이다. 문제는 이 옥수수가 건강하냐는 데 있다. GMO라고 들어보았는가. 우리가 어렸을 때 식량난을 해결할 것이라고 배워왔던 유전자 재조합 식물을 말하는 것이다. 일단 GMO 자체는 직접 먹지 못하게 막고 있다. 무슨 문제가 발생할지 모르기 때문이다. 왜냐하면 유전자를 변환했기 때문에 상상도 못할 질병을 일으킬지 모르기 때문이다. 그러나 우리가 먹는 소와 돼지의 사료와 땅에 주는 비료에 GMO가 대량으로 사용되고 있다는 것은 이미 알려진 사실이다.

물론 유기농으로 인위적인 사료를 주지 않고 키우는 가축들과 농작물도 많이 키우고 있고 사람들이 많이 사먹고는 있다. 문제는 결국 돈의 문제로 귀결이 된다. 많은 사람들은 싼값에 좋은 음식을 원하기 때문에 우리가 아무리 노력을 해도 외식하고 과자를 사먹고 고기를 먹으면 결국 GMO를 먹게 될 수밖에 없다는 사실이다.

뭐 사실상 GMO의 문제점이 대를 이어서 나타날 수도 있기 때문에 현재로선 피부로 느낄 수 없다고 하자. 그러나 석유를 바탕으로 한 현재의 문명 자체가 사람들을 비만으로 몰고 수많은 병을 만들고 있다는 사실도 간과해선 안 된다. 왜 성인병과 당뇨병 등이 급격하게 늘어날까. 10년 전 TV만 봐도 삐쩍 마른 사람들이 돌아다녔다는 것을 알 수가 있다. 현재의 사람들은 당시보다 몸이 굉장히 많이 뚱뚱해졌다. 그 이유는 바로 걷지 않고 많이 먹기 때문이다. 왜 걷지 않게 되었는가. 바로 교통 수단의 발달 때문이다. 그리고 많이 먹게 된 것은 석유를 바탕으로 많은 기계와 옥수수를 통한 사료 기술의 발달로 싸게 많이 먹게 되었다. 인류의 입맛은 구하기 힘든 것을 달고 맛있게 느끼도록 구조화되어 있다. 예를 들면 단맛과 고기 맛은 언제나 맛있다. 그 이유는 몇 십 년 전만 해도 그런 영양소 자체를 구하기 힘들었기 때문에 그런 입맛을 가지고 있던 것인데 인류의 발전이 너무나도 빨라서 이런 결과가 오게 된 것이다. 결국 스스로 조절하지 않으면 안 된다는 데 그 문제점이 있다.

그 다음 문제점은 식품첨가물에 대한 이야기이다. 책 소개를 할 때, 라면, 과자, 화장품에 이르기까지 화학제품에 대해서 수많은 책을 읽고 문제점을 알았지만 방송에선 단 한 번도 소개를 해본 적이 없다. 방송국에선 그런 제품들이 광고에 직결이 되기 때문이다. 생각을 해보라. 과자, 간식, 화장품을 제외한 광고의 숫자가 얼마나 되는지 말이다. 먹고 마시고 바르는 게 대부분이 상황에서 그런 광고는 사실상 자살행위나 다름이 없다. 그래서 불만제로 같은 프로그램도 사람들이 잘 안보는 시간에 아주 작은 광고를 받아서 할 뿐이다. 어쨌든 책을 읽으면서 받은 충격은 이만저만이 아니었다.

지금 우리가 먹고 있는 식품첨가물은 대부분 확인되지 않은 혼합물이다. 그리고 실제로 문제가 생겼을 때 그때서야 금지시킨다는 사실을 알고 나서 충격이 더 컸다. 식품첨가화합물은 단순한 몸의 건강에만 영향을 미치는 것이 아니다. 더 큰 문제는 정신적인 문제를 일으킨다는 사실이다. 왜 선진국으로 갈수록 미친 행동을 하는 사람들이 많아질까? 그리고 아이들은 왜 점점 난폭해지는 것일까? 몇 권의 책에서 그 답을 찾을 수 있었다. 먹는 것이 아이들을 난폭하게 만드는 것이었다. 과거에는 적은 양의 식량을 통해서 뇌의 활동이 정상적으로 가는데 반해 현재는 알 수도 없는 수많은 화학물질을 엄마 배속에서부터 먹어온 아이들이 충동적이고 정서적으로 불안하게 되어가고 있던 것이다.

　일본에선 한 문제학교가 일체의 화학물질을 끊는 실험을 통해서 학생 전원이 우수한 학생이 되는 일화가 있었다. 그런데 이런 사실 자체가 외부의 미디어를 통해서 알려지지 못하고 묻히는 이유는 바로 거대자본의 논리에 묻힐 수밖에 없다는 사실이다. 거대 과자, 식품, 화장품 회사는 많은 물건을 팔아서 이익을 챙겨야 하는데 이처럼 다 따져서 좋은 제품을 만들면 만들기도 힘든데 이익이 남기 힘들고 결국 손해를 보아야만 하기 때문에 여론을 조작하고 사람들이 이런 사실을 알 수 없도록 만들 수밖에 없는 것이다.

　여기까지의 이야기만 가지고 건강하려면 어떻게 해야 하는지 생각해 보자. 우선 제대로 된 식사를 하는 것이 건강할 수 있는 첫 번째 조건이라는 사실을 알게 될 것이다. 먹는 것 자체가 안심할 수 없는 상황에선 일단 적게 골라서 먹는 것이 좋은 선택일 것이다. 빵보다는 밥을, 고기보다는 채식을 하는 것이 좋다. 그것도 우리나라에서 나는 것으로 먹는 것이 좋다. 멀리서 올수록 유통 과정이 길어지고 유통 과정이 길어져서 단가를 낮추려면 당연히 싼 비용으로 생산한 물건이기에 믿을 수가 없는 것이다.

　두 번째로는 걸어야만 한다. 비만의 원인 중 대부분은 걷지 않기 때문에 일어난다. 아침에 일어나서 1000보 이상 걸을 일이 있는가. 그런데 사람은 하루에 3000보 이상을 걸어야지만 건강하게 살 수 있다고 한다. 먹기는 4000보 이상 걸어야 할 양을 먹고 걷기는 500보 정도만 걸으니 당연히 배가 나올 수밖에 없다. 조금만 멀리 간다면 걸어서 가는 것이 좋을 것이다.

　세 번째로 식품첨가물의 위험성을 알고 많은 사람들에게 알려야 한다. 일단 나만 안 먹으면 된다는 생각 자체가 문제가 크다. 한 예로 우리 아이만 좋은 것을 먹이면 된다고 생각을 해보자. 그런데 같은 반의 아이가 식품첨가물을 많이 먹고선 흉포해져서 우리 아이를 공격한다면 어떻게 될까? 나만 안 먹으면 된다고 생각했는데 길거리에서 시비가 붙은 사람이 잘못된 식품첨가물로 화를 조절하지 못해서 공격을 한다면 어떻게 되겠는가? 이처럼 나만 안 먹으면 되지의 문제가 아니라 나를 포함한 우리 모두가 안전하기 위해선 널리 알려야만 한다.

그런데 재미있게도 건강에서도 행복에서도 경제적인 문제가 나오게 된다. 우리가 이렇게 과식을 하고 운동을 안 해서 건강을 해치게 된 것은 차를 타고 걷지 않고 싼값에 많은 음식을 먹기 때문이라는 사실이다. 결국 너무 많은 경제적인 혜택이 우리를 망치고 있다는 것이다. 결국 너무 풍요로워도 인간은 불행하다는 역설이다.

이번에는 건강에 관한 책들을 소개해드리겠다. 책에선 수많은 건강법과 우리 건강을 해치는 나쁜 것들에 관한 이야기들이 나오고 있다. 잘 읽고 자신의 건강을 지키도록 하자.

나는 몇 살까지 살까. 원래 이 책의 제목은 더 롱제비티 프로젝트로 장수프로젝트다. 이 책은 스탠포드대학의 루이스터먼 박사가 1910년에 태어난 1500명의 소년소녀들을 대상으로 후배 과학자들에게 계속 연구하라고 지시해서 80년 동안의 데이터를 바탕으로 어떻게 해야 오래 살 수 있는지를 실제적으로 연구한 책이다. 이 책에선 우리의 생각과는 다른 장수의 비결들이 많이 나온다.

장수하는 사람들의 몇 가지 특징으로 알고 있는 사실들이 있다. 우선 채식을 하고 담배와 술을 하지 않으며, 낙천적인 성격에 결혼을 해서 자녀를 둔 사람이 일반적으로 오래 산다고 생각하고 있다. 그런데 이 책에선 전혀 다른 결과를 알려주고 있는데 사실상 위의 이야기들은 장수와 별로 관련이 없을 뿐만 아니라 도리어 일찍 죽는 이유가 되는 경우까지 있었다.

우선 낙천적인 성격이란 것은 존재하지 않으며 상황에 따라서 기분변화가 큰 사람이 존재한다. 특히 코미디언들의 경우에서 기분의 변화가 큰 것을 알 수가 있는데 코미디언 같은 경우 일반인들보다 더 빨리 죽는다고 한다. 인간관계에 대한 스트레스가 크기 때문인데 상대방을 웃기지 못하면 불안하다는 것이다. 그리고 결혼을 한 경우에도 남성의 경우에는 결혼을 하면 오래 사는데 여성의 경우에는 별론 상관이 없었다. 게다가 이혼할 경우 남자는 일찍 죽는데 여성은 별로 차이가 없었다. 자녀가 있든 없든 수명에는 별로 관련이 없는 것으로 나와 있다. 특히 술과 담배에 관한 부분에 있어서 정확하게 나와 있지는 않지만 사교성이 좋은 사람의 경우 술과 담배를 많이 해서 건강을 해치는 경우는 있었지만 그 결과로 단명하지는 않았다. 도리어 술 담배를 하지 않아서 친구가 없는 사람이 스트레스를 많이 받아서 단명하는 것으로 나와 있다.

그럼 수명을 결정하는데 중요한 요인이 되는 것들은 무엇이 있었을까? 가장 큰 요인 중에 한 가지가 바로 부모의 이혼이었다. 특히 아들들의 경우 그 영향을 크게 받았는데 나중에 인간관계나 결혼생활, 그리고 수명에까지 지대한 영향을 미쳐서 단명하게 된다고 한다. 특히 부모의 죽음보다도 이혼이 영향이 크다고 한다. 그리고 결혼과 이혼에 대해서 본인에 대한 영향도 큰데, 남성의 경우 수명이 줄 정도의 스트레스를 평생 받는다고 한다. 책에서 재미있는 결혼에 대한 연구결과가 나오는데, 결혼해서 행복한 사람은 결혼 전에도 행복한 사람이라는 점이다. 인생이 결혼으로는 바뀌지 않는다는 슬픈 연구결과다. 두 번째는 친구가 많은 사람이 오래 산다는 점이다. 앞에서 말한 것처럼 사교성이 좋은 사람은 술, 담배를 많이 해서 건강을 해쳐서 병원 신세를 많이 질 수는 있지만 실질적으로 스트레스를 적게 받기 때문에 정신적으로 신체적으로 건강하게 오래 산다고 한다. 세 번째는 사회적으로 성공한 사람이 오래 산다는 점이다. 일반적인 직장을 보아도 사실상 아랫사람들보다는 사장이 몇 십 배 더 스트레스를 받으면서 살아간다. 많은 것을 걱정해야 하기 때문이다. 그러나 기대 동기와 성취감이 크기 때문에 그 스트레스를 쉽게 풀어 버릴 수 있다고 한다. 예를 들면 직장인은 일을 잘해서 보너스 받는 것에 만족하는데 반해 사장은 그들이 평생 벌 수 있는 돈을 한 번에 벌 수 있고 성공도 실패도 크기 때문에 자기 인생에 대한 만족감이 커서 오래 살 수 있다는 것이다.

이 책을 보면서 나는 몇 살까지 살 수 있을까? 라는 생각을 해봤다. 나름대로 술, 담배를 안 하고 살아서 기대를 했는데 반대의 결과가 나와서 실망을 했다. 그런데 책에선 단순하게 오래 사는 것에 대한 이야기만 나오는 것이 아니라 어떻게 하면 행복하게 살 수 있는지에 대한 연구가 나와 있었다. 그 부분이 더 재미있었다.

우리가 일반적으로 냄새가 많이 난다고 했을 때 본인은 모르지만 주변에 있는 사람들이 이야기를 했을 때 고민을 많이 하게 된다. 이 책은 단순히 냄새를 없애는 것뿐만 아니라 더 나아가 냄새가 왜 나는지, 건강에 문제는 없는지 진단을 해주고 건강과 냄새를 모두 잡아주는 그런 책이다.

주변에 보면 입 냄새 때문에 걱정하는 분들이 생각보다 많다. 특히 술 마시고 담배 피는 남자들은 입 냄새 때문에 스트레스를 많이 받는다고 한다. 그런데 문제는 술도 안 마시고 담배도 안 피우는데 구취가 심한 분들이 있다. 그런 분들은 건강이 안 좋은 것이라고 한다. 특히 침에 관련된 부분에 문제가 있다고 하는데 구취의 핵심은 침이라고 할 수 있다. 입 속은 침의 살균력에 의해 잡균의 증식이 억제되도록 되어 있으며, 그로 인해 입 냄새가 나지 않도록 되어 있다. 침 속의 리소자임이라는 효소가 세균의 세포벽을 녹여서 파괴하기 때문인데 살아남은 세균도 침과 함께 삼켜지게 되어 거의 대부분이 위산에 죽어 없어진다. 반대로 침이 잘 분비되지 않으면 입안의 자정 작용이 약화되어서 잡균이 생기고 입 냄새가 발생하게 된다. 물론 충치와 소화불량도 같이 생기게 된다. 더불어서 기관지에도 영향을 미치게 되어 있다. 결국 침을 어떻게 많이 만드느냐에 따라서 입 냄새와 구강 건강이 좌우된다.

그럼 어떻게 해야 침을 많이 나오게 할 수 있을까? 우선 아침식사를 거르지 않고 먹는 것이 중요하다. 단 식사를 할 때 꼭꼭 씹어서 침을 많이 나오게 해서 먹어야만 한다. 두 번째로는 말을 많이 하는 것이 좋다고 하는데, 혀의 운동을 많이 할 때 침의 분비가 많아지기 때문이다. 세 번째로는 제대로 된 수면을 취해야 한다. 제시간에 자고 제시간에 일어나지 않으면 침샘의 분비가 엉망이 되고 만다. 물론 과다한 커피, 담배, 술은 침샘을 마르게 하는데 더욱 나쁜 영향을 미친다.

입 냄새는 사실 입 안의 냄새일 수도 있지만 위장과 기관지 등의 몸 속에서 나는 냄새들도 있다. 간이 안 좋을 때는 암모니아 냄새가 나고, 당뇨병의 경우 입안의 침이 쉽게 마르고 달고 신 냄새가 난다고 한다. 그리고 기관지나 폐가 안 좋을 경우에는 썩은 고기의 비린내 같은 냄새가 난다고 한다.

몸 냄새도 역시 몸 속의 기관하고 연관이 있다. 그런데 이것들을 가장 많이 표현할 수 있는 것이 바로 땀이다. 땀에는 좋은 땀과 나쁜 땀이 있다. 좋은 땀이란 열심히 운동을 할 때 나오는 것처럼 쉽게 나오고 금방 증발을 하고 흘린 다음 시원한 느낌이 드는 것이 좋은 땀이고, 반대로 나쁜 땀이란 가만히 앉아만 있어도 주루룩 흘러내려서 쉽게 증발도 안하고 흘린 다음 불쾌한 느낌이 드는 것이 바로 나쁜 땀이다. 물론 쉽게 분류할 수 없지만 간단하게 예를 들면 그렇다. 그런데 문제는 좋은 땀은 그렇게 냄새가 나지 않는데 나쁜 땀은 냄새가 심하다는 것이다. 이것이 반복되다 보면 결국 몸에 배게 되는 것이 나쁜 냄새가 되겠다.

좋은 땀을 흘리는 가장 좋은 방법은 운동을 꾸준하게 해서 땀을 흘리는 것이다. 그럴 시간이 없는 분들은 목욕법이 있는데, 족욕이나 반신욕 등을 하는 것이 좋다. 목욕을 할 때 식초를 조금 타면 효과가 더욱 크다. 단 목욕 후 덥다고 함부로 몸의 온도를 낮추면 효과가 없다고 한다. 천천히 몸을 식히면서 말리는 것이 중요하다.

노화는 세포건조가 원인이다

이시하라 유미 전나무숲

인간의 주기별로 세포속의 물을 양을 알아보면, 아이가 처음에 태어났을 때는 세포 속의 수분의 양이 70%가 넘는데 나이가 들어서 노인이 되면 55%까지 떨어진다고 한다. 그래서 가장 먼저 느껴지는 것이 바로 피부가 건조해지는 것이다. 나이가 들면서 건망증이 심해지는 이유도 바로 뇌 속의 수분의 양이 줄어들면서 원활한 작용을 못하기 때문이다. 따라서 세포의 건조를 막는 것이 바로 노화를 막는 가장 중요한 일이다. 그렇다면 세포의 건조를 막기 위해서 무조건 물을 많이 마시면 되는 것일까? 그건 절대로 안 되는 일이다. 그렇게 했다가는 수독, 즉 너무 많은 양의 물이 몸의 장기를 망가뜨리게 된다.

물을 무조건 많이 마시게 돼서 수독에 걸리는 이유는 바로 우리 몸이 세포단위까지 전달되기 위해선 반드시 열이 발생해야만 하기 때문이다. 그냥 물을 마시면 위와 장기에 흡수되지 못하고 신장이나 부신쪽에 과도한 양이 들어가서 장기의 기능을 망치게 된다. 운동을 해서 목이 말라서 물을 마시면 그것은 몸에 필요한 물이기 때문에 쉽게 흡수되어서 세포 건조에 도움이 되지만 피부가 건조하다고 무조건 물을 많이 마시면 수독에 걸린다는 이야기다. 이 책에선 특히 하체건강에 대해서 강조하고 있는데, 우선 30분 이상 걷기를 하되 반드시 땀을 흘릴 정도로 운동을 한 후에 따뜻한 물을 마셔야 한다고 이야기하고 있다.

그렇다면 운동을 할 수 없는 사람이나 운동을 전혀 할 시간이 없는 사람은 어떻게 해야 할까? 피부건조에는 어떤 수분크림보다도 땀이 가장 좋다고 한다. 땀 자체에 피부를 윤기 있고 촉촉하게 만드는 성분이 들어가 있기 때문이다. 따라서 운동을 할 시간이 없는 경우에는 반신욕이나 사우나 등을 통해서 건조한 피부를 보습하는 것이 좋다고 한다. 그리고 아침에 주스를 한 잔 마시는데 당근과 사과, 소금을 넣은 주스를 한 잔 마시면 노폐물이 빠져나가고 몸 안의 세포에 수분을 충분히 전달할 수 있는 기반을 마련해 준다고 한다. 자세한 제조법은 책에 들어가 있다. 그 외에도 배가 항상 차서 설사나 변비가 잦고 쉽게 무기력해지는 사람들을 위한 식품의 종류와 이름들이 들어가 있다. 이런 분들의 경우에는 뿌리식물을 먹는 것이 좋다고 한다.

그리고 책 뒤편에는 각종 만성질환, 즉 고혈압, 당뇨, 관절염, 골다공증, 만성 통증 등에 대해서 무엇을 먹어야 하며 어떻게 운동을 하는 것이 좋다고 이야기하고 있다.

세로토닌하라

이시형 중앙북스

　이 책의 내용을 본격적으로 들어가기 전에 우선 세로토닌이 무엇인지 설명하겠다. 우리 몸에서 감정을 조절하는 호르몬이 세 가지가 있는데, 쾌락을 담당하는 도파민, 공포를 담당하는 노르아드레날린, 그리고 마지막으로 감정과 신체의 상태를 유지하는 세로토닌이다. 그런데 우리는 그동안 행복해지기 위해서 노력을 하다 보니 도파민에 의존한 행복론을 이야기해 왔다. 그런데 이 책에선 도파민은 중독성이 있기 때문에 세로토닌을 통해서 행복해지는 방법을 찾아야 한다고 이야기하고 있다.

　우선 우리가 생각하는 행복이란 무엇일까? 많은 사람들이 추상적으로만 행복에 대해서 생각을 하고 있다. 도박에서 돈을 따는 순간이 행복일까? 아니면 원하는 물건을 구했을 때가 행복일까? 그런데 그런 것들은 모두 그 순간이 지나면 꺼져버리는 불꽃 같은 것이다. 이것은 행복이 아니라 순간의 쾌락에 불과할 만족감과 안정감이 같이 찾아왔을 때만이 진정한 행복이라고 할 수 있다. 그런데 지금까지 우리는 행복을 추구하기 위해서 너무 많은 경쟁과 희생을 해왔다는 것이 저자의 이야기다. 그래서 성취욕이 큰 사람이 성공도 크게 하지만 좌절도 크게 해서 자살을 쉽게 하게 되는 것이다. 경쟁으로 자신을 망치면서 쾌락을 얻는 것은 너무 무모한 일이기 때문에 이제는 도파민 중독에서 벗어나서 세로토닌으로 안정적이고 만족스런 삶을 살아야 한다는 것이다. 세로토닌은 중독되는 물질이 아닐 뿐만 아니라 우울해지지 않게 해주기 때문에 자신의 인생에 만족을 하면서 살 수 있게 해줄 것이다.

그럼 어떻게 하면 세로토닌을 추구하는 삶을 살 수 있을까? 책에선 감동하라고 이야기하고 있다. 감동이라는 감정은 고등동물들에게만 존재하는 뇌의 작용이기 때문이다. 뇌를 감동시켜야 제대로 작동을 한다는 것이다. 사람은 감정이 메마르게 되는 것은 바로 뇌가 제대로 작동하지 않기 때문인데 그 역시 단순한 정보처리로 인해서 망가지는 것이다. 감동을 하기 위해선 우선 많은 사람을 만나고 책을 읽고 영화를 보고 많은 경험을 하는 것이 중요하다. 두 번째로는 독서를 하는 것이다. 독서는 단순한 정보의 제공이 아닌 자신의 생각을 구체화해서 적어놓은 것이기에 뇌에 가장 영향을 많이 미치는 매체이다. 마지막으로 걸어야 한다. 그것도 하루에 30분 이상 걷는 것이 사람의 뇌를 활성화하는데 가장 중요한 운동이라고 한다.

걷기를 하라고 해서 무작정 많이 걷고 뛰면 좋을 것 같지만 자신의 능력 이상의 걷기나 뛰기는 몸에도 무리가 가고 뇌에도 무리가 가는 아주 나쁜 활동이다. 책에선 소크라테스걷기라고 이상적인 걷기에 대해서 이야기를 하고 있다. 하루에 5분에서 30분 정도로 걷는데 산길이나 숲길을 어떤 주제를 가지고 생각을 하면서 걷는 것이 좋다. 걸으면서 생각을 하면 뇌가 활성화되는데 이때 수첩과 볼펜을 들고 아이디어를 적으면서 걸으면 많은 문제를 해결하면서 스트레스를 풀 수 있다고 이야기하고 있다. 단 무리를 해서는 절대로 안 된다. 힘이 들게 되면 노르아드레날린이 분비되어서 도리어 역효과가 될 수 있다고 이야기하고 있다. 그래서 억지로 하는 다이어트보다는 이런 소크라테스걷기로 세로토닌 분비가 활성화되면 30분 걷고 2시간 동안 활성화되기 때문에 아침 점심 저녁으로 걷기만 해도 하루 종일 행복해질 수 있다고 한다.

나는 알 수 없는 짜증이 밀려올 때가 가끔씩 있다. 짜증이 나기는 한데 딱히 이유가 있는 것이 아니기 때문에 더 짜증이 난다. 그렇다고 따로 스트레스를 해소할 때도 없다 보니 그냥 쌓아놓고 갈 때가 많았다. 그러다보니 심하면 속병이 나서 힘들어할 때도 많았다. 그런데 이 책을 읽어보니 원래 사람은 그런 존재라고 한다. 괜히 걱정하고 쓸데없이 짜증이 나기도 하고 말이다. 그런데 그런 짜증이나 스트레스 자체를 왜 그런지 몰라서 걱정하고 풀 줄도 몰라서 병이 난다는 데 문제가 있다고 한다. 우리나라는 현재 세계에서 자살률이 가장 높다. 하루에 40명씩 자살을 하는데 이유를 아는 사람도 없고 이것을 막겠다고 하는 정치인도 없다. 단지 '지가 죽겠다는데 어떻게 말려'라는 생각들만 하고 있을 뿐이다. 이뿐만이 아니다. 묻지 마 살인 폭력도 점점 심해지고 있다. 그런데 그런 사람들을 정신병이 없다는 이유로 엄중처벌만 하고 있다. 이것은 잘못된 것이다. 그들은 아픈 것이다. 마음을 조절하지 못하는 병에 걸린 것인데 그것에 대해선 법에선 아무런 생각이 없다. 이 책에선 이런 식으로 사람의 마음이 아파가는 과정이 사회적으로 나타나는 사회의 병인데 아무도 그것이 병이라고 알려주지 않고 치료하는 법도 알려주지 않기 때문에 사회가 더더욱 힘들어지고 있다고 이야기하고 있다.

우리는 도파민을 쾌락을 추구하는 것이 진정한 행복으로 착각하고 있었다. 쾌락은 잠시일 뿐 더 큰 쾌락을 얻기 위해선 더 많은 희생을 해야만 한다는 사실을 알려주고 있지 않다. 마치 브레이크가 없는 기차처럼 어떤 목표를 향해서 끝없이 질주하고 있기 때문이다. 문제는 더 이상 갈 수가 없는데 가려고 하는데 못하니까 좌절하고 슬퍼지게 되는 것이다. 이 사회에서 필요한 것은 쾌락이 아니라 안정과 만족이다. 마치 복권에 당첨되었을 때 순간적으로 행복하지만 바로 걱정이 많아지듯이 말이다. 복권보다는 열심히 모은 적금으로 자신의 집을 사서 안정적인 가정을 꾸릴 때 그것을 비로소 행복이라고 부를 수 있는 것이다. 노력과 결실, 그리고 안정 이 세 가지가 맞아떨어질 때 비로소 행복이라고 부를 수 있는 것이다.

이시형처럼 살아라

이시형 비타북스

이 책은 이시형 박사가 자신의 인생에서 건강과 철학 등을 정리해놓은 일종의 건강, 철학에세이 책이다. 그중에서 특히 건강에 관한 부분이 마음에 들어왔다.

여기서 이시형 박사가 말하는 건강함이란 아프지 않는 건강함을 말하는 것이 아니다. 평소에는 골골대는 사람이 더 오래 산다는 말이 있지 않은가? 즉 아플 때는 아픈 사람이 오래 산다고 이야기를 하고 있다. 예를 들어 몸살이 나는 경우에는 몸이 너무너무 힘들어서 몸이 망가질 수 있으니 억지로 쉬라고 뇌가 몸에게 강제 명령을 내리는 것이고, 감기에 걸려서 몸에 열이 나는 것은 몸 안의 바이러스를 열로 죽이기 위해서 내는 것이다. 게다가 설사가 나는 경우에는 몸에 나쁜 물질을 강제 배출하기 위함인데, 서양의학에선 증상만 치료하기 위해서 열을 내리고 장을 멈추고 종합감기약을 통해서 몸을 억지로 낫게 한다. 이런 식으로 순간순간을 아프게 않게 모면할 수 있지만 그러다 보면 몸 안에 나쁜 물질들로 가득 차게 되어서 어느 순간 돌연사 할 수 있다고 경고하고 있다.

그렇다면 그렇게 아프게 몸살과 감기를 달고 살아야 할까? 아니다. 트레이밍 기법이라고 해서 아프지 않고 건강하고 오래 살 수 있는 방법을 이야기해 주는데, 이시형 박사가 말하는 건강의 핵심은 면역력이다. 그리고 면역력의 핵심은 장에서 나온다고 한다. 즉 소화흡수가 잘 될수록 면역력이 강해지고 건강해진 다는 것이다. 특히 소화라는 것의 한자를 풀이해 보면 새로운 것으로 변화시킨 다는 뜻이기도 하다.

따라서 우리가 건강하기 위해선 일단 먹는 것이 좋아야 한다. 특히 인스턴트 음식이나 조미료가 듬뿍 들어간 음식의 경우에는 소화흡수율을 떨어뜨려서 몸을 망치게 된다고 이야기해 주고 있다. 그래서 인스턴트 음식을 멀리하고 발 효음식을 위주로 식사하는 습관을 가져야 한다고 하는데, 즉 건강하고 병 없이 살려면 음식을 가려야 한다는 것이다.

장이 건강하기 위해선 두 번째로 잠의 질과 양이 중요한데 질적으로는 밤 10 시에서 새벽 2시 사이에 잠드는 습관이 아주 중요하고, 양적으로는 6시간에서 8시간 정도 충분한 수면을 취해야만 좋다고 이야기해 주고 있다. 그래야만 건 강한 장을 가질 수 있다고 한다.

운동에 대해서도 자세히 나오고 있다. 특히 격한 운동은 피하라고 이야기하 는데, 격한 운동의 경우 뇌에 도파민을 분비해서 높은 성취감과 쾌락을 줄 수 있지만 후유증이 심하고 몸에 별로 도움이 되지 않는다고 말을 한다. 특히 나 이가 많은 분들에게는 좋지 않다고 한다. 운동은 내가 할 수 있는 만큼 충분히 걷고 움직이는 정도로 충분하고 사색을 많이 하고 글을 쓰고 생각을 많이 하는 습관이 정신건강에 세로토닌 분비를 촉진해서 정신적으로나 육체적으로도 건 강해질 수 있다고 이야기를 해주고 있다

나는 장이 안 좋아서 그런지 건강이 나쁠 때가 많다. 그때마다 약을 먹고 버 텼는데 지금부터는 식습관을 바꾸고 많이 걸어서 한번 고쳐볼까 생각해 보았 다. 여러분도 한번 읽어보고 건강을 지키는 습관을 만들어 보기 바란다.

요네야마 기미히로 예인

머리가 좋아지려면 바둑이나 스도쿠 같은 어려운 게임을 하면 될 것 같지만 사실은 그렇지 않다. 책에선 일상생활이 더 중요하다고 이야기를 하고 있다. 각종 퍼즐, 스도쿠 등이 뇌 트레이닝으로 각광을 받고 있지만 이는 일시적인 행동일 뿐 일상을 어떻게 보내느냐가 뇌 활성에 미치는 영향이 훨씬 크다고 강조하고 있다. 아무리 스도쿠와 퍼즐을 잘해도 아침에 습관적으로 늦잠을 자고, 아침식사를 거른 채 같은 시간에 집을 나서고, 매일 똑같은 길을 지나 매일 같은 시간의 전철을 타고, 사람들에 휩쓸려 직장이나 학교로 가고, 매일 같은 식당에서 비슷한 음식을 먹고, 똑같은 일을 반복적으로 하고 있다면 뇌는 전혀 활성화되지 못한다.

그럼 어떻게 해야지 뇌가 활성화될까?

우선 아침을 먹어야만 한다. 아침에 잠을 깨서 일어났을 때 뇌는 하루를 움직일 에너지를 필요로 하기 때문에 뇌에 영양을 주기 위해선 아침을 먹는 것이 좋다. 그렇다고 아무런 음식이나 먹는 것이 좋으냐? 아침식사로 가장 좋은 것은 빵이나 밥종류가 좋은데, 그 이유는 바로 뇌를 움직이는 에너지는 포도당인데 체내에서 포도당의 원료가 되는 것이 바로 탄수화물이기 때문이다. 커피한 잔도 도움이 될 수 있다고 하는데, 뇌를 안정시키고 하루의 시작을 편안하게 시작할 수 있는 기능을 한다고 한다. 그런데 커피도 될 수 있으면 원두커피가 좋다.

다른 뇌에 좋은 습관은 어떤 것이 있을까?

뇌에 가장 좋은 운동은 걷기다. 고대 그리스의 의사였던 히포크라테스는 걷기는 최고의 약이라고 했는데 이것이 최근에는 의학적으로 증명이 되고 있다. 미국 일리노이 대학교의 아서크레이머 박사팀은 노인들을 두 팀으로 나누어서 실험을 했다. 한 팀은 산소 소비가 적은 스트레칭을 하게 하고 다른 한 팀은 하루에 한 시간씩 걷도록 했다. 그 뒤 두 팀의 뇌를 비교했는데 걷기를 한 팀이 전두엽이 더 발달한 것을 명확하게 알 수가 있었다고 한다. 이것에 대해서 책에선 이렇게 설명을 한다. 걸을 때 인간은 하반신을 이용을 하는데 하반신에 전신 근육의 3분의 2가 집중되어 있어서 걸을 때 혈류량, 즉 피가 몸 속을 움직이는 양이 증가하게 되는데 혈류량이 증가하면 결국 뇌로 들어가는 혈액의 양이 많아지게 되고 따라서 뇌 속의 포도당이 증가하기 때문에 뇌를 발달시키는 운동에는 걷기가 가장 좋은 운동이다. 그런데 단순히 걷기만 하는 것도 도움이 되지만 걸으면서 많은 물건들을 보고 느끼고 상상하면서 걸으면 뇌를 더 많이 발달시킬 수 있다고 한다.

예를 들면 출근할 때 사람들은 일반적으로 매일 가던 길을 걷는다. 그런데 이렇게 가면 뇌가 발달하지 않는다. 머릿속이 굳어버리게 된다는 것이다. 출근의 형태를 바꾸어서 전혀 다른 길로 가보는 것이다. 그러면서 아 여기에는 이런 것들도 있구나 혹은 이런 사람들이 다니는구나 라는 새로움을 느끼면서 걸어보라는 것이다. 이것은 단순히 걷기에만 국한된 이야기가 아니라 점심시간에 식사를 할 때도 적용이 된다. 보통 식사를 하게 되면 싸고 내 입맛에 맞는 집을 찾게 되고 매일같이 전혀 다른 집을 찾아보려 해도 결국에는 몇 집만 골라서 먹게 되는 자신을 발견하게 된다.

　최소한 일주일에 하루쯤은 전혀 다른 집에 가서 먹어보는 경험을 해서 뇌를 새로운 미각의 자극을 주는 것이 좋다. 또한 휴일에도 집에만 있을 것이 아니라 전혀 다른 곳으로 여행을 가는 것도 뇌를 자극하게 된다. 꼭 돈을 많이 들여야만 많은 자극을 받는 것이 아니기 때문에 자신이 충분한 사전조사만 한다면 매주 새로운 곳을 찾을수도 있다.

　마지막으로 뇌를 발달시키는 습관 한 가지만 더 설명하면 이것은 앞에서 이야기한 것과는 약간 반대가 되는 것인데, 전문적인 취미를 갖는 것이다. 사진을 찍는다거나 그림을 그린다거나 음악을 듣는 것처럼 말이다. 뇌는 좌뇌와 우뇌가 있는데 앞에서 말한 것들은 대부분 우뇌를 발달시키는 방법들이다. 우뇌는 감성적이고 새로운 자극을 받아들이는데 익숙하고 좌뇌는 익숙한 일을 하고 수치적인 일을 할 때 유리하다. 그런데 우리는 대부분 입시교육을 받았기 때문에 좌뇌만 발달해 있는 경우가 많아서 우뇌를 발달시키는 방법을 이야기했는데 그럼에도 불구하고 뇌를 지속적으로 발달시키기 위해선 좌뇌를 발달시켜야 된다. 왜냐하면 치매에 걸린 사람들을 대상으로 연구를 했는데 나이가 들어서도 계속해서 전문적인 취미를 가진 사람들은 대부분 치매에 잘 걸리지 않는다는 결과가 나왔기 때문이다. 그리고 나아가서 자신이 가진 취미나 연구 분야에서는 젊은 사람들보다도 정확한 기억력을 가지고 있는 경우가 많았다. 그래서 자신이 좋아하는 일생의 취미를 전문적으로 가지는 것이 중요하다.

　머리를 좋아지게 하는 가장 좋은 취미는 독서라고 하고 있다. 최소한 일주일에 한 권 정도는 읽는 것이 좋고, 단순히 읽는 것에 그치는 것이 아니라 남에게 이야기를 해주거나 독후감처럼 자신의 언어로 정리해두는 것이 좋다. 나도 책을 소개하면서 발표 능력이나 원고 정리 능력, 그리고 독서 중에서 속독 능력까지 얻게 되었다. 만약 자신의 뇌를 발달시키고 싶은 분이라면 이 책을 꼭 한 번 읽어 보면 좋을 것 같다.

행복한 수면법

이동연 평단문화사

이 책은 잠은 어떤 것이냐 라는 것을 소개하고, 불면증의 원인에 대해서 설명을 한다. 그리고 마지막으로 잠을 잘 잘 수 있는 방법에 대해서 설명해 주고 있다.

첫 번째로 잠은 어떤 것이냐 라는 정의인데, 잠이란 뇌로 보면 뇌가 하루의 정보를 재분류하고 정리하는 과정이라고 보고 있다. 그때 뇌에서 나타나는 반응이 꿈이라는 것이다. 경험과 지식을 분류하는 과정에 생겨나는 새로운 경험이다. 몸은 그때 해독을 하게 되는데, 하루 일상 동안에 생긴 몸 안의 독소와 젖산을 잠을 자는 동안에 분해를 해서 다음날도 상쾌하게 움직일 수 있도록 도와주는 것이다. 이렇게 중요한 잠을 사람들은 낭비라고 생각하고 있는 것이 굉장히 중요한 실수라고 한다.

두 번째 불면증의 원인에 대해서 설명을 하는데, 낮에 잘 조는 사람들은 밤에 잘 못 잔다. 낮에 조는 것 자체가 뇌가 그 졸음이 필요하기 때문에 사용을 해서 밤에는 그만큼의 잠을 필요로 하지 않기 때문이다. 낮에 30분 이상 잠을 자거나 존다면 밤에 잠을 잘 때 방해가 된다. 잠을 잘 수 있는 시간이 정해져 있는데 그 시간을 넘어서 잠을 자면 불면의 원인이 된다. 보통 밤 10시에서 새벽 2

시 사이에 자는 것이 좋다고 하는데 그 이상을 넘기면 잠이 잘 오지를 않는다. 또한 야식을 먹으면 불면의 원인이 된다고 보고 있다.

야식이 불면의 원인이 되는 이유는 배가 고팠을 때 먹으면 일단 잠은 잘 올 수 있다. 혈액이 위로 내려가기 때문에 뇌에는 별로 필요가 없어서 잠을 잘 자게 되지만 잠을 자는 동안 위와 장이 쉬지를 못하고 계속 운동을 하기 때문에 소화불량이 되고 이것이 다시 불면의 원인으로 이어지게 된다고 한다. 그래서 잠을 자기 전에는 간단한 우유나 양파, 호두, 키위 등으로 허기만 채우고 자는 것이 좋다.

세 번째 잠을 특별하게 잘 자는 법을 3가지 소개하고 있다.

첫째 자기 직전에 실컷 웃고 자는 것이 좋다. 큰 웃음은 심신의 안정과 호흡이 조절이 되기 때문이다.

둘째 푹신한 잠자리 보다난 딱딱한 잠자리가 좋다. 사람의 자면서 자신의 체중을 움직이면서 피가 쏠리지 않게 한다. 그런데 푹신한 잠자리는 피를 고르게 퍼지지 못하게 하기 때문이다.

셋째 가수면, 즉 낮잠을 활용하는 것이다. 하루에 30분 이내의 낮잠은 생활을 원활하게 하는 활력소다.

이 책을 소개하면서 내가 잠을 너무 쉽게 생각한 것 아닌가 하는 생각이 들었다. 사실 많은 사람들이 잠을 줄여가면서 공부하는 것이 익숙해져서 그런 것 같다. 그렇다고 일이 더 잘 되는 것도 공부가 더 잘 되는 것도 아닌데 말이다. 지금부터라도 잠을 최고의 가치로 생각할 때 삶의 질이 올라갈 수 있을 것이다.

굿바이 무력감

사사키 겐지 티즈맵

누구나 무력감에 빠져 힘들었던 경험이 있을 것이다. 복잡하고 다양한 현실에 시달리다 보면 힘 빠지는 일들이 너무나 많다. 사람에 따라 상황은 다르지만 직장 및 경제문제, 정치현실, 개인적인 가정사 등 의욕을 잃게 만드는 일들이 도처에 깔려 있다고 해도 과언이 아니다. 이 책은 의욕이 생기지 않는 원인과 그 대처법에 대해 심리 카운슬러가 전해 주는 '의욕처방전'인데 아무리 해도 의욕이 생기지 않는 상황을 어떻게든 이겨내고 싶은 사람을 위해서 혼자 힘으로 그 상태를 벗어날 수 있는 방법을 소개하고 있다. 특히 매사에 열심이고 자신감이 강한 사람이 갑자기 겪게 되는 무력감의 원인과 해답에 대해 구체적으로 알려주고 있다.

무력감은 우선 신체적으로 배고프거나 졸리면 올 수가 있다. 책에선 그런 이야기는 빼고 정신적인 무력감에 대해서 이야기를 하고 있다. 무력감의 종류를 보면 다음의 4가지로 분류될 수 있다.

＊마감 직전까지 의욕이 생기지 않는 미루기형 : 조금만 있다가 하자, 내일 하자, 그러다 직전에 다급하게 하는 형이다.

＊신경 쓰이는 일 때문에 일할 기분이 가시는 기분 산만형 : 집안의 안 좋은

일 때문에 일이 손에 잡히지 않는 형이다.

＊행동하고 싶어도 의욕이 솟지 않는 실패회피형 : 잘해도 보상이 없고 실패
하면 욕만 먹어서 하기 싫은 형이다.

＊만사가 귀찮은 탈진증후군형 : 일과 가정 모든 것에 지칠 때 생기는 무력감
이 생기는 형이다.

일단 나는 4가지유형에 다 속하는 것 같다. 한 가지씩 예를 들면 매주 쓰는
원고는 마감이 다 돼서야 완성이 되니 미루기형이고, 아내가 바가지를 긁으면
업무를 못 보니 기분산만형, 집안에서 일을 하다 보니 잘해도 본전 못해도 본
전이다 보니 실패회피형도 있는 것 같고, 매일같이 똑같은 일만 하다 보니 탈
진증후군형도 있는 것 같다. 아마 상황에 따라 다 다르겠지만 나는 그중에서도
특히 마지막 탈진증후군이 가장 심한 것 같다.

그럼 각각의 무기력에 대해선 어떻게 대처를 해야 할까?

이들 4가지 유형은 의욕을 잃게 되는 원인도 다르고, 그것을 벗어나기 위한
해법도 다르다.

미루기형의 경우는 행동을 시작하는데 따른 불안이 무력감의 주원인인데,
이들에게는 생각을 깊이 하기 전에 먼저 행동으로 옮길 수 있도록 '작업순서
세분화' 와 '알람설정법' 등의 실천법이 필요하다.

기분산만형은 기대와 집착이 문제다. 이 경우 '푸념을 늘어놓기' 등 자신의
감정을 컨트롤하는데 도움이 되는 대처법을 찾아야 한다.

실패회피형의 경우는 성공욕구가 강한 사람에게 주로 나타나는 무력감이
다. 따라서 단기간에 성공하려는 생각에서 벗어나 자신의 능력과 적성을 발휘
할 수 있는 분야로 관심을 좁혀나가야 한다.

탈진증후군형은 가장 심각한 상황인데 먼저 충분한 휴식을 취한 다음, '마음
의 허기 달래기' 등 행동단계에서의 실천이 뒤따라야만 한다. 너무 심각할 경
우 우울증일 수 있기 때문에 정신과의 치료도 필요할 수 있다.

또 무기력한 상황을 유발하는 원인에는 다니는 회사나 상사, 혹은 업무 내용 등 자신을 둘러싼 환경도 있을 수 있다. 이때 무기력한 상황을 벗어나기 위해서는 환경을 바꿔야 하는데 개인의 능력으로는 한계가 있다. 따라서 환경이 바뀌지 않아도 최소한 스스로 자신을 지킬 수 있도록 혼자 힘으로 할 수 있는 대처법이 꼭 필요하다.

그럼 혼자서 무기력한 상황을 벗어나는 대처법에는 어떤 것이 있을까?
책에서는 의욕을 되찾는 5가지 단계를 설명해 주고 있다.

단계 1. 의욕이 생기지 않는 원인을 안다 : 원인이 있으면 분명히 그것을 극복하는 방법도 있다. 먼저 자신의 상황을 유형별 원인에 맞춰 분석해야만 한다.

단계 2. 가장 큰 문제는 스트레스임을 인식한다 : 의욕이 없는 상황을 초조해 할수록 점점 더 무력해진다. 가장 먼저 해결해야 할 문제는 일이 아니라 고통과 스트레스임을 명심한다.

단계 3. 있는 그대로의 자신을 인정한다 : 의욕이 없는 자신을 인정하고 받아들이고. 노력하려는 자신과 노력하지 않았던 자신, 둘 다 모두 소중한 자신이라는 사실을 알아야만 한다.

단계 4. 몸을 움직여본다 : 스트레칭이나 산책 등 일단 운동을 해야만 한다. 햇볕을 쬐고 바람을 맞고 자연을 느끼며 기분전환을 함으로써 다음 행동을 할 마음의 여유를 가질수 있다.

단계 5. 행동할 시기를 기다린다 : 여유 있는 마음으로 기다리다 보면 언젠가는 뭔가를 시작하게 된다.

그냥 일을 하기 싫을 때는 무조건 미루거나 해야 할 일을 안 하고 딴 일을 할 때가 많았다. 그래서 일을 그르치는 경우가 있었는데, 이 책에서 나온 원인 분석을 나에게 적용해 보면 가장 큰 원인이 바로 반복적인 일을 하고 있음에도 불구하고 전혀 운동이나 새로운 정보를 접하는데 소홀히 하고 있다는 사실이다. 새로운 정보란 단순히 책을 읽거나 인터넷을 하는 것이 아니라 사람을 만나서 이야기를 하거나 운동을 함으로써 생활에 활력을 얻어야 한다는 사실을 알게 되었다.

인생의 절반쯤 왔을 때 깨닫게 되는 것들

리처드 J. 라이더, 데이비드 A., 샤피로 위즈덤하우스

우선 이 책의 내용을 들어가기 전에 저자가 이 책을 쓰게 된 계기는 동부 아프리카를 탐험하는데 탐험대의 대장으로 가게 된 일 때문이다. 책임져야 할 사람들과 해야 할 일이 많아서 유비무환으로 많은 물건들을 싸가지고 가게 되었는데, 동부아프리카를 여행하던 중 만난 마사이족 족장에게 배낭에 들어 있는 신기한 물건들을 자랑하듯 모두 꺼내 보여주게 되었다. 그 물건들을 빤히 쳐다보던 그 족장은 그에게 이런 질문을 했다.

"이 모든 것이 당신을 행복하게 해줍니까?"

이 말에 저자는 깊은 울림을 느껴서 그것들이 자신을 정말 행복하게 해주는지 따져보게 되었고, 가장 필요한 것들만 챙겨서 가방을 꾸렸다. 그후 그는 남은 여행을 하는 동안 크게 불편함을 느끼지 않았으며, 훨씬 더 즐겁게 여정을 마칠 수 있었다고 한다.

그래서 이 책의 저자는 우리 인생에 필요한 짐은 무엇이며 어떤 짐을 얼마만큼 지고 가야 하는지에 대해서 이야기를 해주고 있다. 우리의 인생에서 짐은 크게 세 개가 있다. 일에 관해서 매일매일 써야만 하는 서류봉투, 사랑을 위한 작은 가방, 그리고 집을 위한 여행 가방이 그 세 가지인데, 우리는 매일매일 이 짐의 크기들을 늘리면서 고민도 늘리고 불만도 늘리면서 살기 때문에 인생이 점점 불행해지고 있다는 것이다. 간단하게 예를 들면 남자는 새로운 게임이나 컴퓨터, 자동차 등 자신들이 좋아하는 것을 사지만 살수록 더 불안해지고, 여자는 명품 옷이나 구두 장신구 등을 사지만 만족을 하지 못하고 점점 더 불안해지게 된다. 이것은 우리가 쓸데없이 인생의 짐을 너무 많이 늘렸기 때문에 결국 정신의 짐이 더 많아서 더 불만인 삶을 살게 된다는 것이다.

그렇다면 어떻게 하면 인생의 짐을 줄일 수 있을까? 아니 적당한 짐을 꾸릴 수 있을까?

여행할 때 짐이 너무 많으면 빨리 갈 수도 없고 잃어버릴까 봐 걱정이 되어서 구경을 제대로 못하고, 그렇다고 짐이 너무 적으면 생존에 문제가 생기게 된다. 결국 일과 사랑, 집에 대한 적당한 짐을 찾지 못하면 그만큼 힘들다는 것이다. 책에선 이것을 어떻게 하라고 이야기하고 있는 것이 아니라 내 인생을 여행이라고 본다면 얼마만큼의 짐이 필요한지 생각할 수 있을 것이라고 이야기를 하고 있다. 일에 있어서는 얼마를 버느냐가 아니라 내가 얼마나 잘할 수 있느냐가 관건이고, 사랑에 있어선 사랑의 양이 아니라 질이 더 중요한 것이고, 집에 있어서도 얼마만큼의 큰 집이 아니라 내가 필요한 집이 무엇인지 만족하고 사는 것이 중요하다.

남자의 물건

김정운 21세기북스

남자의 물건 하니까 일단 웃는 분들이 많을 텐데, 참 재미있는 사실이 남자에게는 물건이라고 하면 생각할 게 없다는 것이다. 여자의 물건 그러면 가방이나, 옷, 구두 등을 생각하지만 남자는 물건이라고 하면 굳이 생각이 나지를 않는다. 그래서 남자의 물건을 이야기하기 위해서 이 책을 썼다고 한다. 일단 이책은 2부로 구성되어 있는데, 1부에선 자신의 인생에서 느끼는 남자의 존재감에 대한 이야기를 하고 있으며, 2부에선 우리나라의 유명한 남자들의 물건에 대해서 설명을 하고 있다.

이 책은 김정운 교수가 자신의 일상에서 생각난 이야기들을 쓴 글 위에 교수로서의 지식으로 코팅을 한 일종의 문화심리학 에세이라고 할 수가 있다. 책에선 정말 기억에 남는 몇가지 이야기 중에서 왜 나이가 들수록 시간이 점점 빨리 가는 것일까 라는 질문에 회상효과 때문이라고 이야기를 한다. 회상효과란 우리의 뇌는 생존에 필요한 것과 새로운 기억만을 기억하는 특성을 가지고 있다. 즉 학생 때 기억은 정말로 새로운 경험을 많이 했기 때문에 짧은 기간이지만 나이가 들어서도 그때의 기억이 나지만 나이가 들어서 매일 똑같은 일을 반복하다 보면 무엇을 했는지 기억을 못하기 때문에 하루가 짧게 느껴진다는 것이다. 우리나라 남자들이 특별하게 인생이 빠르다고 푸념을 하는 이유가 여기

있다. 하루가 짧게만 느끼는 것의 문제점이 있는데, 이렇게 하루하루를 너무 빨리 간다고 느끼는 사람은 인생에 재미가 없는 사람이고 인생에 재미가 없는 사람은 헤어날 수 없는 우울증에 빠지기 쉽다고 한다.

그렇다면 인생이 짧게 느껴지지 않게 하려면 어떻게 하느냐? 새로운 기억을 자꾸 만들면 된다. 예를 들어 한강이 얼었을 때 걸어서 한강을 건너본다든지, 맨발로 뒷산을 등산한다든지, 아니면 평소에 하고 싶었던 운동이나 취미를 배워서 하루하루를 채워간다면 인생이 너무 빨리 간다는 푸념을 하지 않게 된다는 것이다. 그렇게 하면 인생을 기억으로 채워서 행복한 인생을 만들 수 있다고 한다.

두 번째 남자의 물건 편에선 10명의 유명인사와 그들의 물건에 대해서 나온다. 예를 들면 김정운 교수 자신의 만년필, 김갑수 시인의 오디오와 커피머신, 이어령 교수의 책상, 문재인의 바둑판 등이다. 그리고 그들이 그들의 물건을 통해서 자신의 인생을 정의하는 이야기가 나오고 있다. 특히 김정운 교수 자신의 경우 비싼 만년필을 종류별로 구매하는 것을 인생의 기쁨으로 생각하고 있는데, 61종의 만년필을 사진으로 찍어서 책에서 보여주고 있다. 그는 만년필을 단순한 필기도구가 아닌 자신의 정체성을 알려주는 도구로 이야기하고 있다. 즉 남자의 물건으로서 자신을 정의하고 있다. 그가 그렇게 만년필에 집착하게 된 계기는 아버지의 은색 파카 만년필을 부러워 하면서부터인데, 대학을 졸업할 때 아버지가 사준 몽블랑만년필을 계기로 만년필 마니아가 되었다고 한다.

이어령 교수는 책상을 이야기하는데 책상에 정말로 대단한 것을 준비하였다. 그에게는 4대의 컴퓨터가 다른 OS로 각각 사용할 수 있지만 데이터는 하나로 저장이 되는 시스템을 가지고 있고, 노트 위에 필기를 하면 컴퓨터에 데이터 형식으로 저장이 되고 녹음까지 되는 시스템을 자체적으로 계발하였다. 그에게 책상은 자신의 거대한 지적제국의 영토인 셈이다. 그래서 그는 자신의 책들을 병사라고 이야기하고 자신의 장군이라고 한다고 한다. 자신이 더 넓은 영토를 얻기 위해서 자신의 병사들, 즉 책을 통솔하는 장군이라고 이야기하면서 말이다. 그리고 실제로 프로그램을 제작하고 책을 써서 자신의 영역을 넓히고 있다고 한다.

김정운 교수님의 책을 읽으면서 항상 추천을 하는 이유는 왜 인생을 재미없게 사느냐? 라고 물어보는 데 있다. 인생을 최소한 즐기면서 살기 위해선 자신이 원하는 것을 정확히 알아야 하는데 사는데 묻혀서 자신이 무엇을 좋아하는지 모르고 사는 한국 남자 중에 한 명이기 때문인 것 같다. 또 한 가지 나를 정의해 줄 수 있는 물건은 무엇인지를 찾아보게 되었다. 내가 쓴 책일까? 아니면 컴퓨터 혹은 서점 등 수많은 생각을 하게 되었다. 여러분도 이 책을 읽어보고 자신의 물건을 찾아보기 바란다. 단 여기서 중요한 점은 무리하게 즐기면 안 된다는 것이다. 반드시 자신의 경제여건하에서 가능한 것을 사서 즐기는 것이 중요하다. 그렇지 않으면 후회하게 된다.

멈추면 비로소 보이는 것들

혜민 스님 쌤앤파커스

이 책은 혜민 스님의 깨달음을 적은 책이다. 책에선 우리가 왜 그렇게 힘들게 살아가는지에 대해서 간단하고 쉽게 이야기를 해주고 있다. 더불어 어떻게 해야 마음이 편안한지 짧은 글들로 적어주고 자신의 경험과 생각을 이야기해주고 있다.

우선 감명 깊게 읽은 몇 가지 이야기들을 소개하면 제목이 행복의 지름길 이라는 글이다.

첫째, 나와 남을 비교하는 일을 멈추십시오.
둘째, 밖에서 찾으려 하지 말고 안에서 찾으려 하십시오.
셋째, 지금, 이 순간 세상의 아름다움을 찾으려 하십시오.

짧은 글이지만 순간적으로 많은 생각을 하게 되었다. 왜 내가 열심히 사는데 이렇게 힘들까 라는 생각을 해보니 끊임없이 남과 비교하고 무언가 보이는 행복을 찾으려 했던 것 같다. 그리고 세상을 아주 지루하게만 생각하고 있었던 게 아닌가 하는 생각이 들면서 마음이 편안해졌다.

인생의 장에선 삼삼대가 되었을 때 문득 깨달은 세 가지를 이야기하고 있다.

첫 번째, 내가 상상하는 것만큼 세상 사람들은 나에 대해 관심이 없다는 사실이다. 보통사람은 자기 살기도 바쁘기 때문에 다른 사람은 그렇게 관심있게 생각 안한다는 것이다. 그렇다면, 내 삶의 많은 시간을 남의 눈에 비친 내 모습을 걱정하며 살 필요가 있을까?

두 번째, 이 세상 모든 사람이 나를 좋아해 줄 필요는 없다는 깨달음이다.
내가 이 세상 모든 사람을 좋아하지 않는데 어떻게 이 세상 모든 사람들이 나를 좋아해 줄 수 있을까? 그런데 우리는 누군가가 싫어한다는 사실에 얼마나 가슴 아파하나? 사실 누군가가 나를 싫어한다면 그건 그 사람의 문제지 내 문제는 아니지 않나?

세 번째, 남을 위한다면서 하는 대부분의 행위가 사실은 나를 위한다는 사실이다. 내 가족이 잘 되기를 바라는 기도도 아주 솔직한 마음으로 들여다보면 가족이 있어서 따뜻한 나를 위한 것이고, 자식이 잘 되길 바라면서 욕심껏 해주는 것도 결국 내가 원하는 방식으로 자식이 잘 되길 바라는 것이다.
그러니 제발 내가 정말로 하고 싶은 것, 남에게 피해를 크게 주는 일만 아니라면 생각만 하지 말고 그냥 하라는 것이다. 왜냐하면 내가 먼저 행복해야 세상도 행복하고 그래야 또 내가 세상을 행복하게 만들 수 있다는 것이다.

저자가 승려가 된 이유는 이렇게 한 평생을 끝없이 분투만 하다가 죽음을 맞이하기 싫어서였다. 무조건 성공만을 위해서 끝없이 경쟁하다가 나중에 죽음을 맞이하면 얼마나 허탈할까 하는 깨달음 때문이었다. 다른 사람의 기준에 맞추어서 만들어진 성공의 잣대에 올라가 다른 사람들에게 비칠 나의 모습을 염려하면서 왜 그래야 하는지 모르고 평생을 헐떡거리다가 죽음을 맞이하고 싶지 않아서 라고 말이다.

　이 책을 읽으면서 스트레스가 풀리면서 가슴이 따뜻해지는 느낌을 받았다.
내가 왜 이렇게 살아야 하는가 하는 생각도 하면서 한편으로는 모든 어려운 문
제가 내 마음에 달려 있으니 내 마음을 바꾸면 되는구나 라는 생각을 하게 되
었다. 이 세상의 인생에 지친 모든 분들께 추천하고 싶은 그런 책이다.

행복의 공식

슈테판 클라인 웅진지식하우스

이 책의 원제목은 행복의 과학이다. 따라서 이 책은 행복에 대해서 과학적인 측정, 실험을 통해서 언제 가장 행복한지 그리고 불행한지를 알려주고 더 나아가 행복해질 수 있는 방법에 대해서 과학적으로 설명해 주고 있다.

행복이란 무엇일까? 책에선 행복이란 순간적인 감정 중 한 가지라고 이야기해 주고 있다. 예를 들어 맛있는 음식을 먹어서 행복한 순간은 맛을 본 순간이지만 배가 부른 것은 만족이라고 한다. 즉 행복하거나 불행한 순간은 말 그대로 순간의 감정일 뿐이라는 것이다. 그 순간이 지나면 어쨌거나 불행한 상태로 만족을 하거나 행복한 상태로 만족을 하게 된다는 것이다. 따라서 행복자체보다 중요한 것은 바로 내가 어떻게 만족하고 사느냐 하는 것이다.

책에선 극단적인 예를 들고 있다. 자동차사고가 나서 하반신 마비가 온 사람과 복권에 당첨된 사람의 경우를 보면, 사건이 일어난 순간에서부터 49일이 지난 시점까지는 복권에 당첨된 사람은 행복하고 사고가 난 사람은 불행하다고 생각하지만 그 뒤에서부터는 그 상황에 적응해서 행복도 불행도 느끼지 못하고 살아가게 된다고 한다. 즉 인간은 행운이나 불행에 상관없이 상황에 적응하는 생물이라는 것이다. 그래서 책에선 긍정적인 생각이 돈을 많이 벌거나 행운이 많이 오는 사람보다 중요하다고 이야기를 하고 있다.

　그럼 어떻게 하면 만족을 하면서 행복하게 살 수 있을까? 첫 번째로 즐거울 때 떠나야 한다. 두 번째, 남과 나를 비교하면 안 된다. 세 번째, 행복의 일기를 쓰면 된다.

　첫 번째로 즐거울 때 떠나라는 말은 아무리 즐거운 일도 오래하다 보면 즐거움이 줄어들어서 지겨워지게 된다. 예를 들어 즐거운 파티에 참석을 했다면 파티가 가장 흥겨울 때 떠나는 게 만족이 오래간다는 것이다. 맛있는 음식을 먹었으면 배가 불렀을 때 그만 먹는 것이 기억에 오래 남는다는 이야기다. 행복은 순간적인 감정이고 절정에서 멈추는 것이 좋으니까.

　두 번째로 남과 나를 비교하면 안 된다. 그 이유는 내가 아무리 많이 가졌어도 세상의 모든 것을 다 가질 수는 없다. 따라서 남의 것을 부러워해서는 영원히 행복해질 수 없다. 행복해지려면 내가 가지고 있는 것에 만족하고 행복할 줄 알아야 한다. 선진국의 시민들이 스스로 불행하다고 생각하는 이유도 이처럼 빈부의 격차가 커져서 남과 자꾸 비교하기 때문이다.

　세 번째 행복의 일기를 쓰는 것은 행복의 감정도 기억에 남아야 오래 가기 때문이다. 사람의 기억은 항상 쉽게 없어진다. 행복의 감정이 순간이기 때문이다. 따라서 내가 행복한 순간의 기억을 그날그날 혹은 순간순간 적어 놓는다면 그 기억이 오래가기 때문에 행복한 순간을 간직할 수 있다.

　이 책을 소개한 이유는 현재 우리나라의 자살률이 세계에서 가장 높다. 한마디로 세상에서 제일 불행하다고 생각하는 나라에 살고 있는 것이다. 일본이나 유럽의 선진국들도 이런 현상 때문에 이런 책을 연구했다. 이런 책을 통해서 개인의 행복을 찾는 법을 배워서 행복한 나라가 되었으면 좋겠다.

아침편지 고도원의 꿈이 그대를 춤추게 하라

고도원 해냄

이 책은 아침편지 고도원 씨가 아침편지 중에서 좋은 글들을 소개한 이야기와 명상원 깊은 산속 옹달샘을 운영하면서 느낀 점들에 대해서 70여 편의 이야기가 담겨 있다.

우선 제목인 꿈이 그대를 춤추게 하라 라는 부분은 머리말에서 이렇게 이야기 한다.

'사람은 현실을 떠나서 살 수 없습니다. 그러나 현실에 묻히면 현실에 갇히게 됩니다. 현실에 갇히면 몸이 굳어지고 생각이 굳어지고 꿈이 사라집니다. 꿈이 그대를 춤추게 하십시오. 그러면 뭐든지 할 수 있고 다시 시작할 수 있게 됩니다. 그렇게 하면 언제나 청춘처럼 힘이 넘치게 될 것입니다. 꿈이 당신을 춤추게 하십시오.' 라고 이야기 하고 있다.

책에 들어가 있는 이야기 중에서 좋은 글을 몇 개 소개해 드리면, 젊은이들을 위해서 인생의 목표를 잡는 법을 알려준다.

첫 번째로 가고자 하는 방향부터 먼저 정하라. 인생은 생각보다 길지 않기 때문에 헤맬 시간이 없다. 지금 자리에서 가고자 하는 방향부터 잘 정해야 한다.

두 번째로 배낭을 잘 준비하고 떠나라. 배낭에는 꼭 필요한 것만 넣어서 빠르게 갈 수 있도록 준비해야만 한다. 너무 많으면 지쳐서 포기하기 때문이다.

세 번째로 길이 안 보이면 기다려라. 방향을 정해도 길이 보이지 않을 때는 아무리 급해도 기다려야만 한다. 아이가 길을 잃었을 때 가장 먼저 해야 할 일은 그 자리에서 엄마를 기다리는 것이다. 그래야 엄마가 다시 찾을 수 있는 것처럼 말이다. 내가 가고자 하는 길이 상황이 안 되어서 보이지 않을 때가 있다. 기다리는 지혜가 필요하다고 이야기한다.

가정은 사랑과 화해를 배우는 곳이다. 가정은 천국이 지옥도 될 수 있다. 가정이라는 곳은 사람이 같이 모여서 살다 보니 힘들 때도 있고 행복할 때도 있다. 그런데 이런 가정이 천국이 되는 방법과 지옥이 되는 방법이 있는데 내가 내 권리만 누리고 행사하려 할 때 가정은 지옥이 된다. 다른 사람들도 항상 내가 가진 권리를 누리려고 할 것이기 때문이다. 반대로 내가 가정에게 봉사하려 할 때 가정은 천국이 될 수 있다. 사람들이 서로 서로 봉사하려 할 때 가정은 행복의 장이 될 수가 있다. 이처럼 사회 역시 봉사정신으로 세상을 만들어 갈 때 행복한 사회가 가능할 것이다.

오래 슬퍼하지 마라. 소설 25시의 주인공은 전쟁으로 인해서 13년간 여기저기 수용소를 다니게 되는데 이런 주인공에게 소설가 트라이안이 위로처럼 들려준 말은 이랬다. "어떤 공포도 슬픔도 끝이 있고 한계가 있어요. 그러니 오래 슬퍼할 필요가 없어요."라고 말이다. 또한 다윗왕은 영광과 고통이 영원하지 않다는 것을 상기하기 위해서 "이 또한 지나가리라." 라고 반지에 새겼다고 한다.

인생을 살다 보면 상처를 받을 때도, 고통스러울 때도, 배신에 치를 떨 때도 있지만 삶이 계속 되는 한 그것은 지나가는 일이라는 이야기다. 따라서 아무리 고통스러운 일이라도 쉽게 잊고 살아가라고 이야기한다. 물론 쉽지 않다. 그래서 명상을 하라고 이야기해 주고, 깊은 산 속 옹달샘을 설립했다고 한다.

고도원 씨의 책은 너무나도 단순하지만 삶의 깊은 내면을 울리는 힘을 가지고 있다. 이미 알고 있다고 생각하지만 사실은 너무나도 모르고 지나온 이야기들은 다시 한 번 생각하게 만들것이다. 여러분도 읽어보고 자신의 삶의 울림을 찾아보기 바란다.

무일푼 건강법

내가 책을 읽고 깨달은 건강법이다. 여러분은 세 가지만 줄이면 된다.

첫 번째, 먹는 것을 줄이는 것이다.

사실 우리가 생각하기에 병을 고치려면 잘 먹어야 된다고 생각하지만 그 생각은 과거의 못 먹던 시절의 사고방식이 아직도 지배하고 있는 것뿐이다. 현대는 먹을거리가 넘쳐나서 생기는 병이 훨씬 더 많다. 비만과 당뇨, 그리고 관절염 등이 과거에는 드문 병이었으나 현대에는 많아진 것이 그 증거다. 많은 사람들이 병을 고치기 위해서 약을 먹지만 사실 이것은 쓰레기 위에 향수를 뿌리는 것과 같다. 쓰레기 자체가 계속 병을 만들어내는데 어떻게 병을 치료할 수 있을까? 끼니때마다 고기반찬에 라면에 밀가루음식을 먹으면서 건강하기를 바라는 것은 힘들다. 내 입에 맞는 음식보다는 내 건강에 맞는 음식을 찾아서 소식을 한다면 보다 건강하게 살 수 있다.

두 번째는 일하는 척하는 시간을 줄이는 것이다.

일하는 시간의 실질적인 질을 올리고 쉬는 시간을 늘리는 것이다. 우리나라사람들은 정말이지 치열하게 살 수밖에 없는 환경에 놓여 있다. 초등학교, 중학교, 고등학교 때까지 입시에 시달리다가 대학을 졸업하면 취업전선에, 그리고 다시 내 집 마련 등 살아남기 위해서 정신없이 뛰어야만 한다. 그러나 아무리 노력만 한다 하더라도 어느 이상을 할 수가 없다. 그럼에도 주위에서 조금만 더 더 이러다 보니 우리가 해도 안 되는 것을 알면서 노력하는 척하는 병에 걸린 것이다. 그러다 보니 몸도 마음도 망가지게 된다. 그러고 나선 그것들을 고쳐보겠다고 헬스클럽에 가고 수영장에 간다. 그러다가 또 일에 방해가 된다고 그만 두고 만다. 왜냐하면 마음 편히 운동을 즐기지 못하기 때문이다. 진정으로 운동을 즐기고 인생을 즐기려면 자기 자신에게 솔직해져서 노력하는 척하는 병을 버리고 진정으로 내가 일을 줄일 수 있는 방법을 생각하면 조금 더 여유 있는 삶을 살 수 있다.

세 번째는 고민을 줄이는 것이다.

고민을 줄이는 첫째 방법은 남의 걱정을 하지 않는 것이다. 우린 뉴스와 주변 사람들의 말을 듣고 남들 걱정을 정말 많이 한다. 거기다 드라마에 나오는 주인공들 걱정까지 하고 있다. 사실 나와 가족들 걱정만 하기에도 모자란데 남의 걱정까지 하는 것은 너무 심하지 않을까?

고민을 줄이는 둘째 방법은 오늘과 내일까지만 걱정하는 것이다. 서양 속담에 이런 말이 있는데, "오늘과 내일만 준비하라. 그러면 미래는 저절로 준비될 것이다."라는 말이 있다. 먼 미래에는 내가 어떤 능력을 가지게 될지 아무도 모른다. 먼 미래의 문제는 먼 미래에 하라. 그 전에 당장 내 앞에 놓인 문제만 걱정을 한다면 문제는 저절로 해결된다. 만약 당장의 걱정이 없다면 일단 인생을 즐겨라. 걱정한다고 미래가 바뀌는 것은 아니니까.

고민을 줄이는 셋째는 선택을 할 때 이 말은 기억하라. "지금 할 것 아니면 때가 될 때까지 기다려라." 주식시장에서 개미들은 주로 소문을 듣고 남들이 사기 시작하니까 사기 시작한다. 그 다음 주식이 오르니까 팔지는 못하고 좋아하다가 어느 날 보면 갑자기 떨어진다. 사업도 마찬가지다. 남들이 시작할 때 살펴보다가 다 되니까 뛰어들면 이미 시장은 포화가 되어 있다. 나만의 블루오션으로 뛰어들 것이 아니라면 남들이 다 끝난 다음 모든 정보가 확인된 후에 뛰어드는 것이 좋다. 언제나 어정쩡한 선택은 후회를 불러 오니까.

행복이란?

책을 읽다 보면 어떤 한 문제로 독서의 문제가 귀결이 된다. 그것은 바로 행복이다. 행복에 대해서 이야기를 해보도록 하겠다. 사실 행복이라는 전제 자체가 추상적이다. 추상적이라는 말은 굉장히 주관적이며 무엇이라고 정확하게 말을 할 수 없다는 뜻이다. 특히 어떤 사람의 행복은 다른 사람에게는 불행일 수 있으며 같은 사람에게 어떤 시기에는 행복이 조금 시간이 지나고 나면 불행이 될 수 있는 것과 같다. 모든 것을 황금으로 만들 수 있는 손이 있다면 행복할 것 같던 마이다스왕은 만지는 것마다 모든 것이 황금으로 변하자 아무것도 먹지 못하고 자신의 딸마저도 황금으로 만드는 비극을 경험하게 된다. 이처럼 행복이란 사람에 따라 시간에 따라 변할 수 있으며 절대적으로 가치를 측정할 수가 없는, 손에 잡히지 않는 것이다. 그런데 재미있게도 헌법에도 행복추구권이 존재한다. 그것도 개개인에게 행복추구권이 있어서 모든 사람이 자신의 행복을 추구할 수 있는 권리를 가지고 있다. 그러나 현실에선 그렇지 못하다.

가장 큰 문제는 앞에서 말한 것처럼 행복이라는 것 자체가 너무나도 추상적인 것이어서, 어떻게 해야 자신이 행복해지는지 정확하게 모르는데 문제점이 있다. 사실 못 먹고 못 살던 시절엔 그저 잘 먹고 잘 사는 게 최대의 행복이었다. 그런데 현재는 전혀 그렇지 못하다. 도리어 잘 먹어서 병이 나고 너무 잘 살아

304

서, 빈부의 격차가 너무 심해서 불만이 더 많아졌다. 사람들은 더 편하려고 차를 타고 다니다가 성인병에 걸리고, 고기를 많이 먹어서 암에 많이 걸리는 사회가 되어버렸다. 이쯤 되면 행복이란 무엇인지 심각하게 생각해 보아야 할 단계가 되었다.

행복을 이야기할 때 나는 생각나는 사람이 있다. 바로 '나는 아내와의 결혼을 후회한다. 노는 만큼 성공한다'의 저자 김정운 교수다. 이 사람은 노는 법을 설파하느라고 정작 자신은 놀 시간이 없어서 스트레스를 받는다는 인물이다. 어쨌든 그의 몇가지 이론에 따르면 재미있게도 사람은 행복하려면 하루하루 행복해지는 시간을 늘려야 한다. 하루에 한 시간만 행복하면 일 년이면 365시간이 행복하고, 10년이면 3650시간, 60년을 그렇게 산다면 인생의 많은 시간을 행복하게 살 수 있다는 게 그의 이론이다. 그래서 자신이 행복하기 위해서 많은 것들을 투자해야 한다는 것이다. 김정운 교수 자신은 만년필광이다. 아버지에게 선물 받은 만년필에 꽂혀서 그후 만년필을 모으고 쓰면서 쾌감을 느꼈다고 한다. 지금은 전세계에서 나온 유명 만년필을 수집하면서 하루하루의 기쁨을 만끽한다고 한다. 그래서 나도 한번 내 자신의 인생을 즐기려고 시간을 내서 내가 원하는 물건을 사보았다. 결국 카드값만 많이 나와서 속만 버린 기억이 난다.

하루하루를 즐겁게 보내는데 중요한 것은 돈을 안 들이거나 적게 들여야 한다는 점을 꼭 말하고 싶다. 사실상 이런 식으론 누구나 행복할 수 있지만 뒷감당은 너무 힘들다. 그리고 사회가 엄청난 빚더미 위에 올라간 것도 순간순간의 쾌락을 쫓다가 이렇게 된 게 아닌가 하는 생각을 하게 된다.

그렇다면 어떻게 하면 행복하게 살 수 있는지 고민을 해보았다. 그중에서 이와 반대가 되는 '세로토닌하라' 라는 책을 보게 되었다. 당시 이 책을 읽을 때 굉장히 우울한 상태였다. 나는 혼자서 스트레스를 많이 받는 편이라 생각이 많아지기 시작하면 약간의 우울증 상태로 쉽게 빠진다. 그래서 이 책을 읽게 되었는데 여태까지의 행복학을 뒤집는 이야기가 나온다. 여태까지의 행복학은 도파민, 즉 쾌락을 중심으로 한 행복학이었지만 이 책은 우울해지지 않는 상태의 행복학을 말하고 있다. 어떤 물건을 손에 넣거나 어떤 성취감을 가졌을 때 사람의 뇌에서 쾌락물질인 도파민이 생성된다. 문제는 현대 사람들이 너무 많은 도파민에 중독되어 있다는 것이다. 어려서부터 원하는 것을 모두다 손에 넣는 것이 습관이 되어버린 사람은 더 이상의 쾌락이 없으면 자신이 불행하다고 판단하게 된다는 것이다. 그래서 사회가 발전할수록 조금만 실수를 해도 자살을 해버리고 사람들을 공격하는 결과를 가져온다는 것이다. 결국 도파민적인 욕망의 경제학을 버리고 세로토닌적인 안정적인 물질을 활용해야 한다는 것이다. 세로토닌이란 간단하게 말해서 우울해지지 않게 도와주는 물질이다. 그렇게 하기 위해선 우선 많이 걷고 햇볕을 많이 보고 사람들과 어울려 이야기하는 것이 좋다고 한다. 그런데 여기에서 문득 드는 궁금증이 한 가지가 있다. 만약 이 말들이 사실이라면 누군가가 실험을 해서 연구 자료로 책을 쓰지 않았을까?

그래서 나온 책이 바로 '나는 몇 살까지 살까?' 라는 책이다. 이 책은 1910년에 태어난 소년소녀들을 80년 동안 관찰해서 만든 책이다. 이 책은 건강하게 오래 사는 사람들의 특징을 찾기 위해서 시작을 했는데 그 과정에 행복에 대한 연구를 같이 하게 될 수밖에 없었다.

이 책에선 우리가 일반적으로 알고 있는 상식을 뒤집는 결과가 나와서 사회가 충격을 받았는데 보통은 술, 담배를 하지 않고 결혼을 해서 자녀가 있는 사람이 잘 살 것이라고 생각을 했지만 그런 것은 별로 수명에는 영향을 미치지 못하고 도리어 친구가 많은 사람이 오래 산다는 결과가 나왔다. 그리고 술, 담배를 하지 않는 사람의 경우 친구가 없어서 스트레스를 더 받아서 오래 못 살았다는 결과가 나왔다. 결혼의 경우도 남자는 결혼을 하면 오래 살았지만 여자는 별로 상관이 없었다. 그런데 재미있게도 결혼생활의 행복지수도 결혼 전에 행복했던 사람은 결혼 후에도 행복했다고 한다. 이처럼 우리가 생각하기에 행복하기 위해서 완전한 조건이란 존재하지 않으며 도리어 남들과 어울려 살 때 행복해질 수 있다는 메시지를 던져주는 책이다. 특히 내가 주의깊게 읽었던 부분은 바로 건강에 대해서도, 행복에 대해서도, 혼자서는 완전할 수 없는 인간의 부족함을 많이 보게 되었다.

그렇다면 어떻게 하면 행복해질 수 있을까? 나는 일단 앞에서 쾌락중심적인 행복론을 비판했다. 그런데 재미있게도 행복론의 결론도 그의 이론 속에서 나온다. 그는 우리 사회의 문제점은 제대로 놀 줄 아는 문화가 없기 때문이라고 말한다. 제대로 놀기 위해서 첫 번째 내가 좋아하는 혹은 잘하는 것이 무엇인지 알아야 하고, 두 번째로 혼자 놀면 안되고 같이 놀아야 한다는 것이다. 그리고 세 번째로 육체적인 활동을 해야만 한다고 이야기하고 있다. 즉 친구들과 같이 어울려서 스포츠 활동을 하는 것이야말로 최고의 스트레스 해소겸 행복을 추구하는 방법이라는 것이다.

PART 10

일 에 관 해 서

미국에서 한 사람이 복권에 당첨되어서 휴양지에서 남은 여생을 놀고먹으려고 했다고 한다. 그런데 우울증에 각종 질병이 찾아오면서 도대체 제대로 된 삶을 살 수가 없었다고 한다. 병원을 찾아갔더니 일을 해보라고 해서 자신이 식당을 세워서 사람들을 만나기는 싫고 해서 딱 4시간만 접시 닦다가 퇴근을 했다고 한다. 그랬더니 인생이 즐거워졌다고 한다. 재미있게도 일을 너무 안 해도 사람은 문제가 된다. 일이라는 것을 단순히 돈을 벌기 위한 수단으로만 생각해선 안 된다는 것이다.

미국에서 한 사람이 복권에 당첨되어서 휴양지에서 남은 여생을 놀고먹으려고 했다고 한다. 그런데 우울증에 각종 질병이 찾아오면서 도대체 제대로 된 삶을 살 수가 없었다고 한다. 병원을 찾아갔더니 일을 해보라고 해서 자신이 식당을 세워서 사람들을 만나기는 싫고 해서 딱 4시간만 접시 닦다가 퇴근을 했다고 한다. 그랬더니 인생이 즐거워졌다고 한다. 재미있게도 일을 너무 안 해도 사람은 문제가 된다. 일이라는 것을 단순히 돈을 벌기 위한 수단으로만 생각해선 안 된다는 것이다. 물론 일을 하는 가장 큰 목적은 나와 내 가족이 생계를 유지하는 수단이지만 돈을 벌지 않아도 되는 사람들이 더 열심히 일을 하는 것으로 보아서 돈이 생계를 유지하는 수단만이 아니라는 사실을 알 수 있다. 우선 일이 사람에, 인생에 어떤 영향을 미치는지 생각을 해보자.

첫 번째로, 일은 사회 속에서 나를 섞일 수 있도록 도와준다. 인간은 사회적 동물이다. 즉 사회를 떠나서는 살 수가 없다. 사회 속에서 살기 위해선 무언가 남에게 도움이 되는 일을 해야지만 가능하다. 예를 들어 어떤 물건을 파는 행위 자체는 내가 돈을 벌어서 쓰기 위한 것이지만 사실 그 물건을 필요로 하는 사람들의 시간과 돈을 줄여주기 위한 행동인 것이다. 내가 빵과 우유를 배불리 먹기 위해선 밀을 1년 동안 키워서 수확하고, 방앗간에서 빻아서 제빵을 해야 하고, 우유를 만들기 위해서 젖소 송아지를 사서 풀을 먹이고 3년 이상 키워서 임신을 시키고 우유를 짜서 다시 건조하고 탈지유를 만들어서 먹기 좋게 만든 다음 먹어야만 한다. 이처럼 모든 일을 대신 다른 사람들이 다 해주고 나는 돈만 지불하고 그것을 먹는 것이다. 내가 돈을 주었을 때 그 돈은 빵과 우유를 만든 사람들이 다른 사람에게서 필요한 재화를 얻기 위해서 도움이 되기 때문에 결국 일이란 이처럼 남에게 도움이 되는 행위이자 사회 속에서 나를 필요로 하는 사람으로 만들어 주는 행위이다.

두 번째로, 일은 가장 최신의 정보와 기술교육을 받을 수 있도록 도와준다. 학교에서 모든 것을 배웠다고 생각하지만 사실 대학교를 졸업하고 사회에 나왔을 때 우리는 다시 모든 것을 배우게 된다. 학교에선 이렇게 배웠지만 현실에선 전혀 다르게 나타날 때가 많다. 게다가 일을 하면서 배우는 일들은 너무나도 현실적이어서 이론의 여지가 없을 때가 많다. 예를 들어 대학교에서 4년 동안 열심히 전공을 배워서 실제 기업에 입사해서 그 전공을 사용하려고 할 때 이미 그 전공은 시대의 유물이 되었고 누구도 사용하지 않아서 처음부터 다시 배우는 경우를 우리는 많이 볼 수가 있다. 왜냐하면 대학은 진도표대로 가르치기만 하는 곳이지만 직장이라는 곳은 경쟁하는 곳이기 때문이다. 오늘 회사 자체는 새로운 프로그램이 나와서 다른 곳보다 더 잘 할 수 있으면 더 많은 이익을 보고 개인 역시 다른 직원들보다 뛰어나면 진급을 해서 더 많은 월급을 받을 수 있기 때문이다.

세 번째로, 가장 중요하게 일은 나와 내 가족의 생계를 책임져준다는 사실이다. 물론 경제위기나 어떤 개인적인 사정으로 인해서 일을 못하는 경우도 있을 것이다. 또한 재벌집 자식들처럼 일을 전혀 하지 않아도 되는 사람도 분명히 존재할 것이다. 그러나 대부분의 사람들 인구의 99.9%는 일을 해야지만 돈을 벌 수 있으며 그 돈을 통해서 자신과 가족을 부양하고 있다는 사실이다. 결국 일은 그 사람의 인생을 정의하는 수단이 되기도 한다. 예를 들어 TV에 누가 출연한다고 했을 때 주로 세 가지가 뜬다. 이름, 나이, 직업, 그리고 소개팅을 하거나 누군가에게 나를 소개할 때도 역시 직업만큼은 반드시 이야기를 한다. 결국 일은 나를 정의하고 나를 먹고 살게 해주는 아주 중요한 것이다.

그럼에도 불구하고 우리는 일이 힘들어서 때려치우고 싶을 때가 많다. 나 역시 일을 하고 싶은 때보다도 도망가고 싶을 때가 많았다. 그럴 때마다 책을 읽으면서 내가 하는 일에 대해서 생각하고 다른 새로운 일들을 찾아서 하면서 참아 넘어갔다. 이제부터 내가 일을 하기 싫었을 때 읽었던 책들을 소개하겠다.

일이 즐거워지는 3가지 이야기

후쿠시마 마사노부 학원사

우리는 일을 할 생각보다는 하기 싫은 핑계가 100배는 더 많을 때가 많다. 이 책은 일에 대해 긍정적인 마음을 가지게 된 세 사람의 이야기를 들려주고 어떻게 하면 일을 즐겁게 할 수 있는지 설명을 해주고 있다.

첫 번째는 주차장 관리 할아버지의 이야기인데, 눈이 오나 비가 오나 주차장에서 손님들을 맞고 보내는 역할을 하는 할아버지의 이야기다. 그 주차장은 항상 만원이라 주차관리인이 여러 명이었다. 만차를 앞에 걸어놓게 되면 다른 관리인들은 바둑을 두거나 자신만의 시간을 보내는 반면에 그 하얀 백발의 할아버지는 만차가 된 주차장 앞에 서서 오는 손님마다 죄송하다고 인사를 하고 보내는 것이다. 그중에는 짜증을 내는 손님도 있지만 절대로 화를 내지 않고 보내는 것이 한 사람의 눈에 들었다. 그런데 어느 날 우산을 빌려 쓰게 되어서 다시 돌려주려고 돌아갔는데 깜짝 놀라게 되었다. 주차장에 사람들로 가득한 것이 아닌가? 알고 보니 그 주차장 할아버지의 마지막 날이라 그동안 그 할아버지에게 도움을 받았던 사람들이 꽃을 들고 와서는 고마움을 표시하고 있었던 것이다. 그때 할아버지는 이렇게 말했다. "저는 단지 인사만 잘하고 자신의 일을 즐기고 있었을 뿐입니다."라고. 그러나 그 작은 즐거움이 사람들의 마음을 훈훈하게 해주었던 것이다.

312

두 번째는 세계 제일의 택시회사라는 이야기인데, 아주 친절한 택시기사를 만난 회사원의 이야기다. 이 책이 일본책인데 보통 택시를 타게 되면 문이 저절로 열리게 된다. 그런데 이 택시기사는 자신이 직접 내려서 손님을 맞이한다. 그리고 코너를 돌 때 어느 쪽으로 돕니다 라고 말을 하면서 돈다. 그리고 나서 목적지에 도착했을 때에는 손님에게 불편한 것은 없었느냐고 물으면서 자신의 명함을 전달한다. 그래서 물어보았다고 한다. 이렇게 친절하게 하면 수당을 더 받을 수 있느냐고 말이다. 택시기사는 아니라고 말을 한다. "저는 단지 저희 택시회사가 세계 제일이 되기를 바랄 뿐입니다."라고 말이다. 그리고 이어서, "그러기 위해선 제가 세계 제일의 택시운전사가 되어야 된다고 생각을 합니다." 그리고 그것은 자신의 꿈이라고 한다. 감동을 받은 회사원은 그 택시기사를 보면서 생각을 한다. 나도 저 사람처럼 꿈을 이루어 가면 행복할 것 같다고 말이다.

한 페인트공의 이야기가 나온다. 아버지의 일을 도와서 페인트공이 된 한 청년이 있었다. 그런데 아버지는 항상 남의 흉만 보고 자신의 일에 대해서 자부심을 가지고 있지 못해서 일이 잘 안 되었다. 청년 역시 그런 아버지가 너무나도 싫고 일도 잘 안 되어서 그만 집을 나가서 떠돌이 생활을 하게 되었다. 다시는 집에 돌아오지 않겠다고 생각을 하고 살아가고 있었는데 그만 교통사고가 나서 집으로 돌아가게 되었다. 집에서도 역시 할 수 있는 것은 페인트칠밖에 없었다. 그래서 지겨운 나날을 보내게 되나 싶었는데 어느 날 자신보다 더 젊은 친구가 찾아와서는 자신의 자전거에 페인트칠을 해달라고 해서 남는 페인트를 처리할 생각으로 녹슨 낡은 자전거에 이색저색 예쁘게 칠을 해놓고 나니까 좋은 자전거가 되었다. 그 청년이 자전거를 타고 동네를 다니자 사람들에게 소문이 났고 이 사람 저 사람 자전거를 칠해 달라고 오게 되었던 것이다. 그러던 중 경찰서에서 보자고 연락이 오는데 청년은 겁이 났지만 일단 잘못한 것이 없기 때문에 갔다. 가서 생각외의 이야기를 듣게 되는데 동네에 버려진 자전거를 칠하고 싶은데 와서 강연을 해달라는 것이었다. 그래서 졸지에 경찰서에서

헌자전거 페인트칠하기 강사가 되어서 전국적으로 강연을 하고 다니게 되었
다는 이야기가 나온다.

이때 청년은 이렇게 말을 한다. 페인트칠이 나의 인생을 바꾸게 될 줄을 전
혀 몰랐다고 말이다.

책의 내용을 분석해서 일을 즐기는 방법에 대해서 이야기를 하는데 나는 이
이야기들의 공통점을 한 가지로 요약하고 싶다. 그것은 현재에 충실하느냐마
느냐다. 즉 우리는 이런 생각을 많이 한다. 내가 만약 부자였다면, 예뻤다면, 그
회사에 들어갔다면, 등등 많은 가정법을 사용해서 우리의 인생이 얼마나 불쌍
한지를 끊임없이 확인한다. 그러나 위에서 나온 사람들은 그렇게 사는 것이 아
니라 현실에 충실했다. 즉 내가 가진 일을 꿈으로 만들고 다시 그 꿈을 이루기
위해서 최선을 다했다는 것이다.

성공의 기준은 무엇일까? 돈이 많은 것, 좋은 직장을 가진 것일까? 이렇게 생
각하면 어떨까? 만약 복권에 당첨이 돼서 부자가 되었다면 그것은 성공인가?
아니면 자신은 피만 보면 기절할 것 같은데 부모의 강요로 의사가 되었다면 그
것이 성공일까? 아마 아니라고 말할 것이다. 진정한 성공은 자신의 일에 최선
을 다해서 오는 결과를 성공이라고 부르는 것이 아닐까? 즉 현실의 자신의 일
에 충실한 사람만이 인생에 있어서 진정한 성공을 할 수 있다는 것이다.

이 책의 저자는 정리컨설턴트로서 정리가 안 되는 회사나 개인을 정리해 주므로써 새로운 인생을 살 수 있도록 도와주고 있다. 책에선 크게 세 가지를 이야기해 주고 있는데 왜 정리를 해야만 하는지 그리고 정리를 하는 방법과 정리해야 하는 것들에 대해서 자세하게 이야기해 주고 있다. 더불어서 정리를 통해서 성공한 개인과 기업들에 대한 자세한 사례들이 나오고 있다.

정리란 무엇이고 왜 해야만 하는 것일까? 개인이 가지고 있는 돈과 시간과 자원은 항상 일정한 양일 수밖에 없다. 정리를 하지 않으면 그 시간과 돈과 자원이 중복해서 들어갈 수밖에 없기 때문이다. 예를 들어서 어떤 공장에서 물건을 만들어서 납품을 하는데 가격이 오를 것을 걱정해서 많은 양을 사서 창고에 넣어둔다고 생각을 해보자. 그런데 자재를 여기저기에 마구 둔다면 일단 필요한 자제를 찾는데 시간이 많이 걸릴 것이다. 게다가 찾지 못한다면 그 물건을 사느라고 자원이 낭비가 될 것이다. 필요 이상의 공간의 창고가 필요하기 때문에 재고관리비가 낭비되어서 돈을 더 많이 쓰게 된다. 가정에서도 산 물건을 찾지 못해서 또 사고 또 산 경험이 있을 것인데 이처럼 정리를 하지 않으면 개인은 돈과 시간과 자원에서 손해를 보고, 기업은 이익이 감소해서 그 피해가 엄청나기 때문이다.

　그럼 정리를 어떻게 해야만 할까? 책에서 사례별로 정리하는 법에 대해서 자세히 나오고 있지만 간단하게 정리를 하면 1. 비움, 2. 나눔, 3. 채움으로 생각하면 될 것 같다.

　첫 번째 비움에선 일단 필요한 물건과 필요하지 않은 물건을 나누는 것이다. 필요하지 않은 물건이란 내가 일단 사기는 했는데 다시는 쓰지 않을 물건을 뜻한다. 예를 들어 학창시절에 공부했던 책들이나 일 년 이상 안 쓴 물건들을 뜻한다. 이런 것들은 공간만 차지하기 때문에 반드시 버려야만 한다.

　두 번째 나눔의 경우에는 물건을 일단 무조건 버려서는 안 되고 내가 필요 없는 물건은 다른 필요한 사람에게 주는 행위를 말한다. 특히 옷이나 신발, 책 같은 경우에는 수거하는 곳에 팔거나 넣어두면 사람들도 돕고 물건도 줄일 수 있다.

　세 번째 채움의 경우 일단 비웠으면 채워야 하는데, 어떤 것들로 채울지 고민을 해야만 한다. 충동적으로 산 물건들은 반드시 후회하기 때문에 물건을 살 때는 세 번 이상 적거나 반드시 좋은 물건을 골라서 사는 습관을 들여야만 한다. 그렇지 않으면 아무리 비워도 금방 지저분해지기 때문에 정리가 되지 않는다.

　그럼 이렇게 정리하는데 살면서 정리해야 하는 것들에는 어떤 것들이 있을까?

　가장 먼저 공간을 정리해야 한다. 내가 사는 곳을 청소하고 정리해야만 하루가 편하기 때문이다. 이것은 앞에서 이야기를 했기 때문에 생략하겠다.

　두 번째로는 시간을 정리해야만 한다. 시간을 어떻게 정리하냐고? 우선 내가 필요한 시간을 늘려야 한다. 영어공부가 필요하다면 영어공부시간을 늘리는 것이다. 물론 그러기 위해선 하루 중에 필요 없는 시간을 줄여야만 한다. 특히 컴퓨터 앞에서 쓸데없이 웹서핑을 하거나 인생에 전혀 도움이 안 되는 게임을 밤새도록 하는 시간을 줄이면 필요한 시간을 만들 수 있다.

　세 번째로는 인간관계를 정리해야만 한다. 만나는 사람을 내가 마음대로 고를 수는 없다. 그러나 어떤 사람을 만나느냐에 따라서 내 인생이 바뀌게 된다. 예를 들어 사장님들을 만나게 되면 내가 사장님처럼 생각하고 행동하면 교수들을 만나면 교수처럼, 청소부를 만나면 청소부처럼 생각하고 행동하며, 되어 있다. 내 주변에 자주 만나야 하는 사람들에 대해서 리스트를 만들고 이야기를 해야 하는 시간을 늘리는 것이 중요하다.

이 책은 사실 일에 관한 책이라기보다는 시간과 공간을 정리하는 실용서지만 일하기 싫은 사람들에게는 공통점이 있는데 그것은 정리가 안 된다는 것이다. 일을 하고 싶어도 어디서부터 어떻게 해야 할지 모르기 때문에 일을 못한다는 이야기를 많이 한다. 그런데 이런 식으로 시간과 공간, 인간관계를 정리하다 보면 일의 능률도 올라가고 더 많은 창조적인 일을 할 수 있게 된다. 나 같은 경우에도 책을 쓸데 그냥 쓰여진 내용을 정리할 때는 잘 몰랐는데 분류별로 묶어서 내용을 정리하다 보니 하고 싶은 이야기도 많아지고 내용도 더 충실하게 쓸 수가 있었다. 일이 싫어질 때 정리를 한번 해보자. 아니 항상 정리를 잘해서 일을 더 잘해 보자.

시간에 관해서 깨달은 것들

시간에 관해서 깨달은 것들이 생각보다 많았다. 예를 들어 시간이란 단순히 시간이 아니라 인생 그 자체라는 것이다. 게다가 시간은 남자와 여자에게도 전혀 다르고 아이와 어른에게도 전혀 다르다. 같은 사람의 시간일지라도 상황에 따라서 전혀 다르게 정의되어진다는 것을 알 수가 있었다. 그럼 시간이 왜 이렇게 다른지 간단하게 생각해 보도록 하겠다.

남자와 여자의 시간은 왜 다른 것일까? 남자의 경우 학교를 다니고 군대를 갔다 와서 회사에 취직을 해서 임기를 마치고 나서 퇴임을 하게 된다. 평생을 누군가가 만들어준 시간표에 자신의 시간을 맡기면서 살아간다는 사실이다. 따라서 남자에게 시간은 자신을 증명해 주는 것이기 때문에 항상 효율적으로 써야 된다는 강박증이 존재할 수밖에 없다. 반대로 여자의 경우는 다르다. 여자도 어려서는 학교를 다니지만 나이가 들어선 자신의 가정을 꾸미면서 아이를 낳고 남자를 도우면서 자신의 시간을 디자인해야만 한다. 예를 들어 아침에 일어나서 남편을 깨우고 아침식사를 준비하고 청소를 한 다음 저녁을 준비해서 식구들이 같이 먹을 수 있게 한다. 게다가 중간에 장을 보거나 친구들을 만나서 이야기할 수 있는 시간을 만들어야만 하는 것이다. 따라서 여자에게 시간은 만들어야 하기 때문에 마치 액세서리처럼 꾸며야 하는 존재로 생각하게 된다.

여기에서 남자와 여자간의 갈등이 시작되는데 젊어서 연애할 때는 여자는 시간을 로맨틱하게 꾸미려고 하지만 남자는 여자와 같이 보내는 시간을 효율적으로 보내려고 하다 보니 모든 것이 답답하기만 하게 된다. 나이가 들어서 남자가 퇴임하고 나서 문제가 커지는데 남자는 평생을 정해진 시간 안에서만 행동을 하다가 갑자기 많아진 시간을 어떻게 해야 할지 모르는데 반면 여자의 경우에는 항상 하던 일이 있고 시간을 디자인하는 것을 좋아하다 보니 별로 모르게 된다. 결국 남자는 들어앉아서 잔소리를 하게 되고 둘 사이에 불화가 커져서 황혼이혼이 많아진 이유가 되기도 한다.

어른과 아이의 시간은 어떻게 다를까? 나이가 들수록 시간이 빨리 간다고 한다. 남자의 자격에서 이경규 씨는 이런 말을 했다. 나이가 들수록 시간이 빨리 가는 이유는 오늘 하루가 내가 사는 전체 일 중에서 하루에 불과하기 때문에 어릴수록 시간이 늦게 가고 나이가 들수록 빨리 간다고 이야기를 했다. 한 심리학자는 이 현상을 기억에서 찾았다. 어려서는 하루 종일 새로운 것들을 계속해서 접하기 때문에 하루가 길게 느껴지지만, 나이가 들어서 매일 같은 생활을 반복하다 보면 기억할 필요가 없기 때문에 뇌가 마치 시간이 빨리 가는 것처럼 느껴지는 것이다. 그런데 이러한 현상을 굳이 말하지 않더라도 생각해 보면 어제 한 일을 오늘 하고 내일도 하기 때문에 결국 오늘 한 일을 어제 했는지 그제 했는지 헷갈리는 경우가 많았다. 그리고 어렸을 때는 언제쯤 어른이 되어서 자유롭게 살 수 있는지 모든 것이 답답하기만 했다. 그런데 나이가 들어서 보면 시간이 너무 빨리 가서 몸이 열 개라도 모자랄 때가 많다. 결국 시간은 이렇게 나이에 따라서도 전혀 다르다.

그리고 같은 사람이더라도 상황에 따라서도 전혀 다르다. 일반적인 예를 들어서 학교 다닐 때 팔을 들고 서 있는 시간은 아주 느리게 가지만 내가 좋아하는 영화나 게임을 하는 시간은 쉽게 지나가는 것을 느낄 수 있다. 게다가 누구와 있느냐에 따라서도 전혀 다르다. 말이 잘 통하는 친구하고 있을 때는 아무리 오랜 시간이 지나도 지루한 줄을 모르지만, 정말 싫어하는 친구나 선생님 혹은 세대가 다른 어린 친구들과 있어도 시간이 아주 느리게 간다. 특히 매일 붙어서 이야기하는 상대하고 있으면 시간이 더 안 간다는 사실을 알 수가 있다. 그러면 이렇게 상대적인 시간을 어떻게 하면 효율적으로 보낼 수 있을까? 물론 이것은 남자의 측면에서 본 것이다. 여자의 경우에는 이 시간을 어떻게 재미있게 보낼 수 있을까 라고 생각을 할 것이다. 어쨌든 인생은 시간으로 이루어져 있고 나이가 들다 보면 혹은 지루한 일을 오랫동안 반복하다 보면 쉽게 늙는다. 왜냐하면 내 생체시계가 느리게 가고 있기 때문이다. 반대로 재미있는 시간이 반복되고 좋은 일이 하루 중에 많다면 하루는 빨리 가고 상대적으로 행복하다는 의미가 된다. 따라서 더 젊게 살 수 있다는 이야기다.

인생은 즐기지 않으면 의미가 없으니까 내가 원하는 것을 하면서 사는 것이 좋다고 이야기할 수도 있다. 이 이야기는 한편으로는 맞지만 다른 한편으로는 틀린 이야기도 하다. 인생은 괴로운 때도 있고 즐거운 때도 있기 때문에 사는 것이지 즐거운 시간을 무조건 늘린다고 인생이 행복해지는 것은 아니다. 예를 들면 이런 것이다. 내가 물건을 사면 즐거워지는 것을 발견해서 매일같이 쇼핑을 하면서 즐기면 당장은 행복하겠지만 나는 미래가 없는 신용불량자가 될 것이다. 또 한 가지 돈이 안 들어가고 즐거워지는 방법을 찾기 위해서 게임을 한다면 게임 속에서 나는 즐겁고 돈은 안 들어가지만 나는 인생을 제대로 살지 못하는 게임중독자가 될 것이다. 따라서 단순히 인생을 즐긴다고 해서 즐거운 일을 많이 하는 것은 시간을 제대로 즐기는 것이 아니다.

인생에선 해야 할 일이 있고 하고 싶은 일이 있다. 해야 할 일은 반드시 해야 하지만 피할 수 없고, 하고 싶은 일은 하고는 싶지만 안 해도 되는 일인 것이다. 즉 해야 할 일은 직업에 관련돼서 먹고 사는 일이고, 하고 싶은 일은 내가 원하는 쾌락을 얻는 행위일 것이다. 이 두 가지 일을 효율적으로 정리해서 실행하는 것이 바로 제대로 된 시간 관리법이다. 우리나라 사람들의 가장 큰 문제는 해야 할 일에만 치여서 하고 싶은 일을 하지 못하는 데 있다는 것이다. 그래서 인생에서 행복한 시간을 늘려야 한다는 이야기가 나오는 것이다. 그러나 행복한 시간을 무한대로 늘릴 수만은 없기에 시간을 정리해야 하는 것인데, 그럼 어떻게 하면 두 가지의 일을 제대로 정리할 수 있을까?

우선 내 인생에서 시간을 분리해 본다. 정말로 내가 일하는 시간과 내가 좋아서 하는 시간이 얼마나 되는지를 한번 분리를 해보는 것이다. 학생이라면 아침에 일어나서 식사하고 학교에 가서 공부하다가 학원에 가서 공부하고 집에 돌아와서 잠을 잔다. 사실 분리할 시간이 없는 것 같다. 그러나 그 안에선 수업시간외에 많은 자율학습시간이 존재한다. 그 자율학습시간에 시간을 어떻게 나누어서 공부를 할 것인지 계획을 세워서 필요한 학습을 능률적으로 해 나가는 것을 만드는 것이다. 게다가 짧게 주어진 휴식시간 역시 무엇을 하면서 쉴 것인지 계획을 세우는 것이 좋다. 만약 힘들다면 이런 쪽에 관련된 책이나 동영상을 보면서 하면 좋을 것이다. 일반인의 경우에도 다르지 않다. 아침에 일어나서 회사에 가서 퇴근해서 식사하고 집에 와서 TV를 보다가 게임 좀 하고 잔다고 생각을 해보자. 여기서 내가 회사가 가는 시간 동안 혹은 퇴근시간 동안 할 수 있는 것이 무엇인지 생각을 해보자. 그 시간 동안 못 본 책이나 공부 등을 할 수 있지 않은가? 게다가 집에 와서 무조건 하던 일을 할 것이 아니라 내 시간 중에 재미있는 것이 없는데도 리모컨만 들도 TV 속을 헤매는 시간을 줄이는 것이다. 이렇게 필요한 시간과 필요 없는 시간을 찾아서 필요 없는 시간을 줄이는 것이다.

이제 필요 없는 시간을 줄인 다음에는 내가 해야 할 일과 하고 싶은 일의 목록을 적어보는 것이다. 해야 할 일 같은 경우에는 내가 업무에 필요한 외국어나 체력을 보강하기 위한 운동 등을 하는 것이고, 하고 싶은 일 같은 경우에는 내가 배우고 싶거나 즐기고 싶은 게임이나 운동 혹은 독서 등을 하는데 사용하는 것이다. 여기서 중요한 것은 성장할 수 있는 것을 하는 것이 좋다. 취미로 운

동을 하거나 게임을 하거나 혹은 외국어를 공부한다고 해도 성장하지 못한다
면 결국 시간을 제대로 활용하지 못한 것이기 때문이다. 특히 스트레스를 풀어
주는 활동이 중요한데, 이 경우 요즘은 대부분 게임으로 푸는 경우가 많다. 될
수 있으면 육체적으로 여러 사람이 같이 있는 곳에서 즐길 수 있는 운동이나
게임을 하는 것이 좋다. 독서나 영화감상을 하고 싶은 사람은 보고 나서 자신
의 감상을 간단하게 적어서 자신만의 블로그를 만들어서 올려서 여러 사람들
에게 보이는 것을 권한다. 내가 세상과 피드백을 하는 것이 가장 좋은 스트레
스 해소법이기 때문이다.

시간에 대해서 여러 가지 생각과 이야기를 적어보았다. 시간은 남자와 여자,
노인과 아이에게 혹은 시간에 따라서 전혀 다른 것이며, 시간은 단순히 효율적
으로 쓴다고만 생각해야 하는 것이 아니라 분리하고 정리해서 사용될 때 인생
을 풍요롭게 해줄 수 있다. 많은 분들이 이 글을 읽고 자신만의 시간을 만들어
서 인생을 풍요롭게 하면 좋을 것 같다.

PART 11

소개하지 못한 책들

책을 읽고 원고를 써서 방송을 하다 보면 깨닫는 것들이 정말로 많다. 그런데 그 순간뿐이라는 사실이 나를 슬프게 한다. 분명히 이것에 대해서 완전하게 알게 되었고 세상의 이치를 깨달았다고 생각했지만 일주일만 지나면 다시 잊어버리고 만다. 그런데 뇌에 대한 책을 읽고 보니 원래 그런 게 정상이라고 한다. 원래 망각이란 기억만큼이나 중요한 기능이어서 필요한 것만을 기억해서 그렇다고 나와 있다. 내가 깨달은 이야기들은 그냥 잊어버리기에는 너무나도 안타깝고 많은 분들에게 알리고자 방송을 하고 유튜브에 올리고 책으로 쓰고 있다.

이 번에는 여러 가지 사정상 방송에 소개하지 못한 책들이나 분류가 되지 못해서 소개하지 못한 책들을 소개해 볼까 한다. 이 책들 속에서도 많은 감동과 영향을 받았다. 여러분들도 한번 읽어보고 여러 가지 생각을 해보기 바란다.

밀양 : 벌레 이야기

이청준 열림원

이번에는 전도연 씨가 칸에서 여우주연상을 탄 영화 밀양의 원작소설인 벌레 이야기다.

아들을 잃은 아버지의 독백으로 소설은 전개가 된다. 우선 평범한 작은 마을에서 약국을 운영하면서 아들 하나를 키우면서 사는 아버지와 평범한 가정주부인 어머니가 나온다. 아이가 워낙에 취미가 없어서 걱정하던 아버지는 아들에게 주산을 권하게 되는데 아이가 너무 좋아해서 매일같이 주산만 보면서 살게 된다. 그런데 어느 날 주산학원을 다녀오던 아이가 실종이 된다. 그래서 온 동네 사람들이 아이를 찾아 나서게 되지만 결국 찾지 못하고 두 달 뒤 아이는 싸늘한 시체가 돼서 발견이 된다.

우선 아이가 어린아이가 아니라서 누군가 잘 아는 사람의 소행이라고 생각하고 주변사람들을 탐문하던 중 주산학원 원장이 가장 심증이 가지만 물증이 없었다. 그런데 당시 알리바이가 완벽해서 경찰에서는 이미 용의선상에서 제외를 시켰던 사람이지만 어머니가 하도 찾아와서 묻고 이야기를 하자 죄책감에 자신이 직접 경찰에 가서 자수를 한다. 처음에는 아이를 유인해서 돈을 요구할 생각이었는데 그만 아이가 너무 심하게 반항을 해서 죽이게 된 것 같다고 책에서 이야기를 한다. 그래서 사건은 끝이 나지만 이제부터 진짜 이야기가 시작한다.

아이의 엄마는 그 사람에 대한 분노를 참을 수가 없어서 고통의 나날을 보내고 결국 옆집아줌마의 권유로 종교에 의지하게 된다. 그래서 많은 것들을 참고 아이를 떠날 보낼 수 있다고 생각할 정도로 안정을 찾게 된다. 모든 것을 다 잊어버리기 위해선 아이를 죽인 사람을 용서해야 한다는 이야기를 듣고선 교도소를 찾아가게 된다.

그곳에서 어머니는 죄인을 용서하고 죄인은 뉘우치고 이야기는 끝이 날 것이라고 생각했다. 그런데 이 부분에서 반전이 등장한다. 그냥 용서를 빌고 끝날 줄 알았는데 죄인은 이미 신에게 모든 것을 맡기고 자신의 죄를 사하기 위하여 자신의 안구와 신장을 모두 기증하기로 했던 것이다. 거기다 아이를 위해서 또 부모들을 위해서 끊임없이 기도를 하고 있었던 것이다. 죄인은 이미 어머니보다 더한 믿음으로 종교적으로는 이미 용서를 받은 것이나 다름이 없었다. 어머니는 그런 그를 더 이상 용서할 수가 없었다. 결국 화를 못 이기고 자살을 택하게 된다.

이 책은 모두를 용서해 준다는 종교에 대한 모순을 설명하는 것 같았다. 죄를 지은 사람은 당연히 당한 사람에게 용서를 빌어야만 하는데 종교는 그 모든 것들을 수용하다 보니 결국 모두를 만족시킬 수 있는 결과를 가져올 수는 없는 것 같다.

이 책은 죄와 벌, 기도와 용서라는 모든 종교의 기본적인 구조를 이야기하고 있지만 구조로 인해서 생기는 모순을 다루고 있기 때문에 너무 무거운 주제라 방송에서 소개하지 못했다. 그러나 나는 아직도 이 책을 읽었을 때 감정을 잊을 수가 없다. 마치 진짜로 있었던 일을 내가 본 것 같은 느낌이 살아 있는 그런 책이었다.

이 책은 1994년도에 출판된 책, 고 노무현 전대통령의 책이다. 의원시절에 자신의 평생 부끄러웠던 일들과 주변사람들에 대한 평가, 그리고 학창시절과 유년기시절에 대한 에피소드들이 들어가 있는 책이다. 책의 구성은 총 4부로 구성되어 있는데, 내용을 소개하면 다음과 같다.

1부, 여의도 부시맨에서는 저자의 의정생활에 대해서 기술을 했다.

2부, 잃어버린 영웅편에서는 우리 정치의 양대 산맥이었던 양김씨와 저자와 있었던 일들과 느낀 점을 기술하고 있다.

3부가 제목인 여보 나 좀 도와줘! 인데 여기에서는 한 평범한 남편이자 아버지로서 저자가 느끼고 고민하는 일상적인 이야기들을 서술했다.

4부, 내 마음의 풍차에서는 부끄러움을 무릅쓰고 어린 시절부터 정계입문까지의 일화를 중심으로 엮어서 이 책은 유일한 고 노무현 전 대통령의 자서전이 되겠다.

우리가 이미 TV에서 노무현대통령의 생애에 대해서 많이 보았기 때문에 아는 분들은 잘 알 것이다. TV에서는 좋은 이야기만 해주었겠지만 책에선 이런 이야기도 나온다. 어린 시절 급장, 지금의 반장을 하게 되는데, 그런데 누나한테서 받은 필통이 너무 싫어서 어수룩한 짝꿍 것과 바꿨는데 급장이 어떻게 어수룩한 짝꿍을 속여서 필통을 바꾸느냐는 비난을 받은 일이 나온다. 그리고 중학교 갈 입학금이 없어서 학교교감에게 사정을 하는 어머니가 안쓰러워 입학원서를 북북 찢어버린 일, 그리고 울산 막노동 현장에 돈을 벌려고 갔는데 일도 제대로 못하고 밥값 잔뜩 외상해 놓고 울산역으로 도망쳐 나온 일, 고3 때 첫 직장에서 받은 월급으로 옷 살까 구두 살까 망설이다가 결국 기타 한 대 사고 고시용 헌 책 몇 권 사고, 나머지는 술 마시고 영화 보는 데 다 써버렸다는 이야기까지 자신의 어린 시절의 모습을 있는 그대로 보여주고 있다.

본격적으로 노무현이라는 이름을 날리기 된 계기가 있는데 원래는 대학에 진학을 해서 좋은 직장을 구하는 것이 목표였지만 집안 사정이 좋지 않아 진로를 수정해서 사법시험준비를 하게 된다. 사법고시를 합격하고는 변호사를 하고 싶었지만 집안의 기대와 아내 생각하는 마음 때문에 판사를 하게 된다. 그러나 판사의 수동적인 생활과 전문변호사가 되고 싶은 마음에 법복을 벗고 변호사 개업을 하게 되고 민권운동에 뛰어들면서 노동 분야 변론을 맡으면서 노동 법률전문 변호사가 된다. 재야운동에 뛰어들던 1986년 이후에는 노동사건, 시국사건, 조세사건만 전문적으로 맡으면서 의식에 큰 변화를 겪는다. 그리고 삶의 가장 큰 전환점인 부림 사건을 맡게 된다. 이 사건 이후 본격적인 인권 변호사의 길을 걷게 된다.

그건 그렇고 제목이 '여보 나 좀 도와줘'가 된 사연이 있는데, 우선 여기서 나오는 여보는 아내인 권양숙 여사를 말하는 것이다. 둘이 결혼하기 전에 연예를 하는데 양쪽 집안에서 반대가 엄청 심했다고 한다. 특히 장인 될 사람의 문제로 심했는데, 집안의 반대를 무릅쓰고 결혼을 했고 고시준비를 하면서 아내 권양숙 여사와 티격태격하다가 문짝이 떨어져 나가고 선풍기 목이 부러져 나간 일도 있었다고 한다. 자신이 사회운동을 하면서 우리나라 여자들이 얼마나 힘든 삶을 살고 있는지 젊은 친구들로부터 배우면서 아내에 대한 배려를 하게 되었다고 한다. 그런데 자신이 정치를 하는데 남의 아내들은 나서서 사진도 찍고 여러 가지 활동을 같이 하는데 자신의 아내는 왜 정치를 하냐고 구박을 하면서 자신은 그런 것이 싫으니 나서지 않는다고 이야기를 하다 보니, 여보 나 좀 도와줘 라는 제목을 정하게 된 것이라고 한다.

부산에서 인권변호사로 명성을 날리다가 당시 통일민주당 총재였던 김영삼의 재야 영입케이스로 공천을 제의해와 정치에 입문하게 되는데, 국회청문회에서 제대로 된 질의를 통해서 청문회스타로 떠오르게 된다. 청문회에서 전두환, 정주영 씨 같은 사람들에게 법리적이면서 확실한 질문을 통해서 쩔쩔매는 모습을 보여주었기 때문에 당시에는 대단한 신인 정치인으로 대두되게 된다. 그러나 3당 합당 때 김영삼을 떠나서 통합에·반대를 하고 당선이 보장되는 지역구를 놔두고 부산에 출마해서 연거푸 떨어진다. 그리고 그때 이 책을 쓰게 된 것인데 그러면서 두 김씨에 대한 평가를 쓰고 있다.

이 책을 쓰게 된 계기가 맨 앞에 나온다. 처음으로 변호사 일을 맡게 되었는데 그 일이라는 게 사실 피의자하고 합의만 보면 변호사가 일을 해결할 필요도 없는 그런 일이었다. 그런데 일단 피의자를 접견하고 나면 돈을 돌려줄 필요가 없기 때문에 재빨리 일을 진행했다. 아니나 다를까 몸이 달은 피의자가 합의를 요구했고 의뢰인은 환불을 신청했으나 당시 노무현 변호사는 일단 일을 진행하면 돈을 돌려 줄 수가 없으니 돌아가시라고 부끄럽지만 이렇게 이야기를 했다고 한다. 그러자 그 의뢰인 아주머니가 "변호사는 다 그렇게 돈을 법니까?"라고 이야기한 것이 너무 가슴에 남았다고 한다. 그래서 자신의 부끄러운 이야기하고 어려웠던 이야기, 그리고 자신이 그리고자 하는 꿈을 담아서 이 책을 썼다고 한다.

어려운 환경에서 성공한 저자를 인터뷰하자고 언론사에서 전화가 오자 어려운 환경 속에서 성공한 사람들이 어려운 사람들을 억압하고 고통을 주는 경우가 많은데 꼭 어려운 환경 속에서 성공했다고 칭찬해 주는 것이 아니라 그들

을 어렵게 한 환경에 대해선 왜 생각들을 안 할까? 라는 부분에서 많은 공감을
할 수가 있었다.

이 책은 고 노무현 전대통령께서 돌아가시고 나서 MBC에서 소개했던 책이
다. 당시 이 책이 베스트셀러에까지 올라가고 방송에서도 이런 종류의 책을 원
해서 소개했다. 당시 만연해 있던 법조계의 비리와 정치계의 비리에 대해서 아
무런 가감 없이 이야기하는 부분이 인상이 깊었다. 그런데 그런 이야기를 다
빼고 그냥 있었던 에피소드 위주로만 방송을 했었다. 굉장히 부끄러운 우리 사
회를 이야기하고 있기 때문에 책 소개를 다시 한 번 진솔하게 할 수 있다면 모
든 이야기들을 해보고 싶은 생각이 있다.

이 책은 두시 탈출 컬투쇼에 나온 웃기고 재미있는 사연 중에서 베스트만을 뽑아서 만든 책으로, 웃기는 이야기와 황당한 이야기, 그리고 감동적인 이야기 들이 들어가 있다.

우선 웃기는 이야기들 중에 몇 가지만 소개해 보자.

대학교 첫 여름방학이었다. 그래서 고향으로 돌아와서 고등학교 친구들을 만나서 술을 마시는데, 원래 술을 잘 못하는데 그날 따라 반가워서 그런지 소주를 한 병 반을 마시고 집으로 돌아왔다. 너무너무 피곤해서 잠을 자야겠는데 방안에 모기가 자꾸 날아와선 귓가에서 맴도는 게 아닌가? 그래서 불을 켜 찾아보면 없고, 다시 불을 끄면 소리가 들리고, 그렇게 자다 깨다를 반복하다가 손에 갑자기 모기약이 잡히는 게 아닌가? 그래서 일단 사방에 모기약을 뿌리고 잠이 들었다. 그리고 다음날 일어나서 기절할 뻔 한다. 그날 밤 뿌린 것은 모기약이 아니라 빨간 래커스프레이였던 것이다. 그래서 방안이 온통 빨갛게 칠해져서 어쩔 줄을 모르는데 그때 우리 아들 왔다고 엄마가 꿀물을 타가지고 들어오셨다가 입을 못 다무시는 틈을 타서 집안을 탈출했다고 한다.

두 번째 이야기는 이름에 관한 것인데, 이 이야기의 주인공의 이름은 이원경 씨이다. 이원경 씨에게는 이름이 아가인 친구가 있었는데, 둘은 친해서 수업을 같이 듣게 되었다. 어느 날 영어회화를 같이 듣게 되었는데, 영어회화시간에 맨 처음에 항상 하는 게 있다. What is your name? 답은 항상 My name is… 라고 하는데 아가씨에게도 차례가 돌아왔다. 영어선생님이 What is your name? 라고 묻자 대답을 My name is 아가리 라고 했다고 한다. 아가씨는 성이 이씨였던 것이다. 그래서 그 반에 학생들이 모두 웃었다고 한다. 아마도 영어이름이 필요할 것 같다.

세 번째 이야기는 발이 작은 남자의 이야기인데, 키가 170이 넘는데 신발 사이즈가 255인 남자가 있었다. 운동화를 사러 가면 발이 작아서 사이즈가 없어서 엄청나게 스트레스를 받았다고 한다. 그래서 어느 날인가 운동화가게에 가서 신발을 사려 하는데 그 사이즈가 없다고 하자, 이제는 포기를 하고 이렇게 말을 했다고 한다. "아동용도 좋으니까. 아무거나 주세요."라고 하자 점원이 이렇게 대답했다고 한다. "빤짝이 불 들어오는 것도 괜찮으세요?" 발이 작아서 불들어오는 것밖에 사이즈가 없었다고 한다.

이번에는 황당한 이야기를 한번 소개하겠다.

첫 번째 이야기는 음악을 하는 친구들이 모여서 출출해서 짜장면을 시켰는데 금방 짜장면이 왔다. 그런데 이 배달부가 갑자기 "혹시 피아노를 쳐봐도 될까요?"라고 묻는 게 아닌가? 그래서 그러시라고 하니까 일단 치는데 잘 치는 거다. 그런데 여기서 끝나는 게 아니라 노래까지 부르는 게 아닌가? 둘은 너무 황당하고 웃겼지만 일단 참았다고 한다. 곡이 끝나고 배달부는 "한 곡만 더 하면 안 될까요?"라고 묻는 게 아닌가? 그래서 하시라고 한 다음 자신들도 짜장면 먹는 것을 잊어버리고 기타를 쳤다고 한다. 그러다가 짜장면집 사장님으로부터 전화가 왔다. "넌 피아노만 보면 정신을 못 차리냐, 배달 밀렸으니 빨리 와라."라고 말이다. 그래서 가는 배달부가 하는 말이 "다음에는 삼촌하고 같이 올게요. 삼촌은 드럼을 치시거든요."라고 했다고 한다. 밑에 나온 말에 이 이야기가 훗날 위대한 가수의 에피소드가 되었으면 좋겠다고 이야기한다.

　두 번째 황당한 이야기는 살다 보면 이런 경우가 꼭 있다. 차를 몰고 다니다 보면 좁은 길에서 한쪽이 양보해야만 하는 경우가 반드시 있다. 그런데 보통 이 경우 목소리 큰사람이 이기는 경우가 많은데 이번 사연에서 재미있는 이야기가 있다. 친구가 잘 모르는 길에 들어서서는 한쪽이 양보해야만 하는 상황에 빠지게 되었다. 혹시 비켜갈 수 있나 해서 내려서 지켜보는데 도저히 방법이 없는 것 같았다. 그런데 갑자기 차 문을 내리더니 이렇게 이야기를 한다. "가위 바위 보를 해서 진 사람이 뺍시다."라고 말이다. 상대방은 황당해서 엉겁결에 그러자고 했고 세 번을 한 결과 친구가 이겨서 그 사람이 뺐다고 한다. 그런데 밑에 나온 컬투의 이야기가 재미있다. 이걸 법으로 만들어서 좁은 길에서 '가위 바위 보 삼세 번을 해서 진 사람이 빼야만 한다' 라고 교통법에 넣어서 운전면허시험을 봐야 한다고 말이다.

　이 책을 소개하게 된 계기는 기분이 너무 우울해서 뭔가 기분전환할 것을 찾다가 매일 아침마다 서점 앞에 헬스클럽에 가서 러닝머신에서 TV를 보는데 마침 그 시간에 컬투쇼가 나오고 있는 게 아닌가. 보다가 그만 펜이 되고 말았다. 매일 그 시간 그 프로만 보게 되었다. 그런데 서점에 와서 보니 컬투에 관한 책이 있는 게 아닌가? 그래서 읽으면서 재미있는 이야기만을 골라서 방송에 소개를 했었다. 인생에서 웃음이 빠지면 마치 팥이 없는 팥빵인 것 같다. 즐거움을 찾되 돈이 들어가지 않는 즐거움을 찾는 방법은 웃는 것 밖에 없고 그냥 웃을 수 있는 이런 방송이나 책이 인생을 행복하게 해주는 것 같다.

산통을 깨다. 큰 코를 다치다. 외상을 긋다. 건달과 한량. 일상에서 흔히 쓰는 말이지만 그 어원과 유래에 대해서는 전혀 짐작이 가지 않는 우리말의 유래에 대해 쉽고 재미있게 설명하고 있는 책이다. 인터넷에서 정설로 둔갑하여 돌아다니는 잘못된 설명을 바로잡고자 기획된 이 책은, 네이버 설문 조사를 통해 10대에서 50대까지 네티즌 만 명이 뽑은 가장 궁금한 우리말 100가지를 선정, 그 본래 의미에 대해 풀어 놓았다.

산통을 깨다. 이 말은 주로 다 된 일이 엉망이 되었다는 뜻으로 많이 쓰인다. 그런데 산통이 무엇인지 알 필요가 있는데, 산통은 주로 점쟁이들이 점을 볼 때 들고 다니는 작대기를 넣은 통을 말한다. 산통이 깨지면 점을 볼 수 없기 때문에 일을 그르친다는 뜻이 있고, 두 번째로는 옛날에는 산통이 지금의 계와 같은 의미였다고 한다. 그래서 그 산통 안에 숫자를 적은 공을 넣고 그 공이 나오는 사람이 돈을 타갔다고 하는데 계가 깨지면 산통이 깨지는 것이기 때문에 계가 깨지는 것을 산통이 깨진다고 했다.

그럼 주로 쓰는 말 중에 건달과 한량이라는 것이 있는데 무엇이 다를까?
간단하게 설명하면 건달은 돈이 없으면 건달이고, 한량은 돈이 있는 건달이

라고 보면 된다. 즉 돈이 있어서 놀고먹는 사람은 한량, 없는데 다니는 사람은
건달이다. 건달은 알다시피 인도의 음악의 신인 간다르바에게서 나온 말로 이
것이 중국을 거쳐 우리나라에 와서 건달이 되었다. 반면에 한량의 경우 원래의
뜻은 무과에 뽑히지 못한 무신을 뜻하는 말이었는데, 후에 이것은 벼슬 없이
놀고먹는 양반들을 가리키는 말이 되었다고 한다. 그래서 건달과 한량은 어원
에서 차이가 있다.

외상을 긋다. 그런데 왜 외상을 쓰는 것도 아니고 긋는 것일까?
외상문화는 사실 세계적으로도 드문 경우라고 한다. 가까운 동네에서만 가
능한 문화라고 하는데 과거에 주막집에 주모들이 글자를 모르다 보니 외상을
먹은 사람을 표시해야 하는데 가장 좋은 방법이 바로 외상 먹은 사람의 특징을
적어놓고 옆에 먹은 술잔의 숫자를 줄로 표시를 하는 것이다. 그러다 보니 외
상을 하게 되면 줄이 하나 더 늘게 되어서 외상을 긋는다고 말을 하게 되었다.

정확한 의미는 모르지만 잘못 알고 있는 어원에 대해서 많이 나오는데, 예를
들어 노다지 같은 경우 영어의 no touch에 서 나왔다고 많이들 알고 있는데 그
것은 사실이 아니라고 한다. 왜냐하면 영어로 건드리지 마는 no touch가 아니
라 don't touch이기 때문이다. 도루묵 같은 경우에도 '도루묵'은 임진왜란 때
선조가 피난 가서 맛있게 먹은 생선을 전쟁 후에 다시 찾았더니 그 맛이 예전
같지 않았다는 데서 붙여졌다고 널리 알려졌으나 전혀 근거 없는 이야기임이
밝혀졌고, '어처구니'도 맷돌의 손잡이로 보기 어렵다고 한다. '미역국을 먹
다'는 '시험이나 진급에서 떨어지다'는 뜻이 아니라 조선 말기에 군대를 해산
하면서 미역국을 먹였다고 한다. 그래서 '미역국을 먹다'는 원래 '단체가 해산
하다, 해산되다'의 뜻에서 나온 것이라고 한다.

이 책은 100가지 내용을 두 권의 책으로 나누어 설명하고 있는데, 선정된 단
어나 관용 표현은 일상어와 비속어의 범주로 크게 나눌 수 있으며, 1권에서는

일상어와 행동을 나타내는 말, 2권에서는 비속어와 감정을 나타내는 말로 구분했다. 방송에서는 소개를 못했지만 재미있는 우리말이 많으니까 읽어보면 좋을 것 같다.

이 책 역시 많은 반응을 알려준 책인데 재미있게도 많은 분들이 이 책을 읽고 나선 사러 오셨던 기억이 난다. 과연 우리말의 의미에 이런 뜻도 있구나 라는 것 말이다. 2권에선 우리가 일상적으로 하고 있는 욕들의 어원에 대해서 이야기를 해주고 있는데 읽어보면 정말 재미있다. 그리고 왜 그런 욕을 하게 되고 실제론 어떤 때 써야 하는지 설명이 나오고 있다.

이 책은 별자리에 관한 전설을 담은 책이다. 책에선 별자리가 만들어진 전설과 언제 나타나는지에 대해서 설명을 해주고 있다. 별자리는 그리스 로마신화에서 나온 것이 많은데, 그중에선 헤라클레스와 관련이 있는 별자리들이 많고, 사자자리나 뱀자리 같은 경우 헤라클레스와 싸워서 진 별자리도 있고, 혹은 그리스 신들의 이야기가 된 별자리 이야기도 있으며, 그외에도 이집트에서 만들어진 왕관자리 등 재미있는 이야기가 나온다.

헤라클레스와 관련있는 별자리부터 소개를 하면, 제우스신이 인간여자를 사랑해서 헤라클레스를 낳았는데 복수의 여신인 헤라는 헤라클레스를 죽일 목적으로 그를 미치게 해서 그의 아내와 딸을 자신의 손으로 죽게 만들었다. 그리고 그에게 7가지 과업을 내리는데 그중 첫 번째가 바로 황금사자를 죽이는 것이었다. 그런데 이 황금사자의 가죽은 활이나 칼로는 뚫을 수가 없어서 헤라클레스는 완력만 가지고 이 황금사자를 죽이고 그 가죽을 갑옷으로 만들어 입는다. 그리고 그 죽인 사자는 헤라가 하늘의 별자리로 만들고 돌아온 헤라클레스는 바로 히드라라고 불리는 머리가 9개 달린 거대한 뱀과 싸우게 만든다. 그런데 이 뱀은 머리가 잘리면 머리가 한 개가 더 나오는 괴물이었다. 이런 불사의 뱀을 헤라클레스는 거대한 돌로 뭉개서 없애버린다. 그리고 그 히드라는 밤하늘의 별자리가 되었다고 한다.

　두 번째로, 신들의 이야기가 나오는데, 우선 처녀자리에 대해서 소개하면 이런 전설이 있다고 한다. 땅의 신에게 딸이 있었는데 그 이름이 페르세포네였다. 그런데 지하의 신인 하데스가 페르세포네를 보자마자 반해서 전차를 끌고 와서 자신의 지하세계에 데리고 가버렸다. 그러자 땅의 신은 신들의 왕인 제우스에게 가서 하소연을 해서 페르세포네를 데리고 나왔다. 그런데 나오기 전에 하데스는 이별의 선물로 페르세포네에게 과일을 세 알 주었는데 그것을 먹고 나온 페르세포네 말을 들은 아버지가 이렇게 말을 한다. 지하세계의 음식을 먹은 자는 반드시 지하세계로 돌아가야 한다. 너는 세 알을 먹었으니 3개월을 지하세계에서 살아야겠구나 했다고 한다. 그래서 페르세포네가 지하에 있는 3개월 동안 지상에는 식물들이 살 수 없는 겨울이 찾아오게 되었다. 그래서 처녀자리는 9개월 동안 하늘에 떠 있다 겨울에는 볼 수가 없다고 한다.

　세 번째로는 특이하게 이집트에서 나온 별자리 이야기다. 고대 이집트에 젊은 왕이 살고 있었다. 그런데 이 왕이 전쟁에 직접 참가하게 되었다. 이집트의 왕비는 자신의 남편이 이겨서 살아 돌아오기를 기원하기 위해서 자신이 기르던 소중한 머리카락을 잘라서 신전에 바친다. 그리고 왕이 전쟁에서 이겨서 개선을 해서 돌아와서는 둘은 행복하게 만나게 되었다. 왕비는 남편에게, 당신을 위해서 신전에 머리카락을 잘라서 놓았다고 말했다. 그러자 왕이 같이 기도하러 가자고 이야기를 했는데 신전에 가보니 왕비의 머리카락이 없는 것이 아닌가? 신전의 총 책임자인 제사장이 이 일에 책임을 져야만 할 것이다. 그런데 신전을 지키던 제사장에게 묻자 제사장은 전혀 떨지 않고 이렇게 말을 했다. "신께서 왕비님의 머리카락을 제물로 받아들여서 저 하늘의 별자리로 만들었습니다." 하면서 하늘의 별자리를 가리켰다고 한다. 그러자 왕도 "신께서 하늘의 별자리로 만들어 주셨으니 이 또한 대단한 영광이다."라고 이야기를 했다고 한다. 제사장의 기지가 하늘의 별자리를 만든 재미있는 이야기였다.

꿈이 있는 거북이는 지치지 않습니다

김병만 실크로드

이 책은 김병만의 자신의 어린시절 이야기, 무명시절 고생한 이야기, 데뷔 후에도 성공을 하기 위해서 쉬지 않고 달려온 김병만의 이야기가 담겨져 있다.

우선 어린시절이야기부터 하자면 현재 김병만의 키가 158.7cm라고 한다. 그런데 어린시절부터 작아서 반에서 가장 앞에 서 있었다고. 그래서 키가 큰 아이들이 시비를 걸고 많이 때렸다고 한다. 하루는 코피가 나서 돌아온 날 엄마한테 울면서 이야기를 하니까 엄마가 돌봐주기는커녕 때려서 다른 한쪽 코피도 터졌다고 한다. 그러면서 하시는 말이 나가서 맞고 들어오지 말고 때리고 들어와라 라고 해서 그 다음부터는 악바리처럼 싸워서 친구들에게 인정을 받게 되었다고 한다. 그런데 자신이 너무 작다 보니 운동을 배운 계기가 되었다고. 어릴 때 꿈은 개그맨이 아니라 희극배우였다고 이야기하고 있다.

그리고 무명시절 고생한 이야기 보면, 서울에서 개그맨으로 성공하기 위해서 수많은 오디션을 보지만 다 떨어지게 된다. 서울로 무작정 상경을 해서 기거할 곳이 없다 보니 극단에 취직을 해서 거기서 밥을 얻어먹고 막이 내린 극장에서 잠을 자는데 거기에는 엄청난 양의 먼지가 난다고 한다. 거기서 몇 달을 살다 보니 기관지가 망가져서 결국 친구와 동료들의 집을 다니면서 잠을 자게 되는데 너무 힘이 들어서 결국 옥탑 방 한 곳을 얻어서 살게 되었다. 그 옥탑방이 17평인데 그곳에 17명이 살았다. 한 사람 앞에 한 평씩인데 대부분이 직장이 없다보니 하루 종일 그 방 안에서 기거를 하면서 개그아이디어를 짰다. 그곳에서 만나게 된 인연이 바로 류담과 이수근이었다. 이수근은 레크레이션강사를 하면서 이들에게 빵이나 우유를 사가지고 갔었다. 그런데 어느 날 이수근과 김병만에게 기회가 오게 된다. 바로 개그콘서트에 출연하게 된 것이다.

아마 기억하는 분들도 있겠지만 <대결>이라는 짧은 코너였는데, 이수근과 김병만의 무술코믹코너였다. 이게 터지게 된 계기가 영화 <선물>에서 개그천황이라는 코너가 나오는데 여기에서 실제로 개그대결을 펼친 것을 본 개그콘서트 관계자가 개콘에 올리면서 시작이 된다. 그 뒤 여러 가지 코너를 성공도 하고 실패도 하면서 결국 달인이라는 코너를 만들게 되었고 그 코너를 만드는 과정에 양쪽발목이 다 부러졌는데도 병원에 가지 못해서 지금도 부러진 발목뼈가 그대로 발목에 남아 있다는 이야기가 나오고 있다. 그리고 그를 아는 사람들은 그의 개그가 사람을 웃기지만 사실은 울리는 개그라는 이야기를 하고 있는데 그의 개그는 개그가 아니라 뼈가 부러지는 고통 속에서 만들어진 것임을 알고 있기 때문이다. 그 외에도 류담이나 노우진 같은 후배들의 김병만에 대한 평가가 나오고 있다.

이 책을 읽으면서 김병만의 개그에 대해서 다시 한 번 생각하게 되었다. 책에서 그런 내용이 나오는데, 학원을 다니는데 항상 1등을 했는데 출연할 기회가 없는 것이었다. 졸업할 때 원장님이 너는 잘하지만 신체적인 조건이 좋지 않다고 해서 울었다는 이야기가 나온다. 그런데 그는 성공을 했다. 개그는 재능이 아니라 노력이다 라는 부분이다. 김병만 씨는 나하고 동갑인데 무언가 안되는 것을 되게 하는 요즘 세상에는 별로 없는 대단한 노력형 인간인 것 같다.

보물이 숨긴 비밀

송연 애플북스

이 책에는 전설의 마야문명과 엘도라도의 비밀과 전설, 그리고 그 전설을 믿고 보물을 찾는 사람들의 이야기, 프랑스 혁명전쟁 때 나폴레옹의 보물이야기, 2차대전 때 독일과 일본이 보물을 어딘가에 숨겨놓았다는 이야기 등등 5개의 주제로 45편의 이야기가 들어가 있다. 이 책에선 실제로 발견한 보물들의 이야기와 그 보물을 어떻게 숨겼는지, 그리고 지금까지도 미스터리로 남아 있는 보물들에 대해서 이야기를 해주는 책이 되겠다.

우선 가장 유명한 잉카인에 관한 전설이 있는데, 잉카제국은 1533년 스페인의 침공으로 나라가 없어지게 된다. 그런데 나라가 없어지기 전에 잉카인들은 엄청난 양의 황금을 숨겼는데 그것이 현재까지 미스터리로 남았다. 그리고 세바스찬이라는 사람이 인디언 추장으로부터 황금의 나라에 대해서 들었는데 그곳의 국왕은 온몸에 황금가루를 칠하고 신성한 호수에서 몸을 씻는다고 했다. 그 국왕을 '도라도'라고 했는데 이는 황금인간을 일컫는 말이다. 이 말이 스페인어의 정관사 '엘'이 붙어서 황금의 나라를 일컫는 엘도라도가 된 것이다. 그런데 그 전설을 믿고 많은 사람들이 그곳을 찾으려고 노력했지만 대부분 찾지도 못하고 객사하고 말았다. 그래서 모두 허구라고 생각했는데 1912년 한 유물의 발견으로 생각이 바뀌게 되었는데, 황금 조각상이 발견이 된 것이다. 앞에서 말한 황금인간 의식을 행하고 있는데 아닌가? 그래서 사람들은 엘도라도가 허구가 아닌 진실이라고 믿게 되었다고 한다.

　다음에는 이집트 이야기가 재미있다. 이집트의 세티 1세는 역사상 가장 부유했던 국왕이다. 막대한 재물의 안전을 걱정하던 세티 1세는 가장 좋은 솜씨의 기술자를 고용해서 견고한 벽과 철문이 달린 튼튼한 보물창고를 만들게 했다. 기술자는 왕의 뜻대로 견고하고 아름다운 보물창고를 지었는데, 이 보물창고를 지을 때 벽에 몰래 비밀장치를 만들어서 자신이 원할 때 언제든지 들어갈 수 있도록 만들었다. 그러나 이러한 사실을 모른 세티 1세는 보물창고가 안전하다고 생각했다. 그 보물창고를 지은 기술자가 한 번도 들어가지 않고 죽기 직전에 아들들에게만 비밀통로를 알려주었다. 아들들은 아버지의 장례식이 끝나자마자 그 보물창고에 가서 보물을 가져왔다.

　그런데 조금씩만 가져와야 되는데 욕심이 나서 눈에 띨 정도로 금을 가져오기 시작하자 세티 1세는 의심을 하기 시작했던 것이다. 그래서 보물창고 안에 덫을 놓았다. 아무런 생각없이 들어왔던 형제 중 형이 덫에 걸려서 빠져나갈 수 없자, 이렇게 말을 한다. "나는 이미 틀렸으니 내 목을 베고 옷을 모두 벗겨 가라. 만약 난 줄 안다면 우리 가족 모두가 무사할 수가 없다."라고 말이다. 그래서 동생은 형의 목을 베고 옷을 모두 벗겨 갔다. 그리고 세티 1세는 그 남자의 정체를 알 수가 없자 머리를 써서 명령을 내린다.

　그의 시체를 효수한 후 길거리에 걸어서 혹시라도 슬퍼하는 기색이 보이는 사람이 있으면 무조건 잡아들이라고 명을 내린다. 그후 형제의 어머니가 아들의 시체를 가져오겠다고 하자, 동생이 나서서 형의 시체를 가져 올 테니 걱정 말라며 어머니를 붙잡아 둔다. 그리고 술을 부대에 담아서 형의 시체가 있는 앞에서 일부러 떨어뜨린다. 시체를 지키고 있던 병사들이 와서 도와주자 그들에게 술을 한 통 선물을 한다. 병사들은 그 술을 먹고 모두 취해서 잠들었을 때 몰래 가서 형의 시체를 빼내왔다. 그리고 세티 1세는 자신의 묘를 절대로 도굴이 될 수 없는 장소에 만들었다고 한다. 그래서 후에 많은 사람들이 세티 1세의 묘를 찾았지만 안에 들어갈 수가 없었다. 굴을 뚫으면 무너지고 폭파를 시키면 거대한 바위가 무너지는 형태로 되어 있어서 묘의 위치만 확인했지 현재까지도 들어가 보지는 못했다고 한다.

이번에는 유럽의 보물이야기인데, 2차세계대전 중에 독일은 유럽의 나라들을 정복할 때마다 그 나라의 값비싼 유물들을 우선적으로 자신의 나라로 보냈다고 한다. 그중에는 귀금속은 물론 예술품 등도 포함되어 있었다. 그런데 전쟁이 끝나가면서 패할 것을 알게 된 나치는 전쟁이 끝난 후 자신들이 다시 부흥하기 위해서 그 보물들을 숨겨놓기 시작했다. 그런데 이것의 위치가 조금씩 드러나게 된 계기는 전쟁에 보물을 후송했다는 병사들의 증언이 나오기 시작하면서부터다. 그래서 많은 사람들이 나치의 보물을 찾기 위해서 다녔지만 아직까지도 못 찾았다. 혹은 그 보물들은 이미 미국이나 소련이 가져가고선 아무도 모르게 보관하고 있다는 이야기도 있다. 진실은 아무도 모른다.

이번에는 동양으로 와서 일본 역시 전쟁 당시에 굉장히 많은 재산을 모았다고 한다. 그중에서 조선에서 은행을 경영하던 사람의 재산을 모두 빼앗고 동남아에 진출해서도 거기에 있는 엄청난 양의 황금을 모두 빼앗아서 금괴를 만들었다고 한다. 그중에 일부를 타이완에 숨겨놓았다고 하는데, 그중 금괴 5톤을 대포를 쏘는 포대 지하에 숨겨놓았다는 소식을 듣고 엄청나게 많은 사람들이 그곳을 파다가 정부에서 나서서 그곳을 막고 금괴를 회수한 일도 있었다. 또 타이완에 구구산이라는 곳에 3천 톤이 넘는 금괴가 묻혀 있다는 소문이 돌아서 사람들이 산 전체를 파헤쳤는데 나중에 이것은 거짓으로 밝혀졌다.

개인적으로 보물이 진짜로 있느냐보다는 보물에 따라서 변하는 사람들의 마음의 이야기를 더 재미있게 읽었다. 이런 보물들은 전부 사람의 욕심에 의해서 모아지고 또 찾아지고 전설이 만들어지니까. 보물에 대한 꿈을 꾸고 싶은 분은 꼭 한번 읽어보면 좋을 것 같다.

책 소개를 하기 전에 한 가지 질문으로 시작하겠다. "만약 2700억짜리 복권이 당첨되신다면 무엇을 하고 싶으신가?" 이러한 질문으로 이 책은 시작된다. 책의 내용을 간단하게 소개하면 우리나라 돈으로 2700억 원짜리 복권에 당첨된 47살 먹은 아줌마의 생활의 변화에 대해서 나온 소설이다. 책에선 일상의 생활이 많은 돈으로 어떻게 변화하는지, 사람들은 어떻게 변하게 되는지 아주 현실적으로 쓴 소설이다.

주인공은 나이가 들어서 수예점을 운영하고 남편은 직장에 다니면서 하루하루를 먹고사는 그냥 그런 아줌마다. 그런데 생활에 갇혀 살다 보니 여러 가지 꿈을 꾸고 있었다. 그런데 그 꿈을 꾸기 위한 수단으로 10년째 로또복권을 사고 있었다. 그런데 어느 날 2700억짜리 복권에 당첨이 된 것이다. 그리고 돈을 어떻게 찾으러 갈까 고민을 하다가 마지막날 복권금액을 찾으러 간다. 거기서 복권을 주기 전에 심리치료를 먼저 해준다.

심리치료의 이야기가 지독하게 현실적이면서도 재미있다. 긴 심리상담의 내용을 간단하게 줄여서 설명하면, 우선 돈은 사람을 미치게 한다. 그것도 전염병으로 모든 사람을 미치게 하기 때문에 모든 사람이 당신을 더 이상 이전의 당신으로 보지 않는다. 이제는 돈 자체로 보기 때문에 생활에 문제가 생길 수가 있다. 예를 들어 당신이 당첨이 된 것을 아는 순간 수많은 자선단체와 개인이 도와달라고 사진과 글들을 엄청나게 보내게 될 것이고, 수많은 투자와 상담소에서 당신의 돈을 관리해 주겠다고 전화를 하게 되어서 생활이 힘들게 될 것이다. 더 나아가선 당신이 아는 사람들도 당신에게 부탁을 하도 해서 만나지도 못하게 될 수가 있다. 가장 큰 문제는 가족들인데 우선 남편이 일을 싫어한다면 일단 회사를 그만두고 놀러만 다니려고 할 수도 있다. 더 큰 문제는 돈 때문에 남편이 당신을 죽이기 위해서 청부살인을 시킬 수도 있다. 실제로 얼마 전에 복권에 당첨된 부부가 이혼하고 서로 죽이려고 한 일도 있다 라고 겁을 준다. 그러나 이 아줌마는 일단 복권을 한 장의 수표로 바꾼다.

한 장의 수표로 바꾼 이유는 이 돈을 감당할 자신이 없었기 때문이다. 대신에 자신의 욕망의 리스트를 만들어서 원하는 것을 모두 이룬 다음 다 잘라버리려고 했었다. 아픈신 아버지와 자신이 사고 싶은 물품들의 목록을 완성하고 있었다. 그런데 어느날 남편이 아주 사랑스럽게 안아주고 안하던 키스를 하는 게 아닌가? 무언가 찜찜하다고 생각했지만 알고 보니 남편이 자신의 수표를 찾아서 사라져 버린 것이다. 한순간에 모든 것을 잃어버렸다고 생각한 아줌마는 허탈해지지만 사실은 그렇지 않았다. 한순간에 모든 것을 잃어버린 것은 남편이었다. 자신의 일생동안 만들어온 공간을 도망가야만 했으니까. 과연 남편은 아내에게 돌아올까? 자세한 내용은 욕망의 리스트를 직접 읽어보기 바란다.

이 책을 보면서 돈은 물과 같다는 생각을 하게 되었다. 물은 생존에 꼭 필요한 존재이기에 없으면 생활이 불가능하지만 너무 많으면 홍수가 되어서 재앙이 되는 것처럼 말이다. 그렇지만 내가 원하는 것을 적는 욕망의 리스트를 한번 만들어 보는 것은 좋은 것 같다. 내가 원하는 것이 무엇인지 한번 적어서 상상해 보는 것이 어떨까?

쏭내관의 재미있는 궁궐기행

송용진 두리미디어

이 책은 청소년들을 위한 알차고 재미있는 다섯 궁궐 안내서다. 조금 더 깊게 소개를 해드리면 구조를 뼈대로 경복궁, 창덕궁, 창경궁, 경운궁, 경희궁 등 각 궁의 공통된 영역별로 한눈에 비교할 수 있는 책이다. 그리고 가장 기본적으로 궁이란 무엇이며, 왜 궁궐이라고 불리우는지, 그리고 왜 임금님이 살고 있는 궁궐이 5개나 되는지 설명을 해주고 궁에서 나온 말들이 많은데, 그 중에는 우리가 모르고 쓰고 있는 말들이 많다고 한다.

우선 궁이란 무엇인지 알아보자. 외국에선 임금님이 사는 곳을 성이라고 한다. 산속에 높은 성들을 보면 대부분 요새화되어 있으면서 그 속에서 임금님이 살았다. 그런데 우리나라의 경우 임금님이 사는 곳을 궁이라고 한다. 그리고 높은 담을 궐이라고 하고 임금님이 사는 담이 높은 곳을 궁궐이라고 했던 것이다. 그런데 이 궁궐에서 나온 말들 중에서 호칭을 알 수 있는 것이 많은데, 우선 궁궐을 중심에 있는 건물을 중궁전이라고 했다. 그곳에 사는 마마를 중궁전마마 줄여서 중전마마라고 했고, 후궁들의 경우 궁의 뒷부분에 건물을 지어서 기거하게 했다. 그래서 후궁이라고 한다. 그리고 세자의 경우 궁의 동쪽에 위치를 해서 다음세대를 이어갈 왕이라는 뜻으로 동궁라고 불리었던 것이다. 그래서 세자가 머문 궁의 이름이 동궁전이다. 이렇게 사극에서 많이 듣던 말이지만 그

346

뜻을 궁으로 들어보면 알 수 있는 말들이 많이 있다.

그런데 임금님이 사는 궁궐이 왜 다섯 개나 되는 것일까? 우선은 한시대에 기본적으로 두 개 이상의 궁궐이 존재했다고 한다. 일단 전쟁이나 반란 혹은 궁궐에 불이 나면 임금님과 그 식솔들을 아무 데서나 재울 수 없었기 때문이고, 두 번째 이유는 조선왕조 오백년 동안에 수많은 풍파가 있었기 때문이다. 우선 임진왜란, 병자호란 같은 전쟁을 이유로 다시 궁을 세운 것도 있고, 후궁이 숫자가 많아서 궁을 늘이다 보니 별궁을 만드는 경우도 있었다고 한다. 그리고 조선왕조의 위세를 보여주기 위해서 궁을 크게 다시 만들다 보니 궁이 5개나 되었다고 한다. 그리고 궁궐에 있던 석조물이 지금도 세워져 볼 수 있는데, 해태상이 그중에 한 가지다. 해태상은 원래 모든 것을 임금이 내려다보고 있다는 뜻으로 세워져 임금을 제외한 누구도 해태상 앞에선 내려서 임금님께 걸어들어 갔어야 했다고 한다. 그래서 나이가 지극한 영의정조차도 입궐을 해서 임금님을 뵐 때면 반드시 해태상 앞에서 가마에서 내려서 걸어들어 갔다는 기록이 남아 있다고 한다. 그래서 그 해태상은 정부 공공청사나 기념관 같은 곳 앞에 지금도 남아 있다고 전해진다.

그리고 궁궐에서 조선의 정치형태에 대해서 반드시 알아두어야 할 곳이 있다. 그곳은 바로 편전이라는 곳인데, 편전은 임금님이 정사를 문무백관과 같이 보던 곳을 말한다. 이 편전을 상상해 보면 우선 조선사극에서 임금님이 계시고 좌우양측으로 신하들이 쭉 서는데 우측에는 문반이, 좌측에는 무반이 서 있었다. 그래서 양반이라고 한다. 그리고 우리가 생각하기에 임금님이 혼자서 정치를 마음대로 했을 것 같지만 사실은 여기서 치열한 토론을 통해서 정책을 결정했다고 한다. 여기서는 아무리 임금님이라고 해도 정책을 통과시키려면 논리적으로 문무양반을 설득시켜야만 했다고 한다.

이 책을 보면서 조선의 궁궐뿐만 아니라 정치사회 시스템에 대해서 아주 체계적인 공부를 할 수 있었다. 그리고 아이들을 데리고 궁궐에 가서 가르쳐 주고 싶다는 생각이 들었다. 부모님이 아이들과 읽을수 있는 좋은 책으로 많은 분들에게 추천해 드리고 싶다.

책을 소개하게 된 계기가 재미있다. 사실은 이 책을 출판사로부터 몇 년 전에 받아서 서가에 꽂아놓고선 한 번도 읽어본 적이 없었다. 그런데 어느날인가 택시를 타게 되었는데 택시에서 이 책의 소개가 나오는 것이 아닌가? 직접 저자가 라디오 방송에 출연해서 책을 소개하는데 너무 재미있어서 들으면서 내용을 메모를 했다. 그리고 다시 집에 돌아와선 책을 한 번에 다 읽었다.

소개를 안 한 게 너무나도 후회가 되었다. 그래서 방송용으로 책을 편집하기 시작했는데 사실 내용 중에 소개를 못 한 이야기가 많이 있다. 우리가 생각하기에 아무것도 아닌 것처럼 쓰지만 사실은 궁중용어였던 이야기들이 있다. 내시들은 사실은 모두 고자들이다. 그런데 내시들은 궁중 안에서 원래 직책이 없었다고 한다. 즉 힘이 없었던 것이다. 그래서 할 수 있는 일은 왕과 대신들의 말을 전달하는 것이 전부였던 것이다. 그리고 궁중 안에 도는 모든 비사들은 내시들을 통해서 왕에게 전달되었다. 그래서 우리가 알고 있는 고자질이라는 말이 나왔던 것이다. 고자질이란 이처럼 내시들이 말을 전달한다는 데서 나왔다고 하는데 문제는 이 내용이 너무 성인용인 것 같아서 방송에선 소개하지 못했다.

이렇게 고자질이란 말을 하는데 길게 쓰는 데는 그만한 이유가 있는데 이 책의 저자가 머리말에서 자신을 쏭내관이라고 표현하는데 내시를 빌어다 썼기 때문이다. 처음에는 궁궐을 안내하는 사람으로서 아마도 자신은 전생에 임금이었다고 동생에게 이야기를 했더니만 동생이 설마 아마도 내시였겠지라고 해서 기분이 나빴다고 한다. 그런데 곰곰이 생각해 보니 임금님이 어명을 내리는 것보다는 내시가 고자질을 하는 게 더 재미있지 않을까 해서 쏭내관으로 컨셉을 잡아서 당시 실제 옷을 직접 제작해서 안내를 시작해서 유명해지기 시작해서 책까지 내게 된 것이라고 한다. 이 부분도 시간 관계상 삭제당했다.

    사극에서 쓰는 수많은 용어들 중에서 궁을 통해서 이야기해 놓은 것들도 좋았지만 책을 소개하면서 아쉬웠던 가장 큰 부분은 그림을 소개할 수 없었다는데 있었다. 궁중의 구조와 그림들, 그리고 회화들이 나오는데 이걸 소개하려고하니 원본을 구할 수도 없었고 그렇다고 책속의 그림을 보여주려니 너무 간단해서 보이지도 않았다. 책에선 조선왕조의 궁의 구조를 통해서 조선의 구조 자체를 보여주는 시도도 했다. 궁의 배치와 모양은 권력을 구조를 보여주고 있으며 그 안에서 어떤 일이 벌어졌는지에 관한 이야기들은 여태까지 들었던 역사서보다 재미가 있었다. 이 책은 정말로 많은 청소년들에 추천하고 싶은 책이다.

밥 힘으로 살아온 우리 민족

김아리 아이세움

이 책은 고대서부터 현대에 이르기까지 우리나라 사람들의 음식의 역사를 다루고 있다. 역사뿐만 아니라 그 음식에 담겨 있는 사연과 전설, 더 나아가서는 요리법까지 나와 있는 책이다.

어떤 음식이 나오고 어떤 이야기가 나오는지 간단하게 몇가지만 소개하면, 가장 기억에 남는 이야기가 바로 도루묵이다. 때는 임진왜란 때 선조가 바닷가로 피난을 갔을 때 임금님의 수라상에 대접할 음식이 없어서 그나마 내놓은 것이 바로 묵이라고 하는 생선이었다. 그 당시 선조임금께서는 굉장히 맛있게 잡수시고 그 생선의 색이 은색이니 은어라고 부르라고 이름까지 지어주었다고 한다. 그런데 전쟁이 끝나고 다시 일상으로 돌아왔을 때 입맛을 잃으신 선조임금께서 다시 그 생선을 가져오라고 하셔서 드셨는데 맛이 없는 것을 알고선 도로 묵이라고 해라 해서 이름이 도루묵이 되었다고 한다. 그래서 도로묵 같은 경우 원래 있던 일을 없던 것으로 되돌린다는 뜻도 가지고 있다.

두 번째 이야기는 휴대용 취사기구에 관한 이야기들인데, 우리가 알고 있는 신선로는 고려시대 때 몽골에서 건너온 것이라고 한다. 원래 고려는 불교국가로 육식이 금지되어 있어서 고기요리가 발달하지 않았다. 그런데 몽골의 침략 이후 몽골의 휴대용 고기구이용 신선로가 들어오게 된 것이다. 신선로 같은 경우 들고 다니다가 그 자리에 앉아서 바로 물과 고기를 끓여서 먹을 수가 있었기 때문이다. 그리고 토정비결로 유명한 토정 이지함 선생 같은 경우 기인으로 전국을 돌아다니면서 식사를 해야 하는데 머리에 갓 대신 작은 솥을 쓰고 다녔다고 한다. 그래서 여행을 다니다가 바로 식사를 한 것으로 유명하다고 나와 있다.

세 번째 이야기는 김치에 관한 이야기다. 사실 모든 나라마다 발효음식이 있지만 김치는 그중에서도 우리나라만에는 있는 특이한 음식이다. 우리나라는 삼면이 바다이다 보니 소금으로 절여먹는 음식이 예로부터 아주 발달했다고 한다. 그런데 생선이나 고기보다 겨울을 나려면 채소를 많이 먹어야만 비타민 섭취를 할 수 있기 때문에 채소를 겨울 동안 보관할 수 있는 방법이 필요했던 것이다. 그래서 고대의 김치 같은 경우 소금에만 절여서 먹다가 후에 고추가 들어오면서부터 매운 김치라는 것이 만들어졌다고 한다. 그런데 이 김치와 장을 담가먹는 것이 조선에서는 얼마나 중요한지 풍수와 그 집안의 성씨까지 따져서 만들었다고 한다.

책을 읽으면서 어려서부터 들어왔던 옛날이야기책을 다시 읽는 듯한 느낌을 받았다. 옛날에 읽기는 읽었는데 지금은 세월이 너무 지나서 다 잊어버린 이야기들이 우리의 음식과 같이 나오는 것을 보면서 신비한 느낌까지 받았다. 사실 음식은 문자와 말과 같이 그 민족을 정의하는 아주 중요한 부분이기도 하다. 지금 서양식 음식에 묻혀서 사는 우리 아이들에게 꼭 한번 읽혀보고 싶은 책이다.

장사에 관해서 깨달은 것과 우리 집안 이야기

장사하는 법에 관해서 많은 책들을 읽고 정말로 많은 소개를 했었다. 그중에서 잘 되어 있는 몇가지의 책을 소개해 보면, 첫 번째로 지금 당장 장사를 시작하라는 책이 있다. 이 책의 내용을 간단하게 정리해 보면, 사실 사람이 태어나서 공부를 열심히 해서 취직을 잘해봐야 언젠가는 사용연한이 되어서 회사에서 잘리느니, 차라리 그 열정을 가지고 장사를 하면 먹고사는 문제를 보다 쉽게 해결할 수 있다는 내용의 책이었다. 그런데 지금 시점에선 이 책은 별로 설득력이 떨어진다고 생각이 되었다. 왜냐하면 장사하는 사람의 인구가 600만이 넘어서 경쟁이 너무나도 치열한데다 마트 및 대형 기업들의 물류 진출로 인해서 대부분의 자영업이 마치 도미노처럼 무너지고 있었기 때문이다.

옛날에는 앞에서 말한 책처럼 도매직이나 아니면 자신이 일한 직장에서 경력을 쌓아서 은행에서 대출을 내어서 작게 장사를 열심히 하면 되었지만 지금은 그 정도로 준비해선 바로 문 닫기 좋기 때문이다. 그래서 최근에 소개한 책 중에 좋은 책이 바로 '장사, 죽을 각오가 아니면 시작도 하지 마라' 라는 책이었다. 이 책의 저자는 창업컨설턴트이자 요리전문가인데, 이 사람의 주장은 일단 장사란 너무나도 힘든 일이니 정말로 각오하지 않고선 시작하지 말라고 이야기를 한다. 그러면서 일단 망한 사람들의 이야기부터 시작을 하는데 개인이 아무리 혼자서 준비를 한다고 해도 부족한 부분 때문에 망한 사람, 혹은 준비는 잘 했지만 생각지도 못한 외부 요인 때문에 망한 사람 등 정말로 망한 사람 이야기를 시리즈로 골고루 해준다. 이 책을 읽으면서 몇 번을 무릎을 치면서 읽었는지 모른다. 장사할 때 정말로 이렇게 하면 망하는 법에 대해서 아주 교과서적인 부분들을 알려주었기 때문이다.

현재 우리 집안은 서점을 하고 있다. 아버지 때 서점을 시작했지만, 현재는 나는 물론 우리 삼촌들까지 모두 서점을 하고 계시다. 한 사람이 시작했지만 세월이 흘러서 집안의 사업으로 확대가 된 케이스이기 때문에 어떻게 보면 장사를 하는 사람들에게 좋은 본보기가 아닌가 싶다. 같은 장사를 하다 보니 서로의 상황을 잘 알아서 도와주어서 좋은 점도 많지만 피곤한 점도 있다. 그러나 어떤 경우에도 사업의 형태를 집중할 수 있기 때문에 다른 개별적인 서점들보다 물류나 판매에 있어서 높은 고지를 점할 수가 있다.

일단 장사를 함에 있어서 왜 잘하고 잘못하는지를 경험해 보지 않고선 알 수 없는 일들이 많기 때문에 장사를 안 해본 사람들이 이 책을 읽는다고 도움이 된다고는 할 수가 없다. 단지 장사를 하고 있는 사람들이 공감하고 실수하지 않게 도와준다고 할 수가 있을 것 같다. 그 동안에 장사를 하면서 하겠다는 사람들을 도와주었지만 시키는 대로들 안하고 다들 자기 마음대로 하다가 접은 사람들을 보다 보니 역시 말로만 설명해서는 안 된다는 것을 알 수 있었다.

우리 집안이 원주에서 서점집안이 되게 된 사연을 이야기하면, 현재 우리 집안은 고려시대 때부터 원주에서 살아온 정말 원주민이다. 할아버지 때까지 집안이 흥하였으나 다른 모든 사람들처럼 우리나라의 역사의 고통으로 인해서 집안이 많이 힘들어졌다. 그리고 아버지께서 나중에 교사로 취직을 하였지만 집안 식구들에 비해서 벌이가 너무 적어서 교사직을 버리고 장사의 길을 시작하였는데 후에 아이들에게 부끄럽지 않기 위해서 책을 선택하였다고 한다. 처음에는 월부 책장사로 시작해서 작은 서점을 냈는데, 그때 당시 서점의 크기가 5평 정도일 때 내가 태어났다. 그곳에서 아버지는 언젠가 100평의 서점을 내신다고 사람들에게 큰소리를 치고 다니셨는데 30년 만에 북새통이라는 서점이 당시 원주에서는 제일 큰 100평짜리 서점이 되었다. 그 서점을 지을 당시 나는 캐나다에서 어학연수를 하고 있었는데 어느 날 갑자기 사진과 편지를 보내서 돌아와서 서점에서 일을 하라고 하셔서 2002년부터 현재까지 북새통에서 일을 하고 있다. 현재는 북새통 서점의 사장으로 운영을 하고 있다.

　장사는 돈을 벌기위해 하는 것이지만, 장사를 하면서 정말로 많은 것들을 배우게 된다.

　첫 번째로, 사람을 남겨야만 한다는 사실을 많이 배우게 되었다. 우선 장사는 내가혼자 하는 것이 아니라는 점이다. 장사는 일단 식구들과 같이 할 수밖에 없다. 돈을 믿을 수 있는 사람에게 맡겨야 하기 때문이다.

　둘째로, 직원들과 같이 하는 것이다. 식구들도 다 바쁜 일이 있고 아이도 키워야 하고 자신만의 직업을 가질 수도 있기 때문에 일단 직원을 구할 수밖에 없는데 이 직원도 그냥 돈만 주는 사람으로만 쓰면 장사는 망할 수밖에 없다. 오랫동안 사람을 써야지만 활용도가 높고 어떤 일이든 알아서 하기 때문이다.

　셋째로는 고객이라는 사람들을 잡아야만 한다. 재미있게도 장사는 내가 물건을 파는 일이 아니다. 장사란 사람들이 원하는 물건을 옮겨서 전달하는 일이다. 그 중간에 내가 마진을 먹는 것이기 때문에 서점을 운영하면서 가장 많이 배운 것은 서점을 운영하는 것의 기초는 바로 고객이라는 점이었다. 우리 서점은 일체의 할인을 하지 않는다. 단지 적립만 할 뿐이다. 그 원칙을 지키되 대신 손님이 원하는 책을 주문을 받아서 구한다는 원칙으로 일을 한다. 그래서 모든 인터넷서점과 중고인터넷서점의 아이디를 모두 만들어서 주문한 책을 구해서 전달한다. 서점에 손님이 오는 이유는 서점에 책이 있기 때문이지, 커피가 맛있거나 서비스가 좋아서 오는 것이 절대로 아니기 때문이다. 어차피 개인이 모두 인터넷사이트의 아이디를 다 만들기 전까지는 일단 서점에 와서 주문을 하는 것이 편하기 때문에 서점의 최대의 강점은 책을 갖추는 것이라고 생각하고 운영을 해왔다. 이처럼 장사는 돈을 쫓으면 벌 수 없고 사람을 쫓아야지만 돈이 따라온다는 것을 체험적으로 배워왔다.

두 번째로 중요한 것이 바로 마케팅이다. 일단 광고를 하지 않으면 사람들이 모른다. 사람들은 어떤 물건을 사기를 원할까? 나는 어렸을 때 기가 막힌 물건을 원할 것이라고 생각했었다. 그런데 아니었다. 사람들은 익숙한 물건을 사기를 원했다. 그것이 비록 불편하고 비싸더라고 말이다. 그래서 사람들은 오래되고 비싼 물건을 명품이라는 이름으로 사는 것이다. 요즘 시계를 차고 다니는 사람이 얼마나 되는가? 그런데 시계를 차는 사람들 대부분은 싸구려가 아니라 어느 정도 가격이 있는 것을 차고 다니지 않는가? 그것은 바로 익숙하고 비싼 물건으로 자신을 포장하기 때문에 가능한 것이다. 그러니까 결국 내가 파는 물건을 익숙하게 만드는 과정이 광고이고, 그것을 계획하고 실행하는 것이 마케팅인 것이다. 처음 서점을 오픈했을 때 정말로 암담했다. 우리 서점이 들어온 필지는 원래 유명백화점이 들어오기로 되어 있었는데 그 백화점이 IMF로 부도가 나서 그 필지 전부가 무산되어버린 곳이었다. 그래서 서점을 지었을 때 앞에 있는 주차장 자리에는 차가 주차를 안 해서 포장마차가 운영하고 있었고, 서점 옆 백화점 예정 자리였던 곳에는 옥수수밭이 있어서 여름에 비가 오고 나면 옥수수가 쑥쑥 자라서 여기가 도시인지 촌인지 알수 없는 그런 자리였다. 그런데 그때 우리 아버지는 앞에 주자창이 있으니 앞으로 손님이 차를 타고 많이 올 거라고 하였는데 믿을 수가 없었다. 왜냐하면 주변이 모두 공터라 그냥 주차만 하면 되었기 때문이다. 그래서 사실 모든 서점들과 상인들은 우리 아버지를 보고 뒤에서 미쳤다고 수군댔다고 한다.(그런데 후에 이 결과에 경악을 금치 못하게 되었다. 예언이 현실이 되었기 때문이다.)

그때 당시 나는 막 군대를 중위로 제대하고 캐나다에서 어학연수를 졸업하고 왔던 때라 그야말로 뭐든지 다 된다고 생각하고 밀어붙일 때였다. 당시 서점건물을 짓느라고 집안에 빚이 많아서 서점이 망하면 식구들이 다 망한다고 걱정하고 있을 때 나는 일단 지르고 보자고 해서 모든 매체를 통해서 광고를 했다. 처음에 그런 자리에서 장사를 하니 당연히 흑자가 날리 없고 결국 경영 적자에 광고투자비용에 건물 대출까지 밀려서 이자가 엄청나게 나가는 상황 까지 오게 되었다. 그런데 그 다음해 2003년에 기적이 일어났다. 2002년도에 비해서 두 배 이상 판매가 뛴 것이다. 그리고 그 다음해에도 두 배까지 뛰어서 계속해서 승승장구를 하게 되었다. 결과적으로 아버지의 예언이 적중했던 것 이었다. 그래서 나중에 아버지께 물어보았다. 정말로 이렇게 되실 것을 아셨냐 고 물으니 이렇게 대답을 하셨다. 사실은 나도 잘 몰랐다고. 그런데 어렵다고 생각하면 어려워지는 것이고 잘 된다고 생각하면 잘 되는 것이 인생이기에 그 런 말을 지어서 했더니 현실이 되었다고 말씀을 하셨다. 그러고 나서 시크릿이 라는 책을 보니 정말로 의심하지 않고 믿는 사람은 현실이 된다는 말을 다시 한 번 생각하게 되었다. 어쨌든 당시 서점을 살린 것은 마케팅전략의 승리라고 말하고 싶다. 원주에서 제일 큰 서점이 주차장을 완비하고 제일 책을 많이 갖 추고 있었다는 광고가 먹혔고, 그보다도 단순하게 돈을 들여서 하는 광고는 1 년간만 하고 그 다음서부터 지금까지는 내가 직접 교통방송에서부터 시작을 해서 원주MBC, YBN 등에 출연을 해서 오랫동안 책을 소개해서 북새통이라 는 이미지를 널리 알렸다. 꾸준하게 오랫동안 하다 보니 목소리만 듣고도 아는 사람이 생길 정도로 많이 알려졌다. 결국 장사는 광고가 가장 중요한 가치인 것이다.

세 번째로 중요한 것은 물건을 팔지 말고 가치를 팔아야 한다는 사실이다.
이것이 제일 중요한데 맥도날드 회장이 대학생들을 대상으로 특강을 할 때 한 말이다. "내가 뭘 파는지 아는 사람?"이라고 물었을 때, "나는 햄버거를 파는 것이 아니라 땅을 파는 사람입니다."라고 했다. 그 이유를 물었더니 내가 햄버 거를 팔면 땅값이 상승하는데 그 가치가 햄버거를 파는 것의 몇 배가 남는다. 결국 나는 햄버거를 파는 것이 아니라 땅을 가치를 올려서 돈을 버는 사람이라고 했다. 실제로 장사로 돈을 번 사람들을 보면 부동산의 가치가 오르거나 주식의 가치가 올라서 실제로 판매한 것의 몇 배의 부를 축적하는 것을 볼 수가 있다. 게다가 물건이라는 것은 언제든지 안 팔릴 수가 있는 것이지만 가치는 함부로 변하는 것이 아니기 때문이다. 우리가 일반적으로 말하는 명품이라는 비싼 물건들 역시 물건 자체의 가격보다는 브랜드를 만드는데 많은 노력을 하고 있지 않은가? 결국 장사는 당장은 물건을 팔아서 이익을 남기지만 이것은 생활에 불과하고 실제로 큰 이익은 자산의 가치를 올리는 방법으로 해야만 실제로 큰돈을 벌수가 있는 것이다.

그럼 정리를 하면 장사란 첫 번째로 사람을 남겨야 하며, 두 번째로 광고를 많이 해야 하며, 세 번째로 가치를 올려야만 한다는 것이다. 아마도 이것에 대해서 많은 분들이 다른 의견을 내놓을 수 있을 것이다. 원래 장사의 길은 수백 가지 길이 있기 때문이다. 그러나 내가 읽고 격어보기에는 이처럼 간단한 원칙이 장사의 성공을 좌우하는 것 같다. 여러분도 여러분만의 성공원칙을 세워보기 바란다.

책을 마무리하면서

책을 쓰면서 항상 생각나는 것이 제목만 보면 내가 언제 이 책을 읽었나? 하는 생각이 든다. 그런데 내용을 읽어보면 당시의 상황이 전체적으로 기억이 난다. 마치 타임머신을 타고 그때 상황으로 돌아가는 것 같은 느낌이 들 정도다. 책을 읽었을 때는 너무나도 잘 안다고 생각하고 방송에도 신나게 이야기했던 것이 왠지 지금은 과거에는 배웠지만 지금은 가물가물한 수학공식 같은 느낌이 난다. 그래도 다행인 것은 당시에 썼던 글들은 지우지 않고 있어서 이렇게 다시 책으로 엮을 수 있다는 것이다. 내가 책에서 깨달았던 것들은 많았지만 실천했던 것은 많지 않았던 것만 같아서 부끄럽기도 하다. 그러나 인생에 있어서 성공이란 끊임없이 목표를 정하고 앞으로 나아가면서 자신의 지식의 영역을 확장하는 일이라고 생각한다면, 나는 이미 많은 분야의 지식에 도전하고 그것을 정리해서 책을 쓰고 있다는 생각을 하면 뿌듯하다.

이번에 책을 쓰면서 앞서의 책들보다 상당히 기분이 좋았던 것 같다. 하루 종일 컴퓨터를 붙잡고 썼지만 전혀 피곤한 것을 느낄 수 없었다. 일단 내가 원하는 방향대로 어떻게 쓰면 좋을 것 같다는 생각에 준비된 원고들을 삽입하고 다듬으면서 이렇게 만들면 좋겠다는 생각이 머릿속에서 떠나지를 않았기 때문이다. 그리고 내가 쓴 책들을 다시 읽었는데 앞에서 말한 것처럼 방향성이 너무 없었던 것을 이번에는 소규모 제목으로 만들어서 묶어 보았다. 이번 책은 분류별로 편하게 읽으실 수 있으면 좋을 것 같다. 그리고 앞으로도 더 좋고 많

은 내용으로 책을 쓸 테니 기대해 주시길 부탁드리면서 더불어 여기에 소개된 책 대부분이 유튜브에도 올라와 있고 책 앞의 QR코드를 찍으면 내가 소개한 책의 동영상을 볼 수가 있으니 많이 보시고 그곳에도 많은 리플을 부탁드린다.

끝으로 부족한 내용이지만 책으로 내주신 출판사 사장님께 감사의 말씀을 드리며 이 책을 읽으시는 모든 독자분들께도 감사의 말씀을 드리고 싶다.